Joseph Kessel

de l'Académie française

Mermoz

Gallimard

PRÉFACE

La seule pensée de ce livre me fut longtemps insup-
portable. Une douleur stérile arrêtait chez moi toute
démarche dans ce sens. Le jour pourtant est venu où
j'ai senti que je ne pouvais plus me dérober.

Jean, j'ai eu la chance magnifique d'être ton ami.
Ce récit nous devions le rédiger ensemble. Souvent,
nous avons rêvé de gagner — loin de tout et de tous —
une plage solitaire et, parmi le soleil, les vagues et les
jeux physiques où tu excellais, de reconstruire, étape
par étape, ton existence.

Mais nos pas se croisaient rarement. Il est difficile
d'arracher au vent, à l'orage, au ciel et à l'espace, un
mois de loisir. Nous remettions notre dessein d'année
en année. Nous avions le temps, pensions-nous...

Et voici qu'un matin tu as pris ton vol pour la plus
mystérieuse des aventures humaines.

Je dois donc entreprendre seul, et, seul, achever la
tâche où tu voulais m'aider. Je m'en promettais une
si claire, une si fière joie. Maintenant, je le sais, tandis
que je l'accomplirai, un sanglot qui ne peut se délivrer
en larmes m'arrêtera plus d'une fois, l'insoluble, l'aride
sanglot viril.

Mais ce n'est pas la certitude de la douleur qui me fait peur à l'instant où, enfin, je me décide.

Je me rappelle ta voix, ton visage, tes colères et ton rire. Les silences aussi qui, parfois, étendaient entre nous leur eau secrète et féconde et où, te regardant songer, je te comprenais, je te sentais le mieux.

Comment puis-je espérer, au milieu des actions éclatantes dont tu jalonnas ta route, te ressusciter, toi, entier, véritable et qui valais mille fois plus qu'elles?

Elles n'étaient que la transcription de ton être et tu es pourtant leur prisonnier. La convention qui dépouille, dessèche, déforme, t'avait déjà choisi comme cible, lorsque tu étais parmi nous et que tu avais, pour te défendre contre elle, des muscles d'airain, une vitalité animale merveilleuse et la plus pure simplicité. Aujourd'hui, elle te cerne de toutes parts. Une imagerie s'est composée autour de toi qui est plus sépulcrale que la mort. Ai-je les ressources intérieures suffisantes pour t'arracher à la chape de la gloire, pour dissiper l'encens glacé et te restituer dans ta chair, dans ton cœur, dans ta violence et ton humanité, dans ta perpétuelle conquête et victoire de toi-même?

Tu étais fait de l'amalgame le plus riche. Je n'ai pas connu d'homme dont la présence sur la terre fût aussi bienfaisante que la tienne. Et je me sens effrayé, sans fausse humilité, d'avoir à retracer ton passage.

Il y a encore autre chose.

Je sais de toi des traits et des actes qui n'appartiennent qu'à nous. Certains d'entre eux, je voudrais les dire ici. Pour violents qu'ils soient et charnels et choquants peut-être aux yeux du vulgaire, ils me semblent te peindre aussi bien que tes exploits. Tu étais un homme et non une statue. Et de là venait ta grandeur, ton exemple.

Ai-je le droit de me servir de mes découvertes, de tes confessions? Où passe la ligne de partage entre l'exigence du vrai et l'indiscrétion inutile? Je pense que rien n'est à cacher des mouvements d'un sang qui est profond et pur. Tu le pensais aussi. Mais les autres, ceux pour qui je voudrais faire resplendir ta complète, ton humaine vérité? Que suis-je capable de leur faire comprendre et accepter? Tu me l'aurais dit. Nous eussions fait le tri ensemble. Tandis qu'aujourd'hui...

Et de nouveau, j'hésite.

Pourtant, je me souviens : quand j'étais triste, découragé, sans goût ni estime pour personne et surtout pour moi-même, quand j'étais prêt à renoncer à l'effort, à me laisser vivre facilement, petitement, bassement, je me disais : « Il y a Mermoz... il va revenir pardessus l'Atlantique... De lui, de lui seul, j'aurai honte. Il va revenir, il ne me refusera pas un peu de sa vertu. »

Et je recommençais la sourde bataille que tout homme se doit de mener, jusqu'à sa mort, contre luimême.

Alors, Jean, je t'en prie, je t'en prie, aide-moi cette fois encore. Accompagne-moi sur ce bateau qui, à travers l'Océan que tu as tant de fois survolé, me conduit aux lieux où je vais retrouver ta trace la plus belle. Et donne-moi, mon grand, le souffle qui me manque pour composer à ton visage un double qui ne le trahisse pas.

A bord de l'Asturias, 12 août 1937.

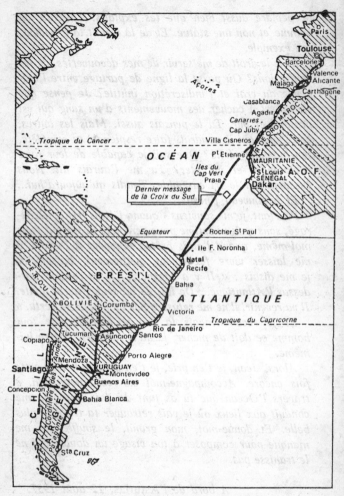

LES ITINÉRAIRES DE MERMOZ

LIVRE PREMIER

Les premiers pas

I

LE GARÇON SAGE

La Grand-Place d'Aubenton, commune de l'Aisne, ressemble à tant d'autres places de tant d'autres villages de France. Il y a, autour d'elle, la mairie, la boulangerie, le bureau de tabac et l'école. Un peu en retrait l'église. A un coin se balance l'enseigne de l'*Hôtel du Lion d'Or*. Le 31 juillet 1937, au soir, près de son perron s'arrêta une petite automobile. Sur la banquette se tenait, sans mouvement et presque sans expression, une femme âgée, vêtue de noir. Elle considéra fixement *Le Lion d'Or*, la place, puis de nouveau *Le Lion d'Or*.

— En ce temps-là, dit-elle, d'une voix très basse et comme décolorée, l'hôtel avait des écuries. On faisait le louage des voitures. Et la boutique du coiffeur n'existait pas.

Elle revint à son silence, à son immobilité. Au bout de quelques secondes, elle murmura cependant :

— C'était là... au rez-de-chaussée, la troisième fenêtre... Dans une petite chambre basse.

Elle hocha la tête et dit encore :

— Je ne suis pas revenue ici depuis le jour où j'ai emporté Jean.

La femme qui parlait ainsi devant la maison où

était né Jean Mermoz et vingt mois après qu'il eut
disparu dans l'Atlantique était sa mère.

Il m'est impossible de ne point placer son image
au seuil de ce livre. Je sais qu'elle m'en fera grief.
Elle aura ce sourire gêné, indécis et modeste, et si
puissant en charme, et qui était aussi celui de Mermoz.
Avec surprise et reproche, elle me demandera :
« Pourquoi avez-vous parlé de moi? Il ne s'agit
que de Jean... Vous n'auriez pas dû. »
Je le devais. Le lien du sang et le lien de l'esprit ne
s'est jamais montré plus apparent, plus efficace qu'entre
ces deux êtres. Un seul regard posé sur eux suffisait
pour reconnaître avec émerveillement la source où
l'athlète au visage si clair avait puisé sa force et sa
délicatesse, ses scrupules et sa volonté.
Il a vécu d'une vie bien différente, il s'est élancé
dans un combat éternel, prestigieux. Son arène fut
le désert, l'océan et le ciel. Mais ses ressources intérieures
il les devait entièrement à la femme qui n'est jamais
sortie de France et qui, infirmière pendant quinze
ans, aima surtout à soigner des malades condamnés
parce qu'elle pouvait ne rien leur refuser.

Madame Mermoz avait eu une jeunesse mélancolique,
étouffée. La gaieté qui est son élément naturel — des
maladies successives, des complications familiales la
lui avaient interdite. Son mariage, conclu hâtivement,
avait été malheureux. Ayant quitté Paris, elle vivait
à Aubenton, dans l'hôtel du *Lion d'Or*, dont son
mari était propriétaire. Elle n'avait guère plus de
vingt ans. Sa solitude morale était complète. Elle

considérait son existence comme manquée à jamais.

Tout changea le jour où Madame Mermoz sentit en elle le frémissement d'une nouvelle vie. Mais sa joie fut altérée par une crainte affreuse. Pour des raisons qu'il importe peu de faire connaître, elle redouta que son fils — elle était sûre que ce serait un fils — vînt au monde dénué des vertus qu'elle voulait pour lui. Ce fut une obsession. Pendant neuf mois, elle répéta ce vœu : « Qu'il soit honnête, qu'il soit brave, qu'il soit bon, loyal et droit. »

Jusqu'au terme, elle mena nuit et jour ce combat désespéré, inspiré, contre les ombres dont elle croyait son enfant menacé.

Quand la mère de Mermoz m'a raconté cela, son visage, après trente-cinq ans, portait le reflet de la lutte où tout son être s'était trouvé engagé.

— Je crois, acheva-t-elle avec un sourire tendre et timide, je crois que cela a un peu influé sur le caractère de Jean.

Le 9 décembre 1901, Mermoz vint au monde dans une petite pièce basse, derrière la troisième fenêtre de la façade du *Lion d'Or*, qui donne sur la Grand-Place d'Aubenton. Il pesait très lourd et avait l'air d'Hercule au berceau.

La naissance de cet enfant n'apaisa pas la mésentente qui, dès le jour de leurs noces, avait séparé Madame Mermoz et son mari. Elle alla, au contraire, en s'aggravant. Les scènes devinrent plus fréquentes, plus dures. Souvent la jeune femme songea à partir. Mais l'époque, le milieu, l'éducation qu'elle avait reçue et, par surcroît, le manque absolu de ressources

lui interdisaient cette évasion. On ne quittait pas
facilement son mari en ce temps-là, dans une petite
commune sur elle-même cloîtrée.

Un soir, une querelle plus violente que les autres
réveilla en sursaut l'enfant. Le choc provoqua chez
lui une crise nerveuse. Le lendemain même Madame
Mermoz abandonna pour toujours *Le Lion d'Or* et
Aubenton. Elle emporta son fils, qui avait dix-huit
mois, à Mainbressy.

C'est un tout petit village des Ardennes. Vingt
kilomètres au plus le séparent d'Aubenton et le paysage
de l'un à l'autre endroit ne varie guère. Il est composé
d'ondulations de terrain fines et douces, couvertes de
prés et de bois. Il y a beaucoup d'air, d'espace entre
ces vallonnements, ces coteaux, ces collines qui se
suivent et se renouvellent à perte de vue. Mais les plis
du sol et l'écran des arbres découpent l'horizon en
volumes mesurés. Une sorte d'économie rustique,
pleine de lucidité et de prudence a modelé les pâturages et les champs. Les demeures modestes y viennent
s'inscrire simplement.

L'une d'elles appartenait aux parents de Madame
Mermoz. Son père, après avoir tenu un commerce de
chaussures rue de Richelieu, à Paris, avait décidé de
se retirer à la campagne dans les premiers jours de ce
siècle et choisi Mainbressy.

L'automne de l'année 1903 commençait à illuminer
les bois, lorsque Madame Mermoz y vint chercher
asile avec son enfant. Elle fut reçue sans chaleur. Il
faut comprendre cet accueil. Les usages n'admettaient
pas, alors, qu'une jeune femme, de son propre mouvement, s'enfuie de la maison conjugale. Les veillées
étaient longues et les commentaires seraient interminables autour du feu, dans les demeures, dans les

communes des environs. Même si l'on souffrait, la
coutume voulait qu'on restât auprès de son mari. On
devait accepter les arrêts de la vie. Elle n'était pas faite
pour s'amuser.

« La vie n'est pas faite pour s'amuser. »

Cette maxime avait régi toute l'enfance et toute la
jeunesse de Madame Mermoz. Elle avait perdu sa
mère si tôt qu'elle n'avait d'elle aucun souvenir. Son
père se remaria très vite. Il laissa à sa seconde femme
la charge d'élever ses deux filles. Elle s'en acquitta
avec un dévouement parfait, une sollicitude et une
grandeur morale dignes d'admiration. Mais son austérité était inflexible. Le rire, la tendresse n'avaient
point de place dans son système d'éducatrice. Elle
faisait régner sous son toit la rigide vertu d'un cou-
vent. Sa volonté impérieuse gouvernait toute la maison.

On conçoit aisément quelle fut sa réaction lorsqu'elle vit arriver à l'improviste, chez elle, la fugitive
d'Aubenton. Elle admit les raisons que lui donna
Madame Mermoz, mais sans estime ni adhésion
profondes. Autour de la jeune femme s'établit un
climat glacial, qui devait durer dix années. Un reproche muet, une condamnation qui, pour ne pas se faire
entendre, n'en étaient pas moins explicites, lui rappelèrent sans cesse qu'elle avait failli à une discipline
dont tout, dans la maison où elle s'était réfugiée,
montrait l'inaltérable rigueur. La jeune femme supporta sans un mot de révolte cette réprobation silencieuse. Elle se savait née, cependant, pour une autre
loi, celle de la vie généreuse dans ses joies comme dans
ses douleurs. Mais elle pensait à son fils, le regardait
grandir et se soumettait sans murmure.

Jean Mermoz poussait bien. C'était un garçon

grand, mince et blond. Des yeux pensifs, une expression sérieuse. Il jouait sans bruit.

Madame Gillet continuait d'appliquer à l'enfant
la règle dont elle avait usé pour ses belles-filles. Elle
l'aimait profondément, mais n'en laissait rien voir.
Les caresses, les baisers, l'indulgence et le sourire,
étaient proscrits sans pitié. Un garçon n'avait pas
besoin de ces gentillesses. Il fallait qu'il connût, dès
l'aube de la vie, les seules exigences du devoir.

Quand Madame Mermoz voulait embrasser son
fils, elle devait le faire en cachette, comme une faute.

Cette tendresse bridée, clandestine, cette austérité
sans relâche, cette contrainte poussée jusqu'à l'exaltation, elles ont été dures pour la mère et pour l'enfant. Mais pour certaines natures choisies, l'excès
même de la rigueur les sert plutôt qu'il ne les déforme.

Un régime pareil eût pu dessécher à jamais un
petit garçon ordinaire et le rendre en même temps
craintif et hypocrite. Sur Mermoz l'effet en fut contraire.

Certes il n'avait pas besoin de tant de sévérité pour
sentir chez sa mère une réserve inépuisable de douceur et d'amour. Mais l'oasis dans le désert est plus
verte que toute la verdure d'un monde gorgé d'eau.
Et les rares minutes où Madame Mermoz pouvait
tenir pressé contre elle son garçon, combien elles ont
dû les lier et quel lien inexprimable!

Certes pour que Jean Mermoz eût le sentiment du
devoir et de sa primauté spirituelle, il n'était pas
nécessaire qu'on bannît de son enfance l'amusement,
le plaisir naïf et la douceur. Mais comment ne pas
croire que les habitudes prises à l'âge le plus mal-
léable ont développé chez lui jusqu'à la force d'un

instinct l'empire de la volonté et le sens du sacrifice?

Il y eut un domaine pourtant où Madame Gillet fut obligée de renoncer à son intransigeance. Elle était très croyante et pratiquait scrupuleusement. Elle eût voulu astreindre son petit-fils à la même piété. Mais son mari ne la partageait en rien. Madame Mermoz, après avoir traversé dans son adolescence une crise de mysticisme violent s'était complètement détournée de la religion. Elle avait le respect de la liberté spirituelle. Elle entendit la conserver à son fils. Personne, pensait-elle, n'avait le droit de l'amener inconscient à un dogme ou de l'en éloigner. Quand viendrait l'âge, il saurait choisir lui-même. Elle sut imposer sa conviction. Jean Mermoz fut baptisé — à neuf ans — et fit sa première communion. Mais ces formalités furent les seules concessions que consentit sa mère. L'enfant n'alla jamais à la messe et ne se confessa point. Comme l'avait prévu Madame Mermoz, il résolut le débat essentiel beaucoup plus tard et à sa manière.

Parmi les traits de cette époque où se montre déjà le fruit d'une formation, un seul peut suffire. A huit ans, Jean était allé un dimanche rendre visite à une tante qui l'aimait beaucoup. Elle achevait de cuire une galette aux pommes et en offrit un morceau à l'enfant. Il refusa.

— Mange tranquillement, insista la tante. Ta grand-mère ne saura rien, je te le promets.

— Mais *moi*, je saurai, répondit le petit Mermoz.

On retrouve cette gravité précoce, cette conscience et ce respect de soi-même dans toute la démarche de son enfance. Jean Mermoz à dix ans était très fort, très fin, très sérieux. Il ne mentait jamais. Il ne pleurait jamais. Hors sa mère, il n'avait pas de camarades et n'en désirait pas. Il n'était pas batailleur. Il évitait les parties turbulentes. Son jeu préféré était de démonter et remonter sans fin une vieille horloge. Il avait un goût prononcé pour la mécanique. Mais il aimait davantage lire ou écrire des histoires qu'il inventait. Et surtout il avait la passion du dessin.

Les travaux de la campagne ne l'intéressaient pas, ni les bêtes. S'il suivait volontiers sa mère en promenade, c'était pour le plaisir d'être avec elle. Ils faisaient aisément des marches de vingt à trente kilomètres. Ils allaient de préférence aux ruines de l'abbaye de Bellefontaine. Là, près d'un étang envahi d'herbes, entre des pans de murs noircis et des colonnes tronquées à travers lesquelles s'infléchit le vaste ciel, on voit encore, étendue sur son propre tombeau, casquée, bouclier au poing, l'image de pierre du Sire de Rumigny, le fondateur.

Rien ne laissait prévoir dans cet enfant si sage le garçon bagarreur, au rire de combat et d'amour, aux terribles colères, aux joies tumultueuses, qui ferait un jour gronder ses moteurs sur les terres et les mers. Quant à sa vocation, Jean Mermoz n'en eut pas le moindre pressentiment.

Peu avant la guerre se tint, à Béthény, l'une des fêtes aériennes les plus importantes de ces temps miraculeux de l'aviation. Tous ceux qui avaient réussi à faire voler d'incroyables machines étaient là : et Latham, et Blériot, et Pégoud...

L'enthousiasme de la foule avait quelque chose de religieux : elle sentait qu'elle assistait à une naissance. L'aviation sortait de ses limbes. Le ciel, tout à coup, était à la portée de l'homme.

Les parents de Mermoz, qui avait alors douze ans, l'avaient mené, ce jour-là, à Béthény.

Il considéra d'un regard curieux mais très calme toutes les évolutions. Son cousin, qui était là aussi, criait qu'il serait aviateur.

— Pas moi, dit Jean. J'aime mieux la mécanique et le dessin.

Ces goûts décidèrent sa mère et ses grands-parents à l'envoyer comme interne à l'École supérieure professionnelle de Hirson.

De cette époque datent les premières des innombrables lettres de Mermoz à sa mère. Je les ai devant moi. L'écriture en est ferme, appliquée, et fort peu enfantine. Le ton est sérieux, fier. Le tour serré, bref, contenu. Jamais une plainte. L'eau gèle dans les cuvettes, le garçon a les mains gercées, un professeur le bat durement. Il se borne à noter les faits avec une sorte de gaieté supérieure. L'éducation de Mainbressy n'avait pas été vaine.

Cependant, là-bas, se dénouait un drame silencieux. Séparée de son fils, Madame Mermoz sentit qu'elle ne pourrait plus longtemps supporter la froideur qui l'environnait. Tout avait un sens tant que Jean était là. Lui parti, tout devenait impossible.

Sans rien dire de son dessein, Madame Mermoz apprit la couture. Elle était douée. On lui offrit une place de première dans une maison de robes et de manteaux à Charleville. Elle l'accepta. Ce fut la rupture avec ses parents. Ils avaient admis, à contre-cœur, que leur fille quittât son mari. Au moins c'était chez eux qu'elle était venue se réfugier. Ils le pouvaient tolérer à la rigueur. Mais qu'elle s'en allât seule dans une ville, *travailler*, voilà qui tenait de l'indécence, de

la trahison. Une femme reste dans sa famille. Sinon
elle est perdue.

Madame Mermoz partit, cependant, pour Charleville, pleine de courage et d'espoir. Chaque journée
de travail, chaque progrès la rapprochaient de la vie
à deux avec son fils. Bientôt, la fortune sembla répondre
à son espérance. La propriétaire de la maison de couture qui l'employait, vieille et à demi aveugle, lui
annonça qu'elle lui demanderait sous peu de la remplacer.

C'était la sécurité matérielle assurée. Aux grandes
vacances, Madame Mermoz allait prendre Jean auprès
d'elle.

Les grandes vacances de 1914 s'ouvrirent au bruit du
canon. L'invasion s'étendit sur les départements de
l'Est. Madame Mermoz gagna Mainbressy.

Ses parents étaient partis emmenant son fils, sans la
prévenir et sans dire où ils allaient.

Avant qu'elle eût repris ses sens, et eût le loisir de
s'orienter, Madame Mermoz vit les patrouilles allemandes déboucher dans le village.

La petite maison de Mainbressy où Jean Mermoz
vécut son enfance est intacte. Voici la grande pièce-
cuisine du bas, avec son poêle, où furent passées tant
de veillées austères. Voici le jardin qui descend en pente
douce sur une brumeuse vallée, et ses pommiers, et
ses lapins. L'été dernier, lorsque j'allais les voir, les
grands-parents de Mermoz y habitaient encore. Le
grand-père était très droit. A 90 ans on retrouvait
dans son visage les traits de sa fille et de son petit-fils.
Quinze kilomètres de marche ne l'effrayaient pas.

Une douce et lucide malice habitait ses yeux clairs et je ne sais quelle force vitale très pure qui était le signe de trois générations. On éprouvait une émotion sourde devant le témoignage intact de la permanence du sang. L'âge avait touché davantage sa femme. Mais on relevait dans son visage des traces de beauté, de régularité inflexibles. Leur fille venait les voir souvent. Chaque dimanche ils allaient déjeuner chez elle à Rocquigny, la commune voisine. Une grande tendresse, une entente profonde unissaient ces trois êtres. Qui eût pu se douter que deux d'entre eux, de la meilleure foi du monde, avaient infligé à leur enfant la souffrance la plus cruelle? Je pensais, en les regardant, à toutes les tragédies où personne n'est coupable et à toutes celles qui déchireront les hommes tant qu'ils n'auront pas trouvé pour leurs sentiments le même langage.

Pendant trois années, Madame Mermoz ignora où était son fils et même s'il était vivant.

Elle habitait la maison de ses parents. Elle en avait été exclue tandis qu'ils étaient là. Mais pour la défendre contre le pillage, elle décida d'y revenir. Elle vécut des produits du potager, du poulailler, du clapier. Elle subit les mille vexations inévitables qu'ont connues pendant la guerre tous les habitants des régions envahies. Ce ne furent pourtant pas les sévices de l'occupation allemande qui firent le plus de mal à Madame Mermoz.

Elle souffrit davantage de voir peu à peu la crainte, l'aigreur, la méfiance, l'intrigue déchirer le village et s'attaquer à elle. A mesure que le temps passait, que

la vie devenait plus pénible, que la perspective de la
délivrance reculait sans cesse, les cœurs durcissaient,
un égoïsme mesquin et avide prenait le pas sur tous
les autres sentiments. Ces trois années furent pour
Madame Mermoz une véritable asphyxie. Complètement coupée de la France, sans aucun secours autour
d'elle, sans aucune communication humaine, malade,
elle crut disparaître avant de savoir ce qu'était devenu
son fils. Les objets qui le rappelaient dans la triste
maison de Mainbressy, vêtements enfantins, jouets
poussiéreux, travaux maladroits d'écolier et qui au
début de cette longue torture l'avaient soutenue,
comme autant de talismans, elle ne les regardait, ne les
touchait plus qu'avec un morne désespoir. Où était
Jean? Que faisait-il? Quelle vie était la sienne? Jour
et nuit, ces questions obsédaient l'esprit de la malheu-
reuse femme tandis que les saisons se succédaient sans
miséricorde, dans le sang des hommes.

Or, si Madame Mermoz avait eu le don de voir à distance, elle eût reconnu, parmi les élèves qui allaient
au lycée d'Aurillac, un grand garçon réservé, pensif et
blond, qui était son fils. Le grand-père de Jean Mermoz avait déjà vu l'invasion de 1870. Il se rappelait
qu'elle avait couvert alors la moitié de la France. Ce
fut en Auvergne qu'il se réfugia avec sa femme, son
petit-fils et la famille de sa deuxième fille.

Déraciné soudain et transplanté en une terre plus
âpre, sous un ciel plus rude, Jean Mermoz profita physiquement des bienfaits de l'air, de la pureté du pays
montagneux. Mais sa solitude sentimentale fut terrible. Il n'aimait au monde que sa mère. Elle était
comme morte pour lui.

Un vif contraste achevait de lui faire mesurer son
abandon. Il voyait chaque jour son cousin et sa cousine

dont l'âge était voisin du sien, s'épanouir à la tendresse d'une mère indulgente. Les grands-parents ne
songeaient pas à intervenir. Elle avait un mari. Son
existence était conforme aux usages. Il était juste
qu'elle disposât à sa guise de ses enfants.

Pour Jean continuait l'éducation monastique de
Mainbressy. Et il approchait de l'adolescence, c'est-à-
dire de l'âge où le besoin d'échange, de confidence,
devient presque tragique à force d'acuité. Des forces
sourdes, une espérance et une anxiété confuses et puissantes, exaltent et alourdissent le cœur tour à tour. Il
faut les dire, les partager...

Jean n'avait personne. Par un jeu fatal, sa réserve
devint timidité, son humeur sérieuse, mélancolie, sa
sensibilité naturelle s'affina à l'extrême. Trop fier
pour le montrer ou pour se plaindre, fût-ce à lui-même,
il apprit précocement à se composer un monde de ses
seules ressources. Mais combien de fois et avec quelle
intensité ne dut-il pas appeler intérieurement son seul
ami, son seul camarade, sa mère, à qui, pendant les
grandes vacances de 1914, il avait été enlevé.

Et voici qu'en 1917, soudain, il la vit apparaître.

Cette année-là, en effet, des arrangements internationaux aménagèrent le rapatriement d'un certain
nombre d'habitants retenus en pays occupés, les vieil-
lards, les enfants, les malades. Madame Mermoz fit
partie du premier échelon qui, des Ardennes, par la
Suisse, gagna la France libre.

Il est inutile de peindre longuement les sentiments
de Jean Mermoz et de sa mère, lorsque celle-ci arriva à
Aurillac. Jean avait grandi, ses épaules s'étaient élar-
gies, sa voix que Madame Mermoz écoutait avec une
surprise ravie, muait. L'enfant était devenu un adolescent. Il avait passé loin de sa mère trois années. Ils

n'avaient pu avoir durant cette interminable séparation aucune communication. Peu importait! Ils se
retrouvèrent aussi naturellement et simplement que
s'ils ne s'étaient quittés qu'un jour. Ils recommencèrent tout de suite à penser l'un devant l'autre à haute
voix.

L'accueil fait à Madame Mermoz par ses parents
fut cordial. Ils sentirent que la rigueur de leurs principes avait été dépassée par celle de l'épreuve. Ils pro-
posèrent à leur fille de vivre avec eux. Mais cela était
impossible à Madame Mermoz.

Elle ne s'était pas évadée de la tutelle de Mainbressy, elle n'avait pas agonisé pendant des mois et des
mois dans l'anxiété la plus funeste pour voir sa tendresse entravée et admettre que, ayant par miracle
retrouvé son fils, elle dût le partager de nouveau dans
une lutte inégale.

Elle éprouvait, dans chacune de ses cellules, la souffrance des heures perdues et désertes. Elle voulait les
rattraper, connaître chaque mouvement, chaque respiration de Jean. Elle devinait en lui aussi cette urgente
nécessité de résurrection à deux. Pour cela déjà les
années leur étaient mesurées. Dans le grand garçon,
à la voix changée, on sentait poindre l'homme.

Malgré les prières de Jean lui-même, Madame Mermoz eut le courage de le quitter pour chercher du
travail.

Enfin le destin se montra favorable. Une parente
âgée connaissait fort bien Léon Bourgeois. Madame
Mermoz le rencontra chez elle. L'homme d'État lui
assura une place d'infirmière à l'hôpital Laënnec et fit
obtenir à Jean Mermoz une bourse de demi-pension-
naire au lycée Voltaire.

Quelques jours après, ils étaient à Paris.

Ils s'installèrent dans un atelier de l'avenue du Maine, au nº 14.

C'était, dans le quartier Montparnasse, une zone paisible et libre, peuplée de petite bourgeoisie, d'artisans et de phalanstères d'artistes. La modicité du loyer — huit cent cinquante francs par an — était pour Madame Mermoz toute relative. Chaque mois de travail à l'hôpital Laënnec ne lui rapportait que cent cinquante francs. Son logis absorbait donc la moitié de son salaire. Mais elle n'hésita pas dans son choix, et Jean l'approuva entièrement. Outre le fait que ni elle ni son fils n'ont guère brillé par le sens de l'économie, il y avait dans cette décision l'assouvissement d'un besoin peut-être inconscient, mais d'une force irrésistible.

L'atelier tout en vitrages, plein de lumière, n'était pas limité à sa propre surface. Il se reflétait pour ainsi dire indéfiniment dans d'autres ateliers, aussi vastes, aussi clairs, aussi vides. Des peintres, des sculpteurs les habitaient. La jeunesse, la pauvreté, l'insouciance, la folie et l'espoir leur tenaient compagnie.

Après Mainbressy, après l'internat de Hirson, après la captivité en pays envahi, après la solitude morale d'Aurillac, — bref après des années et des années de contrainte, de surveillance, de cloître, de geôle et de séparation, Jean Mermoz et sa mère se trouvaient soudain seuls, maîtres de leurs mouvements et de leurs sentiments, dans le plus merveilleux champ de liberté qui soit au monde : la bohème de Paris.

Un aussi brusque et total changement aurait pu être dangereux. A cette époque Madame Mermoz était une femme jeune et Jean entrait dans l'adolescence. Les mœurs aimables et faciles, le laisser-aller, la violence et la licence des instincts chez des natures dont le seul code moral était la beauté d'une ligne, d'une couleur ou d'un volume, le mélange de l'exaltation et de la débauche, de la misère et de la réussite miraculeuse, tout cela formait une sorte de tourbillon qui pouvait désagréger des caractères mal trempés.

Mais Madame Mermoz et son fils avaient cette intégrité naturelle si rare, qui permet de vivre dans n'importe quel milieu, d'y choisir instinctivement ce qu'il peut donner de plaisant ou de fécond, sans jamais se laisser entamer par lui.

Si la bohème de Montparnasse leur apporta ses chansons, sa soif de beauté, son souffle vivant, son absence de conventions et de préjugés, ce fut seulement par transmission spirituelle et comme par osmose. Car, habitant parmi les plus turbulentes et les plus envahissantes créatures de la terre, Madame Mermoz et son fils n'eurent presque pas de contact direct avec elles.

Ils se suffisaient. Ils vivaient l'un pour l'autre.

Parfois, en voyant une jeune mère et un grand fils mener une existence étroitement unie et tressée comme une trame du même grain, il m'est arrivé d'éprouver un sentiment singulier. Il me semblait que cette entente parfaite et cette lumineuse dépendance transformaient les lois de la nature. Il m'était difficile, presque impossible, d'admettre qu'ils n'eussent pas bénéficié d'une mystérieuse dérogation. Cette femme, tant son enfant ne relevait que d'elle, me paraissait avoir été seule à l'engendrer. Impression, je le sais, logiquement irrecevable, mais qui se fût imposée à moi entièrement, j'en suis certain, si j'avais connu Madame Mermoz et son fils avenue du Maine.

Telle est la force de l'amour et de la véritable parenté.

Madame Mermoz m'a dit souvent : « Ce fut la période la plus heureuse de notre vie. »

Pour elle, on ne peut en douter. Quand on songe aux conditions d'existence qui précédèrent sa venue à Paris et aux alarmes dont fut nourrie par la suite sa vie, depuis le premier vol de Jean Mermoz jusqu'au dernier, on conçoit le ravissement et le regret pathétique avec lesquels elle se reportait à ces années de l'oasis du Montparnasse.

Mais pour son fils, ces paroles sont-elles aussi vraies? Ne connut-il pas les cimes de sa vie, l'accomplissement le plus intégral de lui-même à d'autres instants?

Chacun sur la terre a son œuvre, son amour à enfanter et assouvir, et, alors qu'il les achève, il se sent le plus près des dieux.

Pour Madame Mermoz, c'était son fils. Pour son fils, c'était la conquête des éléments et des mondes. L'un et l'autre pendant quelques années ont atteint à la plénitude. Ils sont à envier.

Singulière existence que celle de ce grand garçon de seize ans aux épaules robustes et à la figure si fine qu'elle en paraît fragile!

Au lieu de se laisser prendre au mirage de la grande ville, aux pièges de sa jungle fascinante, Mermoz, plus que jamais, se replie sur lui-même puisqu'il est entendu que sa mère et lui ne font qu'un.

On dirait que son génie intérieur, pressentant la courbe de son destin, lui ait soufflé en ces heures décisives : « Hâte-toi d'apprendre, hâte-toi de te recueillir. Tu n'as plus grand temps devant toi. Bientôt, tu connaîtras les amitiés et les amours violentes, bientôt les rixes et le vin et les terres brûlantes nourriront tes muscles et ton sang. Puis, viendront la moisson des pays, des mers et des cieux et la gloire et ses rançons.

Cette vie studieuse, profonde, intime, dont tu disposes encore, creuse-la, fais vite. »

Jusqu'à son engagement dans l'armée, Jean Mermoz ne but pas un verre d'alcool, ne connut pas les femmes. L'âge difficile qui forme ou déforme à jamais la pureté d'un cœur, il le franchit ingénument et comme s'il se préparait à prononcer des vœux.

Son emploi du temps était fort simple. Toute la journée, cependant que Madame Mermoz travaillait à Laënnec, il la passait au lycée Voltaire. Le soir, il retrouvait sa mère. Il lui faisait part des heures qu'il venait de passer. Elle lui racontait les découvertes d'un métier qui l'envahissait chaque jour davantage. Il pénétrait par ce truchement les secrets de la souffrance humaine, les humbles drames de l'hôpital et les ressources de la bonté. Le dîner achevé, il prenait un livre. Son avidité pour la lecture était dévorante. Par-dessus tout il préférait les poètes. Il répétait leurs vers jusqu'à satiété, jusqu'à épuisement et s'endormait en les chuchotant encore.

Les jours de vacances — jeudi et dimanche — il ne songeait pas à sortir, mais à dessiner. J'ai eu la surprise extrême de trouver à Rocquigny un carton empli de nus fermes et nets, où l'on sent en même temps que la naïveté de l'autodidacte, une sensibilité aiguë aux formes, un sens inné du trait.

Je me souviens d'avoir demandé avec stupeur :

— Jean avait donc des modèles?

Madame Mermoz se mit à sourire doucement :

— Et où aurions-nous pris l'argent? dit-elle.

— Mais ce n'est pas de sa tête que Jean tirait les sujets?

— Non, bien sûr. A travers nos grandes vitres, on voyait beaucoup d'autres ateliers. Toujours soit dans l'un, soit dans l'autre chez un peintre, chez un sculpteur, il y avait un modèle. Jean profitait de la pose.

Son commerce avec les artistes s'arrêtait là.

Il n'aimait guère le tumulte, les excès, la vitalité exubérante de leurs voisins. Il en était aux poèmes de Samain, de Verlaine, de Baudelaire, à la méditation, à l'extrême réserve, à la timide et fervente étude de son être intérieur. Rien n'annonçait la part de lui-même violente et orageuse et toute vers le dehors tournée. Rien sinon ce qui la préparait, c'est-à-dire une faim insatiable, barbare, héroïque.

On ne peut pas tout à fait appeler pauvreté la situation matérielle, qui fut, avenue du Maine, celle de Madame Mermoz et de son fils, mais elle se place à l'extrême limite qui sépare la gêne intolérable de la misère.

Son loyer payé, Madame Mermoz disposait mensuellement d'une somme de soixante-quinze francs. En 1918, le prix des choses n'était, sans doute, pas celui qui a cours aujourd'hui, et la monnaie française avait encore sa pleine valeur. Cependant, même alors, il était plus que difficile de subvenir aux besoins de deux personnes avec deux francs cinquante par jour. Surtout que l'une d'elles était un adolescent vigoureux et en pleine formation. Le plus clair des faibles ressources dont disposait Madame Mermoz passait à nourrir son fils. La guerre, à son dernier stade, imposait des restrictions. La quantité de pain destinée à chaque habitant de Paris était strictement mesurée par des cartes. Heureusement Madame Mermoz, comme infirmière, avait droit à une double ration. Elle la réserva entièrement pour Jean, si bien que pendant des mois et des mois, elle n'en mangea pas une bouchée.

Pour le reste, elle fabriquait le prodige quotidien auquel sont habituées à Paris tant de ménagères modestes. Jean était habillé avec décence et propreté. Il pouvait acheter des livres dans les éditions populaires et de temps en temps se promener à travers la grande ville avec quelques sous dans sa poche. Il n'en demandait pas davantage.

Jamais le désir de luxe, jamais l'envie ne l'effleurèrent. La richesse était une entité qui ne l'intéressait point. Ce fut dans cette période que s'établirent définitivement en lui, grâce aux voisins de l'atelier et grâce à l'existence qu'il menait, le mépris pour les conventions, le respect des trésors de l'esprit, le dédain pour les biens matériels, un merveilleux sens humain et la notion juste de la dignité.

Quand elle cerne un être pur et sain, la gêne est la plus sûre des écoles. Elle enseigne d'elle-même la hiérarchie des valeurs.

De même que le pain, le charbon était rationné et délivré selon le système des cartes. Madame Mermoz n'avait pas les moyens de se faire livrer, ni le temps ni la force d'aller chercher elle-même sa provision. Jean s'en chargeait avec une charrette à bras. Or, il lui arriva, dans une de ces courses, de rencontrer deux de ses camarades de lycée. Il portait naturellement ses vêtements les plus usagés. Il avait les mains noires et tirait de toutes ses forces sur les brancards. Il sourit joyeusement aux garçons de sa classe et les interpella. Ceux-ci passèrent sans vouloir le reconnaître.

Jean raconta l'incident à sa mère en haussant les épaules, avec une sorte de pitié déjà virile. Puis il conclut :

— Ce sont des imbéciles. Ils ne comprendront jamais combien je suis content de t'aider.

Ce dédain ne dissimulait aucune blessure d'amour-
propre. Pour connaître le prix d'une si tranquille
fierté, il faut que chacun se souvienne de l'âge où était
Mermoz et où la fausse honte règne en maîtresse.

Durant cette période, Jean n'eut qu'un ami et
qui était un homme fait.

Il fut découvert par Madame Mermoz. Les services
de l'Assistance Publique l'avaient chargée de visiter
et d'organiser le cinquième arrondissement pour la
lutte préventive contre la tuberculose. Cet inventaire
terrible de la misère et de la maladie, au cours duquel
elle gravissait journellement plus de deux cents étages,
mena un matin Madame Mermoz dans un pauvre
appartement de la rue du Cardinal-Lemoine. On lui
avait signalé qu'un grand blessé de guerre s'y débattait contre une sorte de perpétuelle agonie.

Quand elle y pénétra, pour la première fois, le
malade en proie à une crise de suffocation atroce et
ne croyant plus en rien ni en personne la chassa brutalement. Il en fut de même à la seconde entrevue. A
la troisième le blessé eut honte et reçut Madame Mermoz. A partir de ce moment, il ne put se passer d'elle.

Il vivait par miracle. L'aorte, les poumons, les
reins, l'estomac, tout avait été ruiné par une commo-
tion qui avait ébranlé l'organisme entier. Les souffrances étaient telles que les médecins, ne croyant pas au
malheureux une chance de vie, lui prodiguaient
l'éther en doses massives pour le calmer.

Voyant le dénuement et la torture où il se débattait,
Madame Mermoz le transporta chez elle. Tandis
qu'elle courait les taudis, Jean soigna le malade. Une

3

grande amitié s'établit entre eux et qui ne devait plus
se démentir.

Max Delty avait à ce moment le double de l'âge
de Jean Mermoz. Pourtant leurs rapports ne se ressen-
tirent pas de cette différence d'années. Ils parlaient
d'égal à égal.

Il y a dans le corps humain un point d'accrochage
à la vie, que la science est incapable de déceler.
Condamné par toute la Faculté, Max Delty se rétablit pourtant. Ses crises s'espacèrent et il put reprendre son métier qui était de chanter l'opérette.

Il trouva un engagement aux Bouffes du Nord et
put, grâce à ce gain, améliorer l'ordinaire de l'atelier.

Souvent Jean Mermoz venait, à pied, le prendre au
théâtre, et ils s'en revenaient, à pied également, discu-
tant d'art, de chansons, de la guerre et de l'existence,
jusqu'à l'avenue du Maine. Mais ils ne parlaient
jamais d'aviation.

Et, en vérité, jusqu'à l'âge de dix-huit ans, Jean
Mermoz ne pensa pas à être aviateur. Et pas une fois
dans le feu de la guerre qui exaltait pour le pays
entier les actes des pilotes, les noms de Guynemer, de
Nungesser et de Fonck, il n'éprouva le désir de
gouverner une machine ailée.

Avenue du Maine, l'ambition ou plutôt le rêve de
Jean Mermoz fut de modeler des visages et des torses
dans la terre obéissante.

Mais pour faire de la sculpture, il fallait avoir une
vie matérielle assurée. Du moins Jean Mermoz pensait ainsi. Cette crainte de l'avenir était la preuve
même de la fausse vocation. Quand il eut pénétré la
véritable, Mermoz ne s'embarrassa pas de pareilles
inquiétudes.

Quoi qu'il en soit, et continuant à se tromper sur

son propre personnage, Mermoz décida de préparer l'École Centrale. Il avait passé en 1918 la première partie de son baccalauréat de sciences. L'été suivant il se présenta à l'examen définitif. Reçu à l'écrit, refusé à l'oral, tel fut le verdict. Il l'accabla.

Ce fut même une sorte de déroute nerveuse. Elle n'est que trop facile à expliquer. Mermoz aimait les lettres, les arts et assimilait très mal les mathématiques. Or, la carrière qu'il croyait devoir suivre exigeait uniquement leur étude. Il voulut remplacer par l'assiduité, par l'acharnement le don qui lui manquait. Il ne sortit plus, n'écouta pas sa mère qui le suppliait de se distraire. Son corps fait pour l'espace, pour l'exercice violent, il s'astreignit à le courber sans mouvement sur une table. En même temps la crise de croissance faisait craquer son organisme.

Le résultat de cette contrainte à laquelle il se condamnait lui-même ne se fit pas attendre. Il eut des maux de tête chroniques. Son regard s'obscurcit. Il ne pouvait plus lire que les vers les plus désespérés, de Baudelaire et de Verlaine. Il se plaignait parfois d'une fatigue extrême. Il en donna bientôt un signe dangereux.

Sa mère voulant à toute force le distraire, l'avait emmené dans une petite salle de cinéma, près de la gare Montparnasse. Ils quittèrent leurs sièges ensemble, mais à la sortie elle ne le trouva plus. Après quelques minutes d'attente, elle fut seule dans le hall, où l'on commençait à éteindre les lumières. Dehors, parmi les passants, Madame Mermoz ne reconnut pas son fils. Elle appela, chercha, sans le trouver.

Elle courut avenue du Maine. Jean n'avait pas la clef de l'atelier. Pourtant, elle ne découvrit aucune trace de sa présence aux alentours de la maison. D'un

seul coup l'anxiété fondit sur Madame Mermoz. Elle
se rappela toutes les manifestations morbides qu'elle
avait remarquées chez son fils et eut peur de l'invisible ennemi que Jean portait en lui. Comme une
folle, sans dessein, sans pensée, Madame Mermoz se
mit en marche. Qui la guidait? Jusqu'à présent, elle
ne sait pas le dire.

Elle battit le quartier Montparnasse, traversa celui
des Invalides, gagna les quais. Dans la pénombre
nocturne, il lui sembla reconnaître une silhouette
familière sur la berge. Elle descendit. Tout près de
l'eau, Jean Mermoz se penchait...

Sa mère le ramena avenue du Maine, sans l'interro-
ger, le coucha. Il s'endormit profondément.

Le lendemain il n'avait plus aucun souvenir de sa
fugue. Il ne se la rappela jamais.

Un médecin consulté se montra très soucieux. Il
craignait une méningite évolutive, lente.

Madame Mermoz, qui n'avait jamais usé d'autorité
à l'égard de son fils, fut inflexible. Elle lui interdit de
continuer ses études en vue des examens d'octobre et
l'envoya chez ses parents à Aurillac.

Jean Mermoz revint quatre mois après, transformé
par l'air pur, une vie saine et rude, la fin de la croissance. Il était calme, il était fort. Les muscles liaient
et déliaient dans sa chair leurs nœuds harmonieux. Ses
épaules commençaient de conquérir une carrure
olympique. Il regardait droit devant lui. Ses yeux
riaient de nouveau.

C'était un homme et qui se reconnaissait pour tel,
et qui comprenait qu'il avait fait fausse route.

— Fini le lycée, dit-il à sa mère, je n'entrerai jamais à Centrale. Je ne serai jamais ingénieur, ce n'est pas pour moi.

Mais il tâtonnait encore.

Max Delty connaissait un secrétaire de rédaction au *Journal*. Il lui présenta Jean Mermoz dans un dîner. Le peu d'entraînement que le jeune homme avait à la boisson le fit sortir de table malade. Ce fut le seul résultat de cette entrevue.

Quelques mois s'écoulèrent en vaines recherches de travail. L'inactivité, le sentiment qu'il était une charge pour sa mère qui venait d'être nommée infirmière-chef à Pontoise, pesaient de plus en plus à Jean. Il résolut de s'engager. Après son service militaire, il verrait clair.

Mais à cette étape même où se jouait sa destinée, Mermoz ne songea pas d'abord à l'aviation. Il balançait entre la cavalerie et l'infanterie alpine.

Tout se décida dans un petit café de Pontoise.

Regardant Max Delty boire un apéritif, Jean Mermoz lui faisait part de ses projets et de ses hésitations.

— Pourquoi n'essayes-tu pas d'être aviateur? demanda Max Delty. C'est l'arme la plus libre avec la meilleure solde. Et puis, j'y ai un ami qui pourra peut-être t'aider.

— Pourquoi pas? dit Jean Mermoz

En juin 1920, âgé de dix-huit ans, il s'engagea.

J'ai interrogé plus d'une fois Mermoz sur le sentiment qu'il éprouva en cet instant.

— Aucun, m'a-t-il répété. Aucun si ce n'est le désir d'en finir au mieux avec le service.

— Mais comment expliques-tu cette indifférence à l'aviation, insistais-je, alors que, depuis l'âge de dix-huit ans, tu n'as plus conçu l'existence en dehors d'elle?

— Je ne sais pas, disait Mermoz. Vraiment...

Il le savait pourtant, je crois. Mais sa modestie et sa réserve le rendaient inhabile à exprimer ses sentiments les plus profonds. Or, pour satisfaire à mon exigence, Mermoz aurait dû livrer plus qu'une aspiration secrète, plus que son cœur : le sens de toute sa vie. Et sa vérité.

Je l'ai pressenti quand nous parlions ensemble. Mais je ne l'ai su d'une façon éclatante et pleine qu'après sa disparition. Pour écrire ce livre, j'ai fouillé chaque lettre de Mermoz, scruté chacune de ses démarches. Alors seulement j'ai pu voir que cette ignorance d'une vocation marquait la première étape de la poursuite sublime à laquelle Mermoz a voué son existence.

Si l'on ne comprend pas cela, on ne comprend rien à cette vie. On n'accède plus à son foyer réel. Seuls les actes reflets demeurent perceptibles. Mermoz, sans la recherche constante, ardente et douloureuse de sa vérité, n'eût été qu'un grand pilote. Il fut beaucoup plus et beaucoup mieux. Et l'étonnante attitude de son adolescence envers l'aviation en est le signe le plus valable. Car elle montre la disponibilité absolue d'une âme à laquelle rien n'est nécessaire que sa propre libération et qui hésite sur le moyen de l'assurer.

Il est sur terre deux races d'hommes. La première — d'un nombre étouffant — se contente d'assouvir les besoins élémentaires de l'existence. Les préoccupations matérielles, les soucis familiaux bornent son champ. L'amour, parfois, y projette son ombre, mais strictement égoïste et ramené à l'échelle du reste.

L'autre race, quoique soumise au joug de la faim, du plaisir charnel et de la tendresse, porte plus loin et plus haut son ambition. Pour s'épanouir et simplement pour respirer, elle a besoin d'un climat plus beau, plus pur et spirituel. Il lui faut dénouer les limites ordinaires, exalter l'être au-delà de lui-même, le soumettre à quelque grande force invisible et le hausser jusqu'à elle. La pauvreté de l'homme la blesse, la désespère. L'inaccessible seul l'attire comme le rachat et la victoire sur l'humaine condition.

A ce sang choisi, à sa pointe, à sa fleur, Mermoz appartenait par son hérédité maternelle, par son éducation, par toute sa nature. Pour vivre, il devait s'évader de la vie.

Avenue du Maine, il ne le savait pas. Mais son retrait sur lui-même, sa précoce méditation, l'amour des livres, la passion des arts, tout trahissait chez lui la nécessité mystique.

Le bruit des moteurs, les prodiges de la mécanique, n'entraient pas dans ce domaine. Jean Mermoz, à seize ans, n'était pas loin de considérer l'avion comme une automobile perfectionnée. Cela ne le touchait guère.

En vérité s'il avait eu alors le goût de piloter, il n'eût pas été lui-même. Il eût simplement ressemblé à tant de garçons réalistes et hardis, adroits de leurs mains, à l'œil sûr, au cœur ferme, qui aimaient parmi les sports le plus nouveau, le plus périlleux, et le plus glorieux.

Pour chérir l'aviation, la nature de Mermoz exigeait autre chose.

Il le sut plus tard lorsque, se connaissant enfin, il me disait :

« J'aurais pu aussi bien être méhariste ou missionnaire. »

Le sort lui accorda la route la mieux faite pour sa
grande foulée et la plus propice à toucher facilement
et largement l'imagination des hommes. Mais ce qu'il
lui fallait avant tout, c'était une forme de vie, un
instrument équilibré à ses muscles, à son cœur et à
son âme et qui lui ouvrît la piste du voyage sans fin.

Pour ne l'avoir pas compris, il avait failli sombrer
inconscient dans le flot épais de la Seine. C'est encore
aveugle et sourd qu'il mit, au Bourget, l'uniforme de
soldat d'aviation.

LE MAUVAIS SOLDAT

Quand Mermoz parlait de l'apprentissage de pilote qu'il fit à Istres après quatre mois de classes au Bourget, il prenait chaque fois un visage presque haineux, et les mots crus du vocabulaire de soldat transformaient sans qu'il s'en aperçût son langage.

Ce n'était pas le souvenir des épreuves, des vexations, des injustices stupides qui durcissait ainsi ses traits et sa voix. Il avait plus tard connu des jours plus difficiles. Ce que Mermoz ne pouvait pardonner au régime qui pesait sur le camp d'aviation d'Istres, en 1920, c'est qu'il avait risqué de le dégoûter du vol avant même de lui permettre de voler.

— Ils en ont écœuré par dizaines, les salauds! disait-il.

Il se trouva, en effet, que le camp d'aviation d'Istres fut, après les hostilités, une sorte de dépotoir pour les gradés des bataillons de discipline et des régiments de Joyeux. Là, où il eût fallu, pour des jeunes gens naïfs et ardents, des entraîneurs d'âmes, on plaça des gardes-chiourme... Ils détestaient tout ce qui s'écartait de la routine la plus vulgaire. Ils étaient mal habitués à l'aviation. Ils avaient encore présente à la mémoire, comme un défi, l'image des pilotes de guerre, en uniforme de fantaisie et qui avaient le privilège de pouvoir se laver avant de mourir. Toute la partie héroïque, ailée du métier leur échappait. Ils voyaient seulement ce qui était de nature à exciter l'envie.

Comment pouvaient-ils comprendre l'esprit d'aventure et l'amour des horizons interdits pour les corps cloués à la terre? A leurs yeux les élèves pilotes n'étaient que des freluquets ambitieux, haïssables. Ils méritaient un dressage spécial. A ce dressage, les adjudants et sergents des bataillons disciplinaires apportèrent plus que du soin, du sadisme. Seuls trouvaient grâce devant eux les faibles qui cédaient et, demandant à être radiés, renonçaient au vol.

Mermoz, par sa nature et son éducation, était plus sensible que ses compagnons. Il souffrit davantage. Mais il était aussi plus stoïque. Il résista mieux.

On eut beau lui faire coltiner les pierres, éplucher des patates, vider les lieux d'aisance, boucher et reboucher les mêmes trous, rien n'y fit. Il était venu à Istres pour apprendre à piloter. Il piloterait. Il monterait dans ces machines qu'il voyait de loin, posées devant les hangars, au bord de la piste, plaine immense étalée sous le beau ciel bleu et cruel, plein de lumière.

Mermoz ignorait tout de leur maniement, de leur secret, de leur influence. Mais une émotion sourde, une sorte d'anxiété impatiente et bienheureuse, commençaient de s'insinuer en lui quand il les regardait se détacher du sol. Entre ses corvées, silencieux et timide, il rôdait autour des avions, écoutait avidement l'argot dur et juste des mécaniciens, les récits des pilotes. Il enviait leurs rapports simples, leur entente professionnelle. Le bruit puissant des moteurs retentissait dans son cœur comme un tocsin singulier. L'espace, la clarté, le vent, le ciel répandus autour des appareils et des hommes qui les servaient, faisaient lever dans le jeune soldat un pressentiment confus qui arrêtait son souffle. Il lui semblait être sur le seuil d'un monde merveilleux.

Il se promit que rien ne l'empêcherait d'y pénétrer.

Sa volonté se durcissait, comme durcissaient au mistral ses traits délicats, et, par les travaux du camp, ses mains fines.

Il ne songea pas un instant à partager la condition des fourriers, des scribes, des préposés au magasin d'habillement, des plantons, tous anciens élèves pilotes et dont les gradés avaient eu raison. Son être entier se révoltait contre ces baraquements suintant l'ennui et la soumission veules, contre ces tièdes cellules et ces fonctionnaires en uniforme.

Cependant, on se tuait beaucoup à Istres. Beaucoup trop. On donnait aux élèves des appareils à bout de souffle, épuisés par la guerre, mal refaits, mal réparés. Ils tenaient par miracle. Ils ne pardonnaient pas la moindre faute. Ils n'attendaient même pas qu'on en fît. Dans les débris de ces machines, criminellement mises à leur disposition, les jeunes hommes mouraient par dizaines.

Corvées de pierres et corvées d'enterrements, voilà à quoi passait le plus clair de l'instruction des débutants à Istres. C'est Mermoz qui l'a dit.

Dans ces conditions, le camp d'aviation acheva rapidement pour lui ce que la cure d'Aurillac avait commencé. On aurait difficilement reconnu, dans l'élève pilote Jean Mermoz, l'esthète de l'avenue du Maine, aux cheveux flottants, à la noire lavallière, qui se gorgeait jusqu'à l'excès des vers de Baudelaire. L'uniforme râpé et trop étroit pour ses épaules, les godillots d'ordonnance qui déformaient ses pieds, le casque sous lequel il cachait ce qu'on lui avait laissé de chevelure, ne formaient pas les éléments essentiels de sa transformation. Elle était surtout intérieure. Une grande et profonde simplification s'opérait dans le jeune homme, habitué aux rêves de l'atelier et à l'influence exclusive de sa mère.

Il se raidit pour le combat. Il comprit que la ligne de sa vie dépendait de sa fermeté, de son obstination. Son langage devint plus dépouillé, plus rude. Sa pensée aussi. La chambrée, les aboiements des sous-officiers, la nudité des baraques du camp, le contact permanent avec l'injustice, le spectacle répété de la mort, tout contribua à son brusque épanouissement viril.

Si l'école d'Istres ne fit rien perdre à Mermoz de sa sensibilité et de sa puissance d'enthousiasme, elle les enveloppa de l'armure qu'exigeait la vie. En outre, elle lui enseigna la camaraderie et l'amitié.

— L'élève pilote Coursault, un garçon sec, décidé et vaillant, était arrivé à Istres quelques jours avant Mermoz. Dès qu'il vit sur le terrain et aux corvées ce soldat qui portait fièrement un fin visage résolu, il se prit de sympathie pour lui. Il le mit au courant des méthodes de l'école, lui signala les plus hargneux parmi les chiens de quartier. Coursault et Mermoz avaient le même âge, le même goût loyal et fort de l'aventure. La même impatience et la même pauvreté. Coursault était sans doute plus simple et Mermoz plus réservé. Mais cette différence ne fit qu'enrichir leur commerce. Ils se lièrent vite et puissamment, de cette amitié qui se passe de paroles, mais qui, dans la première jeunesse, a quelque chose de sacré. Une entente de ce genre et dans les conditions où se trouvaient les deux élèves pilotes ne double pas les forces, elle les décuple. Elle répond à tous les besoins, à toutes les attaques.

Les deux soldats joignirent tout de suite leurs ressources. Ils recevaient cinq sous par jour; avec cette somme ils devaient satisfaire des habitudes d'affamés perpétuels que la gamelle laissait terriblement inassouvis, et pourvoir à leurs amusements. Ils ne résolurent jamais qu'imparfaitement ces deux problèmes.

Pour celui de la nourriture, ils avaient recours au Foyer du Soldat. Là, contre six sous, on pouvait avoir un quart de litre de chocolat, qui servait à faire passer le pain en quantité monstrueuse.

Mais un quart de litre pour deux, c'était peu!

Ils s'avisèrent alors qu'une boîte de conserves en contenait près du double. Ils prétendirent avoir perdu leur quart métallique et l'un d'eux se présenta au Foyer du Soldat avec le récipient peu réglementaire. Bon diable, le serveur le remplit jusqu'aux bords. Le quart de litre ne revenait plus qu'à trois sous.

Pour les distractions, elles ne variaient guère. Chaque dimanche, il y avait bal au village d'Istres qui se trouvait à quelques kilomètres du camp. Coursault et Mermoz se rendirent aux soirées où l'on dansait. Ils portaient à tour de rôle une paire de chaussures jaunes, seul élément d'élégance que leur permît leur prime.

Ils avaient, selon les semaines, un franc ou un franc cinquante à dissiper. Cela ne dépassait pas une consommation pour chacun. Mais ils s'intéressaient plus aux filles qu'à la boisson. Et déjà Mermoz, par sa beauté, par son charme, trouvait peu de cœurs qui lui fussent cruels. Il connut des amours faciles et sans lendemain. Il sentit s'éveiller en lui un besoin physique aussi robuste, aussi exigeant que celui de la

faim. Sa puissance musculaire, la chasteté de son adolescence, le goût de la vie, la rudesse du camp, le
menèrent d'un seul coup à une sorte d'avidité charnelle qui ne devait plus le quitter.

Elle déplut aux coqs du village, jaloux des aviateurs. Coursault et Mermoz apprirent à se servir de
leurs poings. Ils étaient forts et agiles, ils aimaient les
jeux brutaux. Ils surent se faire respecter.

Mais ce n'était pas pour le chocolat du Foyer du
Soldat ni pour les filles brunes du bal que Mermoz
était venu à Istres. Il voulait voler. Il le dit, le redit,
insista, écrivit des demandes, des réclamations. Bref,
il fit si bien que les gradés comprirent : les corvées
les plus rebutantes, ni les punitions, ni les accidents,
ne feraient passer à celui-là le goût de l'air. Mermoz
fut admis à la piste non plus pour casser des cailloux,
mais pour apprendre à piloter.

Il eut la chance de tomber sur un moniteur qui
aimait passionnément l'aviation. Engagé pendant la
guerre et n'ayant pas l'âge suffisant, il avait été jusqu'à
truquer ses papiers. Les hostilités terminées, il était
sergent et décoré. On s'aperçut alors de sa supercherie.
Il fut cassé de grade et envoyé à Istres. Il s'appliqua
spécialement à instruire Mermoz. Mais des travaux
pénibles qui n'avaient rien de commun avec le vol,
venaient sans cesse interrompre l'entraînement. Il
dura trois mois.

Pilotage au sol... double commande... enfin Mermoz
fut lâché seul.

Le premier vol de Jean Mermoz...
Quand il décolla, engoncé dans sa combinaison, avec

un visage d'enfant studieux, le corps tendu, un peu de sueur aux tempes, il ne pensait qu'à bien suivre les préceptes de son moniteur, à dominer la première épreuve. Quand il revint, il avait les mêmes gestes, la même application d'écolier attentif. Mais s'il avait pu mesurer ce qui s'était passé en lui dans cette demi-heure, Mermoz en eût été le premier stupéfait. Il venait, sans le savoir, de découvrir le sens du monde et de sa vie.

Heureux sont les hommes qui rencontrent soudain, dans la révélation d'un métier, l'assouvissement de leurs désirs jusque-là incertains et la règle pour laquelle ils sont faits. Plus heureux encore ceux qui, riches de passions contradictoires, trouvent dans ce métier leur propre clef, la solution de leur être intérieur et le point d'équilibre entre les tendances qui les déchirent!

L'enfance de Mermoz avait été menée de telle sorte qu'il avait pris en même temps le goût et la souffrance de la solitude. Son adolescence avait été orientée vers les domaines du sacrifice, de l'esprit et de l'exaltation. En même temps son cœur avait besoin de joie, ses muscles de mouvements violents et dangereux. Le vol lui donna tout cela. Il était seul à bord de son appareil, mais il avait la terre et le ciel pour compagnons. Les hommes, dont il commençait de pressentir la pauvre substance, il les oubliait. Le vent le plus pur courait autour des ailes et du fuselage. Les nuages légers s'approchaient de lui. Les routes du monde s'ouvraient. Et il les bâtissait lui-même. Tout n'était que jeune force, jeune beauté, paix profonde et liberté. Les vers des poètes, les formes des tableaux, les rêves, les jeux, tout se trouvait réalisé, comblé.

Et au milieu d'un grondement régulier et puissant

comme celui des orgues et de l'océan, ce calme, ce silence, ce mystère vertigineux...

Mermoz eut le sentiment que des voiles se déchiraient un à un, qu'il approchait d'une vérité immanente, qu'il apprenait à la servir.

Pour comble de chance, son moteur eut une panne et Mermoz sut se poser en vol plané. Il était vraiment le maître du monde.

« La fièvre de l'air et de l'aviation me tient », écrivit-il à sa mère le soir même.

Il avait choisi l'aviation au hasard, comme le moyen le plus agréable de se débarrasser du service militaire. Il devinait soudain qu'elle était le chemin de l'infini.

Mermoz fut admis à passer les épreuves du brevet de pilote.

Les appareils d'Istres admettaient difficilement une pareille ambition. Dès la première tentative, son moteur au départ s'arrêta net. Accident en général mortel. Mermoz s'en tira avec une jambe et une mâchoire endommagées.

Il n'attendit pas d'être complètement guéri et recommença douze jours plus tard. A la fin de son circuit il atterrit à Orange. Un mistral déchaîné le fit capoter. On eût pu le radier. La confiance de son moniteur le sauva. Une dernière chance lui fut accordée.

Mais le temps était contre lui. Orages, pluies, vents d'une violence exceptionnelle, s'opposèrent à son départ. Il attendit dans la fièvre et l'angoisse. Si par la faute de son appareil ou celle des conditions atmosphériques ou la sienne, il échouait de nouveau, c'était la fin de toute espérance. Il aurait à remplir les quatre ans de service à quoi l'obligeait son engagement par des demi-tours et le maniement d'armes.

Un matin il n'y put tenir et, malgré un temps épouvantable, décolla. Quand il revint au sol, il avait gagné la partie. Le 29 janvier 1921, il était breveté.

Au mois d'avril, le caporal pilote Jean Mermoz fut envoyé à Metz, au terrain de Frescaty[1], en escadrille.

L'escadrille...

On imagine mal aujourd'hui le pouvoir de ce mot sur un jeune pilote à l'époque où Jean Mermoz quitta l'école d'Istres. L'escadrille avait alors le prestige du courage guerrier, de la liberté dans la discipline, du geste individuel dans l'action de masse, de la camaraderie sur terre et dans le ciel. L'escadrille, c'était à la fois l'aventure, le cloître, et la permission sans frein.

Cette notion romanesque et vraie, Mermoz l'emporta dans le train qui roulait vers Metz. Les camps d'aviation de ce temps étaient pleins d'histoires des Cigognes, des Lapins, des Baleines, des Kangourous... Les moniteurs, les officiers, qui, tous, sortaient de la guerre, avaient fait partie de ces formations prestigieuses.

« Chez nous, en escadrille », disaient-ils...

Et ils se mettaient à rêver tout haut.

Et Mermoz pensait :

« Enfin, moi aussi, je vais en escadrille. »

Quelques heures après son arrivée, cette notion ne signifiait plus rien.

Caserne, chambrée, règlement, réfectoire, contrôle pointilleux, gradés froids, fermés et méfiants, un lieu-

---

1. 7e escadrille du 11e régiment de Bombardement.

tenant qui s'occupait plus des boutons de vareuse que
du mérite des pilotes, voilà ce que trouva Mermoz au
lieu de la grande fraternité de son espérance. Et pour
s'évader de cette misère, il n'avait même pas la ressource du vol. On économisait l'essence, les moteurs,
on réduisait l'entraînement à la durée dérisoire de
deux à trois heures par mois.

Mermoz était né en quelques mois à l'instinct véritable de lui-même. Dès qu'il eut vu et compris ce
qu'était son escadrille — et il lui fallut peu de jours
— il résolut de la quitter. Il songea d'abord au Maroc.
Puis, comme on demandait des volontaires pour
le Levant, il se fit inscrire parmi eux. Son ami Coursault, qui l'avait suivi à Metz, n'hésita pas davantage.

L'attente du départ donna seule le courage à Mermoz de résister à la vie de garnison sans glisser de la
salle de police à la prison, de la prison au conseil
de guerre. La Syrie était pour lui la liberté, le souffle
des espaces millénaires et vierges à la fois. Et la suite
naturelle de ce qu'il avait découvert dans son premier vol. Il voulait retrouver, à tout prix, ce goût
d'aube et de solitude radieuse, et de puissance, et de
poésie. Il en avait un besoin impérieux, et qu'il ne
pouvait nommer, comme si une part inexplorée de
lui-même, et la plus importante, exigeait le droit de
vivre.

Les incidents de service ne faisaient qu'attiser son
impatience.

Un matin, comme il s'était assis près du chauffeur,
dans le camion qui conduisait les pilotes au terrain,
il vit s'avancer un autre caporal qui lui enjoignit,
avec brutalité, de céder la place de choix.

— A quel titre? demanda Mermoz.

— Caporal plus ancien que toi à l'escadrille.

Mermoz sauta sur le sol.

— Et moi, cria-t-il, caporal Mermoz, et soixante-quinze kilos pour te servir.

L'autre considéra les épaules de son adversaire, ses poings serrés, son visage soudain gris de fureur, et alla s'asseoir à l'intérieur du camion. Mais il porta plainte. La chance voulut que Mermoz eût été nommé caporal à Istres quelques jours avant que son ennemi ne l'eût été à Metz. Ainsi l'algarade n'eut pas de suites, mais d'autres se produisirent sans répit, aussi bêtes, aussi puériles, qui, dans l'oisiveté mécanique de la journée militaire, prenaient des proportions démesurées.

Combien, par exemple, Mermoz dut déployer d'énergie, d'efforts, d'habileté, d'obstination pour conserver les sept centimètres de cheveux que permettait le règlement aux pilotes et qui offusquaient la vue de son chef d'escadrille. Celui-ci pour réduire la tolérance autorisée n'avait trouvé qu'un système : il envoyait ses hommes en prison, ce qui lui donnait le droit de les passer à la tondeuse. Et ce n'était pas de la cellule qu'avait peur Jean Mermoz, mais du coiffeur. La lutte dura pendant tout son séjour à Metz, c'est-à-dire près de six mois. Mermoz sortit vainqueur du misérable combat.

Une fois, pourtant, son chef crut bien avoir gagné la partie. Mermoz faisait un des rares vols que lui permettait le rationnement de l'essence. Il évoluait au-dessus du terrain lorsque soudain, on vit son appareil descendre avant l'heure fixée et atterrir sans tenir compte du vent. Le chef d'escadrille courut vers la carlingue :

— Qu'est-ce qui vous prend? commença-t-il avec véhémence.

— Regardez, mon lieutenant, dit Mermoz de sa voix la plus unie.

Il manœuvra les commandes. Aucune ne répondait.

— Mais alors... mais alors..., murmura l'officier, vous vous êtes posé au moteur?

— J'ai fait ce que j'ai pu, mon lieutenant.

— Mais c'est très difficile pour un jeune. C'est très... c'est très bien, dit le chef d'escadrille.

Mermoz avait dominé son premier coup dur.

Si d'autres épreuves et d'autres victoires de cette nature lui avaient été données, elles l'eussent préservé de l'ennui, de sa glu, et de ses effets presque inévitables. Mais il ne volait que trois heures par mois. Et les soirées de Metz étaient longues et les permissions toujours refusées, ces permissions qu'il aimait tant et passait près de sa mère, à Pontoise, en canotant sans fin avec des amis simples et francs.

Sa pauvreté et celle de Coursault étaient si dures que pour faire de la « fantaisie », ils en étaient réduits à figurer les galons de caporal par des lacets de souliers et à dessiner à l'encre la comète de pilote au col de leurs vareuses.

Quelles distractions restaient donc à la portée d'un garçon sans un sou, mais très beau? Celles de la chair et, dans une ville austère comme l'était Metz, ville de bourgeoisie fermée et de garnison, celles de la chair facile. Les femmes que connut alors Jean Mermoz dans les pauvres bistrots, les cinémas bon marché et les hôtels de dernier ordre, il avait perdu jusqu'à la mémoire de leurs traits et de leur nombre, mais il parlait d'elles sans dédain.

Elles lui avaient donné de bon cœur et de plein élan le plaisir et l'oubli fugitifs. Sa vie d'éternel passant commençait.

Par ces conquêtes, Mermoz eut accès aux drogues ou plutôt à l'une d'elles : la cocaïne. Il en usa comme d'un moyen de fuite, comme d'une porte ouverte sur un monde qui ne comportait pas de chambrée pleine de recrues bruyantes, ni d'inspection, d'équipement, ni de tondeuse. Mermoz fut, pendant quelques mois, un caporal à la dérive qui, entre des bagarres de rues douteuses et ses luttes sans gloire contre ses chefs, trouvait son évasion dans une chambre meublée, près d'une fille cocaïnomane, dont il partageait la couche et le paradis artificiel.

En même temps il écrivait à sa mère des lettres d'une délicatesse infinie, d'une tendresse large et profonde, où le sens de la protection commençait à se montrer, où perçait une étonnante et précoce réflexion. Rien n'y apparaissait de ces heures troubles. Peut-être n'en voulait-il pas faire mention à Madame Mermoz? Pourtant il lui disait tout. Je pense plutôt que dans le feu de sa jeunesse, dans la conscience des forces incorruptibles qu'il portait en lui, il n'y prêtait pas d'importance.

Quoi qu'il en fût, c'est un être double qui le 9 septembre s'embarqua enfin pour le Levant : l'adolescent pur de l'avenue du Maine et le caporal des bas quartiers de Metz.

Un saint ne naît jamais armé de la sainteté comme d'une cuirasse. Un héros ne sort jamais tout cuit d'un moule fabriqué à l'avance. La grandeur de l'homme est dans sa complexité. Le reste n'est qu'image d'Épinal. Seules la tristesse, la médiocrité, la lie même où vécut Mermoz à Metz peuvent donner leur vrai prix à ces lignes qu'il traça avant de partir :

« Maintenant, ma petite maman, restons seuls tous les deux, que je t'embrasse, que je te prenne encore

une fois dans mes bras. Et puis, à quoi bon tant
de mots, tant de phrases : Je t'aime. Une caresse
à mon chien et un bon souvenir à tous mes souvenirs. »

Les amarres sont larguées...

III

LE PILOTE DU LEVANT

Le transport *Syrie* portait au Levant des aviateurs, des fantassins et des mulets. Ce fut de ces derniers que Mermoz et son ami Coursault reçurent mission de s'occuper durant le voyage. Mais l'absurde mission n'altéra pas leur joie, pas plus que les rixes qu'ils eurent à soutenir contre les sous-officiers de l'infanterie et dont ils sortirent toujours vainqueurs.

L'étrave du bateau fendait une mer lisse et violette. L'automne méditerranéen prolongeait l'été. Mermoz passait toutes ses nuits sur le pont, au creux d'un tas de cordages, et jusque dans son sommeil d'enfant respirait l'air vif, trempé de sel, tandis que sur sa tête tremblaient les étoiles. Il n'avait pas vingt ans. Il naviguait à l'assaut du monde et de lui-même.

Au bout de huit jours, sous les feux du couchant, Beyrouth parut. Un tout jeune homme, en qui se mêlaient singulièrement le miel de la poésie et le puissant levain de l'aventure, une sensibilité presque féminine et la plus mâle notion de l'existence, regardait avec des yeux avides de collégien et de conquérant la porte bariolée de l'Orient.

Quand il sauta sur le quai, Mermoz eut un geste où se peignirent merveilleusement son âge et son exal-

tation. Sa fortune et celle de Coursault se montaient
à six sous, et il était le trésorier. Il sortit violemment
la monnaie de sa poche, la jeta dans la mer. Puis, il
dit à son ami :

— Maintenant, au travail, mon vieux. Fini de boire,
fini de plaisanter. Une nouvelle vie commence.

Le soir même, à la popote des sous-officiers pilotes
où ils s'étaient rendus pour dîner, Mermoz et Coursault rencontrèrent un camarade, Albert Lécrivain,
qui proposa une partie d'écarté.

— Entendu, dit Coursault très fort à ce jeu. Mais
une bouteille de champagne par coup.

— Va pour une bouteille, accepta Lécrivain.

Coursault en gagna onze. Mermoz et lui se couchèrent ivres morts. Les offrandes propitiatoires et les
résolutions ascétiques résistent mal aux occasions qui
s'offrent à vingt ans.

Les deux amis ne passèrent à Beyrouth que trois
jours. Le commandant Denain, qui dirigeait l'aéronautique du Levant, les affecta à un camp d'entraînement situé à quelques lieues de Saïda.

Saïda est le nom actuel de l'antique Sidon phéni-
cienne. Une senteur d'épices flotte le long de ses
boutiques, de ses arcades basses et rappelle le butin
odorant qu'emportaient jadis vers les bords médi-
terranéens les galères de Tyr. Le paysage aux alentours est empreint de sérénité, de suavité profondes.
La mer, le ciel, les collines s'unissent insensiblement
dans l'éclat du soleil et l'arôme des orangeries. La
démarche des passants est celle des âges qui ne connaissaient pas les souillures de la hâte et de l'agitation.

Une solitude à peu près totale cernait le camp où Mermoz devait se perfectionner dans le vol. Il n'y avait pas une habitation à vingt kilomètres à la ronde. Seuls traversaient le pays des pâtres, des vagabonds, des cueilleurs d'oranges et des caravaniers. Là, Mermoz reconnut son rêve d'escadrille.

Plus de corvées, plus de brimades, plus de vanité hiérarchique, mesurée à la grosseur ou à la couleur du galon. La discipline n'en souffrait pas, mais elle était humaine, intelligente. La camaraderie naissait d'un beau métier exercé en commun et dangereux. L'isolement, l'éloignement, la singularité des lieux où leur désir d'aventure les avait menés, le chant des moteurs, l'attente de missions en pays insoumis unissaient les jeunes hommes de la même façon que la guerre l'avait fait pour leurs aînés de quelques ans. Mais au lieu de la triste argile de Champagne, de l'enfer de Verdun, des boues de la Somme, ils avaient pour fond à leur vie de monastère, une mer étincelante, le chaud velours des nuits d'Orient, et l'odeur des orangers.

Mermoz accosta à une sorte de paradis. La nourriture de mess, excellente, était par l'abondance à la mesure de son formidable appétit. Il passait ses heures libres sur la plage à se baigner, à lire, à faire de la culture physique, à s'entraîner à la boxe française où il était redoutable.

Le long de la mer, comme une frise d'éternité, passaient les théories de chameaux qui s'acheminaient vers Saint-Jean d'Acre et Jérusalem. Sur de petits ânes disparaissant sous leur charge, des Arabes trottaient vers Damas, confluent des caravanes du désert syrien. Et ils chantaient des mélodies sauvages en s'accompagnant d'une flûte de roseau.

Quand il voyait une femme suivre à pied, quelquefois plus chargée que le bourricot, Mermoz faisait chaque fois descendre l'homme et installait sa compagne stupéfaite à sa place.

Puis, avec une satisfaction ingénue, il se recouchait dans le sable et suivait en pensée les voyageurs jusqu'à Beyrouth, sur le chemin qu'il connaissait, à travers une végétation douce et somptueuse, fouillis de palmiers, de dattiers, de pêchers, de grenadiers, de vignes, de mûriers et de ces orangers odorants dont il mangeait les fruits énormes et juteux par dizaines. Et il tâchait d'imaginer les routes qu'il ignorait encore et qui bientôt lui appartiendraient.

En effet, l'apprentissage de Mermoz allait vers son terme. L'heure était proche où il serait lancé dans le ciel du Levant.

Quand il était arrivé en Syrie, Mermoz avait quelques dizaines d'heures de vol. Il était un débutant. Son dossier portait les notes suivantes :

Sur G-3, très bon élève, un peu nerveux, mais susceptible d'une grande perfection.

Sur Nieuport, pilote très fin, régulier, précis et de sang-froid, ayant beaucoup d'allant.

Malgré la sécheresse voulue du trait, Mermoz s'y trouve bien dessiné : rien de brillant chez lui, rien d'ostentatoire, et le désir acharné de toujours faire mieux.

Dès la sortie de l'école, il avait choisi sa manière. Il disait à Coursault :

« L'aviation n'est pas un jeu. Son but véritable est de partir du point que l'on veut pour arriver là où l'on veut. C'est tout. »

Un jour de l'été dernier, je déjeunais au camp d'Avord. Coursault, promu officier après dix-sept ans de service dans l'aviation militaire, n'était pas encore installé. Aussi m'avait-il invité chez un adjudant-mécanicien, son camarade. Dans la toute petite salle à manger régnait je ne sais quelle force simple qui allait droit à l'âme. Coursault parlait de Mermoz qui n'était plus. Il racontait facilement et très bien. Souvenirs de jeunesse, de missions, de bagarres, de beuveries, de cafard, de joies pures, de vols victorieux, et de coups durs... Une mémoire singulière permettait à Coursault de dérouler, ainsi qu'une suite d'images mouvantes, le cours de ces années lointaines. Un étonnant bonheur d'élocution, un propos toujours franc, juste et droit les ressuscitaient à l'égal d'une hallucination.

— Comment pilotait Jean à Saïda? demandai-je à Coursault.

Ce fut la seule fois où le long gaillard, si net et si décidé, hésita à répondre.

— Écoutez, dit-il enfin avec effort, je suis forcé d'avouer que, en Syrie, j'étais plus fin pilote que lui.

Visiblement Coursault souffrait. Ce n'était pas de la modestie, c'était beaucoup mieux. En tout — instruction, caractère, magnétisme, force morale — Coursault reconnaissait à Mermoz une primauté absolue. Et cela lui faisait mal, presque physiquement, d'avoir à admettre que lui, Coursault, avait surpassé un moment Mermoz dans son métier.

— Seulement, voici la différence, poursuivit aussitôt Coursault. Moi, je n'ai pas fait beaucoup de progrès. Jean s'améliora sans cesse, parce qu'il le voulait, parce que personne n'a été plus obstiné que lui pour la perfection. Et déjà à Nancy, dix-huit mois plus tard, il était meilleur que moi.

Au camp de Saïda Mermoz put assouvir pour la

première fois sa soif de l'air. On n'y marchandait pas l'essence. Mermoz volait. Au-dessus des plaines, des vergers, des montagnes, des orangeries, de la côte. Chaque départ, chaque voyage, chaque atterrissage lui étaient un enseignement. Il éprouvait le moteur, les commandes, apprenait à déchiffrer leurs défaillances, à sentir leurs possibilités extrêmes et lier ses nerfs aux réflexes de l'appareil. L'amour né à Istres gagnait chaque jour une nouvelle parcelle de son être.

Le jeune pilote fut classé premier parmi tous ses camarades de l'entraînement. Et il reçut pour lui, pour lui seul, un appareil tout neuf.

« Un joujou de 350 000 francs, exulta-t-il. A moi, bien à moi. »

Seul un cavalier né pour vivre en selle, et qui prend possession d'un pur-sang, peut sentir dans toutes ses fibres la joie enfantine et solennelle qui fut celle de Mermoz ce jour-là. Il entoura de soins religieux son premier avion. Il le fit repeindre, il le fit vernir. Il tournait sans cesse autour de lui, sautait dans la carlingue, descendait, remontait, l'admirait, le flattait, le caressait des mains et du regard.

Parfois, cependant, une sorte de remords anticipé venait altérer ce bonheur. Mermoz pensait qu'il allait partir bientôt pour une escadrille active dans le désert et que ce bel appareil innocent lui servirait, au-dessus des régions insoumises, à bombarder et à mitrailler les tribus bédouines en révolte.

« Cette chasse " civilisatrice " me répugne », écrivait-il quelques jours avant de quitter Saïda.

Il avait beau se dire que les Bédouins étaient en guerre ouverte contre l'occupation française, que tout infidèle tombé entre leurs mains était voué à la mort après mutilation, il ne pouvait accepter, dans son

âme, la mission destructrice. Rien n'est plus révéla-
teur que ce scrupule.

Au moment où il se fait jour, Mermoz est à l'âge
que gouvernent encore à l'ordinaire et entièrement
les instincts et le goût du jeu. Son audace est telle
qu'il n'en a pas conscience. Il aime les sports violents,
les dures et périlleuses aventures. Le danger l'exalte.
Son corps et son visage exigent la victoire. Tout
semble le prédestiner aux joies violentes du guerrier.
Or, il n'en veut pas. Fondre comme un rapace du ciel
ensoleillé, disperser les caravanes, répandre la terreur
sur les campements ennemis, cette perspective a fait
tourner bien des jeunes têtes d'une ivresse inconsciente
et cruelle. Mais Jean Mermoz, à peine sorti de l'adolescence, possédait déjà à ce point le sens grave, le sens
pathétique de l'homme, qu'il ne pouvait pas donner
son adhésion à ce qui le meurtrit. Déjà se montrait
cette grande et sérieuse douceur d'athlète, qui, plus
que ses exploits, lui assura partout et toujours le respect et l'amour.

Il me semble entendre le dialogue intérieur de ce
garçon qui n'a pas vingt ans, qui vient de rire, de
chanter, de boire avec ses camarades ou qui sort
ruisselant de la mer chaude, et qui, rentré dans la
chambre étouffante de la baraque des pilotes, s'inter-
roge sur le droit qu'il a d'aller à la chasse aux Bédouins :

« Ce sont nos ennemis », lui dit une voix.

« Ils étaient chez eux, répond une autre. Ils sont
libres. Ils sont fiers. »

La première reprend, rassurante :

« Ce sont des fanatiques, des sauvages. »

Mais l'autre, impitoyable, dit :

« Rappelle-toi ce négociant de Saïda qui t'a si bien

reçu et chez qui tu as fraternellement bu de l'arak
et fumé le narghilé : rappelle-toi ce mariage dans la
montagne où tu as été convié et où, en ton honneur,
on dansa de si belles danses. Et c'est les frères de tes
hôtes que tu vas bombarder, mitrailler. Pourtant il
le faut, tu es ici pour cela. »

Et le caporal Mermoz rêve. Les difficultés, la complexité du monde lui apparaissent. Une charge invisible pèse sur ses épaules qui ne savent pas fléchir.

« Ma mère chérie, écrit-il alors, nous souffrons du
même mal... Tu as dû les sentir aussi, ces chutes de
toutes les illusions, de toutes les espérances... Que de
cadavres, que de débris dans cet insondable précipice qui est nous-mêmes. Il faut consolider notre volonté pour nous empêcher d'y trop descendre. C'est
là, je crois, le secret du calme et du bonheur possibles. »

La mélancolie toujours habita Mermoz. Quand je
l'ai rencontré il avait plus de trente ans. Il avait couru
le monde, forcé les portes de la gloire, connu la vie
dans sa splendeur et sa misère. J'ai longtemps cru
que la haute tristesse qu'il laissait parfois paraître était
le fruit inévitable d'une vaste expérience. Il a fallu
qu'il disparaisse pour que ses lettres me la montrent
attachée à ses premiers pas dans la grande aventure.
Elle venait de l'hérédité que lui avait transmise une
mère anxieuse, de son enfance solitaire et méditative
et, surtout, de son désir impossible du parfait et de
l'infini. Et j'ai compris pourquoi, au repos, son sourire
portait si loin, pourquoi ses yeux avaient un attrait
si pathétique. A quelque âge que l'on peigne Mermoz
le portrait ne sera jamais complet si l'inquiétude spirituelle n'y tient pas sa place.

Parmi les vols, les jeux et les scrupules, Mermoz acheva son séjour au camp d'entraînement.

Avant leur affectation définitive, Mermoz et Coursault furent envoyés pour quelques jours au terrain de Damas. Ils y arrivèrent le soir et ne furent présentés à personne. Les punaises les ayant réveillés de bonne heure, ils sortirent de la baraque avant le jour, portant pour tout costume des culottes de sport. Sur la piste, ils rencontrèrent un homme en caleçon, avec une barbiche grise.

— · Vous faites de l'entraînement, jeunes gens? demanda-t-il.

— Mais oui, grand-père, répondirent les deux pilotes. Et toi?

— Moi aussi. Vous me prenez avec vous?

— Si tu veux.

Coursault et Mermoz étaient champions de cross. Ils tâchèrent de ménager le souffle de leur compagnon. Mais, au bout d'un tour, celui-ci abandonna.

— Je préfère vous payer un jus, dit-il.

Les trois hommes se rendirent à la cantine.

— Un coup de rhum? proposa le « vieux » à la barbiche.

— Un coup de rhum, acceptèrent Mermoz et Coursault.

Ce fut alors que le cantinier demanda :

— Du vôtre, *mon commandant?*

Les deux caporaux en laissèrent tomber leurs tasses fumantes, et, sur leurs flancs nus, raidirent les bras au garde-à-vous.

— C'est fini, soupira le commandant Berdal dit

Gueule d'Acier et chef du groupe aérien de Damas. Nous étions des amis. Je redeviens un supérieur.

Comment Mermoz n'eût-il pas aimé la Syrie, même avant d'avoir connu Palmyre?

Parmi les images éclatantes ou confuses qu'ont rassemblées dans ma mémoire les étapes dont je ne sais plus compter le nombre, cinq ou six se détachent avec une précision, une plénitude particulières et comme sacrées. Chaque fois que je retourne à leur contemplation elles me dispensent une volupté spirituelle par où il me semble approcher la profonde substance de l'univers. Mon arrivée sur Palmyre est une part de ce butin sans prix.

Je venais de Damas, en avion militaire. Le jour déclinait lorsque l'appareil s'engagea dans le col qui ouvrait la chaîne montagneuse du désert. Il en sortit, comme porté par les rayons du soleil couchant. Dans cette pourpre éthérée qui semblait nous traverser de sa flamme, j'aperçus une cuvette immense, toute cernée de dunes et de monts, au milieu de laquelle se dressait un vaste temple. Et ce temple, c'était Palmyre qui, dans l'enceinte des colonnades brisées, des arcs rompus, des formes mystérieuses et des signes secrets d'un autre âge, rassemblait ses minuscules maisons blanches comme un immobile troupeau surpris au creux du désert. La lumière, sur l'espace vide, aride, crénelé de toutes parts, avait une vie surnaturelle. Elle était la seule fleur, le seul fruit des étendues mornes. Et le misérable réduit humain, blotti parmi des ruines grandioses, humblement soumis à leur protection, semblait réunir en lui les éléments tragiques de l'éphémère et de l'éternité.

Le pilote, un petit sergent râblé, hâlé et rieur, posa l'appareil sur un terrain nu.

Près d'une tente, surmontée de la manche à air, une automobile Ford, préhistorique, rapiécée au point qu'elle n'avait plus de forme, semblait un étrange animal au repos. Quand nous nous fûmes assis dans ce véhicule, le sergent me dit :

— Voici tout ce qui reste de l'escadrille de Palmyre. Le pays est devenu très calme. Il y a quatre ans, il l'était beaucoup moins. J'ai travaillé ici avec de bons camarades.

Il cita quelques noms. Peut-être celui de Mermoz figura-t-il parmi eux. Pourquoi l'aurais-je retenu? En 1926 j'ignorais tout de cette existence.

Mermoz toucha le terrain de Palmyre au soir du 4 décembre 1921. Comme l'heure et la saison s'appareillaient à celles où, des airs, je découvris le hameau royal, je puis juger facilement avec quelle violence cette majesté sans mesure marqua une sensibilité plus jeune, plus exaltée, plus religieuse que la mienne. Mermoz en conserva durant toute sa vie le mystique éblouissement. Le désert, à lui seul, donne le sens du divin. Mais lorsque ce désert fut jadis le siège d'un puissant empire, lorsque des miettes de monuments indiquent l'échelle de son faste et de son prestige évanouis, lorsque l'on sait qu'une reine ardente et belle y gouverna des peuples disparus, la poésie des siècles, de la poussière humaine et d'une ombre magnétique rend plus dense et plus vivante l'action

des sables et des pierres qui semblent soudain peuplés
de sortilèges.

Palmyre tout entière tenait dans l'antique enceinte
d'un seul temple, celui du Soleil. Il haussait ses chapi-
teaux délabrés, les arcades croulantes au-dessus des
chétives demeures bédouines. Et les vergers eux-
mêmes, et les jardins se trouvaient à l'intérieur de
ses débris gigantesques. Quelles furent donc les dimen-
sions de la ville à l'époque où elle servait de capitale
à la reine Zénobie? Où les caravanes affluaient de tous
les points de l'Empire? Où les cultivateurs, les prêtres,
les courtisans et les scribes animaient ses avenues, ses
temples, ses champs, ses boutiques? Où la souveraine
vivante avait déjà accès à la légende?

Seules des colonnades éparses, quelques piliers
trouant le sable, la vague silhouette ruineuse d'un
palais, ou d'un tombeau, semés sur des kilomètres,
donnent à l'imagination une pâture confuse et infinie.

Aucun visage autant que celui de Mermoz n'a été
environné d'espace et de solitude. Il faut toujours,
quand on pense à lui, développer derrière ses traits
un fond de sable, ou d'océan, ou de forêt vierge, ou
de pics vertigineux. Mais il est singulièrement beau
que la révélation de l'espace et de la solitude lui ait
été donnée alors qu'il n'était pas majeur et dans un
lieu où la véhémence muette du désert se mêlait aux
traces d'une civilisation fabuleuse.

Au moment où Mermoz atterrit dans la capitale
morte de la reine Zénobie, Palmyre était le bled à
l'état pur. Tout à l'entour, sur des dizaines de lieues,
le sable sans trace de végétation. Aucune route. Une
ou deux pistes à peine perceptibles pour les chameaux. D'ailleurs, les caravanes étaient rares. Le désert était sillonné de tribus bédouines hostiles. La

garnison se composait de trente Sénégalais et d'une compagnie méhariste recrutée parmi les nomades du pays, dont la fidélité était douteuse. Faisant figure de poste assiégé, Palmyre se protégeait derrière quatre réseaux de fil de fer barbelé. La liaison, le ravitaillement dépendaient entièrement des avions. Et eux-mêmes dépendaient de l'état assez précaire des moteurs de l'époque et du temps qui, par ses orages et ses pluies torrentielles, ses tempêtes de sable, rendait souvent le vol impossible.

Bref, Mermoz se trouva coupé du reste du monde. Tous les détails de son existence furent dès le premier jour imprégnés de cet élément nouveau. Il couchait sous la tente sur un lit démontable, qu'il avait apporté dans son appareil. Il mangeait du chameau saupoudré de sable qui se mêlait à tout, à la nourriture, à la boisson, à l'air qu'il respirait. Pour le moindre objet : savon, papier à lettres, il lui fallait attendre l'arrivée d'un camarade de Damas, ou la problématique venue d'une caravane. L'écho des événements d'Europe, de Syrie même, ne parvenait pas dans cette retraite lunaire. Ils perdaient leur importance, leur sens. Rien n'existait plus que le désert gardé par les montagnes, le temple transformé en fourmilière et les ruines géantes.

Alors, dans la manière de garnison ailée qu'était devenue l'escadrille, s'établit la règle des groupes humains rendus à la nature et à leurs propres ressources. Les conventions, les grades ne comptèrent pas. Dans ce dépouillement subit, le mérite et la dignité de chacun prirent le rang qui leur était dû. Rien n'était mieux fait pour combler Mermoz qui toujours supporta impatiemment l'injustice et le faux classement des valeurs.

En dix jours, il compta joyeusement six missions.
Chacune d'elles pouvait le mener à la mort. Il le
savait. Mais les très jeunes hommes ont reçu cette
grâce en partage que leur instinct n'accepte pas ce que
leur raison admet. Et ils ne vivent que par leur instinct.

La philosophie de l'escadrille était simple. Mermoz
la résumait ainsi : « Il faut prendre la vie comme elle
vient. »

Et la grande affaire pour lui, comme pour ses
camarades, en cette fin de décembre, fut de célébrer
convenablement le réveillon. Il allait, pour la première fois, le passer loin de sa mère, de ses amis, de
cette enfance prolongée, protégée, à laquelle par tant
de fibres il tenait encore. Pendant les dix années qui
suivirent, Mermoz n'eut pas l'occasion une seule fois
de fêter la Noël et le Nouvel An auprès des siens.
L'Espagne, l'Afrique, l'Amérique le retinrent. Mais
alors il était habitué, trempé à son métier d'errant.
En Syrie, la mystérieuse et morte Palmyre, au soir
du 24 décembre 1921, quelques jours après l'achèvement de ses vingt ans, le marqua du sceau de l'arra-
chement.

Malgré les efforts conjugués de l'escadrille, le festin
fut maigre. Le mauvais temps empêchait le ravitaillement. La pluie submergeant les environs de Damas
interdisait aux avions de décoller. Et à Palmyre, le
pain même faisait défaut. Il y avait bien un four à
l'escadrille, mais pas de farine ni de bois. Des dé-
brouillards volèrent de la farine au village hostile,
d'autres arrachèrent de l'herbe à feu. On l'arrosa
d'essence et on alluma le four. Hélas, la glu qui en

sortit n'avait pas de nom. Il fallut se mettre à table sans pain. Le menu, fruit d'une ingéniosité, d'une persévérance infinies, fut le suivant :

> *Mouton vinaigrette*
> *Gigot de Mouton*
> *Côtelette de Mouton.*

Pour tout dessert, un demi-quart de gniôle de soldat. Cela n'empêcha ni les chants, ni les rires, mais beaucoup de ceux qui allèrent se coucher sous leur tente affamés, songèrent avec mélancolie au repas de famille.

Le réveillon du 1er janvier s'annonça plus mal encore. La pluie avait redoublé de violence. Le terrain de Palmyre, si sec à l'ordinaire, n'était qu'un lac de boue. Les maigres provisions et les pauvres boissons, la veille de Noël les avait épuisées. Une demi-famine régnait.

Le 31 décembre, vers le milieu du jour, les pilotes sous leurs tentes ruisselantes dressèrent soudain l'oreille. Incrédules d'abord, ils durent se rendre à l'évidence. Un bruit de moteur perçait le tambourin monotone de la pluie, se rapprochait du terrain. Ils jaillirent de leurs abris. Un avion faisait les manœuvres d'atterrissage. Aux particularités de l'appareil, on reconnut le camarade qui le conduisait. C'était un buveur fameux.

« Mais comment a-t-il fait pour décoller de Damas avec ce temps? » se demanda-t-on.

On sut plus tard que le terrain étant trop détrempé, le pilote, pour partir, avait roulé sur une piste de planches posées à même la boue. Mais à Palmyre, le sol, c'est-à-dire la vase, était nu. L'avion se retourna entièrement. Ses camarades se jetèrent au secours du pilote. Ils le trouvèrent la tête en bas, sous l'appareil. Or, tandis qu'ils s'évertuaient à le retirer des décombres, il se mit à les injurier :

— Bande d'imbéciles, cria-t-il, idiots! Pensez donc aux bouteilles. Je vous amène une cargaison et vous allez laisser tout perdre.

Il fit si bien qu'on s'occupa tout d'abord des alcools. Et lui, les épaules dans la boue, accroché au siège du pilote par sa ceinture, continuait de crier :

— Faites vite, bon Dieu, le coffre va céder et le pinard est bon.

Le coffre ne céda point, on dégagea le camarade et l'année 1922 fut reçue dignement.

En cette année, Jean Mermoz appartint à Palmyre. La prise de contact était faite. La vision fiévreuse des premiers jours assagie. La notion du départ, il l'ignorait encore avec son cortège de regrets anticipés et les impatiences confuses de l'avenir. La dureté perdait son sens dans une arène immobile, sur laquelle jouait l'ombre des siècles. Mermoz se trouva dans cet état privilégié pour la connaissance véritable, où l'on ne va pas aux choses, mais où on laisse les choses venir à soi. Il fit partie de Palmyre, comme le sable, comme les ruines, le soleil. Et Palmyre, en retour, façonna sa meilleure substance d'homme. Cela se fit sans qu'il s'en aperçût, au jour le jour, parmi son travail habituel et ses occupations familières. Seulement ce labeur et ces distractions étaient d'une nature telle qu'il en reçut un pouvoir de force intérieure et de pureté contre lequel les démons les plus subtils vinrent, par la suite, se briser. Dans cette vie, en même temps active et minérale, chaque semaine apporta sa conquête, sa joie et sa vertu.

Mermoz se livre à des exercices d'athlète. Il court, il lance des poids. Il monte à cheval avec les spahis, à chameau avec les méharistes. Les épaules s'élargissent. La poitrine se bombe. Le cou porte plus fermement le fin visage aux longs cheveux bouclés.

Le soir, dans les mares fangeuses qui croupissent entre deux dunes, Mermoz et Coursault pêchent aux grenouilles. Et tandis que les étoiles métalliques se lèvent sur l'océan bruni du sable, ils guettent, silencieux, tenant une sorte d'arbalète avec des flèches en forme de harpon qu'ils ont eux-mêmes fabriquées.

Pour la chasse, ils ont déniché, on ne sait où, un vieux fusil à piston, qu'ils chargent en guise de plomb de « cordes à piano » hachées très fin. Par les nuits de lune, ils s'en vont à l'affût des gazelles, derrière les haies de barbelés. Ils savent que, en principe, il est interdit de dépasser leur enceinte, après le coucher du soleil. Mais ils pensent que la chance veille sur eux. Si bien qu'un soir, comme Coursault s'est aventuré le premier, toute son attention absorbée par l'avance légère d'une ombre de bête, six Bédouins l'attaquent. Mais un ouragan tombe parmi eux. Mermoz lancé de toutes ses jeunes forces, frappe des poings, des pieds, de la tête. En quelques instants, la bande est dispersée. Entre les mains de Coursault, qui a peine à comprendre, tremble le vieux fusil chargé de fils de fer coupés menu.

Depuis des semaines, l'escadrille est privée de lettres. Entre la Syrie et la France, les moyens de communication sont encore mal aménagés. La poste ne fonctionne que par intermittence. Et une fois arrivé à Beyrouth, le courrier doit encore gagner Damas et, à Damas, il attend encore un temps indéfini la caravane ou l'avion.

Mermoz est parmi ceux qui souffrent le plus de ce manque de nouvelles, de ce silence. Sa tendresse passionnée pour sa mère est inquiète. Ainsi qu'il arrive à tous les garçons bien nés, Mermoz, à mesure qu'il grandit, a renversé les rôles et adopté sa mère pour enfant. Il l'adjure de se soigner, d'éviter les fatigues auxquelles l'astreignent son métier d'infirmière et son cœur inépuisable. Elle est malade... Elle se doit à lui... Il la guide. De loin, il lui donne sa jeunesse, sa vigueur, sa foi dans l'existence.

En réponse à tant d'amour, aucun écho. Il semble qu'une faille infranchissable sépare la France de Palmyre. Mais, par un beau matin, un avion se pose, roule vers les tentes, et le pilote se dresse dans la carlingue pour crier avant de descendre :

« Aux lettres, là-dedans. »

L'appareil est assailli. Les camarades se battent presque. Enfin chacun a son paquet. Mermoz compte, compte ses enveloppes. Il y en a 44 et la plupart portent l'écriture de sa mère. Il s'assied sur le terrain, contre une roue d'avion. Les autres sont adossés au fuselage, sous les plans. Mermoz commence à lire.

Le pilote qui vient d'arriver l'interpelle :

— Dis donc, vieux, il y a encore ça pour toi.

Mermoz regarde sans bien comprendre la bouteille

de cognac que lui tend le camarade et fait un geste de refus, impatient.

— On peut y goûter? demande le pilote.

Mermoz, la tête entre les mains, ses longs cheveux ombrageant son front et ses joues, ne répond pas. Le pilote débouche la bouteille, avale une gorgée, la donne au voisin. Celui-ci, distraitement, approche le goulot de ses lèvres, sans perdre de vue sa lettre. Le suivant fait de même. La bouteille passe à la ronde. Les jeunes hommes boivent et lisent en même temps. Le ciel est dur. Le soleil tape. Ils sont heureux. Quand le flacon arrive à Mermoz, il est vide. Que lui importe! Il n'en est qu'à sa quinzième lettre. Il est soûl de tendresse.

Mermoz découvre Der-es-Zor sur l'Euphrate. Il survole les caravanes, et la piste éternelle et les méandres sans nombre du vieux fleuve qui survit aux grandes civilisations dont il fut le nourricier.

Mermoz explore Damas, incurvée entre ses monts roux et son verger miraculeux. Damas l'arabe, l'inaccessible, la reine du mysticisme et de la volupté. Damas des contes et des poèmes; ses souks, ses mosquées, son rêve pathétique et fleuri.

De cette ville qui, chaque fois, le laisse ébloui, Mermoz remporte à Palmyre, *chez lui*, un butin qu'il contemple avec une joie et une gravité religieuses d'enfant. Ce sont des châles, des tapis, des coussins, des étoffes peintes. Il en décore sa chambre, c'est-à-dire sa tente. Il arrange son lit en divan. Les murs de toile se couvrent de couleurs vives. Dans ce réduit de 5 mètres carrés, travesti par les draperies bédouines

et les tissus de Damas, Mermoz s'enferme pour réfléchir, songer, retrouver l'atmosphère de l'avenue du
Maine, sa naïveté, son jeu d'artiste. Il imagine qu'il
n'est plus dans le bled, mais dans un sixième de Montmartre. L'illusion devient complète le jour où il reçoit
de sa mère deux colis de livres. Parmi ces volumes, les
œuvres des poètes sont les plus nombreuses.

Leur format est minuscule. L'édition bon marché.
La couverture est semée de fleurettes. J'en ai vu quel-
ques-uns à Rocquigny, chez Madame Mermoz.

— Je n'étais pas riche, disait-elle. Alors, je prenais
ce qu'il y avait de moins cher et de plus léger.

J'ai vu aussi les étoffes qui ornaient la tente de
Mermoz à Palmyre. Dans ces parures un peu déteintes,
dans ces petits livres un peu flétris, subsistaient je ne
sais quelle vie ingénue, quelle fraîcheur de collège,
d'atelier, quelque chose de touchant, d'authentique,
de peuple que Mermoz conserva toujours. Et cela me
permet de l'apercevoir grand garçon de vingt ans,
étendu sur son lit-divan, sous la tente fleurie d'ara-
besques islamiques et, entre deux vols au-dessus du
désert, lisant à haute voix Musset, Baudelaire ou *La
Vie de Bohème*. De temps en temps il relève la tête,
jette un coup d'œil sur l'un des trésors qu'il a rap-
portés des bords de l'Euphrate, des souks de Damas,
pousse un soupir de bien-être. Il apprend l'enchantement de la solitude.

Mais le désert veille. Sans le moindre avertissement
un cyclone surgit du ciel calme et du sol immobile.
On ne sait s'il tombe sur le camp ou s'il le soulève. Des
trombes de sable fument jusqu'au firmament soudain

obscur. Un vent d'une violence sauvage coupe, mord, déchire, arrache. Les tentes tremblent, s'effondrent, s'envolent. Les hommes deviennent aveugles. Les bêtes affolées se couchent. Une furie jaune emplit l'univers. L'abri de Mermoz est fendu en deux, éventré comme par un glaive immense. L'ouragan renverse, frappe, disperse tous les ornements.

« Il faut prendre la vie comme elle vient, pense Mermoz, les mauvais jours s'envolent et sont remplacés par les bons. »

Il a raison. Voici que se penche sur son front l'ombre de Schéhérazade et des *Mille et Une Nuits.*

Il y avait, à trois kilomètres du terrain d'aviation, une théorie de tombeaux. L'un d'eux était celui de la Reine Zénobie. Et dans un souterrain qui le joignait, jaillissaient des sources d'eau chaude et sulfureuse. Elles étaient célèbres dans l'Antiquité par leurs propriétés bienfaisantes.

Plus d'une fois Mermoz, poussé par son exaltation, avait dormi dans le tombeau de la souveraine. Il en avait admiré les peintures. Il s'était interdit et avait interdit à ses camarades d'en emporter le moindre souvenir. Il s'était baigné souvent dans le souterrain.

Il pouvait le faire chaque jour, sauf le vendredi, qui était réservé aux chefs des environs. Mais cette interdiction même anima sa curiosité et celle de Coursault.

Un vendredi, les deux amis se dirigèrent vers les sources de la Reine Zénobie.

Au tombeau de la reine, un silence absolu les accueille. Ils pénètrent sous terre par l'entrée qu'ils ont

l'habitude de prendre, se déshabillent, plongent dans
l'eau chaude qui défend et fortifie. Comme ils vont
sortir, Mermoz prête l'oreille, fait taire Coursault. Ils
entendent, de l'autre côté d'un mur qui semble clore
le souterrain, des voix. Ils remontent le courant sul-
fureux. Le mur progressivement s'abaisse, et, brusquement, par une fente, ils aperçoivent un beau corps
féminin.

Retenant leur souffle, tapis contre la paroi poreuse
ils regardent. Dans la pénombre, une autre nudité
se dessine. Les deux femmes parlent et Mermoz et
Coursault entendent assez l'arabe pour deviner que
l'une est la servante, l'autre la maîtresse et que celle-
ci est la femme d'un cheik bédouin. Des gardes, des
esclaves veillent certainement aux environs. Jamais un
chef ne laissera son épouse aller sans protection. S'il
surprenait un infidèle contemplant le visage dévoilé,
interdit aux regards des hommes, il le tuerait sans
merci. Il s'agit bien ici de visage! Fasciné, Mermoz ne
bouge pas. Tout à coup la baigneuse se retourne, montre
ses traits enfantins. Elle aperçoit la tête aux cheveux
bouclés, encastrée dans la fissure, presque contre la
sienne. Sa bouche s'entrouvre. Si elle crie, c'est la
mort pour les sacrilèges.

Mermoz immobile la regarde, la regarde. Quelques
secondes s'écoulent. Dans le souterrain murmure la
source chaude. La jeune femme au lieu de crier sourit.
Alors seulement Mermoz s'en va.

Il reviendra souvent, le vendredi, à l'heure du crépuscule au tombeau de la Reine Zénobie. Il y reviendra seul.

Ainsi Mermoz connut du désert l'isolement, la méditation, le cyclone et les plus délicates images. Mais il n'avait pas encore reçu dans sa peau, dans sa chair, son empreinte véritable. Il n'avait pas senti son haleine de mort. Cependant, au sablier de Palmyre, l'instant approchait.

Le printemps bref et violent s'était emparé des dunes. Partout où frémissait un point d'eau, perçait une végétation chétive et éphémère. Les tribus bédouines s'étaient mises en mouvement, en quête de nouveaux pâturages. Elles descendaient de l'Euphrate vers le secteur de Palmyre. L'effervescence guerrière gagnait de proche en proche.

En trois mois, Mermoz s'était imposé à ses chefs. Ils avaient compris que, plus que sur quiconque, ils pouvaient compter sur ce garçon sérieux dont le seul plaisir était de tenir l'air. Il était désigné pour les missions les plus difficiles et par le plus mauvais temps. Mermoz, lui, s'affermissait dans son métier. Il se rendait cette justice que depuis son premier jour de pilotage, il n'avait pas eu une seconde de défaillance. Il avait maîtrisé ses nerfs et possédait un calme qu'il jugeait le gage essentiel de la sécurité. Et, bien qu'il eût conscience de n'être qu'un « bleu » auprès de certains vieux pilotes, il sentait avoir dépassé le stade de l'apprentissage.

Dans la première semaine de mars 1922, accompagné d'un lieutenant observateur, il fut chargé d'aller jeter un message lesté sur Homs et de reconnaître en même temps un djich qu'on signalait sur ce parcours.

Au retour l'équipage fut pris par le mauvais temps. Pluie, brume, nuages... Ayant perdu sa route Mermoz continua jusqu'à épuisement complet d'essence pen-

dant quatre heures et dut finalement atterrir dans le
bled, à 180 kilomètres de Palmyre.

Deux tribus nomades campaient aux alentours de
l'endroit où s'était posé l'appareil, l'une hostile, l'autre
favorable aux Français. Les aviateurs se mirent sous
la protection de cette dernière. Le lieutenant partit à
dos de chameau rejoindre Palmyre et faire envoyer du
carburant. Mermoz resta près de son appareil.

Deux Bédouins armés lui tinrent compagnie pour le
protéger des pillards voisins qui voulaient détruire
le « tayera ». Mermoz couchait sous les plans de
l'avion, mangeait du couscous, apprenait le français
à ses compagnons. N'ayant pas de montre, il avait
établi un cadran solaire pour compter les heures. Elles
furent assez longues. L'aventure, en effet, dura quatre
jours, et sans cesse la bagarre menaçait de s'allumer.
Au matin du cinquième arriva la colonne de secours.
Elle était composée du mécanicien de Mermoz, d'un
guide, de quelques méharistes et de chameaux de bât
portant l'essence.

Le plein fut fait. Mermoz et le mécanicien décollèrent avec des saluts joyeux aux Bédouins amis,
sûrs d'être rendus à Palmyre en moins de deux
heures.

L'avion abordait les montagnes qui veillaient sur
la capitale de la Reine Zénobie, et déjà ses passagers
devinaient le miroitement de l'oasis et des ruines,
quand le moteur se mit à baisser de régime, à dégager
une chaleur suspecte. Soudain des flammes en jaillirent. Mermoz coupa tout, se mit en glissade, éteignit
l'incendie. Il se trouvait alors à 1800 mètres d'altitude.
Hélice calée, il plana, repérant un terrain possible, se
posa convenablement sur une sorte de selle entre
deux pics.

Mermoz commença par rassurer son mécanicien affolé :

— Nous ne sommes pas loin de l'escadrille, dit-il. ᵀe te tirerai de là, je te le promets.

Puis, il examina l'appareil. L'avion était irréparable. ᴀ était même impossible d'utiliser l'eau du radiateur. Le moteur en flambant l'avait fait évaporer. Mermoz réfléchit. S'il était posé dans le désert, en terrain plat, les avions de Palmyre partis à sa recherche, eussent pu le retrouver. Mais dans ce massif montagneux, dans ce chaos de rocs stériles, quel œil humain pourrait distinguer la tache minuscule de l'appareil?

Rester là, c'était se condamner à mourir de soif. Il fallait donc regagner l'oasis à pied. Par une estimation grossière, en calculant l'espace parcouru en vol depuis leur point de départ, Mermoz jugea qu'il se trouvait à une centaine de kilomètres de l'escadrille. Cent kilomètres — à condition de ne pas se tromper de route — à travers un pays sans eau et en pleine rébellion.

— Ça va, dit Mermoz à son mécanicien, on arrivera. En route.

Il était trois heures de l'après-midi. Le soleil, très chaud, faisait sourdre la sueur de leurs corps. Le terrible travail de déshydratation commençait. Quand le jour disparut, les deux hommes s'arrêtèrent. Pour s'orienter, Mermoz devait attendre le lever des étoiles. Il avait décidé de descendre le plus tard possible dans la plaine, pour ne pas courir le risque d'être pris par les Bédouins. Il connaissait le sort qui l'attendait en cas de capture par une tribu hostile. Les mess d'escadrille étaient à ce sujet pleins d'histoires atroces et vraies.

Celle du lieutenant pilote Luciani et du maréchal

des logis mitrailleur Giovacchini, qui l'accompagnait,
donne à elle seule la mesure de la guerre larvée du
désert. L'équipage avait dû atterrir dans le bled, du
côté de l'Euphrate, au milieu de tribus insoumises.
Pris par un groupe de nomades hostiles, les deux
hommes furent sauvagement torturés. Le lieutenant,
en qualité de chef, fut l'objet d'une barbarie particulière. Alors qu'il vivait encore, on lui ouvrit la poitrine
pour en retirer le cœur. Le sergent percé de coups fut
laissé pour mort dans le sable. Il reprit conscience à
la nuit et se traîna jusqu'à un poste français. De longs
soins, une constitution exceptionnelle achevèrent le
miracle. Il fut sauvé. Quelques mois après, une compagnie de méharistes s'empara des bourreaux. Ils passèrent en cour martiale. Le sergent comparut comme
témoin.

— Qui reconnaissez-vous parmi les inculpés? lui
demanda le président.

— Celui-là et celui-là, dit le sergent corse.

En même temps qu'il désignait les deux hommes, il
les abattit d'un coup de revolver.

Mermoz m'a raconté cette tragédie un jour que nous
déjeunions sur les Champs-Élysées. Je ne sais si elle
précéda ou suivit son aventure dans les montagnes
de Palmyre. Mais il y en avait beaucoup d'autres de
la même couleur qu'il connaissait lorsqu'il se reposait
en guettant le lever des astres dans le silence des sables
et de la nuit.

Les étoiles parurent. Mermoz monta sur un pic et
traça son chemin d'après la carte céleste. Suivi de son
mécanicien, il marcha toute la nuit. Quand vint le
jour, le soleil lui servit de guide. La vraie lutte commença. Contre les pierres croulantes, les détours de la
montagne, la chaleur croissant d'heure en heure, la

fatigue qui brisait les jambes et les reins. Et surtout contre la soif. Plus de salive dans la bouche, ou si épaisse qu'elle semblait de la poix : une tenaille de feu serrait la gorge. Et la transpiration achevait d'épuiser les corps desséchés, racornis.

Mermoz cependant mena la marche de son pas mesuré d'athlète, réconfortant le mécanicien, surveillant les environs. La journée s'acheva. Ils étaient encore dans la montagne. Ils y étaient encore au bout d'une nuit de marche.

L'effort de Mermoz n'était plus qu'automatique. Quelque part, en dehors de lui, flottait ce qu'on appelle la volonté. Cette volonté halait son corps. Le mécanicien suivait.

Quand la nouvelle aube vint, les deux hommes avaient atteint le bas de la chaîne, mais ils ne voyaient point Palmyre. L'instinct de Mermoz lui souffla qu'il ne pourrait plus résister longtemps. Déjà ses jambes fléchissaient. Du sable se levaient des fantômes. Sa langue emplissait monstrueusement sa bouche. Quel que fût le risque de rencontrer des Bédouins ennemis, il fallait couper au plus court.

Mermoz, dans la plaine, repéra une piste (il sut plus tard qu'elle allait de Der-es-Zor à Palmyre) et mit le cap sur elle. Son mécanicien ne pouvant plus avancer, il le traîna jusqu'au chemin des caravanes. Là, le malheureux ne put tenir longtemps. Il tomba. Mermoz ayant secoué en vain la masse inerte, la chargea sur ses épaules, marcha encore. Bientôt, il chancela.

« Si je vais plus loin, il y a une chance de plus pour lui comme pour moi », pensa-t-il confusément et comme s'il s'agissait d'étrangers.

Il laissa le mécanicien et continua. Quelques heures

plus tard, il s'abattit en travers de la piste. Il avait
fait sans une goutte d'eau quarante kilomètres en
pleine montagne, et vingt kilomètres dans le désert.
Son calcul se révéla juste. Il était tombé en vue de
Palmyre. Une patrouille de méharistes, conduite par
un adjudant breton qui faisait sa ronde habituelle,
le trouva inanimé. Ses lèvres étaient bleues. Sa langue gonflée à l'extrême débordait de la bouche.

Tandis que, pressant leurs méhara, quelques hommes s'élançaient au secours du mécanicien, on ramena
Mermoz à l'escadrille. Il ne reprit conscience que le
soir. Ce fut pour s'endormir d'un sommeil de deux
jours. A peine debout, il demanda à voler. Il traitait
avec la mort d'égal à égal.

Il avait reçu le grand sacre.

Par son aventure, Mermoz avait effleuré le seuil que
l'on ne repasse jamais. Une légère erreur de calcul
dans la direction à suivre, une défaillance physique ou
morale survenue quelques heures plus tôt, et c'était
son cadavre, s'il avait été retrouvé, que les méharistes
ramenaient à Palmyre. Mermoz s'était donné la preuve
qu'il avait le sang-froid, la divination et la résistance
nécessaires pour affronter le pire. Quand, à son réveil,
le même désir de reprendre l'air le visita, il dut sentir
que son véritable mariage avec l'aviation était consommé. La mort, il savait maintenant ce qu'était son
approche. Il préférait mourir du vol que de vivre sans
voler.

Dès son apprentissage à Istres, il avait deviné quel
était son destin. Mais après sa marche hallucinante
à travers monts et bled il en eut l'assurance profonde,

intime, acquise une fois pour toutes et à laquelle on
ne pense plus. En Mermoz l'accent héroïque est né ce
jour-là.

Ici se dessinent les éléments d'un problème que
posent parfois, à propos d'une haute destinée, l'envie
ou simplement le refus de la grandeur, naturels à certains esprits. Pourquoi, demandera-t-on, attribuer une
telle importance à une panne? Sans elle Mermoz eût-
il été moins bon pilote? Et son mérite n'eût-il pas été
le même? Et si un accident auquel on échappe fait
tant pour la gloire, d'autres aviateurs n'en ont-ils pas
connu de semblables ou de plus périlleux, de plus
durs, dont ils se sont sortis? Est-il juste qu'un homme
profite plus d'un événement malheureux que d'une
suite de succès sans histoire et que l'on parle de lui
autrement que de ses camarades soumis aux mêmes
coups?

Je ne sais pas si cela est juste. Mais je sais que
seules les grandes épreuves, les grandes chutes, les
grandes réussites et les grandes chances font un
homme grand. Une vie nourrie par elles ne peut tout
de même pas être considérée comme une série de hasards heureux. La foudre ne tombe pas toujours à la
même place. Pour l'attirer il faut une substance
propice. Le danger et le triomphe ne vont qu'à des
têtes choisies et c'est elles seules qu'il couronne ;
Mermoz était de ce noble sang. En Syrie, par son atterrissage dans les monts de Palmyre, la béquille de son
appareil commença de tracer le sillon épique.

A l'escadrille on ne s'y trompa point. Je ne veux
pas parler des félicitations qu'il reçut de son capitaine,

ni de celles que lui fit le commandant Denain, grand
maître des forces aériennes du Levant, lors d'une visite
d'inspection. Je ne parle pas non plus de la proposition à une citation qui, d'ailleurs, se perdit dans les
paperasses rédigées par son chef d'escadrille. Ce qui
importe beaucoup plus, ce fut l'attitude de ses camarades et de ses officiers.

La façon dont il s'était tiré de la mort, le récit de
son mécano, la simplicité de son réveil, sa volonté de
voler aussitôt, lui valurent cet indéfinissable respect
sans apprêt, cette inflexion spéciale dans l'amitié qui
est la meilleure récompense pour un homme parmi
ses compagnons.

Quant à ses chefs, pour remplacer son vieux Bréguet perdu dans la montagne et qu'une colonne était
allée brûler, ils lui confièrent un appareil du tout
dernier modèle, le premier avion sanitaire du désert.

— Je n'ai plus rien à souhaiter maintenant, dit
Mermoz.

Pour comprendre la qualité de son bonheur, il faut
se souvenir de l'appréhension qu'il avait montrée d'être
amené un jour à bombarder les tribus en dissidence.

Au lieu d'avoir à incendier, à meurtrir, à tuer, sa
sûreté de main, sa conscience de pilote et d'homme le
désignent pour sauver des blessés, des malades perdus
dans les sables.

Il vole au secours des fiévreux, des mutilés pour
lesquels les soins rapides d'un médecin, d'un chirur-
gien sont une question de vie ou de mort. Ces malheureux qui ont été secoués pendant des jours et des jours
à dos de chameau, sanglants, épuisés, quel miracle
pour eux de voir arriver ce messager de la santé, de
l'espérance, avec son avion étincelant. Mermoz est
devenu un brancardier ailé.

On ne peut s'empêcher de songer à son adolescence, tout imprégnée de récits d'hôpital et de l'inépuisable charité de Madame Mermoz, infirmière à Laënnec et que, à l'heure même où, par-dessus le désert, il volait vers les salles d'opération, elle passait ses journées au dispensaire de Pontoise dont elle avait la charge.

Dans les innombrables lettres que Mermoz écrivit à sa mère, il est peu de paroles qui touchent autant que celles-là :

« Le malade était bien las et le médecin-major lui a fait des piqûres tout le long du chemin. A 1 200 mètres d'altitude. *Il n'y manquait que toi maman chérie.* »

Déjà Mermoz ne se « marchandait » pas au travail. Du moment où il eut son avion sanitaire, il ne connut plus de bornes à l'effort. Il atterrit partout où il est seulement possible de poser les roues d'un appareil pour enlever ceux qui ont besoin de son aide. Il est sur l'Euphrate. Il est à Damas. Il est à Beyrouth. Il revient à Palmyre et repart. Certaines semaines il fait des milliers de kilomètres, ce qui, à l'époque et avec les appareils de ce temps, représentait pour un jeune pilote une énorme dépense physique et nerveuse. Mais il n'y pense pas. Mieux, il s'enivre de sa fatigue. Il est fier de donner ses muscles de vingt ans, sa science neuve de l'air à une œuvre humaine. Il vole et il secourt. Son besoin vital et sa soif de servir se trouvent merveilleusement mêlés.

Mais toute exaltation se paie, et singulièrement celle qui exige dans un climat terrible l'usure de l'organisme.

Au mois de juillet deux ouragans de sable avaient

complètement dévasté l'escadrille. Les pilotes vivaient
sous terre par une fraîcheur toute relative de 48° à
l'ombre. Au retour d'une évacuation sanitaire, et
juste comme il atterrissait, Mermoz se sentit défaillir.
La tête lui tourna, ses jambes se dérobèrent. Toute sa
peau lui sembla en flammes. Le « coup de tige » auquel
il avait résisté neuf mois l'assommait. Il eut à peine la
force de tomber de la carlingue, de tituber jusqu'à son
lit. Il demeura inconscient trois jours dans un abri
souterrain, tandis que le vent de sable emplissait le
désert de sa jaune épouvante.

  En sortant du coma, Mermoz, quelque temps, ne
fut plus tout à fait le même. Son corps qu'il continuait d'exercer rigoureusement reprit vite sa puissance.
Mais le système nerveux fut certainement ébranlé.
Mermoz s'aperçut avec une acuité soudaine et douloureuse que Palmyre consistait en quelques hectares
de terrain borné par quatre rangées de fil de fer barbelé, et 200 kilomètres de désert. Que sa vie sentimentale se limitait aux lettres reçues et aux lettres à venir.
Que l'écoulement des heures devenait seulement perceptible aux instants où sonnaient les quatre coups
de clairon de la journée. Hormis cela, le bled sans
écho. Les bruits du monde se perdaient étouffés par
le sable. Le cerveau vide, confus, ne sortait de son
apathie que pour le travail aérien, puis las, retombait
dans l'inertie totale. La chaleur d'enfer (le thermomètre atteignait près de 70° à midi), la nourriture et
l'eau douteuses, le manque de confort élémentaire, les
camarades et lui-même transformés en chiens hargneux par ces conditions d'existence, tout se ligua
pour rendre intolérable la dépression morale de Mermoz.

  Il vécut pour ainsi dire constamment au point de

rupture. Par deux fois ce point limite fut dépassé. Le premier cas me fut rapporté par Coursault, le second par Mermoz.

Parti en mission, ayant eu une panne, resté absent très longtemps pour faire réparer son moteur, Coursault ne revint à Palmyre qu'au bout de quelques semaines. Selon la tradition il rapporta avec lui une forte cargaison d'alcool. Quand il eut convenablement fêté son retour en compagnie de quelques camarades, il quitta le mess avec Mermoz. Les deux amis voulaient célébrer seuls la joie de se retrouver.

Il faisait une nuit pleine de lune. Le désert et les ruines se confondaient dans un scintillement où l'homme n'avait pas de place. Coursault et Mermoz, déjà ivres, tenaient chacun une bouteille pleine de cognac.

— Où allons-nous? demanda Coursault.

— Au bout du monde, répondit Mermoz.

Le bout du monde c'était la quadruple rangée des barbelés. Ils s'y rendirent. Un tirailleur sénégalais, ébène d'Afrique, montait sa faction. Des chiens se répondaient lugubrement au creux du Temple du Soleil, dans les masures bédouines.

Mermoz but et parla, parla et but. Il n'avait que vingt ans. Près de lui se tenait un ami. Il était soûl d'alcool, de fatigue, de désert, de solitude. Il se mit à pleurer, à gémir comme les chiens du Temple du Soleil. Et Coursault fit de même. Et tous les deux sanglotèrent jusqu'aux premiers feux de l'implacable soleil qui se levait sur la terre vide.

Coursault repartit. Mermoz resta sans compagnon choisi pour combattre les miasmes du sable et de la fournaise. Il se souvint alors de la cocaïne et comment, à Metz, elle lui permettait d'échapper aux te-

nailles de l'ennui. Cette drogue était en Syrie denrée
courante. Il s'en procura et pendant une semaine en
fit usage. Mais les dieux interdits sont jaloux. Ils ne
permettent que leur culte. Mermoz, en pilotant,
observa dans ses réflexes une désobéissance. Elle
était à peine perceptible, mais elle lui suffit. A vingt
ans, comme à la veille de sa mort, les gestes du vol
étaient pour lui sacrés. A peine avait-il atterri à Palmyre
que Mermoz courut jeter ce qui lui restait de poudre
blanche dans une dune à l'écart du terrain. Mais
l'habitude était prise et les nerfs empoisonnés. Le
lendemain Mermoz se trouva dans l'état terrible du
manque. Bien qu'il sût sa recherche absurde, il retourna à la dune.

— Et là, me dit-il, comme une bête, à quatre pattes,
j'ai fouillé, gratté le sable dans l'espoir stupide de
retrouver quelques parcelles de stupéfiant. Depuis,
je n'y ai jamais touché. »

Je livre ici cette confidence parce que je veux avant
tout montrer l'ascension de Jean Mermoz vers sa
vérité. Elle est inséparable de la lutte qu'elle exigea. Et
le geste mythologique de Mermoz, sept ans après,
bloquant de ses épaules un avion qui allait s'abîmer
dans un précipice des Andes n'aurait pas sa complète
valeur s'il ne surplombait point, de toutes les étapes
gravies, la quête animale dans le sable de Palmyre.

Ce même sable, ce même désert, qui avaient un
instant désuni Mermoz, ils lui rendirent, par la victoire
qu'il remporta sur eux, une notion plus juste de sa
force, une plus haute sévérité à son propre égard.
Rien ne trempe la volonté, comme les faiblesses, les

défaillances pour qui peut les surmonter. C'est à travers leurs molles séductions qu'elle se forge. Quand Mermoz se releva de sa recherche inutile et qu'il eut sondé ce qu'elle comportait de dégradant, il renonça d'un seul coup aux évasions artificielles. Il sut que le secours ne pouvait venir que de lui. Il se sentit plus sûr et plus pur.

Malgré la chaleur qui ne faiblissait pas, le travail épuisant qu'il continua de mener, il retrouva la paix intérieure.

Il renonça au vin, redoubla les exercices physiques, s'astreignit à lire davantage. Il s'oublia pour prendre part aux humbles existences qui l'entouraient. Un matin, il surprit un jeune soldat en larmes. Il l'interrogea doucement, et apprit que le malheureux était renvoyé en France pour tuberculose, qu'il était incapable de travail et pleurait en pensant à son avenir. Il le réconforta chaque jour et, quand le soldat partit, lui donna une lettre pour sa mère. Celle-ci reçut le malade de Palmyre comme Jean le prévoyait. Le soldat écrivit à Mermoz en donnant le nom de « Providence » à sa mère. Et, la remerciant, Mermoz dit :

« C'est une joie tellement saine de faire un peu de bien. C'est la seule chose dont on ne peut se passer. C'est un bonheur qu'il est facile d'obtenir. Le malheureux a droit au dévouement des plus heureux que lui. »

Et, à ce moment, Mermoz se sentait heureux. Il venait enfin d'être nommé sergent avec un rappel d'un an de solde. Il connaissait enfin la joie magnifique d'envoyer quelques milliers de francs à sa mère. Il avait reçu une citation. A l'anniversaire de la mort de Guynemer, il avait été désigné pour recevoir le fanion de l'escadrille de Palmyre. Ses chefs lui demandaient, et à lui seul, des conseils pour les vols dangereux. Il les donnait en rougissant, mais comme des ordres et sur un ton naturel de commandement. Les officiers les suivaient sans se formaliser. A vingt ans, s'annonçait le pouvoir d'un grand caractère.

D'avoir connu le goût de la mort et celui de la déchéance et de les avoir dominées l'une et l'autre, donna à Mermoz une force singulière. De nouveaux coups de tige l'assommèrent. Il s'en releva vite et sans ébranlement nerveux. Il dévorait l'inévitable mouton par quantités prodigieuses et les dattes par régimes entiers. Au réveil, il avalait six œufs. Malgré cela, aussi maigre que musclé.

Il n'en goûtait que mieux, quand l'occasion s'en présentait, les plaisirs des villes dont sa jeunesse puissante était sevrée. Il allait souvent à Damas pour des évacuations sanitaires. A l'accoutumée, il revenait aussitôt sa mission accomplie. Mais, deux ou trois fois, son chef qui l'aimait et voulait pour lui une détente, exigea qu'il y passât quelques jours. Les repas gargantuesques, les bordées au quartier réservé se suivaient alors sans entamer ni sa santé, ni sa fraîcheur d'âme, ni son équilibre.

Le matin, il se rendait au marché dont le ravissaient la couleur et la rumeur. Un singe l'accompagnait alors, qui s'appelait Boubou et qui appartenait à l'une des escadrilles de Damas. Il était expert en œufs et l'on s'en aperçut de la manière suivante : ceux que les popotiers de l'escadrille ramenaient du marché étaient en bonne partie immangeables. Mais ceux que volait Boubou et qu'il cachait dans le grenier à foin,

étaient toujours excellents. Mermoz avait eu l'idée
d'emmener avec lui la bête. Et les plus rusés des marchands arabes tremblaient devant son flair.

Ce fut à Damas que Mermoz se trouva le 24 décembre. Il venait d'amener deux malades urgents dans
son avion. Il pouvait passer la nuit dans la grande
cité et prendre une revanche sur le réveillon famé-
lique de l'année précédente. Il n'y songea pas un instant. Le ravitaillement de Palmyre, s'il avait fait quelques progrès, était encore précaire. Mermoz chargea
son appareil de toutes les provisions que lui permirent
ses ressources et reprit son vol. On joua ce jour-là
dans son escadrille une revue de fin d'année dont il
était l'auteur.

Mermoz était un camarade parfait, mais son amitié
il ne la prodiguait pas. Courtois avec tous et prêt à
rendre service à chacun il ne se livrait guère. Cette
réserve était due à sa timidité, à une profonde vie
intérieure et au sentiment que le don amical, devant
être entier, ne supporte pas l'éparpillement.

J'ai rencontré quelques hommes pour lesquels le
mot « ami » était sacré. J'ai fondé moi-même sur cette
notion une grande partie de mon existence. Je n'ai
jamais vu personne qui l'eût aussi saintement enfoncée
au cœur que Mermoz. Parmi tant d'autres, c'est une
des belles leçons que donna sa présence sur la terre.

A Palmyre, Mermoz eut deux amis : l'un vieux,
si l'on peut dire, Coursault, avec lequel il partageait
tout : linge, argent, uniformes, plaisirs et tristesses,
et un nouveau : Étienne.

Il est toujours mesquin et puéril de chercher une
hiérarchie dans les sentiments profonds. Chez un
homme qui a le cœur assez ample pour aimer plusieurs fois ou plusieurs êtres, il n'y a pas de plus ou

de moins dans les amitiés, surtout chez Mermoz dont la nature ne pouvait admettre dans l'ordre des affections rien qui ne fût total. C'est le jeu des nuances qui différencie mieux que l'intensité. Sur ce plan, on peut dire qu'Étienne inspira à Mermoz une tendresse d'une tranquille perfection.

Les deux jeunes hommes se connurent à Palmyre. Étienne était encore plus renfermé, plus secret que Mermoz. Ce que Mermoz tempérait par sa beauté, sa douceur et son charme, prenait chez Étienne une forme désagréable. Il passait auprès de tous pour un ours.

C'était un garçon de taille moyenne, au visage pointu, tavelé de taches de rousseur et d'aspect ascétique. Il avait des gestes lents et délicats, parlait peu, mais en phrases très justes, avec un léger accent de terroir champenois. Sa seule ressemblance avec Mermoz, il la portait dans ses cheveux longs et bouclés. Ils s'observèrent quelque temps en silence et tout à coup, sans que personne eût été capable de déceler le cheminement de leurs sentiments, on remarqua entre eux une entente absolue. Ils ne manifestaient jamais leur affection. Mais quand ils étaient ensemble, ils formaient un bloc. Mermoz protégeait Étienne et Étienne avait voué à Mermoz une adoration aveugle, têtue, fixée une fois pour toutes comme l'était son visage même de terrien. Il en fut ainsi, par la suite, en France, en Amérique. Cette amitié laissa sa trace sur quatre continents.

Vol, périls, pureté, amitié, Mermoz avait appris à Palmyre tout ce qui lui était nécessaire pour vivre. Il avait subi le sortilège que connaissent les êtres de qualité dont une partie de l'existence a été donnée au désert. Dans sa substance souterraine s'était glissé

le démon des sables et de la solitude. Ces longues journées de soleil accablant, cette nuit lunaire, inhumaine
où près des barbelés il avait sangloté, faisant écho aux
chiens de Palmyre, l'épais vent jaune qui déracinait
les tentes, comptaient pour autant d'enchantements
inexplicables. Sans le savoir il avait connu sa vérité.
Il n'en mesura le privilège qu'à l'instant où il dut
envisager l'heure du départ. L'année 1923 était venue.
Ses dix-huit mois de Syrie terminés, il allait retourner
en France. Et il écrivit à Madame Mermoz :

« Ne dis pas, surtout, ma petite maman, que je suis
égoïste. Je t'aime de toute mon âme, et tu me manques.
Il n'est nullement besoin que je te le dise. Tu le sais.
Mais mon tempérament indépendant, et je dirais presque sauvage, est en parfaite harmonie avec cette immense solitude qui est terriblement sauvage. D'où
vient ce que je pourrais appeler ma sérénité. Il me
semble par moments que j'ai changé. Dans quel sens?
je ne pourrais encore le dire. »

Mermoz venait d'avoir vingt et un ans. En France,
après sa permission et ses derniers mois de service
qu'allait-il faire? Il ne voulait pour rien au monde
rester dans l'armée. L'aviation civile l'attirait impé-
rieusement. Mais, après avoir forcé sa mère à une
aussi longue séparation, comment la condamner à
une séparation à vie? Mais comment renoncer à un
métier qui déjà faisait partie de sa chair?

« Il me sera dur de quitter l'aviation, disait-il. Il
me semble que je l'ai toujours pratiquée. Elle s'adapte
si bien à mon caractère que j'y trouve même une sécurité complète. Mais j'ai toi. Tu m'es chère plus que
tout au monde et que ne ferais-je pour te donner tout
le bonheur et le calme que tu mérites et dont tu as
tant besoin? »

Ainsi parlait l'amour de Mermoz pour sa mère. Mais l'autre amour, que lui avaient découvert l'enfer d'Istres et la bénédiction de Palmyre, était implacable. Le choix, en dehors de lui, était fait.

Le 12 janvier, Mermoz quitta Palmyre, en la saluant d'un adieu où il laissa beaucoup de lui-même. Il pressentit qu'il y avait passé des journées qui, au cours d'une vie, ne se retrouvent pas.

Quelques années plus tard, Mermoz apprit qu'un hôtel avait été bâti près du Temple du Soleil. Il sentit des larmes venir à ses yeux et dit tout bas :

« Je ne pourrai plus jamais y revenir. »

LIVRE II

La ligne

LE PAVÉ

Mermoz et Coursault furent embarqués, à la fin de février, sur le *Lotus*. Aucun autre souci ne les habitait que celui d'arracher tous les plaisirs possibles aux trois mois de leur permission.

La Syrie les renvoyait chez eux les poches pleines, virilisés, avec la conscience orgueilleuse des dangers vaincus et d'avoir bien fait ce qu'ils avaient eu à faire. Le retour se colorait de la sublimation habituelle aux voyageurs qui reviennent d'une longue absence. La France leur paraissait toute neuve, tendre et leur ouvrant les bras. C'était elle et non plus le désert qui faisait lever les mirages.

Les deux amis étaient merveilleusement habillés pour aller la retrouver. Le règlement n'était pour rien dans leur tenue. Seul leur goût l'avait inspirée. Uniforme bleu clair à col ouvert, cravate de fantaisie, képi de cavalerie azur sur fond rouge, cuirs d'officiers, stick, un passé déjà glorieux et vingt et un ans, n'y avait-il pas de quoi se sentir le sel de la terre?

L'unique escale, celle d'Alexandrie, s'accorda d'une façon parfaite à cette humeur. Les Égyptiens traversaient alors une crise d'anglophobie extrême et leur amitié séculaire pour la France s'en trouvait poussée

jusqu'à l'exaltation. Les deux pilotes furent reçus
comme des triomphateurs. Au restaurant, au spectacle,
dans les rues et les quartiers réservés, on les fêta à
l'envi. Les changeurs eux-mêmes que, à l'ordinaire, rien
n'attendrit, leur vendirent des livres sterling cinquante
centimes au-dessous du cours.

Le *Lotus* leva l'ancre. Sur le pont, Coursault et Mermoz regardèrent fondre la terre d'Orient. A peine
avait-elle disparu à leurs yeux qu'un frisson terrible
ébranla Mermoz. Il reconnut le choc subit. Le « coup
de tige ».

— Je vais me coucher, dit-il. Demain, il n'y paraîtra
plus.

Il débarqua à Marseille sur un brancard. Par un
phénomène singulier, mais assez fréquent, le mal qui
n'avait fait que l'effleurer au Levant s'abattit sur lui
avec la plus rigoureuse virulence dès qu'il en eut
quitté les rivages.

Il demeura sans conscience tout le long de la traversée, et seuls les soubresauts de son corps livré à la
fièvre dévorante, montrèrent qu'il était vivant. Ce fut
une manière de moribond que retrouva Madame Mermoz lorsque Jean lui fut ramené à Pontoise. On juge de
l'épouvante qui saisit alors une femme nerveuse, malade, exténuée par les veilles et qui, près de deux ans,
avait vécu dans l'obsession du retour de son fils. Elle
avait craint de mourir de joie en le revoyant. L'effroi
faillit la tuer au spectacle de cette pâleur cadavé-
rique, de cette affreuse maigreur.

Dix jours après, elle avait affaire à un ogre rieur,
éclatant de vitalité. Les constitutions comme celles de
Mermoz ne traînent pas longtemps entre la mort et
la vie. Sa mère regardait avec une stupeur émerveillée
les exploits de son appétit insatiable.

Mais bientôt ce gouffre ne fut pas l'unique objet de son étonnement. Le fils qui était parti pour le Levant et le fils qui en revenait n'étaient pas identiques. Dans cet athlète de bronze dont la maigreur faisait ressortir les épaules héroïques, elle reconnaissait mal son enfant, et, si les longs cheveux étaient les mêmes, les cheveux que nul chien de quartier n'avait réussi à faire couper, ils ombrageaient une expression bien différente. Une hardiesse raisonnée, une assurance d'homme fait, une impatience contenue, une fermeté de chef, voilà ce que Madame Mermoz apprenait à lire peu à peu sur le large et haut front bombé, sur les lèvres encore un peu puériles. Et dans les yeux une lueur fixe et lointaine comme intérieure et polarisée vers un astre invisible qui lui faisait peur.

A ce moment, presque sans paroles, il fut décidé entre eux que Jean n'aurait pas d'autre métier que l'aviation.

Avec toute la véhémence d'une double résurrection, Mermoz planta dans la vie ses blanches dents. Il était riche. Il avait rapporté de Syrie dix-sept mille francs, et Coursault quinze mille. Ils mirent une fois de plus leurs fonds en commun et les divisèrent en trois parties égales dont chacune devait assurer les plaisirs du mois. Le képi azur à fond rouge sur l'oreille, leur stick à la main, ils partirent à l'assaut de la joie.

Beuveries, femmes, bagarres... Ils avaient le sentiment que tout leur était dû, pareil à celui qu'éprouvèrent quelques années auparavant les permissionnaires du front. Les civils qui les entouraient, avaient-ils connu le vent de sable et les pannes, et la langue

qui gonfle de soif, et les hurlements des chiens dans
le Temple du Soleil au clair de lune?

Dans leurs équipées Mermoz et Coursault se complétaient à merveille. La timidité qui empêchait Mermoz
de faire les premiers pas auprès des femmes, Coursault l'ignorait complètement. Il abordait. Le charme,
la beauté de Mermoz agissaient ensuite. Mais dans
les rixes, Mermoz perdait toute réserve. Et sa force
naturelle, son entraînement, sa science de la boxe française le rendaient redoutable. Les vendeurs d'un journal politique de droite le virent bien quand une querelle ayant éclaté au coin du faubourg Montmartre,
Mermoz en étendit six sur le trottoir.

Peut-être Madame Mermoz eût-elle été capable par
sa présence (elle était trop indulgente à son fils pour
agir autrement) de tempérer ses ardeurs dionysiaques.
Mais les exigences de son métier, l'organisation de
nouveaux établissements de l'Assistance publique la
tenaient loin de Pontoise. Quand la première tranche
de leur budget fut épuisée — bien avant la date prévue —, Coursault alla reprendre souffle auprès des
siens à Fénières, et Mermoz chez ses grands-parents
dans la maison de son enfance à Mainbressy.

Ils se retrouvèrent le 1er mai à Pontoise. Madame
Mermoz y était revenue préparer son départ pour Lille,
où elle venait d'être nommée infirmière-chef du pavillon des tuberculeux dans un hôpital nouveau. Les
lilas et le muguet fleurissaient, les eaux de l'Oise semblaient revernies par le printemps. Les deux amis
entamèrent impatiemment leur deuxième tranche finan-
cière.

Entre deux crises terribles qu'il calmait à force
d'éther, Max Delty, l'ami de l'adolescence de Jean,
participait à leurs fêtes. Quand ses veilles le lui permet-

taient, Madame Mermoz se joignait à eux, avec un sens de la jeunesse et une faculté de compréhension admirables.

Le budget prévu pour le second exercice de la permission fut épuisé plus vite encore que le premier. Les deux amis se trouvèrent un soir à Paris, complètement désargentés, avec deux compagnes sur les bras. Par chance, Madame Mermoz devait partir le soir même pour Lille et la maison de Pontoise se trouvait libre. Jean et Coursault embarquèrent leurs amies éphémères pour la campagne. Elles s'en montrèrent ravies. Tard dans la nuit, ayant fait de la marche et du canotage, les couples regagnèrent la maison. Les choses étaient en place, car le déménagement ne devait se faire que quelques semaines plus tard. Tout le monde avait faim et soif. Mermoz alla chercher les victuailles et les bouteilles qui restaient à la cuisine. Le festin se termina dans l'ivresse.

Il n'existait qu'un grand lit, dans la chambre de Madame Mermoz. Les quatre s'y couchèrent et s'endormirent. Avant de se déshabiller Coursault avait voulu entrer dans la salle de bains; il l'avait trouvée fermée.

— Maman a emporté la clef par mégarde, avait dit Jean.

Coursault fut le premier à se réveiller. D'un regard vague, il parcourut la chambre, se souvint de la veille, sourit. Mais ce sourire s'arrêta brusquement. La porte de la salle de bains était entrebâillée. Il donna un coup de poing à Mermoz qui ne remua même pas. Il fallut trois ou quatre bourrades pour le rendre à la conscience.

— Jean, la salle de bains est ouverte, murmura Coursault.

Mermoz ramena sur son front la vague de ses cheveux et dit :

— Tu es complètement soûl, laisse-moi dormir.

Il allait se plonger de nouveau dans son sommeil, lorsqu'une secousse le redressa. Des pas familiers gravissaient l'escalier. Quelques secondes s'écoulèrent et sur le seuil parut sa mère.

Elle portait un bonnet et un tablier blancs, et, entre ses mains, un plateau avec quatre tasses de chocolat fumant et quatre croissants chauds. Le sursaut de Mermoz et de Coursault avait éveillé les jeunes femmes. Elles frottaient leurs paupières. Cependant, avec un sérieux parfait, Madame Mermoz disait :

— Je suis la nouvelle femme de ménage, monsieur Jean; votre mère m'a demandé de prendre soin de vous.

Mermoz saisit par la nuque les deux pauvres filles hébétées et cria d'une voix tonnante :

— Dehors, dehors tout de suite...

Madame Mermoz se détourna vers la fenêtre avec un rire difficile à arrêter.

Dans la même maison Mermoz avait installé une chambre qui était la copie exacte de celle qu'il avait eue sous la tente à Palmyre. Les mêmes étoffes, les mêmes coussins, les mêmes tapis... Il vouait à cette pièce une adoration mystique. Les marches qui menaient jusqu'à elle, il ne les montait qu'à genoux.

Bien avant le terme de leur permission, Mermoz et Coursault avaient épuisé le dernier tiers de leur

réserve syrienne. En juin, quand ils rejoignirent le
21ᵉ régiment de bombardement à Nancy, il ne leur
restait plus qu'une pièce de deux sous. Devant la
grille de la caserne, Mermoz la jeta et dit :

« On recommence. »

Le geste était le même qu'à Beyrouth. Mais il y
a dans cette répétition quelque chose qui gêne. Le
défi tient lieu de foi. Une désinvolture qu'on sent
brutale remplace l'exaltation qui possédait Mermoz
lorsqu'il débarqua au Levant. Trois mois de déchaînement avaient un peu terni le reflet de Palmyre.
L'esprit ne tenait plus chez Mermoz son rôle essentiel.
Les exigences physiques comprimées pendant dix-huit
mois dans un corps si puissant et si jeune avaient
pris une revanche trop vive. Mermoz en sortait dé-
routé, parce qu'il était fait pour vivre dans la maîtrise de lui-même, et comme anesthésié. Si bien qu'il
avait consenti à ce qui lui paraissait impossible en
Syrie : à rester dans l'armée. Il venait à Nancy avec
le dessein de préparer l'École de Versailles et de devenir
officier pilote.

Sa chance — et celle de l'aviation française — voulut que le régime de l'escadrille 3, à laquelle il fut
affecté, lui rappelât les plus mauvais souvenirs d'Istres
et de Metz.

D'abord, il fut séparé de Coursault, nommé à une
autre escadrille du régiment. Puis, on lui interdit de
porter la belle tenue fantaisie qu'il croyait avoir
légitimement gagnée par ses exploits en Syrie. Les
galons recommencèrent à peser sur un jeune homme
qui avait oublié leur importance dans un service libre
et noble et dans une permission effrénée. Sans doute,
et malgré son impatience nouvelle, Mermoz eût pris
son parti d'une discipline nécessairement plus dure

en France, comme il le fit de la nourriture insuffisante
et médiocre de Nancy que, pourtant, les difficultés du
bled n'excusaient pas. Il eût compris qu'il fallait accepter de remplacer les missions au-dessus du désert,
la vie seigneuriale de Palmyre par les revues, les services de garde, l'instruction des jeunes classes. Et le
vol — le vol de nuit surtout, neuf pour lui — l'eût
consolé de ces misères provisoires.

Mais l'injustice, la persécution incessante, mesquine,
acharnée, il ne les pouvait supporter. Et il y fut en
butte tout de suite.

Le lieutenant qui l'avait accueilli, voyant sa stature, le désigna comme moniteur de culture physique
auprès des nouvelles recrues. Mermoz fit son métier
en conscience. Un matin, le lieutenant vint surveiller
son cours. Il faisait très chaud. Mermoz était sans
vareuse, le cou nu. Le lieutenant fit arrêter l'exercice,
et, se plaçant devant Mermoz, indiqua à son tour certains mouvements. Il prononça en même temps un
petit discours sur les bienfaits de la culture physique.
Or, l'officier était petit, chétif et dissymétrique
d'épaules. Derrière lui, répétant avec une fidélité toute
militaire ses mouvements, se tenait un jeune Hercule
aux muscles magnifiques. Un rire invincible ébranla
la section. Le lieutenant se retourna, comprit... Dès
cette minute, il détesta Mermoz, et, en termes de
métier, le prit en chasse.

A quoi bon rapporter ici les épisodes de cette lutte
misérable? Ils répètent ceux de Metz. Mais à Nancy,
Mermoz n'était plus un bleu. Le sentiment de sa
valeur, de ses faits d'armes, et la fraternité syrienne
(où est Palmyre? s'écriait-il sans cesse avec un regret
poignant) lui rendirent insupportables les brimades
perpétuelles. Il fit une demande d'affectation au Maroc.

Elle fut refusée parce que sa libération du service était trop proche.

Sur ces entrefaites, un scribe de bureau, qui était un de ses amis, lui fit part des notes que son lieutenant avait inscrites dans son dossier et que l'on peut résumer ainsi : « Sous-officier inintelligent, sans instruction, bon à rien qu'à piloter. »

Une appréciation de ce genre était rédhibitoire pour la réussite d'un élève officier. Mermoz exigea la communication de ces notes. Le lieutenant refusa. Mermoz fit appel au capitaine de l'escadrille. Ce dernier, qui avait l'esprit juste, confronta les deux hommes, annula les notes et mit le lieutenant aux arrêts. Mais il était trop tard. Mermoz se sentait, pour la carrière militaire, un dégoût définitif. Le souvenir de Palmyre ne lui permettait pas tant de patience et d'abdication. Sa volonté dans le refus était aussi ferme que pour agir. Les exhortations de son capitaine, celles du colonel qui commandait le régiment et qu'avaient frappé la clarté, la classe d'une conférence faite par Mermoz, tout fut vain. Mermoz renonça à l'École de Versailles et demanda un changement de corps. A la fin du mois d'août, il gagna le 1er régiment de chasse à Thionville.

Il eut à l'arrivée une impression de délivrance. Son séjour à Nancy avait appris à Mermoz à ne pas être difficile, et puis, il y avait sa générosité naturelle, son penchant à faire tout d'abord confiance à la vie et aux hommes. D'après les paroles des pilotes qui l'accueillirent, il conclut qu'il y avait de la camaraderie au 1er de chasse, qu'on y volait beaucoup et bien. En

outre, si à Thionville il était séparé de Coursault, il
retrouva Étienne, son compagnon de Palmyre, véritable partie de lui-même. Et il se fit de nouveaux camarades : Guillaumet, pilote d'une classe déjà étonnante,
au clair et calme visage, et Henri Fournier, râblé,
gouailleur, soldat fantasque, irrespectueux, n'aimant
que les farces et les plaisirs de la table. Mermoz faillit
se battre avec lui lorsqu'il se présenta au poste de garde
(Mermoz aimait mieux se servir de ses poings que de
ses galons de sergent). Mais tout se termina le mieux
du monde autour de quelques bouteilles à la cantine.

Bref, Mermoz respirait et pensait que ses huit
derniers mois de métier militaire se passeraient aisément. Mais un facteur d'ordre général et un autre,
tout à fait inadmissible, parce qu'il touchait à sa vie
personnelle, transformèrent, pour Mermoz, Thionville en bagne.

Les sous-officiers pilotes confirmés par le temps, la
science et le courage étaient rares au régiment. On
les poussait à reprendre du service. Or, Mermoz
avait déjà demandé à la Compagnie de Navigation
Aérienne Latécoère une place de pilote civil à sa
libération. La réponse qu'il reçut de Toulouse lui
laissa l'espoir d'être engagé à ce moment, sans trop
attendre. Et même s'il n'avait pas eu cette perspective,
Mermoz n'eût pas signé un rengagement. Il sentait
de tout son être que « rempiler » équivalait pour lui
à un suicide. Il le dit peut-être trop vivement. Quoi
qu'il en fût, l'attitude de ses chefs changea à son
égard, ainsi qu'à l'égard de tous les pilotes qui firent
comme lui. Les petites facilités qui rendent viable la
discipline lui furent refusées, et toutes les corvées —
service de garde, instruction des recrues, inspections,
marches forcées — l'accablèrent.

Si aucun élément nouveau n'était intervenu, Mermoz, je crois, se fût tiré de ces brimades sans trop vif dommage. Il était endurci. Il avait su traverser Istres, Metz et Nancy, sans une punition. Vétéran des escarmouches de caserne, il aurait achevé son service dans une immunité relative. Mais la haine d'un officier changea tout.

Mermoz avait conquis les faveurs d'une femme de mœurs faciles. Elle s'était prise de passion pour lui. Le beau sergent-pilote n'attachait pas à cette liaison plus d'importance qu'à celles qu'il entretenait au même moment à Lille et à Paris et qui se trouvèrent rompues parce qu'il avait écrit le même jour à ses deux amies en se trompant d'enveloppe, ce qui le fit beaucoup rire. Mais le lieutenant N..., qui appartenait à son escadrille, avait pour la même personne des sentiments très vifs. Un soir que Mermoz revenait d'une permission à Paris, accompagné de la jeune femme, il fut surpris à la descente du train par le lieutenant N... Est-ce l'amour qui se trouva surtout blessé chez cet officier? Est-ce la vanité hiérarchique? On ne saurait le dire, mais il montra contre Mermoz un acharnement aussi indigne que méticuleux.

Seule une punition sévère pouvait empêcher le sergent-pilote d'aller en ville, c'est-à-dire de voir sa maîtresse. Et Mermoz qui, jusque-là, n'avait pas eu un jour de consigne, ne sortit plus, pour ainsi dire, des arrêts. Les motifs — un chef de mauvaise foi en peut toujours trouver dans les mille détails du service. Voici quelques échantillons de ceux qui servirent au lieutenant N...

« N'a pas désigné à l'heure le caporal de corvée.

« Mauvaise tenue devant les jeunes recrues.

« Cache-nez, col relevé, mains dans les poches.

« Insuffisance en théorie réglementaire.

« N'a pas fait un compte rendu de panne sur un format réglementaire. »

Quand il y avait une légère intermittence entre les arrêts, Mermoz était désigné pour le service de garde et ces soirs tombaient toujours la veille d'une permission générale ou d'une fête. Et ce Noël, ce Jour de l'an, les seuls que, pendant de longues années, sa présence en France eût pu lui permettre de passer avec sa mère, Mermoz les accueillit dans le corps de garde de Thionville.

Quoi d'étonnant à ce qu'il se soit durci, flétri? Qu'une sensibilité aussi vive que la sienne, aussi perméable, ait pris pour se défendre les couleurs, le ton de ce qui l'entourait? Qu'une sorte de carapace de brutalité, de vulgarité ait revêtu ses réflexes?

Toute manifestation militaire lui devint odieuse. L'année précédente en Syrie, il avait été fier d'avoir été désigné pour recevoir le fanion de son escadrille à la commémoration de la mort de Guynemer. A Thionville, la fête du régiment pour le même anniversaire ne lui inspira que ces paroles :

« Quelle corvée et quel embêtement en plus. »

Il se vanta de devenir cynique et « je-m'en-foutiste ». Rien ne le touchait. Rien ne l'attendrissait.

Il n'avait dans la journée qu'une heure, parfois une heure et demie salutaire : celle du vol. Sur les avions de chasse, maniables à l'extrême, portés par une dangereuse et souple puissance, il apprit la voltige aérienne. Après le pilotage d'appareils d'observation, la conduite de lourds bombardiers, il connut le métier d'acrobate céleste. Il se perfectionna. Il se compléta. Et le néant fétide qui formait le reste de sa vie fit qu'il se mit à aimer l'aviation d'un amour plus

dur, plus entier et plus pathétique. C'était la seule
lueur dans une existence chargée de mépris et de
détestation pour laquelle il n'était pas né.

Il est douloureux, quand on a connu Mermoz, de
lire de lui ces mots :

« Je ne connaissais pas la haine, maintenant je
sais ce que c'est. »

L'accent de dégoût, l'allure du troupier écœuré, on
les retrouve dans ses propos, dans ses lettres de
l'époque. Où est le style brillant et pur de Palmyre?

Une seule fois dans sa correspondance reparaît la
belle veine incorruptible. Il s'agit de la fête de
Madame Mermoz et Jean lui adresse ces lignes :

« Maman chérie, je t'aime de toute mon âme.
Tous les vœux que je forme sont contenus en cela.
Mes pensées sont les tiennes. Tu les connais donc
mieux que moi. Ce que tu souhaites en ton cœur pour
moi, je le formule en moi-même pour toi. »

Cette source de tendresse, pour inaltérable qu'elle
fût, ne pouvait pas calmer la révolte qui chaque jour
enflammait davantage le sang de Mermoz. Il était
jeune, il était fort. La patience n'avait jamais été,
sauf dans le travail, sa qualité première. Ses fureurs
soudaines étaient célèbres parmi ses camarades,
fureurs qui d'un seul coup changeaient l'être le plus
doux en bagarreur dangereux.

Semaine après semaine, mois après mois, il dut subir,
lui, le brancardier aérien de Palmyre, lui, le vainqueur
du désert syrien, des humiliations incessantes, la perte
de sa liberté, de sa dignité! Et cela parce qu'il avait eu
le malheur de plaire à une femme que convoitait un
autre homme et que cet homme avait sur ses manches
deux galons.

Par un jeu naturel de sentiments, Mermoz voulut

s'attacher l'objet d'une compétition déloyale. Il se
souciait peu de sa maîtresse, mais il préféra tout risquer que de la céder au lieutenant N... Ce dernier le
mettait aux arrêts? Il sauta le mur. Ses nuits amou-
reuses s'enrichirent du plaisir de la vengeance. La
jeune femme, voyant les dangers qu'il courait pour
elle, prit cette hardiesse pour de la passion. La sienne
redoubla de force. Mermoz, par des moyens faciles
dans une petite cité, fit connaître à son chef l'étendue
de son empire sensuel. Celui-ci le traqua avec une
rage nouvelle.

Pris dans cet engrenage infernal, Mermoz, exas-
péré de rancœur et d'injustice, se mit à haïr l'armée
et jusqu'à la France.

— Elle est belle la République, criait-il. Liberté,
égalité, fraternité... Au diable tous ces mots qui
n'existent pas! Je suis anarchiste.

Et il ajoutait :

— C'est bien la peine d'aller risquer ses os et
travailler comme quatre en Syrie.

A ce reniement on mesure l'état moral de Mermoz.
Douze années plus tard il serrerait les poings en pensant
à cette période de sa vie.

— C'était un miracle, me confiait-il, que je n'aie
pas cassé la figure à N..., que je n'aie pas déserté et
que j'aie échappé au Conseil de guerre. »

Cette faveur il la dut au colonel Oudemont qui
commandait le 1er de chasse. Mermoz avait eu avec
son lieutenant une explication qui, toute verbale
qu'elle fût demeurée, aurait dû le mener devant des
juges militaires. Le colonel arrêta l'affaire. Elle eût
sûrement valu à Mermoz la perte de son grade, la
radiation de l'aviation et sans doute les bataillons
disciplinaires. Si le chef du régiment avait été, comme

cela arrive, un simple automate du règlement, le destin de Mermoz eût été de casser des cailloux sur les pistes d'Afrique sous la surveillance de gardes-chiourme, et de sombrer ensuite.

Quand un homme a frôlé un abîme pareil et qu'il s'appelle Jean Mermoz, il lui reste une tristesse à l'égard de la vie et une indulgence pour les déchus également incurables.

Au début de l'année 1924, « année de la classe », Mermoz fit nettoyer son unique costume civil, et ressemeler ses deux paires de chaussures. Le 10 mars il fut témoin au mariage de Coursault qui, chargé de famille, décida de rengager. Puis il partit en congé libérable et ne retourna à Thionville que pour se faire démobiliser. Ce jour-là, il pilota pour la dernière fois son avion de chasse et se livra à des acrobaties insensées.

Quand il passa le poste de garde vêtu de son complet qui datait de 1919, il entendit un bruit d'écrasement. Le caporal qui avait pris la succession de son appareil venait de se tuer.

Mermoz gagna la gare. Sa maîtresse l'y attendait. Elle le suivit à Paris.

Depuis qu'il avait magnifiquement dissipé son pécule de Syrie, Mermoz avait vécu de sa solde de sous-officier et de ses primes de vol qui, en France, étaient beaucoup plus réduites que les hautes payes du Levant. Il les avait partagées avec sa mère (qui dépen-

sait la plus grande partie de son maigre traitement
à l'amélioration de la nourriture de ses malades à
Lille), quitte à lui demander de temps en temps un
mandat de vingt ou trente francs. Mais aussi cruels
qu'eussent pu être parfois ses embarras d'argent,
Mermoz avait connu pendant quatre ans la sécurité
matérielle de l'armée, la certitude élémentaire du lit
et du couvert. Avant de faire son service, il n'était
qu'un enfant. Bref, des difficultés brutales, animales
de l'existence — qui concernent le pain quotidien —
il n'avait qu'une notion indirecte, par personnes inter-
posées : sa mère et ses amis. Notion toujours superficielle qui n'atteint pas la chair, surtout chez un être
jeune, hardi et sain, qui pense inévitablement : « Les
autres peut-être, mais pas moi. »

C'est pourquoi Mermoz, n'ayant au monde que
cent cinquante francs, un vieux costume bleu et deux
paires de souliers, ne s'inquiéta pas de l'avenir. Son
premier soin en arrivant à Paris fut d'acheter un
immense chapeau noir d'artiste — il en avait rêvé
avenue du Maine — qu'il posa avec fierté sur ses
cheveux déjà longs et dont il se promettait bien de
laisser croître la taille, et une lavallière. Il se sentit
alors merveilleusement libre et sûr du lendemain.

Il savait par cœur les termes de la réponse qui lui
avait été faite à Thionville par la Compagnie Latécoère. Il était inscrit parmi les premiers candidats
pilotes. Si cette société de navigation aérienne l'oubliait, d'autres existaient ou se créaient : Air-Union
qui exploitait Paris-Londres, les lignes Farman qui
allaient à Berlin, la Franco-Roumaine qui étendait
son réseau jusqu'à Bucarest. Et si là, même, il ne
trouvait pas de place, malgré ses qualités d'endurance,
de sûreté de main et de navigation, il pouvait entrer,

maintenant qu'il connaissait les secrets de l'acrobatie, comme pilote d'essai chez n'importe quel constructeur.

Cela ne se discutait pas. Il fallait seulement que les intéressés fussent prévenus qu'il était à leur disposition. Alors il piloterait des avions nouveaux, ou s'élancerait vers des cieux nouveaux, sans uniforme, sans gradés, sans arrêts.

Ainsi pensait Mermoz, et, prenant un annuaire d'aviation, il proposa ses services à tous les directeurs des lignes commerciales, à tous les chefs de constructions aéronautiques.

Ces lettres vers l'espace, vers le large, partirent de l'hôtel affreux où Mermoz et sa compagne avaient établi leur domicile. La pauvreté les obligeait à une chambre étroite, sans air ni lumière et donnant sur une sorte de puits fétide, au pot à eau et à la cuvette ébréchés, à la promiscuité la plus trouble, aux draps douteux. Cet entourage sordide convenait, en vérité, à leur liaison. La fille de Thionville n'était pas accoutumée à d'autres logis. Mermoz n'avait pour elle aucun sentiment valable. Le seul attrait qu'elle avait pu exercer sur lui lorsqu'elle était l'enjeu de sa rivalité avec le lieutenant N..., elle l'avait perdu au moment où ils avaient quitté Thionville.

Elle reprenait cependant quelque prix à ses yeux dans les bals musette de banlieue où ils se rendaient le dimanche et où de jeunes affranchis essayaient de la séduire par leur démarche chaloupée et leurs tatouages. Alors le garçon au vaste chapeau noir et à l'éternelle lavallière dont se moquaient les voyous, se souvenait soudain des bagarres de chambrée et des quartiers réservés et dévoilait sa terrible efficacité de pugiliste. Mais c'était pour lui-même que se battait

Mermoz et non pour sa maîtresse. Il se souciait si peu
d'elle qu'il ne lui demanda jamais pourquoi vers midi,
ponctuelle comme une employée, elle se fardait avec
soin et sortait jusqu'à trois heures du matin. Il n'avait
pas d'argent pour faire vivre cette femme, ne se sentait aucun droit sur elle et n'avait aucune envie d'en
sentir. Il partageait son lit en se disant :

« Demain j'aurai une place et tout sera terminé. »

Mais les lendemains s'égrenaient sans que Mermoz
reçût de réponse. Et la fille raillait grossièrement son
attente, ses « visions ». De plus, elle se montrait d'une
jalousie féroce. Une nuit Mermoz rentra plus tard
qu'elle. Il fut accueilli par les pires injures, des coups
de griffes et de dents. Il rejeta la furie du revers de
la main et s'enfuit.

Il lui restait quelques francs. Il ne les employa pas
à payer la chambre de l'hôtel où il échoua rue Réaumur, plus misérable encore que celui qu'il venait de
quitter, mais à acheter des timbres. Et, de nouveau, il
écrivit à tous ceux qui pouvaient l'employer comme
pilote. La possibilité de renoncer à ce métier et d'en
chercher un autre ne s'est jamais présentée à l'esprit
de Mermoz, même en cet instant désespéré. Hors du
vol, il n'y avait pas pour lui de vie pensable. Quand il
se mit à chercher du travail, ce fut simplement pour
attendre. Il ne prévoyait certes pas que l'attente serait
aussi longue. Mais l'eût-elle été dix fois plus qu'il
n'eût pas abandonné. L'aviation était pour lui le
seul genre d'existence, la seule sphère où il pût respirer. Tels étaient les progrès ou les ravages d'une
vocation qu'il n'avait en rien pressentie jusqu'à l'âge
de dix-huit ans.

Vraiment, il traversa cette période de sa vie comme
un insensé, un illuminé, un inspiré qui, du fond du

défilé où il se déchire, aperçoit l'Étoile invisible pour tous.

Mermoz n'eut jamais la tentation de trouver un emploi stable. Il préféra des places passagères, sans avenir, mal payées, humbles. Il fut manœuvre dans une société de moteurs, figurant, lava des garages. Il courba ses épaules de lutteur olympique dans des officines puantes où il copiait des adresses sur des enveloppes, à raison de quinze francs le mille. Une seule fois le sort lui sourit. Il pilota un vieux Sopwith de guerre pour le compte d'une société cinématographique et immergea dans la Seine, en cassant l'appareil, Suzanne Grandet, vedette du film : « La Fille de l'Air ». Ces instants lui redonnèrent comme une provision d'oxygène.

Sans pain, sans abri, il continua de marcher vers son astre.

Un été étouffant accablait Paris. Le soleil roussissait le grand chapeau de Mermoz. Ses cheveux, faute de coiffeur, s'allongeaient plus qu'il ne l'eût voulu lui-même. Ses vêtements flottaient sur le corps réduit aux os. Mermoz avait faim, d'une faim qui le suppliciait. Son appétit héroïque devait se contenter certains jours d'un café crème. Parfois même, pour tout repas, il buvait l'eau des fontaines publiques. Il n'osait plus regarder les devantures des boulangers, l'étal des bouchers, les savantes constructions des victuailles aux vitres des magasins d'alimentation. La tête lui tournait. Il connut les heures passées dans les bistrots, devant une consommation qu'on fait durer sans fin parce qu'on ne sait pas où aller. Il connut les asiles de nuit et le sommeil dans les maisons en démolition, dans les chantiers. Il fut le compagnon des pauvres, des épaves, des clochards.

Bref, ce que chaque homme devrait éprouver au moins une fois pour ne plus jamais oublier la misère des autres hommes, Jean Mermoz l'éprouva dans sa vingt-troisième année, ayant six cents heures de pilotage.

Pour seul ami, il avait à Paris Max Delty. Quand ce dernier avait un engagement passager dans un théâtre de quartier, ou quand Mermoz trouvait un emploi de quelques jours, ils se réunissaient dans un restaurant chevalin dont la viande était excellente et faisaient un grand festin de biftecks crus. Mais le terrible mal que Max Delty avait rapporté du front le terrassait sans cesse. Les médecins qui s'étonnaient toujours de le voir en vie malgré leurs pronostics, ne savaient calmer sa torture que par des doses terribles d'éther. Le malheureux en consommait par litres. Quelquefois Jean, qui le soignait dans ses pires crises, lui tenait compagnie et se repaissait de visions singulières. Le blessé de guerre et le jeune pilote sans emploi restaient allongés côte à côte dans une sorte de léthargie surnaturelle.

Lorsqu'il avait assez d'argent, Jean se rendait à Lille auprès de sa mère. Il brossait alors jusqu'à la corde son costume et son chapeau et, pour achever de donner le change à Madame Mermoz, s'efforçait, malgré les contractions de son estomac, de manger peu, comme s'il arrivait de Paris rassasié. Sa mère, cependant, ne s'y trompait pas et, timidement, lui parlait d'une « situation » que des amis pourraient lui trouver. Il haussait les épaules et repartait en riant.

Son rire n'était pas feint. Pendant tous ces mois tragiques et sauf à de rares moments de dépression, Mermoz fut gai. Il semble que la joie de se sentir libre de l'étau militaire lui fit accepter avec bonne humeur tous les assauts du dénuement. Quant aux souffrances qu'il lui imposait, est-ce qu'elles comptaient auprès de la soif dans le désert et des humiliations de Thionville? Ce que Mermoz avait, dans sa formation d'homme, traversé de meilleur et de pire lui servait dans cette lutte pour sa vérité.

« Je volerai, je volerai, je serai pilote, je serai pilote », se répétait-il chaque matin.

Si l'obsession de l'air se faisait trop pressante, il réunissait quelques sous, prenait le tramway, se rendait à un terrain d'aviation voisin de Paris, à Villacoublay, à Guyancourt, et suivait les essais d'un œil amoureux et critique. L'odeur de l'huile de ricin qui émeut si fort les narines des hommes de l'air, le bruit des moteurs, les courbes des appareils dans le ciel, les départs et les atterrissages, Mermoz en imbibait tous ses sens. Parfois il remarquait un chef d'entreprise, un directeur de compagnie, un moniteur important.

— Vous n'avez pas besoin d'un pilote? demandait-il.

L'autre considérait cet ardent et fin visage d'affamé, la crinière débordante, l'accoutrement de rapin du début du siècle et se détournait comme s'il avait eu affaire à un fou.

Et Mermoz, non découragé, retournait à Paris en regardant les midinettes qui lui souriaient et martelait intérieurement ces mots : « Je volerai, je volerai, je volerai. »

Il passait régulièrement à l'hôtel de la rue Réaumur qu'il n'habitait plus faute de ressources suffisantes, mais qu'il avait donné comme adresse dans toutes ses demandes d'emploi. Un matin, un pli l'y

attendait qui portait comme en-tête : « Lignes Latécoère, Toulouse. »

C'était une convocation du directeur. Elle avait été
adressée à Lille chez Madame Mermoz et renvoyée à
Paris par ses soins. Les Parques avaient choisi ses
mains comme truchement. Voici le texte de cette lettre :

LIGNES AÉRIENNES LATÉCOÈRE
France-Algérie-Maroc-Algérie
Compagnie Générale d'Entreprises
Aéronautiques
S. A. au Capital de 8 000 000 Frs
Siège Social :
79, Avenue Marceau, Paris (16ᵉ)
Siège d'Exploitation et Aérodrome
  à Toulouse, route de Revel
LAT/T 3636.
Bx : AD
Toulouse, le 28 septembre 1924.

> *Monsieur Mermoz,*
> *Chez madame Mermoz,*
> *Infirmière-Major,*
> *Hôpital de la Charité,*
> *Lille (Nord).*

Personnel Pilotes.

  Monsieur,

  *Comme suite à votre lettre du 27 courant, nous avons
l'honneur de vous informer que nous sommes disposés
à vous engager en qualité de pilote sur nos Lignes Aériennes après essais satisfaisants que vous aurez à
exécuter à Toulouse et sur nos Lignes.*

En conséquence, nous vous prions de venir vous présenter à notre Direction d'Exploitation, route de Revel, Toulouse-Montaudran, muni de votre brevet de pilote de transports publics, de votre livret de vol et d'un passeport pour l'Espagne.

Veuillez agréer, Monsieur, nos salutations empressées.

Pr. P.-G. LATÉCOÈRE,
Le Directeur de l'Exploitation,

(Illisible.)

Mermoz se précipita au Bourget, passa la visite. Les quatre médecins de service, après l'avoir soumis à toutes les épreuves, le félicitèrent sur sa constitution. Il avait 5 litres 4 de capacité pulmonaire et pouvait affronter, lui dit-on, les plus hautes altitudes permises à l'homme.

Puis il s'attaqua au brevet de transports publics. Il obtint 18 sur 20. Il pouvait partir pour Toulouse.

Mais le billet de chemin de fer coûtait 75 francs. Mermoz en demanda 20 à sa mère. Le reste il le gagna en copiant quatre mille enveloppes.

Un soir de novembre 1936, un mois avant que Mermoz ne partît pour son dernier vol, je me trouvais chez lui dans le vaste studio qui faisait face au parc Montsouris et où il avait rêvé d'abriter enfin sa destinée de vagabond éternel. Je préparais alors avec mon frère les premiers numéros d'un hebdomadaire que nous avions fondé. Je venais demander à Mermoz d'écrire pour lui les moments les plus critiques de

sa vie. Je m'attendais à des souvenirs de pilotage. Ce
fut son existence de demi-clochard qu'il me raconta.
Je me souviens de ce récit et de son atmosphère avec
une précision douloureuse.

Mermoz nous avait emmenés mon frère et moi dans
sa chambre ainsi que Jean-Gérard Fleury, reporter
étonnant, ami très cher et à qui Mermoz venait de
faire passer son brevet de pilote. Assis derrière son
bureau, sa belle tête mythologique et fraternelle tout
éclairée du sourire qu'il nous dédiait, Mermoz déve-
loppa ses souvenirs de sa voix basse et douce. Il parlait sans faux orgueil ni fausse honte. Honnêtement,
comme tout ce qu'il faisait. Quand il rappela ses
amours avec la fille de Thionville, ses heures d'éther
avec Max Delty, il me proposa :

— Tu peux raconter cela aussi, ça ne me gêne pas,
tu sais.

— Ça ne vaut pas la peine, lui dis-je, pas encore.

Je pensais, en effet, au livre que nous devions écrire
ensemble sur sa vie. Je réservais jusqu'à ce moment
la publication d'épisodes qui seulement alors pouvaient
prendre leur valeur et leur sens; qui, seulement alors,
pouvaient servir à la vérité d'un destin et de leçon
sur l'authentique grandeur humaine.

Ce moment est venu. J'ai complété, comme il me
l'a permis, ce dernier récit que dicta Mermoz et que
l'on peut lire dans le livre où furent réunis après sa
mort ses récits et ses paroles. Il le fallait, j'en ai la
conviction, pour faire, au seuil d'une vie nouvelle,
le point exactement.

Le garçon affamé qui part pour Toulouse n'a pas
encore vingt-trois ans. Malgré son chapeau, ses cheveux, sa lavallière, il ne lui reste rien de l'avenue du
Maine que les invisibles trésors de la poésie. Il ne

lui reste rien non plus de Palmyre, sauf l'impalpable soif de la pureté. Mais les bordées de sa permission, les grossièretés de la caserne, les injustices de ses chefs, sa liaison sans beauté, la faim, les asiles de nuit, le manque tragique d'argent, les copies des enveloppes, voilà les stigmates qu'emporte Mermoz à Toulouse et qui obscurcissent son feu radieux. Il lui faudra des années pour en effacer les traces et pour redevenir ce qu'il était lorsqu'il commença de vivre. Et sa route jalonnée d'exploits, de triomphes et de miracles est, en même temps que celle de la conquête du monde, celle de sa propre reconquête. Elle ne s'infléchira plus. Désormais elle entre dans sa ligne droite.

L'HOMME A LA CIGARETTE

En 1918, Pierre Latécoère fournissait des avions Salmson à l'armée. Ce Méridional n'avait pas de connaissances particulières en aéronautique. C'était un homme d'affaires. De grandes affaires. Tous ceux qui m'ont parlé de lui l'ont fait sans sympathie excessive. A la fin de sa vie, Mermoz le jugeait durement. Latécoère, à coup sûr, était pour beaucoup dans le réflexe qui anima au cours de ses dernières années Mermoz contre les grands manieurs d'argent. Mais les collaborateurs de Latécoère, comme ses adversaires, comme ses pilotes (et Mermoz le premier) reconnaissaient qu'il avait eu, quant aux possibilités de l'aviation postale et commerciale, une prescience de génie.

Les hostilités n'étaient pas achevées, les tranchées éventraient encore l'Europe, le canon martelait la cadence des attaques et des contre-attaques, lorsque Latécoè e conçut le dessein d'une ligne aérienne qui, de France, irait en Amérique du Sud. Il faut se souvenir de l'état des appareils à cette époque et de leur rayon d'action dérisoire, de leur fragilité, de leur insécurité, pour attacher tout son prix à cette vision d'un industriel fort réaliste. Elle tenait de l'anticipation poétique.

Latécoère s'empressa de donner des formes et des étapes pratiques à ses ambitions. Il ne parla que du premier tronçon de l'immense réseau futur : France-Maroc. On partirait de Toulouse (où il avait ses ateliers) pour atterrir à Casablanca. Latécoère savait manier les fonctionnaires et les bureaux. Il aboutit rapidement. L'État donna son appui, une concession, une subvention. Latécoère fonda sa société et prit pour directeur d'exploitation Didier Daurat.

Ils se partagèrent la tâche. Tout ce qui concernait l'administration, les marchés, les négociations et les profits, Latécoère s'en chargea. Le rôle de Daurat fut de bâtir, d'organiser la ligne et de lui donner l'impulsion vitale. Pour son œuvre de créateur, cet homme se montra sans pareil.

Il avait, pendant la guerre, commandé une escadrille avec sang-froid et puissance. Il avait su ce qu'on peut tirer de l'être humain devant le péril et par quelles méthodes, en exaltant son efficacité, on l'amène à s'oublier lui-même. Il s'était construit une méthode de gouvernement faite de dureté un peu triste. Il jugeait les hommes en pessimiste, mais sans désespérer d'eux.

« Laissez-les à leur nature, et il n'en sortira rien de bon, se disait-il. Donnez-leur un but collectif, placez ce but, par l'exigence même que vous montrerez, à une hauteur presque inaccessible, idéale, bloquez tous les efforts dans une concurrence, une émulation sans fin, et vous ferez de la molle pâte humaine, une substance de qualité. »

Certains chefs agissent par l'amour qu'ils inspirent, par la chaleur fraternelle et contagieuse où il font vivre leurs subordonnés qui sont en même temps leurs camarades. D'autres, au contraire, choisissent la soli-

tude. Ils n'entraînent pas. Ils dirigent. Leurs cœurs
et leurs nerfs n'interviennent pas dans leur comportement. Mais seulement la volonté et l'esprit. Ils n'ont
pas besoin d'être aimés, ou du moins ne le montrent
pas. Ils veulent être obéis et faire grand. Didier Daurat
appartenait entièrement à ce dernier type.

Je l'ai rencontré pour la première fois, en 1929, à
Toulouse. La ligne France-Amérique du Sud était
alors dans la plénitude qu'atteint une œuvre lorsque
la création se mêle à l'achèvement et que la réussite
porte encore la marque héroïque de l'effort initial.
Daurat gouvernait un domaine gigantesque et un
groupe humain incomparable. Il avait forgé l'un et
l'autre. Sur le terrain de Montaudran j'aperçus un
homme plutôt court, épais et d'une puissante étoffe
musculaire. La tête était large, grasse. Des cheveux
noirs descendaient assez bas sur le front. Le geste et
le propos, aussi rares l'un que l'autre, donnaient par
leur maladresse, peut-être voulue, une impression de
réticence, de concentration intérieure. Le regard froid,
net, insistant sous les gros sourcils, tenait à distance.
Une simplicité absolue. Des vêtements neutres auxquels visiblement celui qui les portait n'avait jamais
prêté attention. De ce bloc massif et bref, taciturne,
gris, aux yeux clairs et fixes, se dégageait un caractère
exceptionnel de force, de ténacité, d'assurance dans
ses droits et dans ses devoirs.

Il fallait une nature pareille pour mener à bien l'entreprise que, en 1918, avait conçue Latécoère. Rien
n'existait de tout ce qui fait aujourd'hui la base élémentaire d'une exploitation aérienne. Pas de T. S. F.
Pas de météo. Pas de terrains de secours. Des appareils
construits pendant la guerre et pour la guerre, munis
d'un seul moteur et peu sûrs. Une zone terriblement

dangereuse à survoler, presque uniquement composée
de montagnes et de côtes. Un climat mal connu, orageux, traversé de dépressions. Contre tant d'obstacles,
le pilote combattait pour ainsi dire nu dans sa carlingue ouverte. Tout dépendait de sa valeur, et elle-
même dépendait, comme toujours, lorsque l'enjeu est
collectif, de celui qui dirigeait, de l'esprit dont l'œuvre
était empreinte.

Daurat eut tout de suite sur les quatre hommes de
la première équipe un empire absolu. Vannier, Dom-
bray, Delrieux et Moraglia étaient des pilotes de
guerre. Daurat sut leur faire comprendre ou croire
(qu'importent les nuances logiques dans un travail de
la foi) que leur tâche de paix était aussi belle, aussi
valable, aussi importante. Il *fallait* passer par n'importe quel temps. *Il fallait* vaincre et, avec des appareils insuffisants, assurer le présent, préparer l'avenir.

Le 1er septembre 1919, la ligne postale Toulouse-
Casablanca était ouverte. Daurat avait posé le premier jalon sur la route de Santiago-de-Chili. L'objet
de ce livre n'est pas d'exposer comment d'hebdomadaire le courrier devint quotidien, ni de quels efforts,
de quelles acrobaties fut payée sa régularité. Mais,
pour appréhender l'évolution de Jean Mermoz, il est
nécessaire de connaître, même en bref, les conditions
morales que, au bout de cinq années de présence
incessante sur le terrain, de vigilance sans répit, d'exigence inflexible vis-à-vis de lui-même et de tous —
qu'ils fussent mécaniciens, pilotes, chefs d'aéroports,
inspecteurs — Didier Daurat avait établies sur la
ligne. Le courrier était devenu une religion. Les pilotes
de la première heure pétris par Daurat avaient com-
muniqué leur feu à ceux qui étaient venus ensuite.
C'étaient : Lethellier, Poulain, Ham, Thomas, Ender-

lin, Bedrignan, Rozès, Deley, Lécrivain. Une camaraderie ferme et sommaire — à l'image du patron —
les unissait. Enderlin, l'Alsacien, avait, au service de
l'Allemagne, abattu quatorze avions français. Thomas
comptait le même chiffre de victimes au service de la
France. C'est Enderlin qui fut nommé chef-pilote par
Daurat. Ses qualités le désignant pour ce poste, personne ne protesta. Chacun songeait seulement à faire
de son mieux une tâche difficile qui se résumait ainsi :
quel que fût le temps, emporter et amener le courrier
aux heures prescrites.

Les pilotes savaient que Daurat ne pardonnait pas
la moindre défaillance. Et, chose singulière, ils lui en
étaient reconnaissants. Il leur demandait presque l'impossible, mais, par là même, il leur rendait l'impossible naturel et les haussait au-dessus d'eux-mêmes.
Ils se sentaient vivre sur un plan supérieur à cause
de lui. Il félicitait peu, réprimandait souvent. Mais
ces rudes hommes, s'ils grognaient parfois contre le
reproche qui cinglait trop, s'épanouissaient pour une
approbation jetée avec négligence. Ils appelaient entre
eux leur chef Dédé (réunissant les initiales de Didier
et de Daurat) mais quand ils s'adressaient à lui, et
bien qu'ils fussent du même âge et de la même formation au front, ils disaient, sans effort ni servilité :
« Monsieur Daurat. »

Il était pour eux un maître bourru, très dur, indis
cutable et qu'ils redoutaient, mais en aimant la crainte
qu'il inspirait. Son œuvre ils l'avaient construite en
même temps que lui et les pilotes du monde entier
l'admiraient.

Daurat ne laissait pas ses hommes s'amollir dans
le succès. Il entretenait chez eux une fièvre de débutants perpétuels. Le travail conservait ainsi une sorte

de fraîcheur, de nouveauté. L'œil infaillible du directeur de l'exploitation surprenait la moindre trace de fatigue, de découragement. Il ne les admettait pas. Le pilote atteint était aussitôt remplacé. Il prenait un poste sédentaire. Pour le vol, Daurat voulait des êtres d'élite. Il se chargeait de leur faire rendre ce qu'eux-mêmes n'auraient pas osé espérer de leur force et de leur courage. Il triait et retriait sans cesse le personnel navigant. Ceux qui restaient étaient d'une trempe inflexible.

En cinq années Daurat épuisa le recrutement parmi les pilotes de guerre. Alors il jeta sa sonde chez leurs cadets. Mermoz fit partie de cette pêche.

Il débarqua à Toulouse, le 13 octobre au matin. Ayant consulté l'horloge de la gare, et se voyant en avance, il fit à pied les sept kilomètres qui, par la route de Revel, le menèrent au terrain de Montaudran. La marche à l'air vif accrut encore l'agitation de son sang. Il allait à la victoire. Les mois de caserne à Nancy, à Thionville, et même ceux qu'il avait passés sur le pavé de Paris n'avaient pas diminué chez Mermoz le feu de l'espérance ni atteint sa fierté. Il s'était juré que, malgré tout, il serait pilote et libre. Il avait tenu son serment difficile. Il avançait à grands pas vers les hangars, vers un champ d'aviation, vers l'appareil qu'on allait lui confier. Il avait dans sa poche la lettre qui l'appelait à l'ouvrage et aussi ses citations, son carnet de vol. Quand on verrait ce qu'il avait fait en Syrie, quand on dénombrerait ses heures de pilotage, quand on connaîtrait ses coups durs, ses évacuations sanitaires...

Et Mermoz souriait de son beau sourire naïf et
doux.

Il souriait encore lorsqu'un employé le conduisit
au bureau de Daurat. Mais dès qu'il en eut franchi
le seuil, il cessa de sourire. Il se trouva dans une
grande pièce grise et austère. Pour tout ameublement
quelques sièges modestes, une immense carte d'Espagne hachée de traits vifs, une table disparaissant
sous des papiers. Derrière elle se tenait, pesant, les
mâchoires coincées, le front rongé de plis profonds,
un homme qui fixait sur Mermoz un regard lourd, dur,
et qui semblait indifférent. Mermoz le soutint, mais,
instinctivement, se raidit. Daurat examina longuement
les épaules et le torse maigres mais athlétiques, le
visage dont chaque ligne respirait la loyauté, le courage et la délicatesse, les yeux ingénus, intelligents et
fiers. Puis, secouant la cendre de son éternelle cigarette
de caporal ordinaire, Daurat grogna :

— Beaux cheveux... Tête d'artiste... pas d'ouvrier...

— Mais je suis venu pour être pilote, dit Mermoz.

Il tendit à Daurat son carnet de vol, ses citations.
Daurat les feuilleta.

— Je vois, je vois, grommela-t-il avec dédain.

— Il y a tout de même six cents heures.

— Ce n'est rien, dit Daurat. Vous commencerez
comme mécano. Allez demander des bleus au chef
d'atelier.

La voix ne permettait pas de discussion. Mermoz
pourtant demanda :

— Mais... quand pourrai-je piloter, monsieur le
Directeur?

Daurat haussa légèrement ses épais sourcils pour
considérer Mermoz avec une froide curiosité :

— Ici on ne pose pas de questions, dit-il enfin. Vous

verrez bien vous-même quand vous volerez... Si vous volez.

Daurat alluma sa cigarette et se pencha sur ses papiers. Mermoz se dirigea lentement vers les ateliers.

Il tâchait de définir ses sentiments et ne pouvait le faire avec certitude. Il aurait dû éprouver une affreuse déception. Pourtant, il n'emportait du bureau maussade qu'une impression de stupeur à laquelle se mêlait une sourde confiance. L'homme trapu, dédaigneux, qui l'avait accueilli presque injurieusement, ne ressemblait en rien aux gradés, aux officiers qu'il détestait. Il y avait dans ses yeux inflexibles quelque chose qui faisait du bien, qui donnait chaleur et vie.

Cette chaleur, cette vie, Mermoz les sentit répandues autour de lui, sur tout le terrain, dans les bureaux, les magasins, les hangars. Une tâche forte et aimée se faisait là. Mermoz aspira son bruit, son odeur.

Aux ateliers, il trouva deux jeunes garçons qui venaient d'arriver avec les mêmes ambitions que lui et dans la même journée. L'un était très mince, maladif. L'autre blond, rose, costaud, riait sans cesse de ses dents blanches, de ses joues fraîches, de sa figure épanouie, de ses yeux très bleus. Il avait l'air d'un enfant sans peur et parlait un argot merveilleux. Il était déjà camarade avec tout le monde.

— Je m'appelle Dubourdieu, dit le premier.

— Moi, Reine Marcel, dit le second. Et toi?

— Jean Mermoz.

Ayant été convoqués pour le lendemain matin à six heures et demie par le chef-mécanicien, les trois futurs grands pilotes prirent le tramway pour Toulouse. Ils se logèrent dans un hôtel qui portait l'enseigne du *Grand Balcon*. Ainsi le voulait la tradition du terrain de Montaudran. Les nouveaux pilotes s'arrêtaient toujours au *Grand Balcon*.

C'était une modeste pension de famille tenue par trois vieilles dames. Le bon marché du gîte et de la table avait attiré les premiers pionniers de la ligne chez elles. Leur gentillesse, leur bonté vite connues sous les hangars, avaient séduit les suivants. La consigne se repassait d'une équipe à l'autre. A mesure que les anciens fixaient leurs foyers changeants à Barcelone, à Alicante, Tanger ou Casablanca, les nouveaux comblaient les vides. Les vieilles dames bientôt n'eurent que des aviateurs comme pensionnaires. Le *Grand Balcon* devint la pépinière de la ligne. On y parlait seulement de moteurs, de cellules, de performances, d'escales, de coups durs. Si les propriétaires ne comprenaient pas toujours l'objet de ces discussions passionnées, elles s'attachèrent à ceux qui les menaient. Une grande famille turbulente, vivante, vagabonde était née aux trois sœurs. Elles n'avaient jamais bougé de leur ville. Les jeunes gens de la ligne ouvrirent au *Grand Balcon* des perspectives sans fin. L'air du large, les brumes, les tempêtes, les vents chauds d'Afrique vinrent habiter avec eux la pension de famille.

Les vieilles dames suivaient d'un souvenir fidèle ceux qui étaient partis. Leurs noms continuaient à vivre dans la salle à manger. Parfois on les prononçait d'une voix plus sérieuse. Ils désignaient des morts. Et les vieilles dames pleuraient. Parfois aussi ceux qu'elles avaient accueillis pauvres, râpés, ayant pour tout bien en ce monde une méchante valise de fibre, reparaissaient illustres, riches de records, d'argent et de victoires.

Aujourd'hui encore et par-delà la Cordillère des

Andes on parle avec attendrissement, parmi les vieux de la ligne, des demoiselles du *Grand Balcon*. Mermoz, dans sa plus éclatante gloire, chaque fois qu'il passa quelques jours à Toulouse logea chez elles.

Elles lui furent secourables à l'extrême dans ses premiers jours d'apprentissage. Il gagnait 650 francs par mois. Son costume n'en pouvait plus. Ses chaussures s'en allaient en lambeaux. Son corps sous-alimenté depuis longtemps portait en lui une faim insatiable. Les vieilles dames, s'étant consultées, lui louèrent pour cinq francs par jour une chambre qui était estimée à sept. Elles fixèrent à six francs sa pension quotidienne. Elles autorisèrent la bonne à laver son linge. Comme ses camarades, plus peut-être, il attirait sans le vouloir les soins et la tendresse par son pur visage, par son abord un peu timide et plein de douceur. Mermoz avait besoin de cette sollicitude. Les débuts étaient durs à Montaudran.

Le chef-mécanicien, lorsque Mermoz se présenta à lui le lendemain de son entrevue avec Daurat, le mit, ainsi que Reine, ainsi que Dubourdieu, au lavage des cylindres. Toute cette journée et les journées suivantes, ils frottèrent les pièces avec de la potasse.

Un ou deux vols d'entraînement donnèrent de l'espoir à Mermoz. Après six mois de travaux qui n'avaient rien de commun avec l'aviation, après la misère et la faim, il retrouva tous ses réflexes. Le jour où le chef-mécanicien lui dit : « Ça va pour les cylindres », il fut certain qu'on allait lui donner un avion.

On l'affecta au dégroupage. Il démonta et remonta les moteurs. Il les connut pièce par pièce. Il apprit un grand nombre de détails mécaniques ignorés de lui et nécessaires au métier de pilote de ligne à cette époque. Il s'arma pour les accidents à venir. Il fut le

camarade des ouvriers, des contremaîtres, des ingénieurs. Il assista, étape par étape, à la genèse d'un
avion, depuis sa naissance jusqu'à son achèvement.
L'usine occupait un personnel d'un millier d'hommes,
sortait des appareils militaires tout équipés, des appareils civils, des moteurs. Mermoz, qui ne cessait de
réfléchir sur tout ce qu'il voyait, se familiarisa avec
le rythme d'une vaste industrie et des problèmes qui
dépassaient de loin son métier de mécano et de pilote.
En même temps, par les conversations, les incidents
journaliers et par simple osmose, l'esprit de la ligne,
la religion du courrier s'infiltraient en lui. Jour par
jour. Heure par heure. Insensiblement. Comme une
contagion.

Rien ne pouvait distraire Mermoz de cette hantise.
Au *Grand Balcon* il la retrouvait chez les pensionnaires.
Et pour sortir il n'avait pas d'argent.

Il devait compter à un franc près. Sa correspondance
avec sa mère en ce temps était surtout consacrée aux
soucis d'ordre ménager. Il supputait que, le mois suivant, il pourrait s'acheter une paire de chaussures. Il
demandait à Madame Mermoz de lui envoyer son
vieux linge, même le plus déchiré, pour travailler dans
le cambouis, et s'inquiétait, en recevant des chaussettes
neuves, de ce que sa mère ne pût arriver à la fin du
mois. Pour son costume, il ne l'usait guère. A l'aérodrome, il passait sa journée en bleu d'ouvrier. Aussi
tenait-il avec sa paie de 150 francs par semaine. On
conçoit, dans ces conditions, avec quelle impatience
— aussi bien sur le plan moral que matériel — il
attendait d'être qualifié pilote sur la ligne.

Au terrain de Montaudran, à la table du *Grand
Balcon*, les aînés racontaient leurs voyages, leurs
pannes, leurs atterrissages dans les villes aux beaux

noms : Murcie, Valence, Malaga, Alicante. D'autres escales s'annonçaient sur le tronçon prochain de la ligne : Agadir, Villa-Cisneros, Saint-Louis du Sénégal. Les imaginations s'échauffaient, et déjà l'on parlait de l'Amérique du Sud, de Bahia, de Rio, de Montevideo, de Buenos-Ayres. Pour accéder à cet espace, à cette magie, à l'aventure, à la vie large, il n'y avait qu'une étape à franchir : voler sous les yeux de Didier Daurat.

Un soir, le directeur de l'exploitation passa comme par mégarde à travers l'atelier où Reine, Dubourdieu, Mermoz et quatre autres « nouveaux » en salopettes couvertes de taches, les mains noyées de graisse, remontaient un moteur. Sans s'arrêter, les effleurant à peine de son regard pesant, Daurat grommela :

— Tous les sept demain... sur la piste... 6 heures et demie.

Les jeunes hommes cessèrent leur besogne, les bras soudain mous. Ils avaient compris. La grande épreuve les attendait à l'aube. Ils se couchèrent tôt, et dormirent mal.

En descendant du premier tramway, qui grinçait pendant trois quarts d'heure de la ville à Montaudran, ils trouvèrent sur le terrain une sorte d'aréopage. Tous les « vieux » de la ligne qui, pour les besoins du courrier, se trouvaient ce matin-là à Toulouse, étaient venus voir l'essai des débutants. En cuirs, en combinaisons, les mains dans les poches et battant la semelle pour se réchauffer, ils considéraient d'un œil critique les sept candidats. Daurat, le chapeau enfoncé sur la nuque, une cigarette éteinte aux lèvres, sortit de son bureau, expédia quelques ordres, vint sur l'aire de départ.

— Allons, vite, dit-il.

Un essai... Un autre.

— Pas bon, grommela Daurat... Éliminé.

Et sans changer de ton :

— Eh bien, Mermoz, c'est à vous.

Mermoz se sentait parcouru de ce frisson qu'il connut toute sa vie devant chaque haute tentative. Il n'en montra rien. Il sauta d'un élan facile dans la carlingue, ajusta la ceinture, le serre-tête, cala ses larges épaules contre les coussins de cuir. Et le calme lui vint, et aussi un sentiment de défi. Daurat avait tenu pour négligeables ses heures de vol, ses missions en Syrie, son entraînement acrobatique? Il allait voir...

Mermoz décolla doucement, fit un long palier près du sol et d'un seul coup monta en chandelle. Tout ce qu'il avait appris depuis Istres jusqu'à Thionville, toutes ses ressources, toutes ses hardiesses, il les employa à tirer du vieil appareil une voltige étincelante. Quand il eut épuisé les secrets de son art, il fit de l'atterrissage son chef-d'œuvre. Un long et souple dessin d'S en vol plané... Une glissade à gauche, une autre à droite, et il posa son appareil sur le rond blanc dessiné au milieu du terrain pour les épreuves de précision. Puis il roula jusqu'à la piste, se laissa glisser sur le sol et attendit les compliments de Daurat. Mais il eut beau le chercher des yeux parmi les pilotes, il ne le trouva point.

— Où est le directeur? demanda-t-il d'une voix sans timbre.

Rozès, un vieux de la ligne, méridional célèbre pour son accent et sa verve, lui répondit :

— Tu peux faire ton balluchon, petit.

— Quoi? Pourquoi? balbutia Mermoz.

A ce moment, Didier Daurat sortit du hangar. Mermoz courut à lui. On ne pouvait rien déchiffrer sur le visage massif.

— Vous êtes content de vous? demanda Daurat en enlevant sa cigarette de sa bouche.

— Mais... mais... oui, monsieur le Directeur, dit Mermoz.

— Eh bien, pas moi. Pas besoin d'acrobates ici. Allez au cirque.

Mermoz considéra ces lèvres dédaigneuses, ces mains qui secouaient de la cendre et fut pris de fureur contre tant d'injustice. Il n'avait rien à se reprocher. Il savait qu'il avait admirablement piloté. Et voici qu'on l'insultait encore. Il ne resterait pas un moment de plus sur ce terrain. Il n'adresserait plus une parole à ce chef qui ne comprenait rien. Il...

Mermoz arracha son casque de cuir, courut à l'atelier, empaqueta ses hardes. Il n'avait pas un sou devant lui, mais sa rage était si grande qu'elle ne laissait place à aucun autre sentiment.

— Je lui dirai... je lui dirai avant de partir..., murmura-t-il, les lèvres tremblantes.

Une toux brève et sourde le fit se retourner. Daurat était là, sortant de sa poche un paquet fripé de caporal.

— Alors, vous partez? demanda-t-il.

— Ah! oui, cria Mermoz.

Daurat toussota et, entre deux grognements, Mermoz entendit :

— Hm... indiscipliné... hm... prétentieux... hm... content de soi... hm... naturellement...

— Oui, oui, cria encore Mermoz, oui, je suis content de moi, oui, j'ai bien piloté.

— Vous répondez?

— Vous m'interrogez bien?

— Hm... mauvais caractère... hm... naturellement. *On vous dressera.*

— Mais... Mais... (et la voix de Mermoz s'affaissa

tout à coup) comment... puisque vous me mettez à
la porte?

Daurat posa une dernière fois son regard sur le
beau visage enflammé, sur les épaules tendues, sur
toute cette force magnifique :

— Retournez à la piste, dit-il. Montez lentement à
deux cents mètres. Virez à plat. Revenez face au terrain. Prenez de très loin l'atterrissage. Du travail
d'ouvrier. Compris? D'ou-vri-er.

Ce travail, Daurat ne le regarda pas faire.

Beaucoup plus tard, lorsque Mermoz m'eut raconté
cette histoire, j'ai demandé à Daurat :

— Pourquoi n'avez-vous pas assisté au vol que vous
aviez fait recommencer?

Daurat eut un léger sourire de coin, le seul que
semblent lui permettre ses lèvres fermes et serrées.

— Je n'en avais pas besoin. J'avais vu tout de suite
la classe de Mermoz.

— Alors, pourquoi lui avoir imposé cette angoisse?

— Parce que, dit lentement Daurat, il avait piloté
en vaniteux, en individualiste. Pour faire marcher la
ligne comme elle devait marcher, il ne fallait pas de
ça. Elle était une somme et pas un tremplin. Chaque
pilote devait savoir cela tout de suite. Sinon...

Il secoua la cendre de sa cigarette éteinte.

Mermoz était plus apte que tout autre à se fondre
dans une grande œuvre. Il avait besoin, pour vivre,
d'un but mystique. La règle de fer que lui avait fai'

sentir Didier Daurat l'y aida beaucoup. Elle précipita une évolution qui n'était qu'en son germe. Elle
donna une forme toute prête à des aspirations confuses.
L'école était dure. Mermoz y trouva tout de suite de
la joie.

Alors que ses jeunes camarades arrivaient au terrain vers le milieu de la matinée, il y fut présent chaque
jour, dès huit heures. Il lui fallait pour cela se lever
à l'aube et Mermoz aima toujours le sommeil. Mais,
de la sorte, il avait plus que les autres l'occasion de
voler : essais d'appareils, dépannages, convoyages
brefs. Daurat regardait, ne disait rien, mais jugeait.
Mermoz avait pris le mal de la ligne.

Toulouse était pleine de charmantes silhouettes de
femmes. Mermoz était très beau. Bien des sourires,
bien des regards le lui faisaient sentir. Mais lui qui
avait un goût si vif pour les jeux de la chair, il détournait la tête. Ses camarades du *Grand Balcon* mettaient quelquefois leurs ressources en commun pour
une beuverie, pour une nuit avec les filles gaies.

— Tu viens, Mermoz? demandaient-ils.

— Pas ce soir, répondait avec un sourire à la fois
timide et résolu le grand garçon aux cheveux bouclés.

Avant de confier à un nouveau pilote un poste
définitif, Daurat exigeait qu'il fît un vol de reconnaissance jusqu'à Casablanca et qu'il en revînt. Le 29 novembre, Mermoz avait, dans les deux sens, survolé
les Pyrénées, touché Barcelone, Alicante, Malaga, Gibraltar, Larrache et Rabat. Sur le détroit, il avait vu
se lever le soleil dans une mer de nuages d'une splendeur que, même en Syrie, il n'avait pas connue. Il
avait forcé les étapes et revenait de sa course fatigué
mais heureux. Une trouée éblouissante perçait le rideau de l'avenir. La vie qu'il avait si intensément ap-

pelée, il fallait la vivre. Quand il consola sa mère de la
laisser seule cette année encore pour les fêtes, il le fit
avec fierté.

« Noël et le Jour de l'an seront deux jours ordinaires pour moi, lui écrivit-il, car je ne serai certainement pas de repos. Que de souhaits je vais emporter
vers l'Espagne et vers Casablanca ! »

Mermoz venait d'être affecté à Barcelone.

III

LA LEÇON ESPAGNOLE

1925... Barcelone vivait insouciante et tumultueuse en sa prospérité. Le commerce, l'industrie, les plaisirs animaient la grande cité catalane de mouvement, de richesse, de beauté, de vice. Tout cela s'étalait au soleil, côte à côte, et avec naturel. Sur les Ramblas grouillait un peuple vif, aimable et nonchalant. Dans la vieille ville le silence était profond à l'ombre des cloîtres et des palais autour de la cathédrale. Les bateaux de toutes les mers accostaient au port. Devant l'hôtel Colon, place de Catalogne, d'innombrables pigeons tournoyaient. Dans le *barrio chino* les prostitués des deux sexes souriaient de leurs bouches molles et fardées, sur le seuil des lupanars.

Jean Mermoz eut sa demeure pendant une année à Barcelone. Je crois cependant que tout voyageur désœuvré et vigilant a connu, en deux semaines de séjour, cette ville mieux que lui. Le travail de Mermoz explique ce fait singulier. Mais aussi le manque de curiosité, d'intérêt et, pour tout dire, l'indifférence.

Mermoz, quand il vécut en Espagne, eut comme souci exclusif, dévorant, son nouveau métier.

Seulement, pour motiver son acharnement à la tâche, son extraordinaire absorption par le vol, il ne

donna aux autres et ne se donna que des raisons
sinon fausses, du moins secondaires.

Il dit et il crut qu'il travaillait pour assurer sa situation de jeune pilote dans une compagnie pleine d'avenir. Il dit et il crut qu'il accumulait les heures de
fatigue et de péril à cause des primes qu'elles repré-
sentaient, et pour augmenter son salaire. Et sans doute,
cela était vrai, mais non pas essentiel. Ces avantages
matériels n'étaient que les conséquences tangibles
d'une exigence qui ne l'était pas et qui, elle, primait
tout.

Depuis qu'il avait quitté la Syrie, c'est-à-dire depuis
près de deux années — et deux années à cet âge comp-
tent terriblement — Mermoz avait vécu sans amour.
Sans cet amour spirituel, désincarné, pour lequel il
était fait. Son existence s'était dispersée, amenuisée
au jour le jour, alors qu'il avait un besoin vital de la
ramasser, de la tendre et de la vouer à une certitude
qui le dépassât, l'arrachât au terrestre esclavage. Avenue du Maine, il avait eu la poésie, le dessin, la studieuse et fraîche espérance de l'adolescence. A Istres,
malgré la chiourme, il avait eu la révélation de l'amitié et de l'air. Puis il connut Saïda et Palmyre, où il
s'épanouit. Soudain, coup sur coup, pendant des
mois et des mois, la geôle des casernes, la chasse que
lui livre un officier, les hôtels misérables, les asiles de
nuit. Certes, la soif immatérielle veilla toujours chez
Mermoz. Il ne pouvait en être autrement puisqu'elle
ne faisait qu'un avec lui. Mais quand elle se fit jour
avec la violence la plus exhaustive, Mermoz ne la
reconnut pas et lui donna des noms vulgaires.

L'atteinte portée à sa sensibilité avait été plus dure
et plus profonde et il en avait souffert davantage qu'il
ne l'avait su lui-même.

Sa timidité et sa modestie s'allièrent en l'occurrence au spectacle de tant de laideurs. Il ne put si vite se croire différent des gens qu'il avait connus. Il s'attribua leurs appétits.

Cependant, quelqu'un avait vu clair à sa place : Didier Daurat.

Tandis que Mermoz se promenait, ou parlait, ou volait sur le terrain de Montaudran, Daurat l'observait. Son instinct de dépisteur d'hommes avait senti la pâture que demandaient ce torse de lutteur antique, ce profil frémissant, ces yeux en quête d'infini. Quand il l'envoya en Espagne, il décida de ne pas le ménager. Un débutant pareil — ou alors il se trompait complètement sur ses pilotes — devait être livré tout de suite à l'effort le plus dur.

Reculer toujours les limites de l'homme et racheter de sa peau ses infirmités, Daurat devina que c'était le besoin de Mermoz. Et tandis que Mermoz, trompé, abusé, méfiant, décidait, pour se défendre des désillusions, de ne plus être un rêveur et un idéaliste, travestissait le sens de ses actes et les calculait en menue monnaie, Daurat, lui, les comptait à leur véritable poids et comprenait que le plus grand pilote de sa ligne était en train de se former.

A son arrivée à Barcelone, Mermoz s'installa rue des Cortes, à la *Nueva Pension Frascati*. C'était la pension la moins chère de la ville. On y payait 27 francs par jour. Mermoz, qui notait avec satisfaction que son salaire de base mensuel était soudain porté à trois mille francs, aurait pu se loger mieux. Mais il n'était séparé que par quelques semaines du temps où

il avait connu le dernier degré de la misère. Et sa mère
se débattait toujours dans la gêne. Mermoz se refusa
toute dépense inutile. Il fut heureux de pouvoir faire
passer ses lettres en France par une pochette spéciale
de l'avion de la ligne, et d'éviter ainsi la taxe postale.
Il lui fallut des jours de réflexion pour se commander
un complet de sport. Il calcula que celui qu'il avait
fait retoucher à Toulouse lui servirait pour les vols et
que, avec un gilet, son costume foncé ferait encore
assez bonne figure pour les sorties. Il se promit d'éco-
nomiser mille à quinze cents francs par mois. Il tint
parole. Tels furent les premiers réflexes de son aménagement.

Puis le courrier le prit.

Ce courrier, un avion parti de Toulouse à l'aube
l'amenait vers dix heures sur le terrain de Barcelone,
situé à une trentaine de kilomètres de la ville. Mermoz,
prêt longtemps à l'avance, l'emportait aussitôt. Après
l'escale d'Alicante, il devait le déposer à Malaga,
d'où un troisième pilote l'acheminait vers le Maroc.
Mermoz couchait à Malaga et repartait le lendemain
pour Barcelone avec la poste de Casablanca. Il se
reposait un jour et reprenait la navette.

Cet horaire devait être respecté coûte que coûte.
La brume la plus épaisse, l'orage le plus déchaîné
ne pouvaient empêcher un départ, ni même le retarder. Le moteur de l'avion atterrissant n'avait pas
éteint son grondement que celui de l'avion-relais tournait déjà à plein régime. Le temps de transborder
à toute vitesse le courrier, et il décollait.

Or, les appareils destinés à cette tâche impitoyable
étaient du même type et souvent de la même série, du
même bois et du même métal que ceux qui avaient
ouvert la ligne de 1919. Ils servaient depuis plus de

cinq ans. Ils tenaient par les prodiges de soins et de science qu'accomplissaient chaque jour des mécaniciens d'élite. Ils allaient au but grâce au miracle de l'adresse et de l'opiniâtreté des pilotes. Les Bréguet 14 provenant du matériel de guerre étaient ouverts à tous les vents. Le pilote, pour se protéger contre les intempéries, n'avait qu'un mince pare-brise. Derrière lui s'entassaient les sacs postaux, et parfois, pliés en deux, accroupis sur ces sacs, des passagers pleins de foi. Toujours pas de T. S. F. Toujours pas de météo. Et toujours un seul moteur instable.

Mermoz connaissait bien le Bréguet 14. Il en avait piloté à Metz et en Syrie. Mais jamais il n'en avait conduit d'aussi vieux, d'aussi rapetassés, et surtout il n'en avait jamais usé dans des conditions pareilles. Autour des camps d'entraînement, on volait peu, sur des terrains connus et par beau fixe. Au Levant même, les missions d'urgence impérative étaient assez rares. On choisissait son ciel. Et pour ses évacuations sanitaires, Mermoz avait eu un appareil neuf et la distance la plus longue à parcourir n'avait pas excédé 300 à 400 kilomètres.

En Espagne, ce fut tout autre chose. De Barcelone à Malaga, il y avait plus de mille kilomètres, c'est-à-dire sept heures et demie de vol consécutif à fournir. Cela par temps normal. Avec de mauvaises conditions atmosphériques, on ne savait plus, Mermoz commença ses étapes en plein hiver, au pire moment de l'année. Il avait à survoler la côte jusqu'à Alicante, puis la zone montagneuse, désertique, qui séparait cette dernière ville de Malaga. Une erreur de cap par temps voilé était dangereuse. Une panne pouvait être mortelle.

Dès ses premiers voyages, la pluie, la grêle, les cy-

clones, entravèrent constamment la route de Mermoz.
Il décollait dans la crasse, et tout le long du parcours
l'orage le secouait. Les heures se passaient dans une
lutte incessante. Les trop longs détours étaient interdits faute d'une provision suffisante d'essence. La
puissance ascensionnelle des appareils ne permettait
pas de passer au-dessus des zones troublées. Il fallait
foncer tout droit et lutter pour ainsi dire corps à corps.
Mermoz, la tête casquée, ne laissant paraître que son
profil d'oiseau royal, la poitrine dilatée par le vent sans
frein, toujours nerveux et dominant toujours ses nerfs,
corrigeait les bonds de l'appareil, scrutait les instruments de bord, se penchait pour percer la brume et
apercevoir la ligne du rivage qui lui servait de guide.

Il travaillait sans arrêt, sans répit, n'accordant aucune miséricorde ni à son avion, ni à lui-même. Il voulait se sentir à chaque minute le maître de la machine
et l'utiliser au mieux de ses ressources. Il ne lui permettait pas, même dans les instants d'accalmie, de
voler à sa guise. Il lui demandait tout le temps de
tenir mieux, de passer plus vite. Il la portait plus
qu'elle ne le soutenait. Jusqu'à son dernier vol, ce fut
sa méthode athlétique.

Quand, en Espagne, il entreprit de l'employer, elle
fut la cause d'une fatigue musculaire, d'une dépression nerveuse que ses camarades ne connaissaient pas.
Il les réparait l'une et l'autre aussitôt parvenu à la fin
de l'étape en mangeant et en dormant. Le sommeil
surtout lui servait de remède, le sommeil total des
êtres jeunes et sains où le corps se refait comme une
plante.

Mais, bientôt, il dut le sacrifier aux besoins de la
ligne. Un pilote partit en congé régulier. Un autre eut
à se rendre auprès de son père mourant. Leur tâche

vint s'ajouter à celle déjà très dure qu'avait à remplir
Mermoz. Les deux jours de repos auxquels, en principe, il avait droit chaque semaine à Barcelone, se
trouvèrent automatiquement supprimés. Souvent il
revint à Barcelone, ou plutôt au terrain de Prat de
Llobregat, pour repartir une heure après, sans avoir
vu la ville autrement que des airs. Son parcours s'étirait jusqu'à Toulouse. Il passait et repassait les Pyrénées, continuait vers Malaga, tombait sur un lit de
camp, reprenait le manche à balai dès l'aube. Il ne
quittait presque plus son siège de pilote. Les commandes lui semblaient le prolongement naturel de
ses membres. La fatigue était devenue une seconde
nature. Elle l'imprégnait si constamment, qu'il ne s'en
étonnait plus. Le temps devenait sans cesse plus mauvais. Les tempêtes succédaient aux ouragans. Sept,
huit et parfois dix heures quotidiennes de vol se décom-
posaient en chocs, heurts, soubresauts, plongées subi-
tes. L'appareil, léger et fragile, dansait comme un bouchon, craquait de toutes ses membrures. Mermoz, qui
avait l'impression d'être un fétu de paille, luttait néanmoins, s'arc-boutait, essayait de contrôler l'insecte métallique qui frayait sa route dans l'éther en furie.

Plus d'une fois, atterrissant contre toute vraisem-
blance, là où le prescrivaient la marche inflexible de
la ligne et la volonté de l'homme de Montaudran aux
vêtements négligés, à l'éternelle cigarette éteinte et
rallumée, Mermoz s'écria avec un étonnement humble
et orgueilleux à la fois :

« Je n'imaginais pas qu'on pût voler dans des conditions pareilles. »

Et, sans se rendre compte qu'il avait satisfait à sa
plus impérieuse exigence, il allait dévorer et dormir
pour recommencer le lendemain.

Dans ce combat, les pannes que lui imposait le mauvais état des moteurs se présentaient comme des trêves. Il en conservait un souvenir aimable. Un soir, à 120 kilomètres de Barcelone, il dut couper les gaz et se poser sur un bout de plage. Il avait deux passagers à bord. Personne ne fut égratigné. Ils passèrent ensemble la nuit près de l'appareil, en attendant le dépannage. L'un des voyageurs était anglais. Il ne se déplaçait pas sans une bouteille de bon whisky. Il la partagea avec ses compagnons. Mermoz, qui à l'ordinaire n'avait ni le temps ni le désir de boire de l'alcool, profita largement de cette aubaine.

Ses distractions, en effet, étaient rares. Elles consistaient principalement, lorsqu'il passait à Barcelone un jour ou deux, à observer les mœurs de sa pension de famille. Le patron y était italien, la patronne française, le cuisinier suisse, les bonnes portugaises et allemandes, les clients anglais, français, italiens, hongrois et même espagnols. Dans les rares périodes de détente, quand le personnel de la ligne se trouvait au complet, Mermoz s'amusait avec trois nouveaux camarades. Ce n'étaient pas des pilotes. Ceux-ci se rencontraient rarement, sauf sur les terrains et pour quelques minutes, tandis que le courrier passait d'un avion à l'autre, ou, le soir, dans les baraques, écrasés de fatigue. Dans sa pension, Mermoz avait connu un ingénieur-chimiste espagnol de vingt-six ans, un jeune Français qui représentait une marque d'automobiles, et un dessinateur écossais. Ces trois garçons étaient pleins de gaieté et d'invention. Quand Mermoz se joignait à eux, sa jeunesse, sa joie d'être vivant, son besoin de libération physique, simple et puérile après l'effort fourni, se déchaînaient tout à coup. Les plaisanteries, les farces, les luttes comiques, les concerts

burlesques, les intermèdes acrobatiques, emplissaient
de leur tumulte le paisible salon de la *Nueva Pension
Frascati*.

A Malaga, les loisirs de Mermoz étaient différents.
La mer l'attirait et la plage. Il nageait, plongeait,
faisait du canot, reprenait ses exercices d'athlète. De
cette manière, il réparait l'usure du corps et la contrainte de l'esprit. Il en avait terriblement besoin. Les
accalmies ne duraient guère.

Au printemps, les plus vieux pilotes de la ligne
furent enlevés aux aérodromes d'Espagne et dirigés
sur le Maroc. La ligne Casablanca-Dakar, second
épisode de la vision de Latécoère, allait s'ouvrir dans
quelques mois. Mermoz avait demandé de faire partie
de son personnel volant. Daurat ne donna pas son
autorisation. Il estimait, d'une part, que Mermoz
n'était pas encore rompu, brisé, assoupli suffisamment
aux disciplines de la ligne, et, d'autre part, il voulait
garder sur le tronçon dépeuplé de ses meilleurs hommes.
un pilote au moins sur lequel il pût se reposer entièrement.

Mermoz fit à plein collier son métier de colporteur
de lettres, à travers les rafales et les tourbillons de
chaleur.

Le soleil d'été lui donnait des coups de massue sur
la nuque. Il volait vingt-sept jours par mois. A peine
était-il couché qu'on l'arrachait de son lit pour qu'il
remontât en avion. Il ne se plaignit jamais du surcroît de labeur. L'irritation qui se glissa en lui portait
un autre caractère.

Il souffrait d'avoir été maintenu sur la ligne d'Espagne. Là-bas entre le Maroc et le Sénégal, poudroyaient
des sables magnétiques. Les escales étaient rares et
mystérieuses. Le danger avait la couleur de la grande

aventure. Maintenant que Mermoz fournissait la
course de plusieurs pilotes, il lui arrivait souvent
d'aller jusqu'à Casablanca. Ses camarades désignés
pour Dakar parlaient des espaces tout neufs qu'ils
allaient conquérir. La sensibilité de Mermoz, son
imagination, toute sa nature étaient tendues vers les
signes de l'infini. La fascination de Palmyre ressuscitait, avec sa paix raide et son éblouissant sortilège.

Elle eut le pouvoir d'illuminer un instant Mermoz
sur lui-même.

« J'ai la nostalgie du bled », pensa-t-il.

Quelques jours plus tard, il rêva, pour la première
fois, à un raid au-dessus de l'Atlantique, le grand
mirage des pilotes d'alors. L'océan, le désert l'appelaient avec une force égale. Mais il était trop tôt pour
qu'il comprît.

Au mois d'août, il fut envoyé au Bourget pour y
passer la visite médicale à laquelle tous les six mois
étaient soumis les pilotes de la ligne. L'une de ses
premières démarches à Paris fut de se présenter à la
Compagnie Franco-Roumaine (qu'on appelait aussi
la S. I. D. N. A.) et qui assurait la liaison aérienne avec
l'Europe Centrale et Orientale. Mermoz y avait quelques relations et demanda un engagement à de meil-
leures conditions matérielles que celles qui lui étaient
faites chez Latécoère. On le reçut avec bonne grâce
et on lui demanda de se présenter de nouveau en
novembre.

Que fût-il advenu de Mermoz si les hommes auxquels il s'était adressé avaient pu pressentir sa valeur
et avaient souscrit à ses exigences encore modestes?

Certes, Mermoz fût resté Mermoz avec son courage, son génie de pilote, sa magnifique richesse humaine. Mais son destin eût-il été à sa mesure? Le jeu des circonstances extérieures et du caractère — cette nécessaire synthèse qui seule permet l'épanouissement d'une grande vie — se fût-il aussi bien ajusté? L'axe des sables, des flots et des forêts vierges n'était-il pas indispensable à Jean Mermoz, et aussi la règle implacable de Daurat?

Chaque existence illustre pose des questions aussi vaines, puisqu'elle y a d'avance répondu par son développement fatal. Mais je crois que, même si Mermoz avait tout de suite obtenu satisfaction à la S. I. D. N. A., son amour-propre apaisé par une revanche platonique, il eût repris le chemin de Barcelone et d'Alicante.

Mermoz, malgré son impatience et ses sautes d'humeur, et quoiqu'il fût sensibilisé à l'extrême à l'injustice, ressemblait un peu à ces soldats qui protestent sans cesse et vont pourtant au-delà de ce qu'on leur demande. Dès l'âge de dix-huit ans, il avait vécu parmi des hommes simples et violents, pour qui grogner contre les supérieurs était un besoin, une habitude. Il avait pris le même pli.

Il est certain que Mermoz admirait Daurat. Il est également certain que les manières du directeur de l'exploitation le faisaient gronder comme une jeune bête rétive. Les explications qu'ils eurent à ce moment n'aboutirent à rien. Mermoz était trop fier et Daurat estimait qu'un chef n'a pas à fournir des raisons, encore moins d'excuses. Pourtant, ils s'aimaient déjà, et déjà Mermoz aimait la ligne.

Il le montra bien lorsqu'en ce mois d'août il rencontra, par hasard, aux environs de la gare de l'Est,

son camarade de Thionville, Guillaumet. Il lui fit de
son existence en Espagne une peinture si enthousiaste
que l'autre voulut entrer chez Latécoère. Ce fut Mermoz qui appuya sa demande. Et Daurat comptait si
bien avec l'opinion de Mermoz qu'il enrôla tout de
suite Guillaumet.

Durant son passage à Paris, Mermoz retrouva un
autre de ses compagnons de Thionville : Henri Fournier. Ce dernier, en se livrant à des acrobaties en
rase-motte, avait heurté un arbre. Échappé à la mort
par une chance rare et radié de l'aviation pour imprudence, il s'occupait d'affaires de Bourse. Mermoz et
lui se rejoignirent à Paris sur le plan qui les avait liés
à la caserne : le plan pantagruélique. Ils avaient tous
les deux un appétit dont les exploits laissent incrédule.
Quand ils étaient placés ensemble devant une table,
ils sentaient naître en eux une sorte de compétition
d'ogres joyeux. Si bien qu'ils avaient fini par établir
un code. Ils s'invitaient à tour de rôle, et l'addition
la plus forte désignait le gagnant du match. Certains
menus leur étaient restés dans la mémoire. Ils citaient
volontiers celui-ci, à titre d'échantillon :

> *Deux douzaines d'huîtres, pour chacun.*
> *Un homard entier, pour chacun.*
> *Une poularde entière, pour chacun.*
> *Un camembert entier, pour chacun.*

Ils ne comptaient ni les entremets, ni les fruits.

Mermoz, quand il revint à Barcelone, s'aperçut que
la nourriture à la *Nueva Pension Frascati* n'était ni

bonne, ni suffisante. Les camarades qu'il y avait eus s'étaient dispersés. Il déménagea et, pour occuper ses rares loisirs, s'inscrivit à un club d'athlétisme, dont il fut très vite l'illustration.

Il eut aussi des distractions moins austères. Dans la chambre contiguë à celle qu'il avait louée habitait une très belle Andalouse. Un commerçant mûr, marié et respectable qui subvenait à ses besoins, lui rendait visite deux fois par semaine. Elle n'avait d'autres occupations dans l'existence que de choisir des châles, des peignes, lustrer ses cheveux, consulter les cartes. Mermoz vint troubler cette molle oisiveté. Il plut à l'Andalouse et toutes ses nuits de Barcelone, il les passa chez elle. Pour ne pas éveiller l'attention, il sautait la barrière qui séparait leurs balcons. Le jeu eût pu continuer longtemps, si, un soir, l'attention du propriétaire, en proie à l'insomnie, n'avait pas été attirée par le bruit que faisaient des ébats sur la nature desquels il était malaisé de se tromper. Le digne homme en fut scandalisé à l'extrême. Pour qu'on ne pût le lendemain l'accuser de mensonge ou d'hallucination, il convoqua comme témoins tous les habitants de l'étage. Ils vinrent se coller contre la porte et juger de l'importance du délit et de ses récidives. Le résultat fut que l'Andalouse fut chassée à l'aube pour sa plus grande honte, et que Mermoz obtint une considération sans bornes auprès de la moitié féminine de la pension... et du propriétaire.

Cependant, la ligne Casablanca-Dakar avait commencé de fonctionner. Parmi les jeunes pilotes qui étaient venus remplacer les anciens envoyés au Maroc, Daurat choisissait en hâte les meilleurs pour combler les pertes que les maladies, le désert et les Maures causaient déjà en Afrique. Les autres, il les passait à son

crible impitoyable, et bien peu y résistaient. Mermoz
devait suppléer à leurs défaillances. Il doublait ses
étapes. Il ne faisait que paraître sur les aérodromes,
sauter dans un autre avion, revenir à son point de
départ, faire son plein d'essence, s'envoler aussitôt.
Entre Toulouse et Casablanca, il tournait sans fin.
Souvent, comme le vol nocturne était impraticable à
l'époque, il passait ses nuits en chemin de fer pour
boucher une brèche dans l'horaire.

Car le courrier devait toujours partir et arriver à
l'heure dite. L'usure du matériel, la pénurie en hommes ne devaient pas compter. Ni les conditions atmosphériques.

Or, l'automne, cette année-là, fut aussi dur que
l'était à l'ordinaire seulement l'hiver. La pluie se
changea vite en neige. Des bourrasques terribles assail-
lirent les rivages et les monts. Mermoz dans sa carlingue
sans défense, le visage à découvert, passait et repassait
à travers les cyclones qui lui arrachaient les commandes
des mains, les déluges qui noyaient son siège, à travers le réseau livide des flocons qui le rendaient
aveugle. Une fois même, il fut vaincu par la neige et
se posa à mi-chemin, sans rien voir, mais sans rien
casser ; il jouissait déjà de cette divination qui devait
faire plus tard l'admiration épouvantée de ses camarades en Amérique. Le trafic des passagers fut sus-
pendu. Cependant, le courrier à lui seul prenait tant
d'importance que son poids surchargeait dangereusement les avions épuisés.

Dans cette période de travail écrasant, de tour-
mentes telles qu'il n'en avait jamais soupçonné de
pareilles, Mermoz, pendant une semaine, ne pilota
que du bras gauche.

A l'escale d'Alicante, il avait été piqué à la main

droite par un insecte. La piqûre demeura quelques heures imperceptible, puis, soudain, s'enfla démesurément, devint une énorme cloque blanche, qui à son tour se transforma en abcès. Pendant cinq nuits, Mermoz ne put goûter un instant de repos. La fièvre et la souffrance l'empêchèrent de dormir. Mais à l'aube il sautait du lit, mettait son bras tuméfié en écharpe, serrait les dents, grimpait dans sa carlingue. Ensuite, d'une main, il luttait contre la furie des éléments, et cela chaque jour.

« Il faut bien que le courrier passe », disait-il.

Et, au soir d'une étape, où chaque instant il avait joué sa vie, lorsqu'il retrouvait dans sa mémoire les mille incidents du vol, les assauts innombrables qu'il avait soutenus et ses innombrables victoires, il pensait :

« Seuls, nous, les pilotes, nous pouvons comprendre la valeur de ce que nous faisons. Comment l'expliquer au profane? »

Et une grande fierté tranquille lui venait au moment de fermer les yeux. Et il aurait pu être pleinement heureux.

Mais les larves néfastes qui s'étaient glissées en lui à Nancy, à Thionville, dans les officines parisiennes où il copiait les enveloppes, ne le permettaient pas. Les toxines n'étaient pas entièrement éliminées. Elles agissaient encore sur cet homme désintéressé entre tous, mais qui résistait à lui-même.

J'ai demandé une fois à Mermoz s'il avait eu peur dans ses luttes avec la mort.

— Peur? avait-il répété pensivement. Non ça ne peut pas s'appeler ainsi. Je ne peux pas te l'expliquer. Les camarades seuls pourraient comprendre. C'est une affaire entre nous. »

Il réfléchit quelques secondes et ajouta :

— Vois-tu, la vraie peur, la sale peur, je l'ai éprou-
vée sur le pavé de Paris, quand j'étais clochard, à
l'idée de ne plus pouvoir voler, c'est-à-dire vivre de
ma seule vie possible.

Cette crainte, Mermoz, inconsciemment, la portait
encore dans ses nerfs lorsqu'il affronta sans une hésitation et d'un seul bras valide les tempêtes de neige
au-dessus des sierras espagnoles. Elle lui faisait dé-
compter ses heures de vol non pas en valeur morale
— la seule qui fût sienne — mais à la façon d'un
étranger, en gros sous. Ses lettres de cette époque
étaient empreintes de l'obsession du gain, de la sécurité matérielle, et, quand il venait de terminer une
étape particulièrement longue, il calculait la prime
supplémentaire qu'elle lui apportait. Il supputait à
l'avance que tel mois qui s'annonçait chargé de travail
lui vaudrait quatre mille francs et même quatre mille
cinq cents francs au lieu de trois mille de base. Il
notait avec précision ses économies, ses réserves. Au
bout de l'année, il possédait une quinzaine de milliers
de francs. Il s'inquiéta de la manière de les placer.
Pour cela, il demanda conseil à ses grands-parents.
Pas à sa mère. Il savait bien qu'elle n'avait aucun sens
de l'épargne et qu'à cet égard il lui ressemblait. Il le
sentait au plaisir qu'il avait de lui envoyer des sub-
sides réguliers et d'aider des amis en détresse. Tout
en ayant appris la nécessité de l'argent, sa nécessité
maudite, il n'arriva jamais à lui accorder dans ses véritables préoccupations un rang suffisant. Mais le démon
de l'inquiétude matérielle ne le lâchait pas et le forçait à compter, à compter, à compter sans cesse.

Lorsque l'on compte trop, on ne se trouve jamais
assez riche. Mermoz ne put échapper à cette loi. Le

salaire de la ligne lui parut insuffisant. Il se souvint
de la Franco-Roumaine. Il récrivit à cette compagnie.
Plus il était la proie des préoccupations qui ne répondaient chez lui à rien d'essentiel, plus il se trouvait
mécontent du monde, c'est-à-dire de lui-même. Une
colère stérile et de mauvais aloi s'amassa en lui.

« Quand je pense quelquefois, s'indignait-il, qu'un
voyage où j'ai risqué ma peau à chaque minute me
rapporte 90 francs, c'est-à-dire 23 pesetas! C'est la
vendre pour pas cher. »

Et 900? Et 9 000? Était-ce suffisant?

Est-ce qu'ils avaient un prix monnayable pour
Mermoz, ces victoires incessantes, cet apprentissage
terrible et magnifique? Il le comprit plus tard, lorsque
aux fortunes que lui offrirent les marchands d'appareils, de moteurs et de pétrole, il préféra mourir en
un voyage régulier sur l'Atlantique. C'est qu'alors il
voyait clair en lui. Il avait reconquis le sens de sa
nature et sa vérité, ce paradis perdu.

Il en était encore loin, lorsque de Barcelone, il
écrivait, au mois de janvier 1926 :

« Mes demandes auprès de la Franco-Roumaine
ont été fructueuses, et je compte y être appelé pour
avril. Je vais enfin *travailler pour quelque chose.* »

Il entendait par là qu'il allait gagner de l'argent.

Pourtant, il venait d'être affecté enfin à la ligne
Casablanca-Dakar. Pourtant, il venait de refuser la
place, que lui offrait Daurat, de chef d'aéroport en
Afrique, préférant le vol le plus périlleux aux dignités
sédentaires. Pourtant, il venait d'apprendre que l'Aéro-
Club lui donnait une médaille comme au pilote français ayant parcouru le plus grand nombre de kilomètres au cours de l'année 1925 : 120 000 en 800
heures de vol.

Pourtant, à un journaliste qui avait été son passager et qui voulait parler de lui, il venait d'adresser cette lettre :

Monsieur,

Je vous prie de bien vouloir me pardonner si je n'ai pu vous répondre immédiatement, le travail de ces derniers jours ne me l'ayant pas permis.

Permettez-moi d'abord de vous remercier très vivement de votre aimable proposition. Je suis heureux que vous ayez gardé un excellent souvenir et de votre voyage et du pilote.

Néanmoins, pardonnez-moi de ne pouvoir accéder à votre demande : ce serait me faire une réclame imméritée vis-à-vis de tous mes camarades qui font chaque jour ce que je fais personnellement et je ne m'en reconnais pas le droit.

De plus notre rôle à nous, pilotes de ligne, est d'être et de rester obscurs. Nous accomplissons simplement un métier parfois un peu plus dur que les autres, mais qui n'en est pas moins un métier.

Nous ne battons pas de record, nous ne sommes pas les héros des raids de grande envergure : chaque jour, nous acheminons le courrier vers un point donné à des heures données. Les difficultés que nous rencontrons parfois, nul ne les connaît, ne cherche à les connaître du moment que le chargement arrive à destination. Chacun accomplit sa tâche avec toute la conscience professionnelle dont il est capable.

C'est-à-dire, cher Monsieur, que je ne suis qu'un des nombreux pilotes que la Compagnie Latécoère emploie dans le sens propre du mot, pour transporter le courrier de France... à sa destination. Oubliez-moi dans votre article pour ne songer qu'à la communauté.

*Une simple relation de votre voyage n'en sera pas
moins intéressante sans ma photographie et mes états
de service. Un exemplaire ne manquera pas de me
faire plaisir.*

*Encore une fois, je vous prie de bien vouloir m'excuser
et, en espérant avoir le plaisir de vous rencontrer sur
notre ligne à nouveau, je suis très respectueusement
vôtre.*

MERMOZ. »

En douze mois d'Espagne où Mermoz s'était montré
le premier parmi tous ses compagnons, où il avait volé
davantage et traversé plus d'épreuves et de plus dures
qu'en cinq ans d'aviation militaire, il avait appris ce
que devait être un pilote de ligne. Mais pas encore ce
qu'il était lui-même.

Quand il s'embarqua pour le Maroc sur un bateau
où dansaient des gitanes, au milieu des détritus
d'oranges, de paille et de pelures de bananes. Et il
ignorait qu'il avait échappé au plus grand danger qui
l'eût menacé durant toute sa vie : celui de se mécon-
naître et de se trahir.

IV

CASABLANCA-DAKAR

Tandis que Jean Mermoz achevait son nouvel apprentissage, la ligne Casablanca-Dakar était née.

La première ambition de Latécoère — joindre par les airs et à heures fixes Toulouse à Casablanca — avait été une gageure. Prolonger le courrier aérien de Casablanca à Dakar en fut une autre, et plus aventurée encore. Rien n'est aussi instructif à cet égard que de consulter une carte des rivages dont on se proposa la conquête dès 1924. Après les taches minuscules que font les petites villes côtières de Safi, Mogador, Mazagan, Agadir, le regard suit avec étonnement le trait vide de toute trace de foyer humain qui serpente jusqu'à Saint-Louis-du-Sénégal. Une sorte de détresse, d'angoisse abstraites et d'appel fascinant se dégagent de cette figuration linéaire où gît, captive, figée, réduite à une échelle dérisoire, et cependant tangible et tragique avec une force qui coupe le souffle, l'immensité déserte.

Cet espace où les bateaux n'accostent jamais, où l'aridité du ciel et celle de la terre ne connaissent pas de miséricorde, devint l'arène de la lutte qu'entreprirent contre les côtes d'Afrique les pilotes de Casablanca-Dakar.

Entre ces deux villes, ils faisaient cinq escales : Agadir, Cap-Juby, Villa-Cisneros, Port-Étienne, Saint-Louis-du-Sénégal. Entre la première et la dernière, ils avaient à franchir deux mille kilomètres de dunes sauvages, jalonnées seulement par trois postes minuscules, blottis le long du rivage. Atterrir ailleurs qu'entre les fils de fer barbelés, c'était risquer la mort par la soif, les balles ou les poignards des nomades. Ces solitudes, où l'on ne voyait jamais un feu de campement, étaient parcourues, en effet, par des nomades aux voiles bleus, errants et guerriers éternels. Leurs bandes les plus féroces, les plus indomptables, avaient choisi pour refuge le Sahara espagnol, le Rio de Oro, où personne ne leur donnait la chasse, et au-dessus duquel passait obligatoirement le vol des hommes du courrier.

Pour mettre en défaut les machines volantes, il y avait de nombreux ennemis : la brume épaisse et visqueuse qui montait des vagues surchauffées, les cyclones à quoi rien ne résistait, le vent de sable dont on ne parlait qu'avec effroi. Mais leurs plus sûrs facteurs de défaite, c'était en eux-mêmes que les appareils les portaient. Contre la température torride, la vapeur traîtresse de l'océan, la tornade sableuse, le désert sans point de repère ni d'atterrissage, ni abri humain, la Compagnie Latécoère donna à ses pilotes les mêmes avions que ceux dont l'usage en Espagne avait déjà été un défi. En Espagne où, quelles que fussent les difficultés du sol et du climat, la route était toute semée de villes, de villages, de populations prêtes à porter secours aux aviateurs dans l'embarras. Tandis que sur Casablanca-Dakar...

Avions du modèle de guerre, Bréguet 14, fatigués, essoufflés, usés par des années de dure campagne. Et,

dans la carlingue toujours ouverte, toujours pas de
T. S. F. Et toujours un seul moteur et revu mille fois,
retapé, rapetassé, comptant plus d'heures de vol que
son constructeur n'eût osé l'espérer dans ses rêves les
plus délirants. La panne était chronique. La salade de
bielles, l'avarie de la pompe à huile, de la pompe à
eau, les ruptures de vilebrequin, les pilotes en parlaient comme d'événements naturels, quotidiens, inévitables. Les problèmes que posaient pour les mécaniques délicates la chaleur et le sable n'étaient même
pas abordés. Les pilotes se lançaient au-dessus du
désert où les guettaient la soif, la captivité et le massacre, avec des engins si imparfaits, si aveugles et si
désarmés, que les premiers navigateurs, confiant leurs
existences à des coques creuses surmontées d'un bout
d'étoffe, demandaient moins à leur courage et à leur
étoile.

Mais par leur défi même à la nature et au bon sens,
par leur caractère d'âpreté, de risque, de chance et
d'aventure, par l'exigence qu'elles imposaient de vertus encore inemployées, d'une entraide qui, sans cesse,
engageait l'existence, ces conditions de vol tirèrent
des hommes qui eurent le cran de les accepter une force
spirituelle dont ils ne soupçonnaient même pas qu'ils
portassent en eux le germe.

D'abord, ils furent tous volontaires. Didier Daurat,
qui choisit parmi eux, ne leur cacha rien de ce qui
les attendait. Selon sa méthode, il poussa le tableau au
noir. Les pilotes qui partirent se trouvèrent déjà
engagés vis-à-vis de lui, et plus encore vis-à-vis d'eux-
mêmes. Il fut entendu, d'un accord qui se passa presque de paroles, que, malgré l'insuffisance des moyens,
le courrier passerait aux jours dits, à l'heure dite, par-
dessus les dunes vierges et les Maures ennemis, comme

il avait passé sur les cités et les montagnes espagnoles. Ces volontaires s'appelaient : Rozès, Ville, Gourp, Érable, Émile Lécrivain, Henri Guillaumet, Marcel Reine, Pivot, Dubourdieu. Il y avait là des vieux de la ligne, forgés par des années de lutte, de pannes, de danse dans l'orage. Il y avait aussi quelques jeunes chez qui Daurat avait décelé la sûreté de main et de cœur nécessaire. Il y en eut d'autres que je ne nomme pas et qui faiblirent, et que Daurat renvoya sans pitié, sauvant par là, en même temps que la religion du courrier, leurs propres vies qu'ils étaient devenus incapables de défendre.

Aux vertus naturelles de ces hommes, à leur exaltation par le métier qu'ils faisaient, vint s'allier le ferment le plus puissant, chez de tels caractères : le travail par équipe, l'amitié prolongée dans le péril et la mort.

Ils furent répartis à Casablanca, à Juby — fortin espagnol — et à Dakar. Le courrier, hebdomadaire au lieu d'être quotidien comme en Espagne, ne les dispersait pas chaque matin en une ronde sans fin. Les mêmes restaurants bruyants, ou les mêmes pauvres cantines de bled les réunissaient. Quand ils atterrissaient, les yeux rougis, la figure poudreuse, dans les escales du désert, avec quelle joie ils secouaient la main du mécano qui, tandis que l'hélice tournait encore, sautait sur le marchepied de l'avion pour demander, les mains en porte-voix :

— Ça a gazé, Mimile?
— Pas trop de crasse, Henri?
— Toujours content, Marcel?

Et lui, le mécano, perdu pour des mois et des mois dans la solitude, avec quel ravissement il entendait la réponse rituelle où, par-delà les échos du sable et

de la mer, il percevait la sourde rumeur du troupeau
humain auquel il appartenait :

— Bien sûr, Toto, on s'est défendu.

— Ah ! les vaches !

Ils se connaissaient dans chacune de leurs rides, dans
chacun de leurs propos. Ils n'en variaient guère et
s'aimaient pour cette sécurité. L'appel d'un nom
effaçait les distances, les dunes, le piège étincelant. De
Dakar à Casablanca, un réseau de visages familiers, de
tics célèbres, de voix mille fois imitées, d'accents
burinés dans les mémoires, peuplait l'espace. Au
repos, en vol, en fête, ils savaient tout les uns des autres
et jouaient, avec la mort embusquée pour partenaire,
aux quatre coins, à travers le Maroc, le Rio de Oro,
la Mauritanie et le Sénégal. A ce jeu-là, la fraternité
vient vite. Chefs d'aéroplaces, pilotes, mécaniciens, et
jusqu'aux manœuvres indigènes, tous se sentaient
merveilleusement liés par l'ouvrage exécuté en commun, par la singularité et l'audace de la tâche, et par
le sentiment qu'ils dépendaient les uns des autres.

Les circonstances poussèrent encore plus loin cet
engagement mutuel. L'état des moteurs était tel que la
perspective de la panne était une quasi-certitude. Sur
Casa-Dakar, même bénigne, elle signifiait l'abandon
absolu. Comment savoir où avait atterri l'absent ? Il
faut rappeler encore — tant les notions et les temps
ont changé — qu'on ignorait l'usage de la T. S. F. à
bord des appareils. Comment distinguer, à travers des
centaines et des centaines de kilomètres de dunes, le
point minuscule de l'avion en détresse ? Courrier
perdu, pilote assassiné par le désert ou les nomades,
voilà les suites normales d'une défaillance de moteur
prévue par tous. A ce mal, le remède suivant fut
trouvé : l'avion de courrier ne partait jamais seul.

Un autre l'accompagnait qui, au lieu de sacs postaux, portait un interprète arabe. Si le pilote du courrier était forcé de se poser entre les escales, son compagnon atterrissait près de lui, chargeait la poste, embarquait son camarade, et tâchait d'arriver à bon port. Si, au contraire, c'était le coéquipier qui se trouvait en difficulté, le pilote postal avait pour mission de repérer l'endroit de son atterrissage, de voler vers l'escale et de le faire dépanner. Le courrier passait d'abord. Il passait avant l'existence de ceux qui le servaient.

Et c'était bien ainsi. Non pas que les pauvres lettres d'affaires ou d'amour qui s'empilaient dans les coffres des vieux Bréguet 14 eussent en soi la valeur, le poids suffisant pour contrebalancer la vie de ces hommes, magnifiques. L'idée en est dérisoire. Mais ces hommes, eussent-ils fait ce qu'ils ont fait, fussent-ils morts comme ils sont morts, simplement, facilement, s'ils n'avaient cru au caractère sacré de ces plis? Si l'on commence à discuter une foi, la critique va jusqu'au bout. D'abord, c'est la vie d'un camarade qui compte davantage pour le pilote que le courrier. Puis, c'est la sienne propre. Puis, la simple sécurité. Pourquoi partir par temps de brume ou d'orage? Quelques heures de délai, faut-il donner son sang pour les éviter? Alors la mollesse fait vite son chemin dans les cœurs. Tout s'écroule d'une œuvre qui ne vit plus par l'élan, par la passion.

Jamais le doute sur la nature de leur tâche n'effleura les garçons de Casa-Dakar. Ils aimaient le vol, ils aimaient l'aventure. Ils étaient heureux de donner à leurs instincts une justification plus haute, avec laquelle ils les confondaient. Si le sens de la conservation s'éveillait en eux, ils n'en tenaient pas compte.

Il n'y a pas eu d'exemple qu'un pilote d'accompa-

gnement ne se soit posé auprès d'un camarade dans les
pires terrains et sous le feu des Maures. Et que le
pilote courrier, dans les mêmes circonstances, aussitôt
sa mission achevée, ne soit revenu chercher son compagnon. Je ne connais rien qui puisse illustrer si bien
et à l'état pur la camaraderie. Deux hommes partent
ensemble sur des machines vulnérables à l'extrême, à
l'assaut d'un monde stérile et meurtrier. Ils savent
que, dans tout l'univers, ils ne peuvent compter que
l'un sur l'autre. Ils cheminent de concert. La solitude
inflexible des sables et de l'océan défile sous leurs
yeux. De temps en temps, ils écoutent plus attentive-
ment leurs moteurs — c'est le rythme de l'inquiétude.
De temps en temps, chacun d'eux considère la tache
brillante et si petite qui l'accompagne. Et c'est le
rythme de la sécurité.

Il y eut, pendant la guerre, une entente analogue.
Celle des équipages naviguant dans le ciel ennemi.
Mais alors, les deux hommes étaient attachés au même
appareil. La communauté des réflexes, la dépendance
réciproque, avaient un caractère inévitable. Sur Casablanca-Dakar volaient aussi des équipages. Mais
leurs membres étaient dissociés. Les décisions appar-
tenaient à chacun d'eux. Pourtant, il n'y eut jamais
de défaillance. Libres de leurs mouvements, de leurs
vies, les deux hommes dans les deux machines volantes
ne firent jamais qu'un.

Et sur eux régnait le courrier.

Tel était l'esprit de cette ligne, que nulle autre
dans aucun pays n'égala, quand Mermoz vint en faire
partie.

Elle avait déjà son histoire.

Officiellement ouverte le 1er janvier 1925 par le pilote Émile Lécrivain qui fit d'un bout à l'autre le trajet de Casablanca à Dakar et retour, la ligne devint régulière à partir du 1er juin. Chaque semaine, le courrier descendait et montait le long de la côte déserte.

Un matin de juillet, les coéquipiers Rozès et Ville, sur deux Bréguet 14, se dirigeant vers le Cap-Juby, survolaient le Rio de Oro, lorsque le moteur de Ville baissa de régime. Ville choisit son terrain, se posa. Rozès le rejoignit. S'il avait abîmé son avion en touchant le sol inconnu, deux hommes eussent été prisonniers du désert au lieu d'un. L'atterrissage de Rozès fut parfait. Il laissa tourner son moteur, et, avec son camarade, transporta le courrier. Comme ils achevaient cette tâche, une troupe de Maures armés et prévenus par on ne sait quel guetteur, surgit des dunes. Les pilotes avaient des revolvers. Ils abattirent trois ennemis, sautèrent dans l'avion frémissant, et s'envolèrent sous les balles.

Le 11 août, le pilote Gourp, descendant de Villa-Cisneros à Port-Étienne, remarqua sur la plage de Saint-Cyprien la carcasse d'un bateau perdu. Près d'elle, sur une tente, flottait un drapeau français et des hommes faisaient des signes. Vingt minutes plus tard (c'est-à-dire ayant survolé une soixantaine de kilomètres) Gourp nota un rezzou de nomades montés faisant route vers le Nord. Gourp portait le courrier vers Dakar. Il ne pouvait s'arrêter. Il transmit ses observations à Deley, le chef d'aéroplace à Port-Étienne. Deley et un autre pilote, Collet, se posèrent en avion près des naufragés, et, comme le rezzou arrivait, les enlevèrent.

Quelque temps plus tard, Marcel Reine, le moteur

de son appareil ayant pris feu, se posa en fauchant les roues, à une centaine de kilomètres au sud d'Agadir, en pleine dissidence. Son coéquipier fit plusieurs tentatives d'atterrissage dans les environs. Mais la nature du sol rendait la chose absolument impossible. Le camarade retourna sur Agadir prévenir les autorités françaises. Elles n'obtinrent le rachat de Reine qu'au bout de huit jours. Le pilote, pris par une tribu marocaine, revint bleu de coups et couvert de vermine. Son interprète avait reçu un coup de poignard. C'était la première et la plus douce des trois captivités qu'eut à subir Marcel Reine.

Ces aventures, parmi tant d'autres que conservent les archives de la ligne, la jeunesse des pilotes, leur bonne humeur, leur simplicité, l'élément de rêve, d'espace, de camaraderie qui les environnait, avaient valu à ces garçons une tendresse universelle à Casablanca. Les femmes leur vouèrent leurs pensées, et souvent davantage. Les vieux « Marocains » dont beaucoup, venus au temps de la conquête, avaient un dur et mystérieux passé, nourrissaient une admiration violente pour les hommes du courrier. Les indigènes les révéraient, comme des magiciens joyeux. Ils vivaient dans une atmopshère unique, faite d'amitié, d'insouciance, de réussite, de péril, de voyage céleste.

Mais la communauté de vie, de métier, de réflexes et de langage n'altérait pas leurs traits individuels. Chacun gardait sa frappe, son relief.

Rozès, le plus âgé de tous et qui avait fait la guerre, promenait à travers les cafés de Casablanca, les cantines des escales, les terrasses de Dakar et les pannes dans les dunes, sa figure de soudard méridional, son accent de Toulouse, sa hargne comique, sa malice de terroir. Il inventait des histoires, grognait sans cesse, tandis que sur sa peau tannée, brisée de petites rides, passaient et repassaient les reflets de son imagination, de ses colères et de son astuce.

Marcel Reine riait tout le temps de ses yeux d'enfant, de ses joues roses, de ses dents blanches, et semblait promis à une adolescence sans fin. Râblé, charmant, infatigable, ignorant tout ce qui n'était pas son métier et le plaisir, il distribuait sa santé, son argent, sa gaieté comme un trésor inépuisable. Ses reparties étaient célèbres du Maroc au Sénégal. La verve des faubourgs de Paris, servie par un sens d'expression dru et juste, ornait ses moindres propos. Il adorait la vie, et la vie l'adorait. Il était l'idole de tous ceux et de toutes celles qui, à Casablanca, étaient sensibles à la bonne humeur, au courage, à l'innocence animale et à la générosité.

Il y avait sur la ligne un autre fils de Paris, qui, pour le pittoresque du vocabulaire, pour la vivacité du trait et le bonheur du mot, ne le cédait en rien à Marcel Reine. Mais Émile Lécrivain, né à Belleville d'une modeste famille d'artisans, avait le cœur mystique. Mystique en aviation et mystique en amour. Reine pilotait comme il dansait, comme il fumait une cigarette, comme il riait. Reine avait à Casablanca une douzaine de maîtresses et qui se renouvelaient perpétuellement. Lécrivain en vol changeait d'expression. Sa curieuse figure longue d'Indien s'imprégnait d'une extase sévère. Le désert, le moteur, le soleil, le vent de l'hélice lui parlaient un langage hermétique à tout autre. Il aimait une femme, une seule, et qui habitait à Dakar, et qu'il voyait peu. Mais à Casablanca, il ne faisait la cour à personne. Il jouait du violon en autodidacte inspiré. Sa chambre était peu-

plée de disques, et il s'enfermait pour les écouter.
Sa gaieté même avait un accent profond, exalté, et,
jusque dans le déchaînement, il semblait poursuivre
une chimère.

A ces deux garçons toujours en mouvement, en tré-
pidation, en transe visible ou invisible, Henri Guillaumet opposait un calme inaltérable. Il était pourtant
très jeune et hardi, mais sa grande force physique, son parfait équilibre nerveux lui permettaient
de remplacer les éclats de voix, la volubilité de ses
compagnons, leurs incessantes querelles amicales, par
un sourire naïf, par une phrase prononcée, d'un ton
ferme et doux, par un haussement d'épaules. Il avait
le torse large, le visage clair et tranquille, une simple
gentillesse. La fête ne le fatiguait pas, ni le travail,
ni le coup dur. On eût pu le croire, au premier abord,
presque indifférent. Mais il se dégageait de lui une
force saine qui détrompait très vite. Pour un camarade, il eût remué le désert. Comme les autres, d'ailleurs. Ils l'ont tous prouvé.

Que les pilotes des débuts de la ligne — les vivants
et les morts — dont je ne retrace pas ici le visage, me
pardonnent. On parle bien des hommes que l'on a
bien connus.

Pour Mermoz qui, au mois de mars 1926, débarqua à Casablanca, ils étaient tous familiers. Rozès
avait figuré dans l'aréopage des vieux pilotes devant
lesquels à Montaudran Mermoz fit son essai définitif.
Émile Lécrivain — il se souvenait des onze bouteilles
de champagne que Coursault avait gagnées en arrivant à Beyrouth à son frère Albert. Dubourdieu et

Reine avaient commencé avec lui à laver les cylindres et à dégrouper les moteurs à Toulouse. Pour Guillaumet, ils avaient servi ensemble au 1er de Chasse à Thionville. Ceux-là et les autres, — Ville, Gourp, Érable, Pivot — il les avait croisés sans cesse pendant plus d'une année dans le carrousel aérien, à travers les sierras et les orages à Barcelone, Alicante, Malaga ou Tanger. Si Mermoz n'ignorait rien de leur comportement, de leurs visages, de leurs actions, eux aussi, ils avaient de lui une connaissance sûre et droite. Ils savaient de quoi il était capable dans la colère, l'amusement et le travail. Ils avaient « discuté le coup » avec lui et à propos de lui. Ils étaient heureux de voir leur équipe enrichie de ce pilote infatigable, de ce camarade fidèle.

Mermoz fut accueilli ainsi qu'il convenait. Rozès grogna contre les Maures et contre les administrateurs de la Compagnie. Lécrivain parla des courants aériens et des escales du bled. Reine vanta les petites femmes de Casablanca. Guillaumet rappela les souvenirs de Thionville. On but beaucoup au « Roi de la Bière », au « Petit Riche », au « Tabarin ». Dans ce dernier endroit, Reine amena jusqu'au bar un cheval de fiacre qu'il avait dételé, et le soûla de champagne. Les entraîneuses se pressèrent autour des jeunes hommes, et déjà plus d'une ne pouvait détacher ses yeux du nouveau pilote qui avait de si larges épaules, de si beaux cheveux et un si lointain regard.

Dans ce déchaînement, il y avait un rythme ardent, heureux, un style épique par où Mermoz sentit qu'une vie neuve commençait pour lui. Et chez ses camarades qu'il connaissait si bien, il surprit quelque chose d'inconnu, d'indéfinissable, de plus ample, de plus chaud, de plus clair, et qui était né en eux sur la terre d'Afrique.

Elle lui fut offerte à son tour. Un matin de mars,
à l'aube, il décolla vers le sud.

Le soleil n'était pas encore levé; mais, dans l'ombre
déjà transparente et qui s'éclaircissait d'instant en
instant, Mermoz devina les contours de la ville qu'il
abandonnait. Son attention était prise par les manœuvres de l'appareil, le tableau de bord, le souffle
du moteur et le souci de voler de concert avec son
coéquipier. Cependant, une part de lui-même était
libre; la plus importante, qui ne réfléchissait pas.

Quand Mermoz vit s'égrener sous son fuselage les
champs roses et fauves, semés de villages blancs sans
fissure, quand il traversa les chaînes de l'Anti-Atlas,
pures et scintillantes de neige au soleil déjà éclatant,
portant dans les vallées désertes quelques douars penchés au bord des sources, quand se découvrit, dans
sa majesté sauvage, si bleue et si lisse qu'elle semblait un pan de ciel renversé, la baie d'Agadir, certes
Mermoz consulta ses cartes, prit des points de repère,
nota les terrains d'atterrissage possibles, surveilla le
compte-tours, la pression d'huile, le thermomètre, cor-
rigea les écarts de son Bréguet 14. Mais sa véritable
vie en ce premier vol n'appartint pas à des mouvements professionnels. Elle fut baignée dans sa substance la plus précieuse par une émotion où, enfin,
il se retrouva.

Je l'ai dit, Mermoz était né pour la quête de l'inaccessible. La terre et ses biens n'étaient pas en mesure
de le satisfaire. Il pouvait rire. Il pouvait se gorger
de nourriture et de plaisirs. Il pouvait aimer. Cela
ne lui suffisait pas. Un appel plus exigeant le fascinait. En vérité, les hommes tels que lui n'ont pas de
but. Ils n'en poursuivent que l'apparence. S'ils ont
atteint celui qu'ils se proposaient comme définitif,

ils le dépassent aussitôt pour aller à une autre lueur,
à un autre reflet. Plus loin. Plus haut. L'objet réel
de cet acharnement et qui leur échappe, c'est le
mouvement d'ascension lui-même, c'est la montée
sans fin.

Ces hommes ne peuvent pas jeûner comme les
moines, se vouer, comme les gens de science et de
méditation, au silence des chambres closes. Leurs
muscles, leur cœur amoureux du vent et du péril s'y
refusent. Mais leur prière, leur poésie, elles jaillissent
de leurs actes aussi pures, aussi fraîches, aussi graves
que celles du moine, du savant, du poète, lorsqu'ils
vont à l'assaut du monde et qu'ils se dissolvent dans
son intensité. C'est l'extase des hommes puissants,
dont la chair et l'esprit ont besoin d'évasion. Alors
chante en eux une joie, une force, une paix magnifiques.

Ce chant, il commença de sourdre du cœur de Mermoz pendant qu'il accomplissait sa première étape
sur la ligne Casablanca-Dakar. Et il atteignit à sa
plénitude au moment où, ayant quitté Agadir et
dépassé le bloc blanc de Tiznit, posé sur un socle de
roc, Mermoz aborda du même coup la zone de la
dissidence et le règne du désert.

Depuis la Syrie, il n'avait plus connu l'hostilité
conjuguée des hommes et de la nature, le mystère
mortel caché au creux des sables et leur grandeur à
nulle autre pareille, leur poids d'infini. Ici, l'action
spirituelle du désert se mariait à un autre élément
sans bornes, à l'Océan. Sur des centaines de kilomètres, Mermoz suivit la ligne du rivage. D'un côté
ondulaient les dunes au pelage de lion, de l'autre
les flots aux couronnes d'écume. Le même mouvement semblait creuser ces immensités vides. Et Mer-

moz pouvait croire, par instants, que le désert était
bleu, que la mer était fauve.

Le soleil brûlait sa nuque. Avec une patience tendre
et ferme ses mains gouvernaient les commandes et le
moteur. Un bruit d'orgue cadençait la route qu'il
traçait dans l'éther. Après quatre années de misère,
de révolte et de peine, il était de nouveau le maître
des solitudes. Les génies de Palmyre suivaient son
sillage. Il n'avait plus la naïveté des temps où il avait
été effleuré de leur souffle. Les traces d'une dure existence, d'une expérience plus approfondie des hommes
(dont il s'exagérait d'ailleurs et l'étendue et l'amer-
tume) l'avaient durci. Il en portait les marques sur
un visage dépouillé de la fleur de l'adolescence, dans
une sensibilité refoulée, dans une volonté appliquée
à refréner tout lyrisme. Mais on a beau dépenser son
énergie à se duper soi-même, certaines forces intérieures, quand elles trouvent des conditions propices,
redeviennent invincibles. Chez la plupart des hommes
ce sont les abdications et les vices qui guettent cet
instant, tapis dans la plus faible moelle. Chez Mermoz
c'étaient, au contraire, les instincts les plus nobles
et les plus désintéressés. Où se serait-il mieux abandonné à eux que sur son siège de pilote, au-dessus
du bled, dont la nostalgie l'avait poursuivi avec une
ténacité pathétique, sans témoin, et délivré enfin du
double déformant qu'il s'était à lui-même imposé?

La candeur de l'enfance, le don de la foi et de
l'émerveillement, Mermoz les conserva jusqu'à sa
mort. Ils eurent leur part dans cette résurrection qui
lui venait d'une terre morte et d'un océan désert.
Mais l'âge et les souffrances leur donnaient déjà un
autre accent, plus viril, plus solennel et plus triste
peut-être, mais par là même plus sûr et mieux abrité.

Du haut de son Bréguet 14, tandis que derrière lui
l'interprète maure, enveloppé de chiffons bleus, fixait
sur un point inconnu un regard indéchiffrable, tandis que, parallèle à son avion, volait un autre avion,
conduit par un camarade qui mourrait pour lui s'il
le fallait, et pour lequel il se sentait prêt, sans balan-
cer, à donner sa jeune vie, Mermoz, en contemplant
l'enfer étincelant du Rio de Oro, sentit que, par-delà
ses défauts et ses défaillances, plus vraie que la peti-
tesse humaine, plus réelle que les biens ordinaires,
plus proche de lui que toutes les passions, et même
qu'un grand amour, existait une splendeur qui seule
était à sa mesure et seule pouvait le combler. Quoi
qu'il arrivât, quelque dégoût qu'il pût éprouver des
bassesses inévitables, quelque change qu'il voulût se
donner à lui-même — cette splendeur serait toujours
valable, nécessaire et accessible pour lui, et il retournerait sans répit à sa poursuite.

Et quand il atterrit dans les escales de Juby, de
Cisneros, de Port-Étienne, qu'il prit contact avec ces
lieux maudits, qu'il vit de quel humble amour les
mécaniciens y entouraient les avions et les pilotes,
quand il eut la perception du danger, de la vertu
qu'exigeait la camaraderie au désert, il comprit qu'il
était l'instrument d'une tâche héroïque.

Les dangers du sol et du ciel, la qualité de son travail et de ceux qui l'accomplissaient avec lui, les
leçons quotidiennes qu'il recevait des éléments et
de ses compagnons, tout s'allia pour débarrasser Mermoz de la contrainte morale qu'il traînait depuis son
retour de Syrie comme un carcan et qui entravait
son élan naturel. Il fut d'un seul coup lavé, délivré,
rendu à son génie. Et s'il ne le sut que plus tard, la
confusion n'en est que plus émouvante. Car il défia

le bon sens, dépassa les limites permises de la fatigue
et du risque, fonça toujours et partout — en se
croyant l'homme le plus pratique de la terre et bien
corrigé par son expérience, bien guéri du lyrisme, du
dévouement gratuit et de l'exaltation.

Ce nouvel état d'esprit conditionna sa façon de
vivre. Ayant retrouvé, fût-ce inconsciemment, l'essentiel, Mermoz cessa de placer l'accessoire au premier
rang. La préoccupation d'argent, si elle ne disparut
pas tout à fait chez lui, ne l'obséda plus. La seule
crainte qu'il eût connue dans sa vie l'abandonna. Il
revint à l'insouciance, à la liberté. Ce ne furent pas
les mille francs de plus qu'il gagna par mois qui
l'exorcisèrent. Mais son affranchissement intérieur. En
Espagne, Mermoz avait volontairement connu le
bagne de l'économie. A Casablanca, il loua une
chambre à son goût, acquit des tapis, des étoffes.
Comme à Palmyre, il eut son asile habité de rêves
et de livres. Reprenant le rythme du physique et du
spirituel qui lui assura toujours l'équilibre, il fit
du cheval et de l'escrime. Il ne refusa pas les plaisirs
sensuels qu'offrait à profusion la grande ville marocaine. Entraîneuses, vendeuses de magasin, femmes
mariées, femmes entretenues, il eut tant d'aventures
que, sa distraction aidant, il les confondit un peu.
Certaines de ses maîtresses prenaient ses erreurs au
tragique. Lui riait et changeait de lit. Il ne voulait
pas d'attaches. La propriétaire de sa chambre lui
montrant une tendresse excessive, il transporta ailleurs son divan, ses tapis et ses livres. Il étreignit
de toute sa vigueur l'existence libre, riche et facile
qui mêlait les charmes de Palmyre et les joies de sa
permission au retour du Levant. Autour de lui, ses
camarades menaient leur joyeux sabbat fraternel dans

une ville fondée par des conquérants et qui gardait
encore les traces de son origine. Les hommes y avaient
du cran. Durs à la peine, prompts à l'amusement, ils
ignoraient les préjugés et les mesquineries. Ils plai-
saient à Mermoz, ils aidaient à sa cure.

Chaque jour, sa vérité regagnait en Mermoz le terrain perdu. Le soleil implacable, la rude amitié, les
plaisirs insouciants, les tempêtes de sable, les escales
du désert tuaient les larves. Dans la large poitrine
purifiée, l'amour de l'aviation retrouvait sa vertu
des premiers jours, son caractère d'enfance ailée, de
truchement vers l'infini.

Et bientôt, Mermoz lui paya le tribut qui, seul, fait
le prix et le sens des passions et des félicités de cette
nature.

Le 24 mai, alors que la lumière commençait à
naître, Mermoz s'envola de Casablanca pour le cap
Juby. Ville, son coéquipier, décolla dans sa trace. Ils
firent route sans histoire jusqu'à l'escale d'Agadir.
Là, on remplit d'essence les réservoirs avec cette hâte
fiévreuse à laquelle la pratique du courrier avait habitué même les manœuvres arabes. Elle ne suffisait
pourtant pas à Mermoz. Lui, si doux à l'ordinaire avec
les mécaniciens et les indigènes, il devenait impatient,
violent, presque brutal. Chaque seconde de gain qu'il
arrachait à leurs mouvements lui semblait la plus
précieuse des victoires. Quelques minutes après son
atterrissage, et ayant embarqué l'interprète Ataf, Mermoz quitta le terrain d'Agadir. Un vent chaud soufflait au sol qui déséquilibrait les appareils et gênait
leur avance. Mermoz et Ville prirent de l'altitude.
Très vite, la terre et la mer furent dérobées à leurs
yeux par une nappe de sable. Ils naviguèrent à la
boussole. De temps en temps, pour repérer leur che-

min, ils descendaient dans la brume poudreuse, aper-
cevaient la côte, remontaient. Dans ces manœuvres,
ils s'écartaient l'un de l'autre, se perdaient de vue
pour éviter tout risque de collision. Quand le vol eut
duré le temps nécessaire pour l'amener aux approches
de Juby, Mermoz plongea de nouveau dans la zone
opaque. L'ayant percée très près du sol, il reconnut
qu'il s'était laissé dériver à l'intérieur du Sahara.
Il mit cap à l'Ouest, vers l'Océan. Ville avait répété
ses mouvements, mais, à cause de la densité de la
brume, ne put le suivre. Mermoz, volant seul, atteignit la côte. En la remontant ou la descendant, il
était sûr de trouver le cap Juby. Brusquement, par
suite d'une rupture dans la distribution, le moteur
refusa de servir davantage. Mermoz dut se poser.

Les premiers instants, il les passa à faire des gestes
aussi amples, aussi visibles qu'il le put. Il entendait
l'avion de Ville décrire des cercles dans la brume.
Son coéquipier le cherchait avec obstination, angoisse,
fureur. Mais un regard humain ne pouvait percer
à plus de trente mètres la masse fuligineuse qui enveloppait Mermoz et son interprète. Ville dut renoncer. Sa provision d'essence s'épuisant, il se mit en
quête de l'escale. Le bruit du moteur diminua, s'éteignit. Il emportait avec lui le salut.

Ataf commença de trembler. Mermoz le calma par
une tape amicale sur l'épaule. Il se rappela les monts
de Palmyre et comment, par sa résistance et son énergie, il avait vaincu le désert.

Pour les vivres et la boisson, sa situation dans
le Rio de Oro était plus favorable qu'en Syrie. Mermoz avait une bonbonne d'eau, des boîtes de sardines,
des tomates, du pain. Mais il avait contre lui une inconnue terrible. Il ignorait la direction qu'il devait

prendre. Était-il au-delà ou en deçà du cap Juby? S'était-il posé avant d'arriver au fortin espagnol, ou l'avait-il dépassé? Bref, devait-il marcher vers le Nord ou vers le Sud? Pour en décider, il n'avait que son instinct et sa chance.

La boussole ne lui servait de rien pour faire le point. Le temps écoulé depuis son départ d'Agadir non plus. Il ne pouvait pas calculer, à quelques dizaines de kilomètres près, et au bout de plusieurs heures de vol, le freinage ou la poussée du vent. Mermoz et Ataf scrutèrent avidement les alentours, essayant de reconnaître un pli, une courbe, une échancrure. Ils avaient tous deux la mémoire visuelle et le sens du terrain très développés. Ataf par l'habitude du désert, Mermoz par celle du vol. Mais les dunes se développaient sans fin, l'une à l'autre pareilles, et la côte s'enfonçait, vague, dans la brume.

— On verra mieux demain, dit Mermoz.

La journée, en effet, était avancée. Mermoz ouvrit la bonbonne d'eau et serra les mâchoires. Elle n'était pas remplie à moitié. Au lieu des dix litres qu'elle devait contenir, il n'y en avait que quatre.

— Ils m'entendront au retour, se promit Mermoz.

Il accorda quelques gorgées à l'interprète, fut plus parcimonieux pour lui-même. Le froid nocturne venant, il s'allongea dans un coffre à courrier et s'endormit paisiblement.

Il se réveilla avec le jour. Ses paupières étaient collées par le sable. Le vent avait redoublé de violence. Un tourbillon épais se levait du désert. Mermoz pensa qu'il n'avait aucune chance d'être aperçu par les avions qui, il en était sûr, partiraient à sa recherche. Il fit signe à Ataf de prendre quelques vivres, inscrivit sur le livret moteur : « Marchons vers le Sud. »

Puis, il chargea sur son dos la bonbonne et s'enfonça dans les dunes. Il s'était interdit de toucher à l'eau avant plusieurs heures, mais il avait compté sans la poudre gluante et ardente qui, à chaque inspiration, s'introduisait dans sa gorge. Bientôt il n'y put tenir, appliqua le goulot à ses lèvres, but, passa le récipient à l'interprète. Plus ils avançaient, plus croissait la chaleur, et plus le vent ensablé attisait la soif. Ils ne prirent pourtant aucun repos jusqu'à midi, mais la bonbonne était plus légère. Ils firent halte. A ce moment, un grand espoir les souleva. A cinq cents mètres de la côte, ils aperçurent les linéaments confus d'un bateau qui faisait route vers le Nord. Ils l'appelèrent désespérément, de la voix et du geste. Le bateau fondit dans la brume.

Mermoz et Ataf ouvrirent deux boîtes de sardines. Ils mangèrent autant de sable que de conserves. Ils durent boire encore avant de se remettre en route. Au bout d'une heure, le paysage changea légèrement. Les dunes se firent plus serrées et aussi plus sablonneuses. Mermoz et Ataf se consultèrent du regard. Ce n'était pas, leur sembla-t-il, le terrain qu'ils avaient l'habitude de voir au nord de Juby. Ils avaient donc fait fausse route en se dirigeant vers le sud. Mermoz retourna sur ses pas en forçant l'allure. A la tombée de la nuit, ayant parcouru inutilement soixante kilomètres, ils retrouvèrent l'avion. La bonbonne était vide.

Mermoz mangea et s'endormit comme la veille, dans le coffre à courrier. Le grondement de la mer et le vent bercèrent son sommeil. La soif le réveilla. Depuis douze heures, il n'avait rien bu. Le sable écrasait ses arcades sourcilières. Armé d'un morceau de fer et d'une pierre, il fit sauter le bouchon de vidange du radiateur et transvasa un peu d'eau dans la bonbonne. Cette eau, additionnée d'acide et souillée de rouille, avait un goût presque insupportable et déchirait les entrailles comme un silex aigu. Mais le feu et la glu du sable étaient plus douloureux encore. Mermoz but cette sorte de poison. Il avait résolu d'aller vers le Nord, jusqu'à la limite de ses forces. Il dit mentalement adieu à son Bréguet, et, profitant de la marée basse, prit le chemin de la plage. Ataf le suivit.

La proximité de la mer n'atténuait ni la chaleur, ni les ravages que faisait en eux le vent de sable. Sans cesse, ils avalaient quelques gorgées de l'eau vénéneuse. Vers le milieu du jour, la douleur qui tortura Mermoz lui fit comprendre que s'il ne rencontrait pas des Maures, il était perdu. Alors, au lieu de se dissimuler comme il avait fait jusque-là, à l'abri des dunes, il marcha à découvert. Lorsqu'il aperçut des formes bleues qui venaient à lui en pressant leurs chameaux, il respira mieux. Il préférait tomber sous leurs coups que de se dessécher de soif et de souffrance. Mermoz fut assommé, dévêtu, ligoté, jeté sur le bât d'un chameau. Puis ses ravisseurs l'entraînèrent dans le bled. Il voyagea des jours, des nuits, ballotté comme un sac, à peine nourri, buvant de temps en temps une gorgée de l'eau des guerbas, dévoré par la vermine. Et le sable emplissait sa bouche, ses oreilles, ses narines. Il avait perdu le sens de la direction, la notion de la réalité. Durant les haltes, il était caché sous une tente, ou ficelé au piquet où l'on attachait les bêtes. Il ne tenait que par la profondeur et l'intégrité de son sommeil.

Il ignorait tout du sort qui l'attendait. Des réunions se tenaient à son sujet, des palabres se livraient au-dessus de sa tête auxquelles il n'entendait pas un

mot. Parfois, il avait l'impression que les nomades
levaient le camp pour échapper à une autre tribu qui
voulait s'emparer de leur prisonnier... Un matin, il
vit passer, à basse altitude, les deux avions du courrier qui naviguaient vers le Nord. Il ne put les suivre
du regard qu'un instant. Ses gardiens le rejetèrent à
coups de poing sous une tente.

Le jour suivant, à l'aube, et sans que rien pût le
lui faire pressentir, il se trouva devant le fort du cap
Juby. Il avait été racheté par la Compagnie Latécoère
pour douze mille pesetas.

Pendant le mois qui suivit sa captivité, il ne se
passa pas un jour sans que Mermoz ne souffrît terriblement. L'eau du radiateur additionnée d'acide
qu'il avait bue dans le désert lui donna des douleurs
intestinales atroces et des hémorragies internes. L'idée
ne lui vint pas d'arrêter son travail. Il ne se fit pas
remplacer une seule fois. Lorsque vint son tour de
courrier, il survola les dunes et les plages où il avait
senti son souffle s'épuiser. Il défia les Maures. Trois
semaines après sa délivrance, il eut une nouvelle
panne et dut se poser dans le bled. Un rezzou de
nomades courait vers lui au trot des méhara. Mais
ce jour-là, il faisait beau. Son équipier ne l'avait pas
perdu de vue. Il atterrit aussitôt. Les deux pilotes
eurent le temps de transporter le chargement et de
s'envoler sans dommage.

Auprès de pareilles aventures, de pareilles joies, les
épreuves physiques ne comptaient point. L'existence
coulait comme un large fleuve au printemps, plein de
rapides, de cascades et d'écume. L'air était plus savou-

reux, les femmes à Casablanca plus belles. La mémoire transformait les dangers vaincus en visions précieuses, en poésie. Les hommes bleus, les tentes mouvantes, le sommeil dans le vent de sable, les marches nocturnes semblaient autant de rêves, en dehors de la réalité, en dehors des âges. Mermoz commençait d'accumuler ses vrais trésors.

« Je fais du rab de vie », exultait-il.

Et il acheta une voiture, sa première voiture.

C'était une Amilcar rouge. Un garçon jusque-là très pauvre, qui aimait le risque et le vent de la vitesse, qui avait, dans les doigts, le sens des engins mécaniques, pouvait-il espérer plus beau jouet ? Mermoz adora sa torpédo rouge et la pilota comme si elle avait été un avion, sans tenir compte des contingences terrestres.

Il conserva toujours cette manière de conduire. Les amis que Mermoz emmena dans les airs savent l'impression de sécurité absolue qu'on éprouvait avec lui. Tous ceux qu'il fit asseoir à ses côtés dans une automobile se souviennent des arrêts au cœur qu'il leur donna par ses virages déments, ses barbares coups d'accélérateur et de frein.

Les routes marocaines étaient lisses et droites. Sur elles, Mermoz, ses longs cheveux flottant, une belle fille serrée contre lui de peur et d'amour, poussait à fond son Amilcar écarlate... Ses poumons se dilataient. Il ne pensait plus au lendemain. Il faisait bien le plus beau des métiers. Il payait de sa peau. Il s'était reconquis.

Le tour de congé auquel avait droit Mermoz échut à la mi-juillet. Il gagna Toulouse par la ligne et

s'achemina vers Lille, où sa mère, pour un salaire de
deux cent cinquante francs par mois. continuait à
diriger son pavillon de tuberculeux. Bien que dans
ses lettres, il se plût à les réduire, Madame Mermoz
savait les risques de chaque courrier et Jean n'avait
pu passer sous silence sa captivité chez les Maures.
Sa mère l'attendait avec la même impatience anxieuse
qu'à son retour de Syrie. Et de même qu'à son retour
de Syrie, Madame Mermoz ne revit son fils que
malade. Cette fois, le danger fut beaucoup plus
pressant. Déjà, en atterrissant à Toulouse, Mermoz
avait senti de singuliers bourdonnements dans les
oreilles et une douleur lancinante à la base du nez. En
arrivant à Lille, la fièvre le brûlait. Il ne voulut point
prêter attention à ces malaises, mais il eut bientôt
l'impression que son front était martelé à coups de
hache. Un spécialiste ami de Madame Mermoz diagnos-
tiqua une sinusite virulente et une double otite. Il
fallut opérer Mermoz d'urgence. On trouva ses tym-
pans et ses conduits nasaux pleins de sable. C'étaient
les traces du vent du désert, des journées passées sur
un bât de chameau, visage dévoilé.

Mermoz fut tout près de la mort. Le sable avait
rongé la frêle cloison et envenimé les tissus. On crai-
gnit un abcès au cerveau. Grâce aux soins des médecins qui avaient pour leur infirmière une admiration
profonde et qui s'occupèrent de Jean comme s'il
avait été leur fils, grâce à la veille incessante de
Madame Mermoz, le péril majeur fut écarté. Mais
non la menace pour l'ouïe. Mermoz pouvait sortir
sourd de cette crise.

Malgré tous les efforts qu'on fit pour le lui cacher,
il devina le diagnostic. La fièvre transforma l'appréhension en obsession.

— Je serai refusé à la visite prochaine, disait-il chaque nuit à sa mère. On m'interdira de voler.

Il s'arrêtait alors, poursuivant ses pensées en silence. Ses yeux caves brûlaient du feu de l'idée fixe. Un soir, il ajouta, oubliant qu'il n'était pas seul...

— Je ne pourrai pas... Je ne pourrai pas... Je prendrai mon appareil et, pleins gaz, droit au sol.

Pour ne pas perdre l'espace magnétique, les effluves du vent, la course avec les nuages, le chant du moteur, Mermoz se soigna comme l'eût fait le plus minutieux des sédentaires. Sa guérison fut lente, laborieuse. Il en accepta la durée. Il suivit scrupuleusement la cure. Inhalations, ponctions, remèdes, il se soumit à tout. Parfois, son impatience organique le faisait murmurer, tempêter. Il se souvenait de la visite médicale qui déciderait de sa vie, et continuait à se ménager.

Quand, en octobre, il revint à Toulouse prendre l'avion qu'il devait mener au Maroc, un médecin releva sous son front des traces de suppuration. Avant de partir, Mermoz se soigna encore. Le lendemain de son arrivée à Casablanca, il porta le courrier au cap Juby. Malgré deux journées consécutives passées au poste de pilotage, il ne sentit pas de fatigue. Mais il ne fut pleinement rassuré qu'après la visite. Il la passa en rentrant du désert. On le trouva en forme parfaite. De sa maladie, aucun vestige. Le vol l'avait guéri.

La crainte de Mermoz se changea en joie furieuse. Au diable les soucis, les instruments de chirurgie, les médecins!

« Je ne marche plus, s'écria Mermoz! Que c'est bon d'être bien portant. Et le grand soleil marocain, et le bon air des hangars et les effluves d'essence et d'huile, et les orgies de kilomètres sur nos vieux taxis! »

Ce souffle violent, qui emplit la poitrine de Mermoz, fut le meilleur remède. Il retrouva son appétit d'abîme. Il montra à ses maîtresses une vigueur insatiable. Il serra les mains de ses camarades avec un sentiment de fraternité rajeunie, pathétique. Ils lui étaient devenus plus chers encore, depuis qu'il avait failli ne plus pouvoir suivre leur course. Eux, qui avaient su qu'ils avaient risqué de perdre ce compagnon, ils fêtèrent grandement son retour.

Et au milieu des cris de joie, des plaisanteries où se mêlait l'argot de Paris, de Toulouse, des ports marocains et celui de l'aviation, parmi les rires, les danses, les tapes brutales, les verres entrechoqués, bref, dans tout le débordement qui eût marqué l'accueil fait dans les mêmes conditions à n'importe quel compagnon de vol, il y avait un accent particulier, à peine conscient, difficilement analysable, et qui s'adressait au seul Mermoz.

C'est que, déjà, pour les pilotes de Casablanca-Dakar, Mermoz, tout en étant des leurs, semblait quelqu'un de différent. Non pas exactement supérieur, mais autre, exceptionnel. Ils parlaient le même langage. Aux événements du métier, et à ceux de la vie, ils avaient, en général, les mêmes réactions. Leurs origines à tous étaient modestes. Depuis qu'il avait quitté l'avenue du Maine, Mermoz avait, comme eux, mené la vie des camps, des cantines, des chambres éphémères, des boîtes de nuit. Comme eux, il était dépouillé, simplifié à l'extrême. Pourtant, il apportait dans leurs réunions, comme il le fit toujours et partout, quelque chose d'indéfinissable et de précieux, à quoi, sans le savoir, ils étaient sensibles.

Avec Mermoz entraient parmi eux le rêve et la pureté.

A quoi tenait donc cette primauté non formulée, mais qui se dessinait d'une façon certaine, dans une équipe magnifique? Mermoz n'était pas le plus ancien pilote de la ligne. Reine avait plus de gaieté, plus d'entrain, plus de popularité que lui. Lécrivain était aussi passionné, aussi mystique, peut-être même davantage. La résistance physique de Guillaumet approchait celle de Mermoz. Pour les coups durs, Rozès en comptait de plus dramatiques. Pour la conduite des appareils, le sens et la science de l'air, pour le courage, ils étaient encore tous égaux. Bref, rien de tangible, de chiffrable ne distinguait Mermoz et n'expliquait l'affection spéciale, la confuse révérence dont ses camarades commençaient à l'entourer.

Les éléments de cette royauté naissante dépassaient le domaine du métier. Certes, elle n'eût pas été concevable sans les preuves de cran, de ténacité, d'habileté, d'amitié qu'avait fournies Mermoz comme pilote. C'étaient des qualités indispensables pour être accepté sur la ligne. Pour dépasser le plan de l'égalité parmi des camarades hardis, fiers et susceptibles, il fallait rassembler ce que seul réunissait en lui Mermoz : les moyens de l'action, la puissance méditative, le goût de l'infini. Dans un rayonnement physique incomparable. Et dans la plus stricte simplicité.

A Guillaumet, à Reine — presque seuls survivants actifs de ces temps héroïques — j'ai demandé :

— Comment était alors Mermoz?

— Je ne sais pas expliquer ça, a dit placidement Guillaumet. On le sentait toujours au-dessus de nous.

— Je ne sais pas, moi, a dit Reine avec volubilité. Il faisait comme les copains, et ça n'était pas pareil.

La *foirinette*, bien sûr, il aimait ça. Les poules, bien sûr, tu comprends, il était de ciment armé. Les bêtises, il n'en avait pas peur. Le jour qu'il a accroché un cycliste avec mon Amilcar — j'avais la même que lui, je m'en souviens bien, la vache, j'ai payé l'assurance. Il en a rigolé pendant une semaine. Mais je ne sais pas, moi, il était tout de même meilleur que nous. Il s'enfermait chez lui. Il pensait. Il bouquinait des vers. Il était *sérieux*, quoi. »

Il y avait, en effet, chez Mermoz, à travers ses rires, ses farces, ses amours, ses folies, ses bagarres, une densité spirituelle toujours manifeste. Elle venait de loin, de l'avenue du Maine, de Mainbressy, de son adolescence studieuse, de son enfance sans jeux. Elle le suivait sous la forme tantôt de la gravité, tantôt de la mélancolie, et tantôt de l'exaltation. Elle faisait que, pour lui, l'aviation était un simple instrument, un signe. Alors que les autres pilotes s'en contentaient comme d'une fin à elle-même suffisante, Mermoz la chérissait comme un moyen unique de grandeur et d'évasion. Et les camarades de Mermoz admiraient en lui, sans le savoir, la personnification idéale de leurs gestes et de leurs sacrifices. Sur le front de leur compagnon, ils voyaient briller leur poésie.

Je ne crois pas qu'ils pensaient seulement à sa taille et à ses épaules quand, avec tendresse, ils le surnommèrent *le Grand*.

À cette époque, Mermoz passa la plupart de son temps à Juby.

Le fortin espagnol, situé sur le cap qui lui avait donné son nom, se trouvait environ à mi-chemin entre

Casablanca et Dakar. Il servait de relais pour les
courriers descendants et montants. C'était là que,
dans les deux sens, s'arrêtaient les pilotes pour transmettre les sacs postaux au camarade qui poursuivait
la course. Ils demeuraient à tour de rôle à Juby, soit
pour assurer les relèves régulières, soit pour remplacer
les malades, les blessés, les disparus. La durée de leur
séjour dépendait des congés, des absences, de l'état
des appareils. Le jeu de ces divers éléments fit que
Mermoz, en l'automne de l'année 1926, vécut plusieurs
semaines à Juby.

Je connais assez bien cette escale. J'y fus conduit
en 1929 par Émile Lécrivain dans le voyage qui précéda celui où il se tua. Lécrivain que Mermoz aimait
tant, et qui aimait tant Mermoz...

J'ai passé à Juby vingt-quatre heures. C'était beaucoup plus qu'il ne fallait pour en mesurer le terrible
dénuement. Sur la côte nue, un petit fort d'un blanc
sale. Autour, pas une hutte, pas une masure, ni un
arbre, ni une herbe. A l'ouest, l'Océan. A l'est, au
nord, au sud, le désert. Je n'ai jamais vu une cellule
humaine réduite à si peu d'espace. Je n'ai jamais eu
l'impression de siège, d'étouffement, comme à Juby.
Le Rio de Oro commençait au pied de ses pâles
murailles.

Des fils de fer barbelés protégeaient le fort sur un
rayon de deux kilomètres. Le jour, ils marquaient
les limites de la sécurité. La nuit, elle s'arrêtait à l'enceinte même du fort. A l'intérieur vivaient des hommes
élus par la tristesse et l'abandon. Juby servait à l'armée
espagnole de pénitencier. Mais les soldats qui gar-
daient les coupables se distinguaient mal de leurs
prisonniers. Uniformes en lambeaux, espadrilles
déchiquetées, figures hâves, ni lavées, ni rasées pendant

des semaines, ils croupissaient dans l'oisiveté, le
silence. Les officiers eux-mêmes ne résistaient pas à
l'action de la solitude, des sables et du soleil. Ils
paraissaient des ombres taciturnes. Je suis resté près
d'une heure dans une casemate transformée en cantine, écoutant le bruit des osselets que jetaient les
joueurs. C'était la seule rumeur d'une assemblée de
fantômes. Pas une voix ne s'élevait. Les visages
n'avaient aucune expression. Le fort Juby dormait
sous un accablement sinistre.

Dans ce domaine sordide et désespéré, où l'eau était
apportée en bateau une fois par mois des Iles Canaries,
où bagnards et gardiens communiaient dans une morne
hébétude, Mermoz connut des heures qui comptèrent
parmi les plus importantes de sa vie.

Il habitait la baraque de tôle ondulée que la Compagnie Latécoère avait fait construire au flanc du fort,
vers l'ouest, face à la mer. L'aménagement en était
primitif au possible : deux chambres avec plusieurs
lits de camp, des cuvettes en métal, une salle commune
meublée d'une longue table et des chaises dépareillées.
En somme, un dortoir et un réfectoire rudimentaires.

La baraque était habitée à demeure par un chef
d'aéroplace et par des mécaniciens. Le plus ancien
de ceux-là s'appelait Toto. C'était un Toulousain
d'âge mûr, petit, gras, la figure boursouflée par la
boisson, les lèvres gercées par le sable, les yeux plissés,
fins et brillants. Assiégés par les dunes, voués pour
deux ans à la solitude, ces hommes soignaient les vieux
appareils avec passion et avaient, malgré leur abandon, malgré les taches de cambouis qui maquillaient
éternellement leurs visages, et malgré leurs vices, une
dignité, une fierté singulières. L'arrivée du courrier
était pour eux, dans la semaine, le fait capital. Il

mesurait le rythme de leurs existences. Il les reliait au monde. Il les tirait du bagne. L'avion leur apportait parfois des lettres, toujours de la nourriture et du vin. Et surtout la voix des camarades, leurs gaietés, leurs colères, leurs histoires, la chronique de cette ligne à laquelle le plus humble se sentait lié à l'égal des chefs.

Les mécaniciens de Juby tutoyaient amicalement tous les pilotes. Mais certains avaient leur préférence. Ainsi Lécrivain. Ainsi Reine. Et ainsi Mermoz.

Ils étaient reconnaissants à ce dernier de sa force, de sa beauté, de sa douceur. Les spectres de Juby reculaient quand Mermoz sautait de sa carlingue. Il détendait ses épaules, libérait sa longue chevelure du serre-tête, étirait ses bras, adressait un sourire lumineux aux camarades. On portait sa valise dans la chambre des pilotes. Il rédigeait son rapport et courait à la plage. C'était là qu'il passait toutes ses matinées. Nu sous le soleil puissant, il exerçait son corps. En quelques jours, il devenait de bronze. Ses cheveux plus clairs que la peau flottaient sur un visage heureux. Vers midi, il s'occupait de la cuisine. Il y veillait de près, muni d'un livre de recettes qu'il avait apporté de Casablanca, et d'un revolver avec lequel il dirigeait deux Maures peu sûrs. Son appétit était tel que, lorsque ses camarades le savaient à Juby, ils doublaient le ravitaillement.

Parfois, après le repas, il essayait des appareils. Il s'enfonçait alors loin au-dessus du désert, dégagé des soucis du courrier, libre d'errer à sa guise, de rêver, de découvrir. Il lui arriva d'emmener des cheiks nomades dont les tribus campaient devant les barbelés du fort. Ensuite, il fallait boire avec eux du thé à la menthe sous les tentes spacieuses et nues.

Quand il n'avait pas de travail, et bien qu'il eût

dormi douze heures dans la nuit, il faisait religieusement la sieste. Un museau délicat poussait parfois la
porte de sa chambre. Sa gazelle apprivoisée venait le
voir et s'en allait déçue. Il avait aussi une guenon qui
s'appelait Lola et voyageait sur son épaule. Elle dormait avec lui.

Les crépuscules étaient brefs. Les ténèbres ensevelis-
saient l'Océan et le désert. Les lourdes portes du fort
se fermaient jusqu'à l'aube. A intervalles réguliers
montaient les cris inquiets et lugubres des sentinelles.
Hors ces voix alternées, seul régnait le bruit du ressac. Il aurait fallu parcourir des centaines de kilomètres pour trouver des feux humains. Dans la chambre
des pilotes, séparé seulement par quelques planches de la nuit et des sables, de leur mystère et de
leur sortilège, Mermoz suivait les méandres de sa
rêverie.

Il se rappelait Palmyre et il souriait comme au plus
beau de ses songes. Il pensait à l'hôpital de Lille, à
sa mère. Il fermait les yeux pour mieux la voir. Le
prochain courrier lui porterait une lettre, de l'argent.
Mais elle allait encore le distribuer autour d'elle. Il
exigerait qu'elle le dépensât pour son plaisir. Sa
mère... Comme il était égoïste, à son égard. Elle ne
vivait que pour lui, que par lui, et il projetait déjà
d'aller plus loin, d'accroître la distance qui les séparait. Il voulait courir de nouveaux risques. La ligne
d'Amérique du Sud allait s'ouvrir dans quelques mois.
Il avait demandé de partir parmi les premiers. « Pauvre
maman », pensait Mermoz. En même temps, il voyait
les forêts vierges, les pampas, les montagnes.

Son esprit faisait une pause. Les sables s'emplissaient de la rumeur de l'Océan. Mermoz prêtait
l'oreille aux voix de l'Atlantique...

L'Atlantique à vaincre... Son ancien chef de Syrie, le colonel Denain, lui avait fait entrevoir l'espérance d'une traversée aérienne... L'Atlantique... Personne encore n'avait relié dans les deux sens l'ancien et le nouveau continent. Il le ferait... Il réussirait... Mermoz avait oublié sa mère et tout au monde.

Des cris dans la pièce voisine le ramenaient à l'heure présente. Les mécaniciens discutaient le coup, buvaient. Un rire muet courait sur les lèvres de Mermoz en écoutant leurs propos. Il se trouvait avec eux en accord parfait. Il aimait leur habileté, leur dévouement à la tâche et que, ensablés à Juby, crasseux comme des chiffons à nettoyer les pièces métalliques, ils ne se sentissent inférieurs à personne. Son sens des valeurs vraies prenait auprès d'eux des leçons. Il savait trop que dans les régiments et dans les grandes villes, des hommes galonnés, décorés, importants, n'approchaient pas en prix humain, en vertu véritable, ni Toto ni ses camarades.

Mermoz se souvenait de Thionville, du pavé de Paris. Il n'avait plus peur maintenant de cette misère. Elle lui avait appris tant de choses. Elle avait été féconde, puisqu'il l'avait dominée.

Les asiles de nuit... les pauvres gens...

L'éther et ses rêves...

L'Océan battait la plage. Les sentinelles s'appelaient. Sur le Rio de Oro vibrait la nuit des sables. Un autre rêve...

Dans une de ces nuits de Juby, Mermoz écrivit un poème. Je l'ai trouvé parmi ses papiers à Rocquigny, petite commune des Ardennes. Le voici :

CAUCHEMAR D'ÉTHER

Une tiède nuit d'été... sans un souffle de brise...
Un silence lourd... d'angoisse et de volupté...
D'étranges lueurs d'étoiles... un firmament teinté
De vertes pâleurs... une lune attardée... indécise...

La chambre... immense... gouffre de pénombre...
Le lit bas... éclairé d'une lumière spectrale...
Sur l'oreiller très blanc... une tache très sombre...
Tête brune de femme... face confuse... astrale...

Le calme absolu de la minute dernière...
L'atroce oppression d'une pierre tombale...
Le bruit sourd et mat d'un battement d'artères...
Une immobilité de statue magistrale...

J'écoute le murmure de la voix cristalline :
« Chéri », me dit-elle tendrement à l'oreille...
« Pourquoi me croire toujours aux autres pareille ?
« Tant de femmes l'ont eue... cette nuit opaline...

« Faite de ton désir... faite de leurs caresses...
« Que m'importent à moi, ces lascives ivresses...
« Sans ce cœur palpitant, là... dans ta poitrine...
« Que n'a jamais ému une main féminine... »
.. ..

Elle écoute, penchée, le rythme de mon cœur...
Dans sa main, un stylet à lame de cristal...
Dans ses yeux, le reflet d'un désir animal...
Et moi... l'inertie suprême de l'horreur...

De mon cœur arraché... le mortel déchirement...
Une forme qui s'enfuit... oh, ce ricanement!
La clameur éperdue de mon âme en déroute...
Et doucement ma vie coule goutte à goutte...
`.. .. .. .. .. .. .. .. .. .. .. ..`

Le son des cloches d'une cathédrale lointaine...
Une musique sereine...
L'heure...
Meurt...

Or, sous le toit de la même baraque, un autre pilote écrivait. Son aspect était singulier. Il portait une gandourah luisante d'un long usage. Une barbe hirsute encadrait sa figure ronde au nez relevé, au front bombé, aux yeux fixes d'oiseau de nuit. Il venait d'être nommé chef d'aéroplace à Juby. Il devait y rester dix-huit mois de suite. Il s'appelait Antoine de Saint-Exupéry.

Quand je suis passé sur la ligne Casablanca-Dakar, Saint-Exupéry était en congé. Mais, dans l'esprit de ses camarades, qui l'avaient baptisé « Saint-Ex », il avait laissé une trace profonde. Les plus hardis s'étonnaient de l'audace avec laquelle il avait conduit des dépannages terriblement hasardeux. Les plus calmes, les plus patients admiraient qu'il eût été capable de se faire si bien à la vie minérale de Juby. A la fin, on le distinguait mal des Maures. Il avait appris leur langage. Il tenait avec eux d'interminables palabres. Il avait pris leurs manières, leur placidité, leur lenteur. On eût dit que ce fils de grande famille française était né sous une tente nomade.

De temps en temps, il relevait les pans de sa gandourah, montait dans un avion et allait se poser loin

13

dans le désert, sur un bloc noir et lisse qu il pensait
être un aérolithe. Souvent il s'enfermait et couvrait
d'une écriture très belle des pages qui n'étaient pas
des rapports. Il en déchirait la plupart. Les pilotes le
tenaient pour un peu fou.

Mermoz fut attiré par ce nouveau camarade. Son
originalité puissante le séduisit. Ils se lièrent sur un
plan qui ne relevait pas de leur métier. Saint-Exupéry
reconnut en Mermoz un être exceptionnel par la
sève, la chaleur vitale, la sensibilité. Il lui parla comme
il ne parlait à personne. Sa culture, son esprit aigu,
ses préoccupations abstraites, toute l'étonnante machine à penser que contenait son front bombé, firent
sur Mermoz une impression décisive : Mermoz a
toujours admiré — avec une ferveur d'enfant ébloui
— l'intelligence, le savoir, le talent. Ces biens imma-
tériels, Saint-Exupéry en était prodigieusement riche.
Les rapports qui s'établirent entre les deux jeunes
hommes furent empreints d'une déférence mutuelle
assez singulière dans leur milieu. Ils ne se tutoyèrent
que dix années plus tard. Mais c'est à Juby que Saint-
Exupéry mit Mermoz dans la confidence de ses travaux nocturnes : il écrivait un livre qui aurait pour
titre *Courrier Sud*.

Un soir, il vint lui en lire des passages. Je les vois,
les entends tous les deux. Saint-Exupéry, timide,
barbu, enveloppé de sa gandourah, s'assied sur le lit
de Mermoz. De sa voix sourde, un peu cahotante,
mais qui, degré par degré, devient pathétique, incan-
tatoire, il lit son ouvrage de débutant. Mermoz, timide aussi, mais éclatant de beauté avec son visage
de bronze sous les cheveux clairs, écoute en conte-
nant sa respiration. Dehors, le vent de nuit agite les
sables du Rio de Oro. L'Atlantique remue sa mélodie

pesante. Dans la baraque silencieuse, celui qui sera, dans son temps, le plus grand poète de la chose ailée livre son premier message à celui qui sera le plus beau chevalier du ciel.

A Juby, Mermoz amassait les richesses de la méditation. A Casablanca celles du sentiment. Il ne les trouvait pas auprès des femmes. Il en était encore à la période — heureuse pour lui — des liaisons brèves, faciles, où il prenait tout sans presque rien donner. Le commerce de ses camarades nourrissait bien mieux son besoin d'aimer. Pour certains d'entre eux — Reine, Guillaumet, Lécrivain, Ville — il éprouvait une tendresse qui poussait en lui des ramifications profondes. Ils étaient de sa tribu, de son clan. Quand ils se réunissaient, il se produisait entre eux un échange immédiat de réflexes, de résonances, un accord, un équilibre qui les faisaient mieux vivre. En leur compagnie, Mermoz se sentait épaulé, multiplié. Mais il ne se permettait pas de leur donner si vite le rang, qu'il plaçait si haut, d'ami. Son honnêteté et sa réserve intérieure l'en empêchaient.

Pourtant, l'amitié était pour Mermoz une nécessité vitale. Sans elle, même en plein travail, même en plein succès, il y avait dans son cœur, comme il le disait, « des passages à vide ».

Aussi de quel visage illuminé accueillit-il Étienne lorsque ce dernier débarqua à Casablanca pour servir sur la ligne! Étienne de Palmyre! Mermoz oubliait presque, dans sa joie, que ses instances, sa garantie avaient obtenu de Daurat ce poste pour Étienne, et considérait son arrivée comme une faveur du sort.

De quel cœur il le présenta aux camarades, le mena dans les restaurants, les établissements de nuit! Avec quelle sollicitude surtout, quelle minutie il lui expliqua l'itinéraire aérien, les zones périlleuses, les manœuvres de sécurité, les habitudes des nomades! Toute son expérience, toute sa divination, il voulut les transmettre d'un seul coup à son ami. Étienne, le front têtu, le visage immobile, s'imprégnait de cette science. Seul, un regard intense trahissait son bonheur.

Ils louèrent un appartement ensemble et y prirent leurs repas. Les maîtresses de Mermoz ne le virent plus.

L'un des premiers mouvements des deux amis de Palmyre fut de retrouver le troisième, c'est-à-dire Coursault. Mermoz méditait cette visite depuis son arrivée au Maroc où Coursault venait de faire durement et bravement la guerre du Rif avec les galons de sergent-major. Le travail, les séjours à Juby, à Dakar, sa maladie, avaient retardé le projet de Mermoz. Peu après la venue d'Étienne, et profitant de deux jours de loisir, Mermoz embarqua son ami dans la torpédo rouge et fonça vers Meknès. Mais de leur rencontre — après trois années de séparation — avec son compagnon d'Istres, de Metz, de Syrie, de Nancy, Mermoz ne tira pas la joie qu'il attendait.

Un mouvement fraternel les jeta l'un contre l'autre. Puis Mermoz examina Coursault et frémit intérieurement. L'inquiétude pour la santé précaire de sa femme, les soucis matériels, le joug et les désillusions de la profession militaire se voyaient terriblement sur les traits de Coursault. La jeunesse avait déserté un visage que Mermoz avait connu si gai, si insouciant. Déjà les cheveux grisonnaient. Mermoz pensa aux bordées de Damas, quand ils conduisaient ensemble, en guise de wattmen, les tramways au quartier réservé, quand sur les Arabadjis [1] ils faisaient des courses de chars à travers la ville. Il pensa aux disettes joyeuses de Palmyre, au chat du capitaine absent qu'ils avaient dévoré, et dont le chef d'escadrille trouva à son retour la peau empaillée sur son bureau. Il se souvint de leur singulier baptême commun dans la plus luxueuse des maisons closes de Damas, ordonné par « Gueule d'Acier », commandant du groupe. Il se souvint du singe Boubou et des mille tours qu'ils lui faisaient faire. Par ces souvenirs, Mermoz essaya d'égayer Coursault. Celui-ci se mit à pleurer.

Mermoz lui arracha la promesse de faire une demande pour entrer à la Compagnie Latécoère aussitôt que sa période de rengagement serait expirée. Puis, ils se séparèrent.

Quand Mermoz revint de Meknès, la ligne, *sa* ligne lui parut plus belle encore.

Le 11 novembre 1926, les coéquipiers Érable et Gourp quittèrent le cap Juby pour Dakar. Gourp portait le courrier Érable avait à son bord un interprète maure et le mécanicien espagnol Pintado, attaché à la ligne. Au-dessus du cap Bojador, à mi-chemin entre Juby et Villa-Cisneros, l'escale suivante, Gourp eut une panne. Il atterrit sans dommage. Érable se posa près de lui. Cependant que les deux pilotes transportaient le courrier, Pintado examina le moteur de Gourp. On pouvait réparer sur place, assura-t-il.

---

1. Fiacres arabes.

Gourp décida de se dépanner lui-même. Érable s'envola. Mais une indéfinissable anxiété pour son compagnon lui fit faire demi-tour et le rejoindre. Comme
il atterrissait une seconde fois et sautait sur le sol,
cinq Maures armés de fusils débouchèrent d'un repli
des dunes. Ils avaient pour chef Ould-Aj-Rab, déser-
teur d'un goum français. Il tira tout de suite. Ses
hommes l'imitèrent. Érable et Pintado furent tués
net. Gourp n'était que gravement blessé. Les Maures
voulurent l'achever à coups de poignard. Les adjura-
tions de l'interprète leur firent cependant comprendre
que, même mutilé, le pilote français, tant qu'il respirait encore, représentait une forte rançon. On ficela
Gourp à la croupe d'un chameau et la caravane se
mit en route vers Juby. Quand le malheureux perdait
conscience, les Maures lui donnaient à boire et pan-
saient ses blessures avec le crottin de leurs bêtes. La
gangrène rongea les chairs vives de Gourp. Le soleil
saharien l'assomma. Chaque mouvement du chameau
qui le traînait lui était une torture. Au bout de deux
jours, il décida de hâter sa mort. Il avait sur lui un
flacon d'acide phénique et un flacon d'iode. Il les
avala. La douleur le priva de sens. Ses ravisseurs le
crurent perdu, mais envoyèrent un messager rapide
à Juby pour négocier au plus vite.

Cependant, quelques heures après le massacre, et
comme ni Gourp ni Érable n'avaient été signalés à
Villa-Cisneros, l'alerte courut tout le long de la ligne.
Des équipages décollèrent à la recherche des camarades disparus. Mermoz et Ville partirent les premiers,
à dix kilomètres de l'endroit où étaient tombés Gourp,
Érable et Pintado, Ville à son tour eut une panne.
Déjà, une autre bande de rezzou se précipitait vers
lui. Mermoz rasant les dunes, frôlant les têtes, dispersa

les pillards. Puis, se posant pour quelques secondes, il enleva son camarade. Ils revinrent à Juby.

L'émissaire d'Ould-Aj-Rab s'y présenta au bout d'une semaine. Le rachat de Gourp fut traité pour cinq mille pesetas. Personne ne savait s'il était encore vivant. Mermoz et Ville partirent le chercher. Ils trouvèrent le lugubre convoi à quatre-vingts kilomètres de Juby. Gourp râlait sur la croupe d'un chameau. Mermoz le ramena au fort. Un autre avion le porta jusqu'à Casablanca. Il avait une blessure atroce à la cuisse gauche, et, au-dessous, la jambe était complètement gangrénée. Ses intestins étaient perforés par les antiseptiques qu'il avait bus. Il reçut la Légion d'honneur et mourut à l'hôpital.

Mermoz avait demandé au colonel de La Peña, qui commandait le fort de Juby, d'aller chercher les restes d'Érable et de Pintado. Le colonel de La Peña refusa l'autorisation.

Cette tragédie eut sur le caractère de Mermoz un retentissement profond. Il se disait fataliste, mais n'avait pas encore senti la fatalité étendre vraiment sur lui ses paumes de marbre. Or, quand Gourp avait pris le courrier à Juby, c'était Mermoz qui devait l'accompagner jusqu'à Dakar. Érable avait demandé à Mermoz de lui céder sa place, et Mermoz, ayant accepté, était allé à Casablanca. Sans le savoir Érable avait choisi de mourir au lieu de Mermoz.

« Quand c'est écrit... »

Combien de fois Mermoz avait répété ces mots! Il ne pénétrait que maintenant leur substance. La fatalité avait joué en sa faveur. Elle attendit dix années avant d'inverser les signes.

Si l'image concrète du destin vint approfondir chez Mermoz le commerce grave qu'il entretenait avec 'existence, et la conception mystique de son métier, a mort de Gourp et d'Érable le frappa aussi dans sa sensibilité la plus vive. Plus tard, devant l'hécatombe des camarades qu'exigea la ligne, Mermoz se borna au silence. Il n'avait pas pris l'habitude. Il ne s'était pas endurci. Simplement, il avait compris et accepté. Mais quand tombèrent les premiers, il était trop neuf encore. Il ignorait le goût de cendre et la tristesse du sang. Il n'avait fait que la moitié du chemin jusqu'à sa vérité. Il fut secoué de pitié, d'horreur, de révolte. Il acheta un parabellum. Lui, l'ennemi du meurtre, il rêva d'abattre des Maures, n'importe lesquels. On lui avait tué des camarades.

Au début de décembre, les vœux de sa mère lui rappelèrent qu'il venait d'avoir vingt-cinq ans. Soudain, malgré sa résistance et sa vitalité, malgré son insatiable ardeur d'action et d'aventure, il se sentit vieux.

« Comme l'existence est brève, dit-il. On n'a pas beaucoup de temps pour être jeune vraiment. »

Est-ce le sort de Gourp et d'Érable qui lui dicta ces mots affreusement prophétiques? Est-ce une prescience qui devait aller toujours s'affirmant? Personne ne saurait le déceler. Mais il sembla poussé par une hâte inconsciente, par une exigence obscure à se disperser à travers le vaste univers. Une sorte d'avidité fébrile le harcelle et le presse. Il a soif d'espaces nouveaux. Il voudrait être partout à la fois. Le Brésil et l'Argentine seront-ils bientôt ouverts à son impatience? Ira-t-il en Bolivie en qualité d'instructeur, comme le lui propose un colonel de ce pays? En Guinée espagnole

comme fondateur de ligne, ainsi que le lui demande
un diplomate de Madrid qu'il transporte? Fera-t-il
Paris-Téhéran pour le compte d'une nouvelle société
française? Le colonel Denain lui obtiendra-t-il enfin
un appareil transatlantique? Tous ces espoirs se
mêlent en lui. Tous ces noms le soûlent. Il croit être
devenu un oiseau migrateur. Il croit pouvoir être infidèle à la ligne. Depuis qu'il la sert, il a fait deux
mille heures de vol et plus de deux cent mille kilomètres. Cela ne suffit-il pas sur un même trajet? Il
peut aller ailleurs. Le temps court si vite.

Mais, il le disait lui-même, on ne va pas contre ce
qui est écrit. Et il était écrit pour Mermoz que la
ligne de Toulouse au Pacifique serait celle de sa vie
et de sa mort. Quant au parcours de Casablanca à
Dakar, il n'avait pas encore épuisé sa leçon.

L'hiver commençait. Dans les régions brûlantes que
survolait Mermoz, il n'amenait pas le froid, mais les
tempêtes. Venues de l'Océan, ou du désert, elles
étaient également terribles. Sur les terrains, l'ouragan
déracinait, emportait des pylônes d'acier. Dans les
airs, les avions aspirés ou rejetés comme des bouchons par les remous atmosphériques, échappaient
complètement au contrôle des pilotes. De l'appareil
précipité au ras des flots, celui qui le conduisait voyait
se creuser sous lui les gouffres liquides, les montagnes
d'écume. Souvent le sable se levait des dunes jusqu'à
une hauteur de trois mille mètres. On naviguait alors
des heures à travers une muraille visqueuse et gre-
nue, à travers une poudre gluante qui étouffait moteur
et poumons, dans une lumière à la fois souterraine
et sous-marine. Les pilotes se retrouvaient, victimes
d'une dérive qu'ils ne pouvaient calculer, loin en mer,
écrasés contre les falaises ou enfoncés dans le désert.

Il fallait se diriger à tâtons, à l'aveuglette, et maintenir par le seul instinct l'équilibre des avions dont on ne voyait plus ni le bout des plans ni la queue. J'ai voyagé dans le sirocco, de Juby à Villa-Cisneros, et je me souviens de mon effroi ainsi que du travail quasi surhumain fourni par Émile Lécrivain, mon pilote. C'était en 1929, sur un appareil d'un modèle nouveau, muni d'un moteur très sûr, avec la T. S. F. à bord. Mermoz et ses camarades, deux ans plus tôt, ne disposaient toujours que de leurs primitifs Bréguet 14. Après l'Espagne, après un an de service sur la côte d'Afrique, ces avions ne tenaient l'air que grâce à la sollicitude inspirée des mécanos perdus dans les escales désertiques et aux réflexes de merveilleux pilotes. Et le courrier n'admettait pas de retard.

Ce fut à ce moment que Mermoz apprit à passer à travers n'importe quoi, sur n'importe quoi. Il s'aguerrit, se trempa, se blinda à jamais contre le recul, l'hésitation, contre l'impossible. A force d'habitude, ses camarades et lui trouvèrent naturel, nécessaire, d'accomplir chaque semaine des exploits. Si bien qu'ils s'étonnèrent et s'irritèrent du retentissement que l'un d'eux eut à travers le monde, car ces hommes faisaient de l'héroïsme sans le remarquer, et en série.

Le 2 mars 1927, le commandant pilote uruguayen Taddeo Larre-Borgès, son frère Glauco, le capitaine Ibarra et le mécanicien Rigoli tentèrent la première traversée de l'Atlantique Sud de continent à continent. Toutes les nations suivirent, avec une anxiété où se retrouve le reflet d'une époque révolue, cette expérience liminaire, cet assaut des ailes humaines encore mal formées contre l'immensité de l'Océan. L'équipage décolla de Casablanca à huit heures trente. Une foule énorme se pressait sur les quais. Reporters et photographes travaillaient à l'envi. Dans toutes les capitales, les agences de presse, en état d'alerte, attendaient les nouvelles de l'hydravion.

Mais les heures passèrent, et les jours, sans que Larre-Borgès donnât signe de vie. On connaissait l'itinéraire de l'hydravion. Il devait suivre la côte marocaine, celle du Sahara, et de là mettre le cap sur l'Atlantique. Alors commença la pathétique recherche qui, depuis, anima tant de fois ces rivages déserts. Les bateaux français anglais, italiens, furent déroutés pour fouiller l'Océan. Les avions militaires espagnols et français sillonnèrent le ciel. Et sur la ligne Casablanca-Dakar, tous les pilotes prirent l'air. Dans cette course au sauvetage, Mermoz, le 5 mars, avec son coéquipier Ville, découvrit l'hydravion.

La carcasse reposait sur une petite plage à l'embouchure de l'Oued Fetima, à une centaine de kilomètres au nord de Juby. Mermoz et Ville survolèrent les environs à basse altitude. Des groupes de Maures, d'une densité insolite, émergeaient entre les dunes. Les deux pilotes avaient du désert et de ses tribus une connaissance comme charnelle. Pour eux, la situation fut aussi visible que si elle avait été tracée sur une page blanche. Une panne avait forcé les Uruguayens à se poser en mer, non loin de la côte. Les flots les avaient rejetés sur le sable. Comme toujours, en ce cas, un invisible guetteur nomade avait signalé le naufrage. Larre-Borgès et ses compagnons étaient prisonniers des Maures ou assassinés par eux.

Mermoz et Ville revinrent à plein moteur donner le point exact de l'hydravion. Aussitôt l'équipe admirable de Casablanca-Dakar tout entière se mit à l'ouvrage. Le 7 mars, Guillaumet, accompagné de Riguelle et transportant un interprète, atterrit près de l'hydra-

vion, interrogea les Maures, recueillit les renseigne-
ments nécessaires. Les Uruguayens étaient vivants. Le
8 mars, Reine et Antoine survolèrent le campement
des ravisseurs, se posèrent dans les environs, débar-
quèrent les émissaires du fort espagnol et partirent
sous une grêle de balles. Le 10, ils revinrent prendre
Larre-Borgès et ses compagnons rachetés aux Maures
et les menèrent à Juby épuisés, mais sans blessures.

Par ses rebondissements, ses péripéties, son caractère romanesque, ses moyens à la fois nouveaux et
séculaires, par ses acteurs jeunes et ardents au milieu
d'un décor barbare, ce sauvetage passionna l'univers.
Les journalistes du monde entier se ruèrent à Casablanca, supplièrent qu'on les menât à Juby. Mermoz
en transporta plusieurs, empilés sur les sacs du courrier, ou tassés dans les coffres vides. Ses camarades
le firent également. Plus que les autres, il attira l'attention. Sa beauté, son corps d'athlète bronzé, son charme
offraient pour les articles et les photographies une
cible prédestinée. On le pressa de questions. On écrivit sur lui, sur sa captivité, son amour du bled. On le
baptisa : « un soldat civil. » On publia ses traits.
On demanda pour lui la Légion d'honneur. Comme
toujours, la hâte, l'enthousiasme étirèrent la réalité,
la mirent à l'échelle des manchettes.

Quand Mermoz apprit qu'il faisait figure dans les
journaux, il ne put d'abord croire que son mérite en
fût la cause. Il attribua le fait à des recommandations.
Latécoère, le colonel Denain, il ne savait qui, était
intervenu. La colère qui, à cette pensée, le secoua, fut
une des plus violentes qu'il eût traversées. Il serrait
les dents, les poings. Il arpentait sa chambre comme
un enragé. Il n'osait plus regarder ses camarades.

« Si je mérite quelque chose, grondait-il, je veux

l'obtenir uniquement pour cela, et non par protection.
Ce serait me gâcher le résultat de mes efforts et la joie
que je puis en tirer. »

Cependant, l'ampleur de l'écho éveillé par ses actes
fit qu'il dut se rendre à l'évidence. Les recommandations n'étaient pour rien dans cette aventure. Alors,
sa fureur se tourna contre les journalistes. Ils n'avaient
donc rien vu, rien risqué dans leur vie, pour transformer en légende une histoire banale? Pourquoi encen-
saient-ils une action, qui, pour tous les pilotes de
Casablanca-Dakar, était la condition habituelle de
leur travail?

« C'est lamentable, écrivait Mermoz. Les faits, dans
leur simplicité n'étaient pas *trop laids*, et le tapage
ne réussit qu'à les amoindrir ».

La ligne continuait à forger Mermoz.

Accomplir sa tâche envers le courrier et envers les
camarades vivants ne lui suffit plus. Il était hanté par
les ombres d'Érable et Pintado, restés sans sépulture.
Il ne pouvait admettre cet abandon et la victoire du
désert et des meurtriers sur l'esprit de la ligne. On
devait toujours ramener les camarades, même s'ils
n'étaient plus que des ossements. Mermoz avait demandé six fois au gouverneur de Juby qu'il lui permît
de remplir cette mission. Six fois, le colonel de La
Peña avait refusé, alléguant les dangers d'une entreprise purement sentimentale. Mais la ténacité de
Mermoz était inflexible. Son prestige, son autorité
grandissaient sans cesse. A la septième fois, il obtint
l'autorisation qu'il voulait.

Au mois de juin, durant un séjour qu'il fit à Juby,
entre deux courriers, et sans prévenir la direction
de la ligne, il exécuta son dessein. Il embarqua à tout
hasard deux guides maures dans son Bréguet et se

dirigea vers le lieu de massacre. Il n'avait pas de coéquipier.

Les recherches ne furent pas longues. Les débris des deux appareils, que la bande d'Ould-Aj-Rab avait brûlés, servirent à Mermoz de repère. Il atterrit doucement. Quand il sauta de son avion et promena son regard aux alentours, il ne vit rien. Sept mois s'étaient écoulés depuis la tuerie. Les corps laissés à même le sol avaient nourri les chacals et les hyènes. Mermoz fouilla le lieu de ses yeux aigus et tressaillit. Cette touffe châtain, accrochée à un fragment d'avion... oui... c'était... il ne se trompait pas... c'était une mèche de cheveux d'Érable. Il ramassa avec précaution le seul vestige d'un bon, joyeux et courageux camarade. Il n'eut pas le temps de rêver sur cette place vide. Ses interprètes poussaient des cris. Des guerriers bleus dévalaient de la dune la plus proche. Le moteur tournait. Mermoz mit les gaz et arracha son appareil à la terre crevassée.

Un mois plus tard, il disait à sa mère :

« La mère du pilote à qui j'avais envoyé ses cheveux m'a écrit une lettre profondément reconnaissante, mais malheureusement — et naturellement — très douloureuse. Que veux-tu? Le néant... Et cependant la fierté d'avoir eu un enfant comme celui-là la soutient un peu. Il lui semble toujours qu'il est loin d'elle, mais qu'elle le reverra. Et elle l'attend. »

Est-il possible de lire ces lignes sans que la gorge se noue?

Peut-on prédire avec une précision plus atroce et à l'être le plus cher la torture qui l'attend?

Le jour où Mermoz risqua sa vie pour rapporter les cheveux d'un camarade tué sept mois auparavant, son action ne fut pas une bravade, ni un défi gratuit. Jamais Mermoz ne s'est permis un vol inutile. Ce qu'il fit, il le fit pour le pacte qu'il avait conclu avec la camaraderie et avec la ligne. Mais, ce jour-là, cette ligne n'eut plus rien à lui enseigner.

Il était parvenu à un point où ce qu'elle lui inspirait allait au-delà de son exigence la plus dure. Nourri et mûri par elle, libéré, purifié, redressé dans toute sa taille, il la dépassait. Parti dans la course au même rang que ses camarades, et peut-être derrière eux, il était maintenant en tête de la phalange épique, à son extrême pointe étincelante et marquée par le sort.

Il avait gagné, au sommet d'une pyramide, où tant de morts s'entrelacent aujourd'hui à quelques survivants, une place qu'il ne devait plus quitter.

Et déjà les semaines sur Casablanca-Dakar étaient comptées pour Mermoz. Déjà les chefs d'escale partaient pour aménager les terrains en Amérique du Sud où Latécoère négociait des contrats postaux avec les gouvernements. Et déjà Mermoz se sentait appelé là-bas.

Quand il songeait à ses démarches auprès de la Franco-Roumaine il se prenait en dérision. Pouvait-il moisir sur une ligne calme d'Europe? Les grands horizons, la grande aventure lui étaient devenus plus indispensables que le pain quotidien. Les congés même ne le tentaient plus. Parfois il disait : « Voir l'Amérique du Sud, refaire un tout petit tour en Syrie, jeter

un coup d'œil en Perse, poser les pieds aux Indes ou
en Chine — et ça me suffirait. » Ce n'étaient que
des rêveries, et il s'en rendait bien compte. Il était
ainsi fait que le voyage d'agrément lui était interdit.
Il avait besoin de servir, de bâtir. De l'autre côté de
l'Océan, cette tâche l'attendait.

Toutefois, avant de l'entreprendre, il aurait voulu
franchir d'un seul vol cet Océan même, cet Océan
qu'il longeait sans cesse et dont il avait dans les nuits
de Juby tant de fois écouté l'appel. Là où avaient
échoué les Uruguayens, là où Mouneyres et Saint-
Roman venaient de trouver la mort, il réussirait, il
en était sûr. Il sentait tant de force dans sa poitrine
bombée comme une cuirasse, dans ses bras de marbre,
dans son cœur ressuscité.

Le 20 mai de cette année, au Nord, un premier
messager des hommes était passé.

« Heureux Lindbergh! s'écriait Mermoz. C'est tout
simplement merveilleux, mais réalisable avec un peu
de volonté. »

Car il se savait l'égal de l'Américain au destin miraculeux. Et quand les autres arrivèrent, Chamberlain
et Levine, le commandant Byrd et ses compagnons,
il frémit non plus seulement d'impatience, mais d'hu-
miliation. Il s'adressa à tous les constructeurs, à toutes
les entreprises aériennes. Qu'on lui donnât un appareil. Avec quelle joie il eût échangé contre un avion
transatlantique la croix qu'il venait de recevoir! Un
appareil seulement! Et sur l'Atlantique Sud ou
sur l'Atlantique Nord, peu importe, il passerait, il
rétablirait le prestige de la France. L'anarchiste de
Thionville commençait à se sentir comptable de son
pays.

Il n'y avait pas de matériel prêt. La tragédie de

Nungesser et Coli incitait les gens en place à la prudence. Mermoz ne dormait plus.

Brusquement, sur sa ligne, l'occasion parut s'offrir.

Au mois d'août, Mermoz, malgré ses protestations, fut nommé chef d'aéroplace d'Agadir. Les jours libres, il essayait des appareils, allait à la chasse, se rendait à Tiznit, à Taroudant, entretenait les rapports nécessaires à la ligne avec les autorités militaires qui commandaient la région. Mais la besogne administrative, sédentaire, la vie de sybarite lui répugnaient. Chaque fois que sur le terrain il donnait le signal de départ pour un camarade, il se sentait un « embusqué ».

Il fallait pourtant qu'il apprît à diriger d'un bureau le travail des autres. Daurat lui préparait une mission où le métier de pilote seul ne suffisait plus.

Après quelques semaines de stage, Mermoz partit avec soulagement en congé pour la France. Il le passa à Paris, à Lille, à Mainbressy. Mais ni la tendresse qu'il avait pour ses grands-parents, ni son amour pour sa mère, ne suffirent à le rendre heureux. Il était impatient, distrait, lointain. Bien qu'il s'efforçât de ne pas inquiéter les siens, sans cesse il avait sur les lèvres les mots « Amérique du Sud... Atlantique ». Sous le haut front hâlé, les yeux paraissaient plus clairs et plus fixes, comme s'ils portaient les reflets des sables. Dans le profil de bronze s'accusait une volonté trempée par tant de dangers et de luttes qu'on la sentait indiscutable. Tout entière, elle était bloquée sur un seul objectif : voler, dilater les limites de son expérience, régner sur des terres et des mers nouvelles, effacer et exalter en même temps l'humaine condition.

Quand il fut rappelé, avant le terme de son congé, à Toulouse pour essayer — enfin — de nouveaux appareils sortis des usines Latécoère, il eut un transport de joie enfantine. Il y avait un mois qu'il n'avait respiré l'huile et l'essence brûlée par un moteur. Il se rua au travail. Il essaya les Laté 25 et 26, il s'entraîna au vol de nuit sur le parcours d'Espagne, il prépara son brevet de navigateur. Il volait, il volait, et même l'obscurité n'entravait plus son essor.

A ce moment, il crut pouvoir traverser l'Atlantique.

Pour démontrer les possibilités de son nouvel avion, le Laté 26, et frappper en même temps l'opinion publique, Latécoère décida de lui faire accomplir un raid d'une envergure peu commune sur sa propre ligne. Daurat étudia l'itinéraire et choisit l'équipage. Il fut décidé qu'on irait d'un seul vol de Toulouse à Saint-Louis-du-Sénégal. Les deux hommes qui mèneraient l'appareil seraient Négrin, pilote réceptionnaire des usines Latécoère, et Jean Mermoz.

A la même époque, Costes et Le Brix préparaient le raid de France en Amérique du Sud qui allait rendre leurs noms illustres. Mermoz et Négrin, d'accord avec leur directeur, décidèrent de partir le même jour qu'eux, et à la même heure. Ils avaient confiance dans leur appareil et dans leur expérience pour battre leurs concurrents. Les derniers essais du Laté 26 eurent lieu sans bruit. On ne voulait pas, si le raid échouait, attirer l'attention. De plus, pour les officiels du ministère, bureaucrates timorés et routiniers selon leur ordinaire, le vol de Négrin et de Mermoz ne devait pas être un raid, mais un essai de charge et de distance.

Or, les deux pilotes étaient bien résolus à se passer de l'assentiment de fonctionnaires néfastes pour un projet autrement grand, autrement prestigieux. Ils avaient l'intention de « griller » Costes et Le Brix non seulement sur le trajet Toulouse-Saint-Louis, mais sur l'Atlantique même. Mermoz avait eu l'idée de cette course héroïque. Comment pouvait-il admettre — en ayant enfin les moyens — de ne pas satisfaire un rêve si longuement, si impatiemment formé, poursuivi, médité ? Négrin, de qui l'audace ne connaissait pas davantage de limites, appuya le dessein de toute son ardeur. Daurat, officiellement, l'ignora. Mais en écoutant ses deux pilotes, sa bouche avait eu le bref sourire qui était chez lui signe de louange.

On se mit fiévreusement à l'ouvrage. Directeur, mécaniciens, ingénieurs, chefs d'atelier, pilotes, n'eurent plus dans leur vie que le Laté 26 spécial, aux ailes agrandies, qui devait porter si loin le renom de la ligne. Dix jours de suite on revisa l'appareil pourtant prêt. Dix nuits de suite, Mermoz et Négrin volèrent en secret. Enfin arriva celle qui précédait leur envol, et à l'aube de laquelle Costes et Le Brix devaient également partir. Interrogés sur leur impression définitive, les deux pilotes déclarèrent qu'ils n'avaient pas une entière confiance dans les ailes agrandies de leur Laté 26 et que les ailes normales leur semblaient préférables. Aussitôt Daurat décida de faire opérer le changement. Montre en main, les équipes techniques entreprirent le travail. Un esprit de collaboration totale, unanime, souleva ces hommes. Au petit matin, tout était achevé. Mermoz et Négrin montèrent dans le poste de pilotage.

Pour la première fois, Mermoz sentit l'émotion presque insoutenable des grandes tentatives. Pour la première fois, il se trouvait au seuil d'un acte auquel son visage allait être lié dans la mémoire des hommes. Il grelottait intérieurement. Mais il songea au misérable

petit avion d'Istres, sur lequel il s'était envolé en
ignorant, en aveugle, appuya contre le cuir du Laté 26
ses épaules cuites par le soleil de Juby, et ses traits
prirent l'expression des enfants apaisés. Il avait vingt-
cinq ans et allait traverser l'Atlantique.

Perpignan, les Pyrénées, Barcelone, Alicante, Malaga, Gibraltar, Casablanca, Agadir et le bled, Juby
et le bled, Cisneros et le bled, Port-Étienne...

Toutes ces escales, toutes ces images, ces tempéra-
tures, ces brises, toutes ces fosses d'air, ces figures du
soleil, ces étoiles, Mermoz les reconnaissait, les comptait, les retrouvait, les intégrait en lui une à une. Elles
étaient son patrimoine, son bien, son champ mille fois
labouré. Mais il ne s'arrêtait plus d'une étape à l'autre
pour reprendre son élan, il allait d'un trait, d'un souffle, d'un vol droit et sûr. Son ivresse lucide, son active
extase durèrent vingt-quatre heures. A l'aurore qui
suivit celle où ils avaient quitté Toulouse, Négrin et
Mermoz aperçurent Saint-Louis-du-Sénégal. Le soleil
plongeait ses premiers rayons dans l'Atlantique.

Mermoz dressa ses bras en signe de victoire. Négrin,
pilote d'essai, mal habitué aux longues étapes, montrait dans son visage tiré la même espérance que son
compagnon. Il n'y avait pas d'avion sur le terrain de
Saint-Louis. Costes et Le Brix n'étaient pas arrivés[1].

L'Océan appartenait à l'équipage du Laté 26.

L'appareil posa ses roues sur le sol. Pour la première
fois, le Sénégal avait été, par les airs et sans arrêt,
joint à la France. Le Laté 26 roula, roula... Comme il
était à bout de course, une bosse le fit basculer en
avant. Il toucha du nez.

Les personnages officiels, le gouverneur en tête, se

---

1. Mermoz et Négrin atterrirent deux heures avant eux.

précipitèrent. Ils étaient sûrs d'avoir vu arriver Costes et Le Brix. Aucun autre appareil n'avait été annoncé. Mais, au lieu des traits rudes de Costes et de sa silhouette trapue, un grand et jeune garçon à la chevelure blonde et bouclée surgit de la carlingue.

— Mermoz, dit-il.

Personne ne connaissait ce nom.

— Mes... mes félicitations, balbutia le gouverneur.

Mais ni Mermoz ni Négrin ne l'écoutèrent. Ils examinèrent avec une anxiété terrible la proue de leur appareil. Tout était intact, sauf l'hélice.

Il fallut attendre une semaine pour en avoir une nouvelle. Pendant ce temps Costes et Le Brix passèrent.

LIVRE III

Le conquérant des Amériques

I

LE BUREAUCRATE

Le paquebot *Groix* leva l'ancre à La Rochelle le 6 novembre 1927 à destination de Rio de Janeiro. Mermoz était à bord avec le Laté 26 du raid France-Sénégal.

Depuis qu'il avait atterri à Saint-Louis il avait vécu des jours désordonnés et singuliers. Les nouvelles de la traversée heureuse de Costes et Le Brix... Le retour à Toulouse en deux bonds. Les réceptions organisées dans les centres d'aviation et où Mermoz commença de lutter contre sa modestie et sa timidité. Les présentations de l'appareil. Et brusquement, du jour au lendemain, pour ainsi dire, l'ordre de gagner l'Amérique... Mermoz avait eu tout juste le temps d'embrasser sa mère (pour ses grands-parents qu'il aimait d'une tendresse forte et grave, il ne put le faire) et d'embarquer. Maintenant les côtes de France défilaient sous ses yeux.

Cette hâte avait des raisons liées au destin même de la ligne. Elle prenait à cet instant un visage et un maître nouveaux.

Depuis 1925, un homme d'une énergie, d'une puissance de travail et d'une audace admirables avait fixé son attention sur l'entreprise de Latécoère. C'était Marcel Bouilloux-Laffont. Pendant un quart de siècle il avait su accumuler en Amérique du Sud des réussites grandioses. Il y possédait des ports, des chemins de fer, des docks, des comptoirs, des banques, des districts entiers et des villes.

Quand Marcel Bouilloux-Laffont constata le développement des liaisons par avion, son imagination de bâtisseur — poésie des grandes affaires — lui fit entrevoir le prodigieux levier de pénétration et d'influence que serait une ligne aérienne rattachant la France à d'immenses pays privés de communications rapides et comment cette ligne deviendrait en même temps le lien et le fleuron de ses autres entreprises. La partie européenne et africaine du système existait déjà. Elle appartenait à Latécoère. Il fallait s'entendre avec lui. Cela prit du temps. Enfin les deux hommes se retrouvèrent en Amérique du Sud et, battant de justesse une société allemande, obtinrent des gouvernements argentin et chilien une concession postale qui leur donnait, sur tous les rivaux éventuels, une supériorité absolue. La Compagnie Latécoère se fondit dans le groupe Bouilloux-Laffont. Elle devint l'Aéropostale.

L'Aéropostale... Pendant des années on put voir sur les Champs-Élysées le rouge éclair qui était son emblème sillonner l'image de l'Atlantique et de trois continents.

L'Aéropostale... Avec quelle fierté, quelle ferveur Mermoz prononça ce nom. Puis avec quel regret pathétique.

Marcel Bouilloux-Laffont, dès qu'il eut le contrôle de l'affaire, entreprit de donner à son prolongement de l'autre côté de l'Océan, l'impulsion, l'envergure, le rythme qui étaient les siens. Mais s'il avait à pied d'œuvre des capitaux, des organismes, des relations puissantes ; si, pour l'administration, il disposait d'un personnel éprouvé, tout manquait à la nouvelle ligne : les terrains, le matériel, l'infrastructure, les hommes et un chef.

Ce dernier devait faire à la fois vite et bien. Exécuter et diriger. Avoir le courage et le discernement. Être obéi et aimé. Et en même temps, représenter la France.

— Mermoz et pas un autre, dit sans hésiter Daurat.

— Alors, qu'il parte tout de suite, comme chef pilote, décida Bouilloux-Laffont.

Mermoz était bien parti, mais pas comme chef pilote.

— Je ne veux pas d'emploi sédentaire, avait-il déclaré fermement à Daurat. Je suis fait pour le vol. C'est tout. Je n'irai en Amérique que dans ces conditions.

Daurat avait plissé ses paupières, secoué sa cigarette et dit :

— C'est bon, vous verrez mieux sur place.

A bord du *Groix*, si Mermoz pensa encore à cette offre, ce fut pour en sourire. Les forêts vierges, les pampas, des terres inexplorées, des montagnes gigantesques, lui étaient promises, et on lui demandait de s'occuper de paperasses !

Il avait l'âge de Lindbergh, son exemple le fascinait. Mais la grandeur ne connaît pas la série. Les hommes qu'elle a marqués ne suivent jamais les mêmes chemins.

Celui qui mena Mermoz pour la première fois aux rivages d'Amérique fut très long. Le paquebot fit escale à La Corogne, à Bordeaux, à Dakar. Les passagers n'étaient pas nombreux ni gais. La plupart se composaient de fonctionnaires destinés au Sénégal, où sévissait, alors, la fièvre jaune. Ils en portaient à l'avance la couleur sur leurs visages apeurés. Pour les autres c'étaient des Argentins à la mine triste et distante. Mermoz se replia sur lui-même. Il ne réfléchit guère, mangea énormément, dormit de même, s'imbiba de soleil, de repos. A la manière d'un puissant animal qui se prépare à fournir une course longue et dure, il abandonna ses muscles au loisir, à la mollesse.

Quand le *Groix* traversa l'Équateur, Mermoz reçut le baptême de la ligne. Entièrement badigeonné à la colle de pâte, il fut basculé à la renverse dans une piscine improvisée entre cinq morceaux de toile. On l'y plongea par trois fois. Personne, ni lui-même, ne se doutait qu'il traverserait cette invisible ceinture du globe autant et plus qu'un vieux bourlingueur de l'Océan.

Quelques jours avant la fin de la traversée, Mermoz fit la connaissance d'un jeune missionnaire qui voyageait en deuxième classe. Il allait au Brésil s'enfermer pour toute son existence dans une léproserie. Il parlait très simplement de sa destinée inflexible. Il fit sur Mermoz une impression profonde.

Le 28 novembre au crépuscule, le *Groix* s'engagea dans la baie de Rio de Janeiro.

Un sentiment d'éblouissement, de splendeur, de perfection sauvage et mystérieuse envahit Mermoz pendant que l'étrave fendait une eau changeante aux reflets de ciel, de rochers et d'arbres. Partout naissaient et fuyaient des côtes chargées d'une végétation lourde, parfumée, comme si elle avait été la chevelure gigantesque d'une terre grasse et femelle. A la proue du bateau, sur ses flancs, se dressaient des îlots, qui semblaient des morceaux de forêt vierge surgis de la mer. Soudain, on les retrouvait derrière soi. Des pics nus, couleur de feu, pointaient des flots, vers le ciel, leurs aiguilles. La baie refermait sans cesse et ouvrait son dédale marin, minéral et sylvestre.

On se trouvait perdu au creux d'un labyrinthe sublime. Les yeux ne suffisaient plus pour appréhender cette profusion, cette prodigalité, cette magnificence, qui, de toute part, surprenait, assaillait le voyageur. Les chaînes de montagnes venaient plonger leur jungle dans la masse liquide qui tremblait à leurs pieds. Sur des blocs dentelés, les cocotiers, comme au cimier d'un casque, agitaient les bouquets de leurs plumes singulières. Au ras de l'eau, des huttes dorées apparaissaient dans le sombre velours d'une clairière. Des oiseaux inconnus suivaient le sillage. Le bateau glissait lentement dans un univers enchanté, instable, où le sens de la direction devenait inutile et qui renouvelait à chaque instant sa réserve de merveilleux.

Rien ne paraissait plus loin de la vie organisée des hommes que cet enchevêtrement de l'eau, de la pierre et des feuilles. Rien ne paraissait plus près de la virginité des premiers âges où la terre, encore molle, séchait au soleil des cataclysmes son humide argile et sa flore géante.

Soudain, au détour d'un couloir de mer, parut, comme il arrive seulement dans les avenues rompues

des songes, une ville sans limites, désordonnée, fantastique. Elle chevauchait des collines, des vallées et des
monts, dressait sur les plages et appuyait contre le
roc des édifices comme des piliers, accrochait ses hauts
quartiers aux frondaisons de la forêt vierge, laissait
jaillir de son sein des crêtes de pierres fauves et nues.
Une ville féerique, creusée d'anses, étoilée de promontoires, hérissée de pics, couronnée de jungle.

Mermoz avait oublié les travaux qui l'attendaient,
son avion, ses projets et jusqu'à sa propre existence.
Il courait de bâbord à tribord, du château arrière au
gaillard d'avant, soûlé, affolé par tant de prodiges. Il
aurait voulu les saisir, les emprisonner tous dans son
regard et sa mémoire infaillible d'oiseau migrateur. Il
criait d'exaltation. Parfois une vision l'arrêtait plus
étonnante encore que les autres. Alors, sans souffle
et sans voix, les cheveux rejetés par le vent de la
marche, il reposait longuement ses yeux sur les défilés et les arches par lesquels il accédait à son nouveau
royaume.

La nuit était tombée. Des millions de feux, des
fleuves et des lacs de lumière escaladaient les pentes,
frémissaient dans l'eau, ornaient la terre, cernaient la
masse obscure des monts et des arbres, couraient le
long des caps et des îles. Toute la rade, toute la baie,
sur cent kilomètres de long, étincelaient.

« Quelle merveille, dit Mermoz à mi-voix. Je ne
croyais pas que le monde pût être si beau. »

Sa poitrine héroïque supportait difficilement cette
charge de splendeur. Il dut se retenir pour ne pas
pleurer.

La direction générale de l'exploitation pour les lignes de l'Aéropostale en Amérique du Sud avait son siège à Rio de Janeiro. Le directeur s'appelait Julien Pranville. C'était un garçon jeune, ardent, vivant. La rigueur intellectuelle de sa formation (il sortait de l'École polytechnique) n'avait pas altéré chez lui le don de l'enthousiasme, le sens des hommes, de l'épopée et de la poésie. Impérieux et méthodique, émotif et de sang-froid, il s'était pris de passion pour une tâche dont il concevait pleinement la grandeur, la difficulté et le lyrisme.

Quand il vit Mermoz, ses épaules, son front lumineux, son sourire timide et inspiré, il eut l'impression que débarquait sur la terre brésilienne, incarné pour combler ses vœux, le génie même de la ligne.

— Je suis heureux que notre chef pilote soit vous, dit Pranville.

— Chef pilote? s'écria Mermoz. Ah! non, j'ai déjà refusé. On m'a promis que je volerais seulement.

Alors, dès le hall de la douane, Pranville entreprit de persuader Mermoz. Cela continua dans les bureaux de l'Aéropostale sous les fenêtres desquels l'Avenida Rio Branco charriait des lumières, des enseignes, des cris et toute une foule vêtue de blanc dans la chaleur étouffante du soir. Cela se poursuivit au restaurant où Pranville emmena dîner Mermoz.

« Vous n'avez pas le droit de vous dérober, dit en substance Pranville au cours de son monologue véhément. Oui, je conçois toute votre répugnance pour un métier de bureau, mais ce métier il est nécessaire qu'il soit fait, et fait par vous. Votre expérience technique et professionnelle, personne de nous n'en possède la centième partie. Vous devez en faire profiter la ligne qui va naître, vos camarades et la France. Pensez à tout ce qui est en jeu ici, à tout ce qui est lié à notre réussite. Des vies, le prestige du pays, le rayonnement de l'aviation. Personne n'y croit. Il faut gagner à tout prix et vite. »

Mermoz écoutait en silence. De temps en temps il essuyait la sueur qui mouillait son front. Elle n'était pas due seulement à l'air épais et suffocant que brassaient mal les ventilateurs.

« Vous n'êtes pas né pour obéir ou exécuter toute votre existence, reprenait Pranville avec le même feu. Vous avez les dons, l'étoffe pour instruire, guider, organiser. Il faut que vous preniez rang de chef. »

Pranville parla toute la soirée. Il avait le magnétisme de la jeunesse et de la foi. Il s'adressait à Mermoz en camarade, déjà en ami. Il mêlait les faits et les sentiments, les chiffres et les émotions. Sa générosité et son exaltation touchèrent Mermoz. Puisque celui-là, jeune comme lui, nourrissait un tel amour pour son travail, c'est que ce travail pouvait, devait être beau et grand à sa manière. Et puisque Pranville lui demandait de le partager, puisqu'il affirmait qu'il n'en pouvait charger personne d'autre, comment Mermoz eût-il persévéré dans son refus?

— Je veux bien, dit-il enfin, mais je continuerai de voler autant qu'un simple pilote de ligne.

— Tant que vous voudrez, répliqua Pranville. C'est vous-même qui fixerez vos missions.

Le lendemain matin, tandis que les arbres tropicaux et les lianes de la Tijuca dormaient dans l'air immobile, que, dans le marché, près du port, s'amoncelaient des fruits, des légumes et des poissons étincelants, tandis que le Christ immense du Corcovado étendait ses bras de ciment sur les avenues, les plages, les palais, les églises dorées et les gratte-ciel de Rio de

Janeiro, Pranville et Mermoz dans le bureau de l'Avenida Rio Branco se penchèrent sur des cartes, des graphiques, des plans, des rapports. Cette initiation dura quatre jours pleins.

Pendant ce temps, le Laté 26 qu'avait amené le *Groix* fut monté. Mermoz partit pour Buenos-Ayres, connaissant dans leur ensemble et la situation et sa tâche.

L'objet idéal de l'Aéropostale était d'assurer la liaison entre la France et les divers pays de l'Amérique du Sud entièrement par les airs. Mais à l'époque où Mermoz volait pour la première fois vers Buenos-Ayres, la traversée régulière commerciale de l'Atlantique Sud n'était qu'un rêve ambitieux.

A la fin de l'année 1927, l'Océan pouvait être uniquement franchi en bateau. Pour que le courrier fût transporté avec la plus grande vitesse possible — seul sens d'une ligne aérienne et unique raison des contrats internationaux — il fallait réduire au plus bref le trajet par eau. Le problème consistait donc à mener sur deux continents le courrier par avion aux points entre lesquels l'Atlantique se resserrait le plus. Ces points étaient en Afrique : Dakar; en Amérique du Sud : Natal. Au premier aboutissait l'ancienne ligne Latécoère. Pour l'autre, des jalons précaires existaient, et sur la moitié du parcours seulement.

Quelques mois auparavant, les plus vieux pilotes de la Compagnie Latécoère avaient été envoyés en Amérique du Sud pour reconnaître le trajet, repérer les terrains : Vachet, Bédrignan, Rozès, Thomas, Deley, Ham. Ils n'avaient eu à leur disposition que des Bré-

guet 14, même pas de mécaniciens, un outillage de
fortune. Il arriva que la femme de l'un d'eux dut re-
coudre la toile déchirée des ailes, pour que son mari
pût continuer son vol. Pourtant ces hommes firent ce
qu'on leur avait demandé. Malgré les pannes sans
nombre, ils se posèrent sur toutes les plages, près de
toutes les villes, le long de la côte redoutable qui va
de Buenos-Ayres à Natal, étudièrent les champs d'atterrissage, fixèrent les escales. Ils établirent même, tant
bien que mal, un courrier d'essai entre Natal et Rio.
A la vérité, ils n'avaient pas beaucoup de lettres à
transporter. C'était heureux. Les conditions matérielles
interdisaient au pilote et la vitesse et la régularité.

Or, Bouilloux-Laffont venait d'obtenir du gouvernement français qu'il mît au service de la ligne des
avisos de la marine désaffectés. Dans quelques semaines, en janvier 1928, disait-on, la flottille allait pouvoir assurer la navette sur l'Atlantique. La nécessité
la plus impérieuse — les concessions postales étaient à
ce prix — exigeaient que de Buenos-Ayres à Natal,
c'est-à-dire sur cinq mille kilomètres de rivages peu
habités, au climat tropical, couverts de jungles, de
rocs et de forêts vierges, l'avion passât chaque semaine,
aller et retour.

On était en décembre.

La moitié de cette énorme tâche, la moitié la plus
difficile, celle où rien n'existait encore, le tronçon
Buenos-Ayres-Rio de Janeiro, Pranville en avait entièrement chargé Mermoz.

Cela signifiait que Mermoz devait créer des aérodromes, en prendre la direction technique, contrôler
l'exploitation et l'administration de la ligne, engager
les pilotes et les mécaniciens, traiter de toutes les questions avec le gouvernement argentin, triompher de la

concurrence des États-Unis et de l'Allemagne, faire
des voyages de reconnaissance, bref, créer, animer,
surveiller et conduire une entreprise immense, un
vaste groupe humain, avec l'intensité la plus grande
dans les plus courts délais. Et en même temps — Mermoz ne pouvait y renoncer qu'en renonçant à lui-même — assurer aussi consciencieusement que le plus
consciencieux camarade de vol le service du courrier.

Quand il accepta cette mission qui semblait impossible à un seul homme, Mermoz n'avait que vingt-six ans. Mais il sentait dans sa chair et son cœur une
vigueur si grande, il avait vaincu tant d'épreuves, ses
mille heures de vol sur le bled l'avaient si bien purifié
de tout ce qui n'était pas essentiel, il avait tellement
et tant de fois reculé les limites du vraisemblable,
qu'il envisagea l'avenir sans courber les épaules ni
le front.

Ce fut en jeune chef qu'il atterrit dans les premiers jours de décembre sur le terrain militaire de
Palomar, le seul qui fût utilisable dans les environs de
Buenos-Ayres. Une transformation subtile et complète
dont il n'avait pas entièrement conscience, s'était opérée en Mermoz depuis qu'il avait débarqué à Rio de
Janeiro. Il n'avait pas sollicité le poste qui était devenu
le sien, loin de là. Il l'avait refusé en France. Il l'avait
refusé en Amérique. Des mobiles moraux auxquels
il n'avait pu se soustraire le lui avaient imposé. Mais
de la fonction qu'il avait acceptée, il se devait de prendre tout de suite l'âme et le ton. Sa timidité, le scrupule de son âge, la gêne qu'il éprouvait à donner des
ordres à des pilotes beaucoup plus âgés que lui, et
qui, pour la plupart, avaient fait la guerre, il les
refoula. Des sentiments de cette nature ne pouvaient
plus se montrer au rang qu'il occupait. L'assurance,

la décision, l'efficacité dans le commandement devaient prendre leur place.

Ces mouvements nouveaux furent, chez Mermoz,
surtout intérieurs. Ses manières de camarade ne chan-
gèrent pas, ni sa gentillesse, ni sa simplicité. Mais à la
tension de son visage, à de légères nuances dans la
voix, à l'autorité qui émana soudain de lui sans même
qu'il le voulût, tout le monde le comprit et s'inclina.

En Amérique du Sud, j'ai longuement interrogé sur
Mermoz ses deux plus vieux compagnons de voilà-bas.

Thomas, pilote de guerre aux quatorze victoires, et
qui n'en parle jamais, pilote de la première équipe de
Latécoère, pilote de Bréguet 14 au Brésil, Thomas
était, au moment où nous nous connûmes, directeur
général d'Air France en Amérique du Sud. Il avait
remplacé Pranville et son successeur Barrière, morts
tous deux sur la ligne. J'ai rarement rencontré un
homme aussi taciturne et dont le silence fût aussi
facile à supporter. Il était nourri de finesse, de délicatesse et de sagesse. Mais, de Mermoz, Thomas se
montrait toujours prêt à parler avec abondance.

— Je l'ai vu débuter devant Daurat à Montaudran,
disait-il. Nous nous sommes croisés cent fois en Espagne, au Maroc. Il avait l'air presque d'un enfant. Il
rougissait très vite. Il écoutait beaucoup et ne parlait
que pour dire des choses justes et senties, comme
s'il était gêné d'élever la voix. En somme, c'était un
cadet. Quand il est arrivé ici, j'ai eu peine à croire
que j'avais devant moi le même homme. Une assurance de tonnerre de Dieu. Une autorité à briser le
fer. Un vrai lion.

Et Thomas eut son visage si simple, si propre,
éclairé par un sourire d'une tendresse poignante, pour
conclure :

— Et quel type c'était...

A Santiago du Chili, sur le terrain d'Air France, comme je descendais avec Marcel Reine de l'appareil sur lequel nous avions survolé la Cordillère des Andes, je rencontrai Deley. Lui aussi, il s'était battu dans les airs contre les chasseurs allemands, lui aussi avait fait partie des premières équipes d'Espagne et de Casablanca-Dakar et de l'Amérique du Sud.

Lorsque avec Reine et ses compagnons le radio Pourchas et le mécanicien Rubert, nous eûmes déjeuné dans la petite maison des pilotes d'où l'on voyait les branches des pêchers en fleur et le beau ciel chilien léger et pur et la crête neigeuse de la Cordillère, Deley vint s'asseoir près de moi.

— Mermoz, bien sûr, je l'ai connu, dit-il. En Espagne d'abord, mais particulièrement dans le bled, à Juby, à Port-Étienne, quand j'étais chef d'aéroplace. On l'aimait bien. Mais qu'il était timide. Pour ça, presque un petit garçon.

Deley réfléchit un instant avant de continuer.

— C'est à ne pas comprendre comment, ici, il s'est mis à tout diriger. Je n'en croyais pas mes yeux. Le petit Mermoz — comme nous l'appelions, nous les anciens de la ligne — n'était plus le petit Mermoz du tout. Il avait pris une autorité fantastique. Ça doit être le bled et ce qu'il avait fait là-bas, qui l'avait formé. Et on l'aimait tout autant. Pour de vieux pilotes, ça n'était pas si facile.

Un sourire qui le rajeunit éclaira le visage fatigué.

— Rozès, vous savez, le Toulousain, gueulait un peu, dit Deley, mais c'était sa nature et il n'en avait pas moins le même sentiment que nous pour Mermoz.

Avant d'écrire ce livre, et pour le faire aussi honnêtement que cela était en mon pouvoir, j'ai tâché

de mettre mes pas dans la trace de Mermoz (pas entièrement, car, hélas, certaines des lignes qu'il fonda ont
disparu). J'ai survolé le Brésil, le Chili, et l'Argentine jusqu'à la Terre de Feu. C'était dix ans après
que Mermoz eut sauté de la passerelle du *Groix* sur le
sol de l'Amérique. Bien peu de ses contemporains
demeuraient sur la ligne. Cependant, à Bahia, à Natal,
à Rio, à Pernambuco, à Buenos-Ayres, à Commodoro-
Rivadavia, à Santiago du Chili, j'ai pu retrouver des
mécaniciens, des ingénieurs, des hommes d'affaires,
des administrateurs de Bouilloux-Laffont qui avaient
assisté à sa prise de commandement. Tous m'ont con-
firmé, les uns avec étonnement, les autres comme un
fait naturel, la sécurité profonde en lui-même, le
rayonnement impérieux qu'avait alors montrés Mermoz. Mais rien ne vaut à cet égard les propos par
lesquels deux vieux pilotes, fiers de leur passé, de leur
expérience, de leurs services, droits et durs, ombra-
geux à l'extrême dans leur dignité professionnelle
et humaine, reconnurent qu'ils s'étaient soumis sans
rébellion intérieure à la jeune autorité d'un garçon
dont ils avaient examiné les débuts d'un œil critique.

Ce n'était pas en vain que, dès Palmyre, les officiers
venaient prendre conseil du caporal pilote Mermoz et
acceptaient son ton de chef. Ce n'était pas en vain que
Daurat avait traité avec Mermoz sur un plan d'égalité et que l'équipe étonnante de Casablanca-Dakar
l'avait, par une indéfinissable chimie de groupe, placé
au-dessus d'elle.

Et pour la première et la dernière fois dans la vie,
Mermoz trouva en Amérique du Sud un accord parfait entre les conditions extérieures, les moyens qui
lui furent donnés, l'envergure de l'ouvrage et sa propre vérité. La maturation intérieure était achevée. Le

terrain, le climat étaient prêts et propices. Le fruit resplendissant allait s'épanouir. Dans l'existence de Mermoz cette période fut, sinon la plus haute de sens et de richesse spirituelle, du moins la plus complète, la mieux formée et comme son chef-d'œuvre.

Tout le monde sait que Buenos-Ayres est une très grande ville. Malgré cela, chaque voyageur qui l'approche est étonné par son étendue, son mouvement, sa puissance et sa vitalité. C'est là son caractère essentiel. Pour le reste, aucun style, aucune grâce de la nature. Sur une terre plate et nue au bord de l'estuaire limoneux du Rio de la Plata, large comme un bras de mer, des hommes, en cinquante ans, se sont entassés par millions. Ils ont bâti en hâte sans souci de l'harmonie, de l'unité. Toutes les races du monde sont venues se fondre en ce creuset. Les linéaments humains sont plus plastiques et s'amalgament mieux et plus vite que les pierres. Si la foule de l'immense métropole a pris un caractère national commun, les maisons, les rues sont restées sans visage. La monotonie du sol se répercute dans le plan de la ville. A la manière des États-Unis du Nord, c'est un damier divisé en cellules égales. Mais qu'importe ces « cuadras » à angle droit, qu'importe le mélange des gratte-ciel de vingt étages, des hôtels particuliers qui rappellent ceux de la plaine Monceau, des lourdes maisons ornées de stuc, des cottages à l'anglaise! Entre leurs façades et dans leurs murs court un torrent humain, bouillonne un peuple neuf, fermente un incalculable avenir. Le port fourmille de bateaux, les usines fument, les magasins offrent aux passants leurs devantures par

milliers, les automobiles emboiteillent les voies tro-
étroites pour leur nombre stupéfiant. Aucune trace
d'exotisme, aucun reflet de son origine ne subsistent
dans l'ancienne vice-royauté espagnole. Rasées les vieilles demeures de style colonial. Démolis les conventillos.
Buenos-Ayres a la figure de toutes les villes sans histoire
dont la jeune énergie suffit à elle-même et remplace
le passé. Elle a emprunté ses traits à toutes les capitales, si bien que dans cette ville située à douze mille
kilomètres de Paris et de New York, le Parisien et
l'Américain du Nord n'éprouvent qu'une surprise :
celle de ne pas en avoir.

Arrivé dans Buenos-Ayres par une suite morne et
banale de faubourgs, Mermoz ne ressentit aucun dé-
paysement, il s'en réjouit d'instinct. Cet impersonnel
paysage urbain était en accord avec la nature des
occupations auxquelles il devait s'initier. Et aussi
le caractère pratique, réaliste de la ville, le mouvement
du négoce, l'intensité des échanges, la fièvre de construction. Rien dans l'atmosphère, le sol, les bâtiments, les perspectives, ne contrariait son nouveau
travail. Tout y aidait à tracer des plans, aligner des
chiffres, établir des horaires. Ce fut à quoi s'employa
immédiatement Mermoz.

L'office de l'Aéropostale se trouvait, rue de la Reconquista, au centre même de cette ruche, aux rayons
parallèles et perpendiculaires, qui formait dans la
ville le quartier des affaires. Mermoz y eut son bureau
un caissier et deux comptables argentins. Ils le forcèrent
à se souvenir des rudiments de la langue espagnol
qu'il avait appris lorsqu'il portait le courrier de Barcelone à Malaga. Il eut à déblayer avec eux les paperasses qui s'étaient accumulées avant son arrivée, à les
classer, à retenir leur contenu, à vérifier les comptes.

Malgré toute sa bonne volonté et n'ayant pas encore l'habitude, Mermoz étouffa soudain. Trois jours après son arrivée à Buenos-Ayres, le 9 décembre, vingt-sixième anniversaire de sa naissance, qu'il oublia comme à l'accoutumée, Mermoz fit son premier courrier pour Rio de Janeiro. Il y alla aussi vite qu'il put et revint de même. Que le métier de pilote lui parut beau, simple et aisé! Et combien il dut prendre sur soi pour retourner à la pièce close où l'attendait son caissier et y enfermer un corps aux muscles impatients, habitué aux désordres et à la fantaisie d'un éternel voyage! S'astreignant au métier le plus contraire à sa nature. Mermoz passa des journées à lire des rapports, à rédiger des notes, à établir des chiffres.

Or, peu à peu, cette paperasserie fastidieuse s'éclaira d'une sorte de lueur. A mesure qu'il entrait plus avant dans les arcanes des bureaux, dans les rouages de l'administration, Mermoz comprenait que de cet amoncellement de feuilles dactylographiées dépendait l'organisation de la ligne et que ses bases indispensables reposaient sur ces colonnes de chiffres. Il comprit aussi que le labeur mécanique des scribes, des fonctionnaires, des comptables, des caissiers, dont le contrôle lui était odieux, il lui appartenait d'en faire un instrument pour la conquête de l'espace. L'impulsion, l'orientation, les conclusions qu'il en tirait, cela pouvait retarder ou précipiter l'aménagement de la ligne, sa sécurité, sa vitesse. Il avait entre les mains un des leviers qui commandaient l'ouverture du courrier aérien France-Amérique. Un reflet du ciel et de l'Océan tremblait entre les piles des dossiers.

La répugnance de Mermoz disparut. S'il n'aima pas son labeur sédentaire (il ne le pouvait organique ment), du moins il le prit en estime. Dès ce moment, quand il annota, dicta, compta, il se sentit d'accord avec lui-même.

Trois hommes aidèrent beaucoup Mermoz en donnant à son travail ingrat une forme amicale et vivante : monsieur de Sleyes, le délégué français de l'Aéropostale, son administrateur financier, monsieur Dony, et Almonacid, son représentant argentin. Mermoz trouva auprès d'eux l'accueil le plus chaud. Chacun de ces hommes, à sa manière et suivant son tempérament, sentait la valeur et la poésie de la ligne future. Ils furent conquis dès le premier contact par la jeunesse de Mermoz, son enthousiasme réfléchi, le sceau de victoire mythologique gravé sur son beau visage. Mermoz se lia surtout avec Almonacid. Très grand, très mince, racé à l'extrême, avec une ferme et fière figure aux yeux étincelants, Vicente de Almondos de Almonacid semblait échappé d'un roman de chevalerie espagnole. Il s'était engagé pendant la guerre dans l'aviation française. Il avait reçu au feu le grade de capitaine. Revenu dans son pays, tout ce qui touchait le vol et la France lui était sacré. Un officier argentin germanophile ayant porté sur les premiers pilotes de Latécoère un jugement qu'Almonacid estima injurieux, il lui adressa des témoins. Ils se battirent au sabre. La romantique exaltation d'Almonacid plaisait à Mermoz. Avec elle le lyrisme entrait dans les bureaux de la Reconquista.

Mermoz s'en évadait souvent pour se rendre au terrain de Pacheco où il s'était chargé d'aménager l'aérodrome. Maintenant, une route cimentée conduit à ce plateau situé à cinquante kilomètres au nord de Buenos-Ayres. Des hangars, des installations de T. S. F., des ateliers modèles s'élèvent le long de la piste. Mais, à la fin de l'année 1927, Pacheco était, par beau temps, une étendue déserte et poudreuse et, quand il pleuvait, un cloaque. Il faut avoir voyagé dans la campagne argentine pour croire à la rapidité avec laquelle un chemin parfaitement carrossable se transforme en rivière de boue sous l'action des averses torrentielles. En une heure, parfois moins, le trafic le plus élémentaire devient impossible. Mermoz, pour se rendre au terrain par la piste, qui seule alors le reliait à la ville, emportait des chaînes dans sa voiture. Souvent, malgré leur aide, les roues s'enlisaient. Mermoz abandonnait alors son automobile neuve pour une vieille Ford, que l'on tenait en réserve à un carrefour. Celle-ci, quelques kilomètres plus loin, s'embourbait également. Mermoz botté jusqu'aux cuisses, pataugeait sous l'ondée, gagnait la voie du Decauville qui desservait les chantiers de l'aérodrome et c'était dans un wagonnet poussé par des manœuvres qu'il arrivait. Pour partir, le jeu recommençait en sens inverse.

Mais, par ciel pur ou orageux, Mermoz aimait plus que toute autre cette partie de ses attributions. Il voyait, en pierre, en bois, en métal, vivre les calculs et les rapports. Il pressait les ouvriers, discutait avec les ingénieurs. Il pressentait déjà sous la haute nef des hangars futurs, la rangée des machines volantes et leur silence mystérieux dans une pénombre qui tenait de celle des églises. Il entendait les outils des mécanos dans les ateliers encore informes et leur argot magnifique, et leurs querelles, et leurs rires. Surtout, il voyait décoller, atterrir les appareils, et, dans leurs carlingues, ses camarades et lui-même. Alors, il présentait au soleil ou à la pluie son beau visage ébloui et, portant sur ses bottes la poussière ou la boue du

terrain, retournait à son bureau comme à un champ
de bataille.

Là, avant de se courber sur les papiers, il contem-
plait la carte clouée au mur et sur laquelle se déta-
chaient en pointillé rouge les lignes, projetées par
l'Aéropostale.

Paraguay, Chili, Patagonie.

Il devait un jour les reconnaître, les explorer. L'impatience faisait frémir ses mâchoires. Mais avant tout,
il fallait établir le courrier de Buenos-Ayres à Toulouse.
Pour cela des rapports et des chiffres, des chiffres et
des rapports. Avec un soupir de bûcheron à l'ouvrage,
Mermoz, sur sa table encombrée de papiers, courbait
ses épaules.

Une semaine ne s'était pas écoulée depuis qu'il
était revenu de son premier courrier sur Rio et, déjà,
grâce à l'impersonnalité de la ville, à la régularité du
travail et à une facilité d'adaptation, formée par huit
années de déplacements perpétuels, Mermoz avait le
sentiment qu'il n'avait jamais vécu ailleurs qu'à
Buenos-Ayres. Il était parfaitement assimilé. Il avait
toujours fréquenté, lui semblait-il, les bureaux de la
Reconquista, traîné ses bottes sur le terrain de Pacheco,
pris ses repas chez le père Bach.

Tous ses pensionnaires appelaient ainsi le vieil
Alsacien au visage rond et cramoisi par l'usage du
rhum, cuisinier excellent, qui tenait à cette époque
une pension renommée parmi les Français d'Argentine. Il l'avait installée dans l'ancienne demeure d'un
riche estanciero ruiné. Au premier étage, se trouvait
une salle à manger immense, ornée d'une cheminée
dont le volume était en harmonie avec celui de la
pièce. Un feu vif y brûlait pendant la saison humide.
Pour les jours chauds, les couverts étaient dressés sur

une vaste terrasse que les arbres du jardin ombrageaient. Dans la salle à manger, comme sur la terrasse, il y avait toujours une grande table spécialement ornée où prenaient place une quinzaine de convives, pour lesquels le père Bach et sa femme montraient une sollicitude particulière. C'étaient les premiers pilotes de l'Aéropostale, les acteurs des troupes françaises en tournée, et quelques étrangers fixés à Buenos-Ayres. Un chahut de collégiens en récréation, une bonne humeur de cantine d'aviation et de réfectoire d'artistes, faisaient de cette table le centre vital de la pension Bach. On tenait pour honneur d'y être admis. Mermoz y eut sa place d'office.

Ainsi qu'à l'ordinaire, sa présence fut un bienfait pour ses compagnons. Et lui, dans cette atmosphère de camaraderie, retrouva, comme il le fit jusqu'à la fin de sa vie, cette part d'enfance qui ne l'abandonna jamais. Il se plongea avec bonheur dans le sein des joyeux tumultes, il chanta, dansa, chahuta, inventa des farces, et sans cesse éclatait son rire puissant et frais qui avait la spontanéité d'un élément. Son appétit forçait l'admiration dans une ville où l'on mange pourtant deux fois plus qu'ailleurs, où la viande succulente est servie en quartiers, en tranches colossales. Madame Bach, bonne et vive personne, qui rappelait un peu à Mermoz les vieilles demoiselles du *Grand Balcon* de Toulouse, suivait d'un regard attendri les exploits de son pensionnaire. Le père Bach, repoussant de côté son bonnet blanc, sortait de la cuisine, trinquait avec la bande.

Rozès racontait une histoire, un acteur déclamait une tirade. Mermoz souriait à de nouveaux visages, dont certains allaient compter parmi ceux de ses amis les plus chers. Soudain, il se baissait, prenait les deux

pieds de la chaise voisine de la sienne, et, la soulevant
avec le camarade qui l'occupait, la promenait autour
de la salle à bout de bras.

Pourtant, ni les compagnons de la pension, ni les
visites au terrain de Pacheco, ni les exercices violents
auxquels il s'adonnait le dimanche dans le club français d'athlétisme et d'aviron, ni le rayonnement d'affection qu'il soulevait partout, rien ne pouvait faire
oublier à Mermoz qu'il ne volait pas. Plus d'un mois
s'était écoulé depuis qu'il avait tenu les commandes
d'un appareil. Les premières semaines de l'année
nouvelle, il les avait entièrement passées sur le sol.
Son travail de bureau l'absorbait de plus en plus.
Chaque jour Mermoz sentait le manque de l'intoxiqué
se creuser davantage en lui. Chaque jour le sacrifice
qu'il faisait devenait plus pesant. Et chaque jour aussi,
il en comprenait mieux la nécessité et la vertu.

Tout groupe humain, transporté à l'étranger pour
développer une vaste entreprise aux couleurs de son
pays, sent bientôt qu'il forme un monde à part. Il
compte en terre lointaine pour le crédit de toute une
nation. La sensibilité de Mermoz, sa dignité, sa fierté,
son instinct de la grandeur, lui firent éprouver cela
d'une façon décisive. Il continua de porter sans murmure intérieur le joug qu'il avait accepté.

Pranville vint passer quelques jours en inspection
à Buenos-Ayres. Après avoir examiné la besogne
faite par Mermoz, le directeur de l'exploitation lui
dit :

— Je ne regarderai plus les papiers d'ici. Vous
avez carte blanche. Désormais vous c'est moi, et moi
c'est vous.

Pendant le moment que Pranville était auprès de Mermoz, un malheur vint matérialiser d'une manière solennelle pour les deux hommes le sens national de la tâche qui les jumelait. De l'autre côté du Rio de la Plata, au-dessus de l'Uruguay, que les avions se rendant au Brésil survolaient dès qu'ils avaient quitté Buenos-Ayres et traversé le fleuve, se produisit le premier accident mortel de la ligne. Un Laté 26 s'étant abattu brusquement à quelques kilomètres de Montevideo, le pilote Santelli et son mécanicien avaient été tués sur le coup.

Mermoz et Pranville se rendirent aussitôt par avion dans la capitale uruguayenne, et de là gagnèrent, toujours par les airs, le lieu de l'accident. Mermoz fut ravagé de chagrin. Il n'avait pas vu encore sur la ligne des débris humains retirés d'un avion. De cette mort, il se sentit presque responsable. N'avait-il pas la charge de l'itinéraire? Ne vivait-il pas en bureaucrate? S'il avait pris son tour de courrier comme les autres, il se fût peut-être trouvé à la place de son camarade. Mais la peine et les scrupules de Mermoz, personne ne put les deviner. Son rôle de chef et d'ambassadeur était de rassurer les esprits inquiets, de réduire par son sang-froid, son optimisme apparent, la portée de l'événement. Elle se montrait désastreuse. Les amis de la France étaient consternés. La masse doutait de l'Aéropostale. Les concurrents allemands et américains[1] commentaient l'accident à grand bruit avec exagération et complaisance. Dans ces circonstances, Mermoz dut montrer un front serein.

---

1. La Condor et la Pan-american établissaient leur ligne côtière d'hydravions.

Après Gourp, après Érable, Santelli lui enseignait de quel poids de sang se paient les grands desseins.

Une leçon plus vaste encore se dégagea pour Mermoz de cette mort. Les Uruguayens n'avaient pas oublié ce que l'équipe de Casablanca-Dakar avait fait pour le sauvetage du commandant Larre-Borgès et de ses camarades. Ils n'avaient pas oublié que, sur les côtes du Rio de Oro, Mermoz avait été le premier à signaler l'épave de leur hydravion. Par reconnaissance pour Mermoz, Guillaumet, Reine et Antoine, il y eut en Uruguay deuil national, quand Santelli se tua. Le gouvernement prit la charge des funérailles du pilote et du mécanicien français. Une foule énorme suivit le cortège. Dans les premiers rangs marchaient côte à côte Larre-Borgès et Mermoz. Ils n'avaient pas prévu, lorsque, se quittant à Juby, ils promettaient de se revoir un jour, qu'ils tiendraient parole de cette manière et sur l'autre rive de l'Atlantique.

Mermoz avançait très droit, les épaules dilatées, ses traits fins pétrifiés par une méditation grave, par une sorte de vœu intégral. Tandis que, de ses yeux fermes et tristes où se lisait plus que jamais la nostalgie de l'infini, il suivait les deux cercueils, Mermoz pensait :

« Ils ne pouvaient pas mieux mourir à douze mille kilomètres de chez eux. »

Il pensait aussi, en écoutant derrière lui piétiner la foule, combien l'aviation dans ses succès et ses désastres servait la France, et que lui, serviteur de l'aviation, il devait aller plus loin encore dans l'effort et l'abnégation.

II

JOUR ET NUIT

Dans le mois de février, Mermoz consacra tout son temps à la préparation du courrier transatlantique. Il fit équiper les terrains, il pressa l'envoi des appareils qui arrivaient de France avec des retards terribles. Il ordonna la revision des moteurs mal réglés pour le climat qu'ils avaient à subir, et que les mécaniciens de l'Aéropostale devaient sans cesse remettre en état. Mermoz voulait de toute sa volonté que pour l'ouverture de la grande ligne, tout ce qui dépendait de lui — hommes, aérodromes, matériel — fût porté au plus haut point d'efficacité.

Parfois, il arrêtait son labeur obsédant, ses exhortations, ses réclamations, ses imprécations contre la lenteur des bureaux et des fonctionnaires, détendait ses muscles las d'inactivité, s'approchait de sa vaste carte de l'Amérique du Sud. Là, il suivait du regard les points rouges, qui de Buenos-Ayres allaient à la Terre de Feu, à Santiago-du-Chili, puis s'infléchissaient vers le Nord, suivaient la côte du Pacifique à travers la Bolivie et le Pérou jusqu'à Panama, rejoignaient le pointillé de la côte atlantique et descendaient vers le Venezuela, les Guyanes et le Brésil. Toute cette toile d'araignée qui enveloppait le continent immense

devait se transformer en réseau aérien. Telle était la
volonté de Bouilloux-Laffont.

« Quelle foi chez cet homme, pensait Mermoz,
quel cran, quelle envergure! Et c'est moi qui dois
reconnaître tous ces chemins. Il n'y a pas de plus beau
destin au monde! »

Il songeait ainsi quelques instants, puis son regard
se fixait sur la seule ligne rouge qui, parmi tant de
points, fût tracée d'un trait plein. Elle conduisait de
Buenos-Ayres à Natal. De celle-là, dirigée vers la
France, dépendaient toutes les autres. Et il avait la
charge de sa première moitié. Que faisait-il à se perdre
en rêverie? Chaque minute, il la devait à la grande
entreprise.

Le 1er mars 1928, Mermoz emporta le premier courrier aérien d'Amérique du Sud destiné à l'Europe.

Il le fit sans remords. Pendant trois mois, avec une
application inflexible, au mépris de ses instincts les
plus puissants, il avait assuré un service sédentaire.
Il avait tout mis en place. Il avait tendu le ressort de
la fronde. Il avait le droit d'être le premier à user de
son jet. Mieux : il le devait.

Le renom, la résonance de la ligne allaient être
conditionnés, dans les semaines où elle commençait
à vivre, par sa sécurité, sa régularité, sa vitesse. Dès
son apprentissage à Istres, Mermoz définissait ainsi
la conception du métier d'aviateur : « Partir d'où
l'on veut, quand on veut, et arriver où l'on veut quand
on veut. » Jamais la formule n'avait eu autant de valeur
qu'au moment où toutes les nations de l'Amérique
latine suivaient avec une attention aiguë les débuts
de la ligne internationale. Or, aller le plus sûrement
et le plus rapidement possible de Buenos-Ayres à Rio
de Janeiro, Mermoz était sûr que personne ne pouvait

le faire mieux que lui. Il avait suivi tout au long des années ses progrès avec clairvoyance. Il sentait que, étape par étape, il s'était élevé au-dessus des autres. S'il n'en concevait aucun orgueil, c'est que, pareil à tous les hommes vraiment grands, il ne mesurait pas sa taille au nombre des échelons dépassés, mais aux degrés qu'il devait gravir, afin de monter jusqu'où il désirait. Pour des âmes telles que l'était la sienne, cette échelle n'a jamais de fin.

Dans l'ordre de l'idéal, de l'absolu, Mermoz était d'une humilité profonde. Pour la hiérarchie humaine il avait une très juste notion de son rang, et singulièrement dans son métier et sur la ligne. Là, il savait que quelques pilotes d'élite avaient autant que lui le sens de l'air, la finesse manœuvrière, l'intrépidité devant le péril. Par contre, pour l'amour et la foi dans l'aviation, l'ampleur de l'horizon, la violence de la volonté, la notion de la grandeur, il se sentait supérieur à tous. Et pour mettre la ligne en marche, pour lui donner son véritable rythme, il se sentait désigné, lui, et personne d'autre, en toute justice, en toute nécessité.

Mermoz décolla donc le 1er mars avec le jour. Il comptait forcer les étapes, battre tous les records pour ce voyage initial. Mais, il le disait lui-même, il lui fallut toujours conquérir durement le succès. Toujours, à un premier essai, les circonstances jouèrent contre lui. Son destin était de vaincre par l'acharnement. Pour ce vol qu'il avait si longtemps attendu, pour lequel il avait sacrifié sa liberté ailée, il en alla de même. Mermoz avait à peine dépassé la première escale, Montevideo, et ayant franchi la frontière de l'Uruguay s'était engagé au-dessus de la terre brésilienne, qu'une fuite d'eau se déclara. Il dut se poser à Jaguaro, réparer sur place, et seulement alors rejoindre l'escale suivante, Pelotas. A cause de ce retard, il n'arriva à Rio que le lendemain vers midi.

Malgré cet incident mécanique, malgré la fureur sauvage qui l'avait secoué lorsqu'il s'était vu impuissant contre la panne, malgré la crispation de tous ses muscles, de tous ses nerfs pendant le voyage sur un trajet qu'il connaissait à peine, Mermoz souriait d'un sourire radieux lorsqu'il sauta de son avion sur l'aérodrome de Rio, où l'attendait Pranville. Déjà le courrier était transbordé sur un autre appareil dont rugissait le moteur. Déjà cet appareil se perdait dans le ciel vers le nord. D'escale en escale, de relais en relais, la poste aérienne courait jusqu'à Natal.

Là-bas attendait l'aviso. Et sur Casablanca-Dakar, les équipes se préparaient. Et sur le terrain de Montaudran, Daurat suivait la marche des avions en secouant sa cigarette froide. Et de cette course sur treize mille kilomètres qui désormais ne s'arrêterait plus, c'était lui qui avait donné et pris le départ. Il avait mis en branle la ligne aérienne la plus longue du globe.

Le lendemain, Mermoz était à Buenos-Ayres.

De ce jour date une activité qui donne le vertige. Mermoz n'abandonna aucune de ses fonctions. On le voyait rue de Reconquista, à Pacheco, dans les ministères argentins. L'aérodrome poussait. Les papiers à lire, à expédier, à rédiger se multipliaient. Les relations avec les autorités se ramifiaient. Maintenant Mermoz avait sous ses ordres un état-major de secrétaires, vingt mécaniciens, six pilotes, des ingénieurs, des architectes, des entrepreneurs. Tous demandaient des ordres, des directives. Il passait de la finance au bâtiment, de la mécanique à la diplomatie. La ligne était en marche, aucun rouage ne devait plus grincer. Il s'occupait de tout, surveillait tout, prévoyait tout. En même temps, il faisait le courrier, comme n'importe quel pilote de ligne, et comme si c'était son seul métier.

Il passait dix jours à Buenos-Ayres, quatre à Rio, couvrait chaque mois un parcours de dix mille kilomètres. Et ce parcours, Mermoz lui-même le décrivait ainsi :

« Le trajet est dur. Vents irréguliers, tempêtes fréquentes et chaleur intense depuis Porto-Alegre. A partir du golfe Sainte-Catherine, centre inévitable des perturbations atmosphériques, la forêt vierge sans arrêt. En cas de panne, nous n'avons que les bouts de plage pour nous poser. L'étape Santos-Rio est la plus dure. Côte déchiquetée, pas une plage, une quantité innombrable d'îlots, sortes de blocs de rochers boisés. La forêt vierge, fouillis inextricable de palmiers, de lianes, de bois précieux, entre presque dans la mer. Bref, ce sont deux heures magnifiques et angoissantes à passer. C'est merveilleusement beau, mais la panne est scabreuse. »

Ce que Mermoz ne disait pas, car cela était naturel à l'époque, c'est qu'il volait dans une carlingue découverte, que la grêle, les cataractes tropicales, le soleil, il devait les attaquer face à face, que de Buenos-Ayres à Rio, c'est-à-dire en vingt-quatre heures, les écarts de température atteignaient 20º et parfois 30º, qu'il partait le matin, dans une chaleur étouffante, et rentrait le soir dans une brume glacée. Il ne disait pas davantage que les nouveaux appareils n'étaient pas en nombre suffisant, et que leurs moteurs étaient souvent en défaut. Il ne racontait pas comment, à son

deuxième voyage, il fit l'étape de Pelotas à Florianopolis avec une magnéto en moins et le palonnier
tournant autour de son axe; que, de Florianopolis,
il partit avec son mécanicien sur un antique Bréguet 14
et, le régime du moteur baissant de 200 tours, il se
posa à cent cinquante kilomètres au nord, et que,
n'ayant aucune pièce de rechange, il laissa sur place
son mécanicien pour diminuer la charge et continua,
au péril de ses os, le moteur baissant de 150 tours
encore jusqu'à Santos, où il prit un autre avion pour
joindre Rio.

Il fallait que le courier allât au but. Et rien n'était
impossible.

Au terme de sa course l'attendait le labeur le plus
minutieux, le plus terre à terre, le plus dévorant. Il
le faisait avec allégresse. Depuis qu'il volait, il trouvait tout merveilleux, même les barèmes, même
son caissier. Sa résistance physique ne connaissait pas
de limite. Travaillant et pilotant comme il le faisait,
il suffisait encore à deux maîtresses, entraîneuses françaises, jolies, drôles et, pour lui, désintéressées. Elles
l'adoraient.

Chef de ligne, constructeur d'aérodrome, porteur
de courier, ogre et amant infatigable, il vivait avec une
plénitude, une intensité, qui parfois le faisaient crier
de bonheur. Ses camarades stupéfaits s'écriaient
dans un langage où tout se rapportait à leur métier :

« Le moteur Mermoz, quel excédent de puissance ! »

Lui, ne se rendait même pas compte de son effrayante
consommation d'énergie. Tout lui souriait, tout le
portait à faire davantage. A Rio, il retrouvait une
nature dont il n'arrivait pas à épuiser le sortilège. Il
y voyait Pranville qu'il aimait toujours plus et avec

lequel il dînait chaque soir. A Buenos-Ayres, les pensionnaires du père Bach l'acclamaient, quand il venait reprendre sa place. Aux bureaux de la Reconquista, tous les directeurs du groupe Bouilloux-Laffont lui montraient une admiration affectueuse. A Pacheco, pilotes et mécaniciens s'illuminaient en le voyant. Sa jeune renommée commençait à dépasser le cercle amical et professionnel. Un grand bar de la ville lançait un cocktail Mermoz. Les journaux parlaient de ses vols. Une avalanche de diplômes, de médailles d'honneur, lui parvenaient de France[1]. Mermoz souriait gentiment de ces hochets. Mais quand il reçut une invitation à paraître sur la scène de l'Opéra de Paris pour un bal de bienfaisance, Mermoz cessa de sourire. Il s'écria : « Je hais ces petits cabotinages. »

Puis il haussa les épaules et retourna à un dessein qui l'obsédait depuis quelque temps.

L'idéal, en ce qui concernait la part d'itinéraire soumise à Mermoz, eût été de porter les sacs postaux de Buenos-Ayres à Rio de Janeiro dans l'espace d'une journée. En admettant le fonctionnement impeccable des moteurs et des appareils, en réduisant par une énergie sauvage à sa plus étroite durée le temps donné aux escales, il était matériellement impossible, avec la vitesse des avions de l'époque, de réaliser ce projet qui consistait à couvrir deux mille cinq cents kilomètres du lever au coucher du soleil.

1. Médaille de vermeil de l'Aéroclub, une médaille de vermeil de la ville de Toulouse, un diplôme avec médaille d'argent de la Société d'Encouragement au Progrès, un triptyque de bronze de la Direction générale de l'Aéronautique.

Or, le vol de nuit, s'il était pratiqué alors par quelques escadrilles de bombardement, spécialement entraînées, avec des terrains préparés à cet effet, et sur des distances restreintes, personne n'avait songé à l'appliquer sur une ligne commerciale. Même en Europe, même aux États-Unis, cela paraissait une absurdité, une anticipation mortelle, une démence.

Cependant Mermoz pensa :

« J'ai volé de nuit à Nancy, j'ai volé de nuit à Toulouse. Pourquoi, alors que l'intérêt de la ligne est en jeu, ne volerais-je pas de nuit en Amérique? Les conditions, ici, rendent la chose plus difficile? Oui. Mais, aussi, j'ai plus d'expérience, plus de maîtrise. Je suis libre de faire ce que je veux sur mon parcours sans rien demander à personne. C'est une chance. Pourquoi ne pas l'essayer? »

Du moment qu'il s'était posé la question dans ces termes, la réponse de Mermoz à lui-même ne pouvait pas tarder. Six semaines après l'ouverture du courrier transatlantique, Mermoz essaya.

Pour mesurer la hardiesse de l'acte qu'il accomplit de son propre mouvement, il faut se rappeler qu'il n'y avait pas de T. S. F. à bord, que par conséquent aucune indication ni de route ni de temps ne pouvait lui être transmise, que son chemin passait le long d'une côte déserte sur presque toute son étendue et bordée de forêts; qu'il n'y avait pas sur ce chemin un feu pour le guider entre les escales, et qu'enfin même les terrains où il devait se poser n'avaient aucun balisage, aucun repère prévu, et que certains d'entre eux étaient considérés comme insuffisants pour les atterrissages en plein jour.

Les directeurs du groupe, les pilotes, supplièrent Mermoz de renoncer à son projet.

Seul, disaient-ils, un oiseau nocturne pouvait réussir ce qu'il désirait.

Sur les lignes allemandes et américaines, on tournait ce dessein en dérision.

« Il veut se suicider, ricanaient les concurrents. On ne fait pas de l'aviation avec des folies pareilles. Les Français ne sont jamais sérieux. »

Ni les instances amicales, ni les sarcasmes des rivaux qui engageaient bien plus que sa propre personne, ne firent hésiter Mermoz. Le 16 avril, il fit sa première expérience. En pleine nuit, il décolla de Rio. En pleine nuit, il atterrit à Santos (qu'on se souvienne de sa description du trajet). Il vola tout le jour. Au crépuscule, il arriva à Montevideo. Il décolla en pleine nuit, et arriva en pleine nuit à Buenos-Ayres.

Sur chacun de ces terrains, pour le guider, pour lui indiquer le sens du vent, il avait eu en tout trois feux d'essence disposés en triangle.

Mermoz avait relié dans la même journée Rio à Buenos-Ayres. Il avait, ayant déposé et repris du courrier dans cinq escales, mis moins de temps que Costes et Le Brix. Et, démontrant que le vol de nuit était possible, il bouleversait toute l'aviation commerciale, doublait ses possibilités, lui faisait faire un pas immense pour la conquête du monde.

Deux journalistes de Rio de Janeiro avaient accompagné Mermoz dans ce vol. Il les avait pris malgré la surcharge. La modestie n'était plus de saison, quand il s'agissait du service de la ligne. Quelques minutes après l'atterrissage définitif, les journalistes câblaient à leur rédaction. Le télégraphe renvoyait la nouvelle à Buenos-Ayres. Dès le lendemain un torrent d'enthousiasme roulait du Brésil en Argentine. Le nom de Mermoz était sur toutes les bouches, celui de

l'Aéropostale aussi. On commençait à croire à la
poste aérienne. Au lieu de voyager cinq jours en
bateau, les lettres écrites le matin à Rio pouvaient être
lues le lendemain au premier courrier à Buenos-Ayres.
Les concurrents américains et allemands ne riaient
plus.

« Il faudra étudier la question », dirent-ils.

Ils mirent deux ans à se décider.

Dans ce concert d'éloges qui s'abattait sur lui,
Mermoz riait et secouait, comme pour se défendre
d'un essaim de moustiques, sa chevelure blonde et
bouclée. Il ne fut vraiment sensible qu'à une récompense : un petit chien-loup noir d'un mois que lui envoya une Brésilienne inconnue. Il aimait beaucoup les
bêtes. Un camarade de Juby venait de lui écrire que
sa guenon Lola s'était brisé les reins en tombant d'un
hangar, et il oubliait difficilement sa compagne de vol
et de bled.

Et il eut une grande joie. Dans le premier courrier
nocturne se trouvait une lettre de sa mère. Il l'avait
lui-même amenée. En l'ouvrant, il se dit que beaucoup
d'êtres anxieux pensaient à lui avec reconnaissance.

Cependant, la première stupeur passée, l'incrédulité, la malveillance, la peur firent entendre leurs voix.

« Le succès de Mermoz ne prouve rien, dit-on. Il
faisait pour son vol un temps merveilleux. La côte
était parfaitement visible. Il n'y avait qu'à suivre
l'écume. Mais on ne peut pas faire une loi d'une réussite de hasard. Avec la brume ou l'orage, ou simplement un ciel nuageux, le plus adroit deviendra aveugle.
Le vol de nuit régulier n'est pas possible. »

Ainsi parlaient les esprits forts, les langues acerbes,
et même les gens de bonne foi qui oubliaient qu'on
avait répété les mêmes choses pour les vols de jour.

Mermoz laissa discourir et recommença.

Il rencontra la brume, il rencontra la tempête et la pluie tropicale. Il le savait en décollant. Il savait que *raisonnablement* il ne pourrait trouver ni l'escale prochaine, ni retourner à son point de départ, et que, sans guide aucun dans les ténèbres, il serait condamné à tourner en rond jusqu'à épuisement d'essence avant de se fracasser contre la terre, la forêt ou la mer. Mais il sentait que s'ils avaient toujours agi raisonnablement, les hommes depuis le début des âges n'auraient rien tenté. Et que vient un jour où, pour faire un pas en avant, il faut franchir la limite logique.

Mermoz prouva qu'il avait raison en passant toujours. Comment fit-il pour retrouver sa route dans les nuits imbibées de brouillard, traversées d'invisibles ouragans, crépitant d'averses monstrueuses? Par quel sens mystérieux trouva-t-il le fil conducteur dans l'indéchiffrable écheveau des ténèbres? Personne de ses contemporains sur la ligne n'a su me le dire.

Je me souviens surtout d'un récit de Thomas.

— J'étais alors, me dit-il, chef d'aéroplace à Montevideo. Un soir on m'annonça de Pacheco que Mermoz allait partir. Je fis répondre que cela était impossible, que le rio de la Plata était soulevé par la tempête, qu'il pleuvait à torrents, à cataractes, sur le terrain. Un quart d'heure plus tard, je reçus la nouvelle que Mermoz avait décollé. Je la relus avec épouvante. C'était la catastrophe certaine. Il ne pouvait arriver jusqu'à Montevideo. Si même, par miracle, il parvenait au-dessus de la ville, il ne pouvait pas trouver le terrain. Je fis allumer les feux d'essence sans aucun espoir, puis j'attendis... ou plutôt ce n'est pas vrai... je n'attendis même pas. Je restai sur le terrain, parce que c'était mon métier. Comment pouvais-je vraiment

attendre dans cette nuit d'enfer l'arrivée d'un avion?
Et voilà qu'au bout d'une heure j'entendis le bruit
d'un moteur tourner autour du terrain. Je me ruai hors
de ma cabane, je hurlai : « Forcez les feux! » Mais on
avait beau les arroser d'essence, moi-même, à trente
mètres je ne les voyais pas. « Il ne trouvera pas, il ne
« peut pas trouver, me disais-je. Il va se casser la
« figure. » Comme je répétais cela, Mermoz atterrit
impeccablement dans le triangle des feux. Il avait
l'air de sortir d'une rivière. Il riait. « Le courrier,
vite! » cria-t-il. Et il décolla dans le noir, dans le
déluge.

Thomas passa la main sur son front. Dix années
s'étaient écoulées depuis cette veille terrifiée, depuis
cette apparition d'Apocalypse. Pourtant sa voix eut
un frémissement presque superstitieux lorsqu'il ajouta,
parlant du cavalier ruisselant de la nuit :

— Je ne comprends pas, je n'arrive pas à comprendre.

Alors les camarades de Mermoz se révoltèrent. Je
ne sais pas de meilleur étalon pour peser la valeur
d'un homme, que cette révolte. Les pilotes de l'Aéropostale avaient tous fait la ligne d'Espagne avec ses
tornades et ses tempêtes de neige sur Bréguet 14. Et
sur Bréguet 14 ils avaient défié le désert et les Maures.
Ce furent ces mêmes pilotes qui, effrayés par la nuit,
vinrent dire à Mermoz :

— Arrête! Tu n'as pas le droit! Tu es libre de te
tuer. Mais nous ne voulons pas mourir à coup sûr.
Si tu continues, on nous ordonnera de faire comme
toi. Assez. Tu vas nous faire casser la figure.

Leurs femmes pleuraient et insultaient Mermoz.

— Personne ne vous forcera, dit Mermoz, mais je
continuerai.

— Alors, tu le sais bien, cria l'un des camarades avec désespoir, je ne me dégonflerai pas.

— Ni moi, dit un autre.

— Ni moi, dirent-ils tous.

— Cela vous regarde », répliqua Mermoz.

Il continua ; les autres suivirent sa trace. Et le prodige fut qu'ils réussirent comme lui, sans savoir comment. Ils n'eurent plus peur de la nuit, parce que lui, leur semblable, l'avait vaincue et dépassée. Il en fut toujours, et il en sera toujours ainsi tant que la grande terreur des hommes restera l'inconnu et qu'il s'en trouvera un parmi eux pour l'affronter. Alors les autres passeront dans ses pas.

Sillage nocturne de Mermoz...

La première trouée qu'il fit pour toute une race choisie. Puis viendra le sillage neigeux de la Cordillère. Et puis le sillage écumeux de l'Océan.

Les efforts conjugués de Mermoz et de Pranville, l'introduction progressive du vol de nuit sur la ligne de l'Amérique du Sud, firent que le courrier fut porté régulièrement en deux jours de Buenos-Ayres à Natal. De l'autre côté de l'Atlantique, Daurat exigeait que le même temps fût mis de Dakar à Toulouse. En quatre jours, les avions couvraient 10 000 kilomètres. A l'époque on ne pouvait rêver mieux.

Mais pour aller de Natal à Dakar, c'est-à-dire pour franchir 3 000 kilomètres, les lettres mettaient dix jours.

La faute n'en était à personne sur la ligne. Cette lenteur anachronique était uniquement due à l'état des avios que le gouvernement français avait fournis à l'Aéropostale. Ces malheureux bâtiments réformés après la guerre, laissés sans entretien au fond des ports, parmi les débris inutiles, rouillés, avariés, étaient en principe destinés à la ferraille. On fut obligé, faute d'autre matériel, de les remettre à flot pour transporter un courrier qui devrait être le plus rapide du monde.

Hauts sur l'eau, roulant et tanguant terriblement, d'une lenteur dérisoire, leurs vieilles machines crachant péniblement une fumée noire et puante, ils allaient par durs cahots à travers l'Atlantique, et la panne les immobilisait à chaque voyage. On réparait, on poussait les feux à la limite de la résistance des tubulures disjointes, des chaudières mille fois rafistolées, on repartait. Les équipages menaient à bord une vie d'enfer. La chaleur étouffante, l'humidité des tropiques, ils ne connaissaient pas d'autre climat. Il fallait se contenter d'un personnel de fortune. Nègres d'Afrique Occidentale, mulâtres brésiliens, maltais, arabes, chinois, matelots européens dont personne ne voulait, ils avaient tous un aspect de galériens. Pour les conduire on avait recruté de durs capitaines, bourlingueurs tannés par tous les vents, ne craignant rien ni personne, mais qui eurent très vite, tellement cette ligne extraordinaire en était imprégnée, la religion du courrier. Pour gagner quelques heures, ils risquaient de faire sauter leur bâtiment. Et ces étranges machines s'en allaient avec une charge dérisoire, ridicules d'étroitesse et de hauteur, sortes de vieux tramways aquatiques, dans une vibration atroce, roulant bord sur bord, portant des hommes nus aux faces de bagne, commandés à coup de gueule et de poing par de vieux marins désabusés de tout, et ouverts soudain à une foi nouvelle.

Par la suite Mermoz fut sensible à la poésie de ces
mœurs d'un autre âge. Mais, au moment où il lançait
la ligne de toute sa poitrine, il ne leur voua que
fureur. Il acceptait les soucis les plus rebutants, il
hallucinait le personnel des terrains sur des milliers
de kilomètres, il transformait, au risque de sa vie et
en engageant celle de ses camarades, les méthodes
de l'aviation commerciale, pour réduire d'un tiers,
d'un quart de journée la durée du courrier. Et ces
monstres antédiluviens gâchaient, perdaient le fruit
d'un effort si pathétique! Le courrier soi-disant aérien
mettait 14 jours pour aller de France à Buenos-Ayres.
Il n'en fallait guère plus aux paquebots rapides.

La routine et l'incrédulité triomphaient. Personne,
sauf les initiés, ne pouvait comprendre que, dans
les termes de cette comparaison défavorable, l'avion
n'était pour rien. La foule jugeait ainsi : par la voie
ordinaire, même durée de transport, prix beaucoup
plus bas, sécurité beaucoup plus grande. Les charge-
ments postaux de la ligne étaient d'une légèreté déses-
pérante. Le sort des contrats avec les gouvernements
était en jeu.

A chaque courrier, relevant le temps mis par les
avisos, Mermoz était saisi d'une véritable crise nerveuse. Il courait dans les bureaux des directeurs de
l'Aéropostale, criait des imprécations, des prières. Ses
amis essayaient de le calmer.

— Il faut attendre, disaient-ils, vous le savez bien.
Pour l'instant on ne peut rien faire.

— On peut, on peut, affirmait violemment Mermoz. Faites-moi construire un appareil avec un rayon
d'action suffisant, et je passe l'Atlantique. Vingt-
deux heures, vingt-quatre au plus, c'est tout ce qu'il
faut.

— On y pense à Paris, lui répondaient les directeurs, ce ne sera plus très long.

Mermoz allait dans son bureau contempler la carte. Il faisait et refaisait les calculs. Oui, selon la direction et la force des vents, il mettrait de vingt à vingt-quatre heures pour aller de Dakar à Natal en avion. Vingt-quatre heures... Cinq jours en tout pour le courrier France-Amérique. Le profane ne rirait plus. Oui, la chose ne pouvait pas être mise en doute. Sans traversée aérienne de l'Atlantique, il n'y avait pas de solution, pas de véritable salut.

Rue de la Reconquista, devant l'image des deux tronçons de la ligne à raccorder d'un seul vol pardessus l'Océan, Mermoz commença de placer au-dessus des projets de raid et de gloire la traversée postale régulière, utile, qu'il fallait établir. Il se jura d'accomplir cette œuvre.

On était alors en 1928. C'est en 1936 qu'il obtint gain de cause.

Pendant huit années, il ne vécut pas un jour, hormis ceux où il dut se battre contre la mort imminente, sans penser à l'Atlantique.

A 27 ANS...

En mai, Mermoz passa vingt jours au Paraguay pour reconnaître les terrains destinés à la ligne que l'Aéro-postale ouvrit quelque temps plus tard entre Buenos-Ayres et Asuncion. Il prit un grand plaisir à ce voyage. Les mœurs primitives des Indiens qui vivaient à peu près nus, leur douceur, leur pauvreté, la végétation vierge, la jungle intacte, le profond secret, la fraîcheur enfantine, la magie aventureuse d'un pays où subsistaient les génies de la forêt, des fleuves et des tribus, semblèrent à Mermoz, après la vie qu'il menait à Buenos-Ayres et sa course dévorante contre le temps, une sorte de promenade enchantée.

Quand il revint à la rue Reconquista, il trouva son bureau débordant de papiers reçus pendant son absence. Il les parcourut d'un œil exercé, dégageant tout de suite l'important de l'inutile. Il mit à part, pour un examen plus approfondi, les demandes que lui adressaient les jeunes pilotes. Il se souvenait de ces mois terribles où, la faim au ventre et sans abri, il se rendait dans un hôtel sordide de la rue Réaumur, avec l'espérance anxieuse d'y trouver l'engagement qui le sauverait. Il ne laissait jamais sans réponse les requêtes qu'on lui adressait. Souvent, il les appuyait à

Toulouse, à Paris. Il lui était impossible d'engager directement des nouveaux. *Sa ligne* ne pouvait admettre des débutants. Il savait maintenant, comme l'avait dit Daurat à Montaudran lorsqu'il se présenta à lui, que quelques centaines d'heures de vol n'étaient rien pour affronter le bled d'Afrique et d'Amérique.

Mermoz continua de dépouiller les messages. Soudain, il tressaillit de joie. La Direction générale lui annonçait que, pour répondre à sa demande, Étienne était affecté à l'Amérique du Sud.

Mermoz avait également prié qu'on lui envoyât Guillaumet, Reine et Antoine. Il aurait voulu transplanter près de lui l'équipe de Casablanca-Dakar, tous les garçons de son âge avec lesquels il avait si bien travaillé et si bien vécu. Mais on ne pouvait pas d'un seul coup dépeupler cette ligne. Les autres, Daurat le lui promettait, viendraient ensuite un à un. Mermoz enregistra la promesse et se laissa aller à son bonheur.

Étienne... ses traits, ses manières simples, sa voix qu'il aimait tant... Palmyre... Thionville, Casablanca, sept ans d'amitié, de compréhension totale, de vols communs. Bientôt il serait à Buenos-Ayres. Quel ouvrage ils allaient abattre ensemble !

En attendant Étienne, Mermoz reprit seul le service du courrier et ne s'arrêta plus. Ces mois, qui en Europe étaient ceux du printemps et de l'été, apportaient dans l'hémisphère austral les tempêtes de l'automne et les pluies hivernales. Les cataractes du ciel noyaient les moteurs. Mermoz se posait en campagne, réparait, repartait. Sur les terrains, dont certains n'étaient que de simples plages, des ravines se creusaient, des pans de terre s'effondraient sous les roues. Essieux faussés, ailes arrachées, appareils en

pylône... Presque à chaque voyage Mermoz dut
vaincre un accident. Les avions nouveaux étant comp-
tés, il s'envolait alors sur un Bréguet 14.

Les pannes lui firent connaître les indigènes du
Brésil : Indiens loqueteux, métis grelottant de fièvre,
nègres, mulâtres. Une incurable nostalgie pesait sur
eux. Ils habitaient dans des cabanes vides, se nourrissaient uniquement de poissons, de bananes. Ils entouraient l'homme tombé du ciel, l'aidaient à sortir sa
machine magique de l'ornière ou de la boue, le regar-
daient fouiller les entrailles du monstre et suivaient
son départ d'un regard indifférent.

Un matin pourtant, atterrissant sur une plage
déserte, Mermoz vit déboucher de la jungle toute
proche une population qui le fit frissonner. Elle n'était
composée que de lépreux. Il dut menacer de son revolver les misérables pour éviter leur contact.

Ensuite, rien n'étonna Mermoz. Tempêtes, trombes
d'eau, différences de température, atterrissages de fortune, traîtrises du jour et de la nuit, il connaissait
chacun de ses ennemis et savait leur arracher le butin
précieux qui reposait dans les flancs de son avion
menacé.

Dans le courrier que portait Mermoz et qui toujours arriva, il y eut toujours une lettre de lui à sa
mère.

Il continuait à ne prendre aucun repos. Il quittait
son appareil pour courir au bureau, son bureau pour
achever l'aménagement de l'aérodrome. Entre-temps,
il étudiait les parcours en Bolivie, au Pérou, au Chili,
en Patagonie. A force de ne vivre que dans le vol et
pour le vol, il perdait la notion des réalités. La vie
normale lui semblait enveloppée d'une brume qui la
dérobait à ses yeux.

« Je deviens de plus en plus différent de ce que j'étais, s'étonnait Mermoz. J'éprouve une difficulté terrible à redescendre sur terre. »

C'est dans cet état de somnambulisme aérien qu'il se trouvait le plus près de la félicité. Il écrivait alors :

« Je n'ai rien à désirer. Je vais, sans faiblir, mon chemin, lequel m'apparaît comme une ligne droite, impeccable, de laquelle je ne voudrais pour rien au monde m'écarter. L'existence que j'ai me paraît toute simple, toute merveilleuse à vivre, parce qu'elle est celle que j'avais choisie en moi-même depuis toujours. J'ai pu la réaliser en partie. Le but même en serait atteint pour beaucoup, mais j'estime que l'on se doit toujours de faire mieux.

« Aussi, je donne tout ce que je peux donner, je finis par trouver que la vie est bien belle, et que plus je la risque, plus elle a de valeur. Je suis heureux tout simplement. »

Sur ces entrefaites, Étienne arriva. Mermoz avait tout préparé pour son ami. Il avait loué un appartement où ils devaient habiter ensemble. Il avait fait affecter Étienne au courrier Buenos-Ayres-Rio. Ainsi, se relayant à tour de rôle, ils partageraient le même toit et la même route. Mermoz ne pouvait faire, ni Étienne recevoir, un don plus lourd de tendresse et de sens.

Ils s'installèrent dans un logement que Mermoz avait choisi au neuvième étage, le dernier, d'où l'on avait vue sur toute la ville immense, dans les Galeries Guemes. C'était une très grande bâtisse qui, au-dessus de passages pleins de vitrines, se divisait en une cen-

taine d'appartements meublés. Ils étaient confortables,
nets, faciles à entretenir. Leurs habitants se recru-
taient, pour la plupart, parmi les étrangers faisant un
assez long séjour en Argentine, les hommes d'affaires
peu soucieux d'un foyer, les artistes en tournée, les
femmes de mœurs faciles. Pour deux garçons, l'endroit
était idéal. Pour Mermoz, surtout, qui était déjà fatigué de ses liaisons.

Comme cela arrivait presque toujours, ses aventures
tournaient au drame. Ses maîtresses s'attachaient trop
à lui. Il avait la beauté, la force, le prestige, l'aventure.
Dans la pauvre existence des filles qu'il rencontrait,
il passait comme un demi-dieu. Mais lui, il ne pouvait leur donner que sa sensualité et une camaraderie
superficielle. Ses compagnes en souffraient et montraient leur souffrance. Mermoz devenait dur et les
quittait. La douleur qu'il causait lui était insupportable et il ne pouvait rien pour la consoler.

Aux Galeries Guemes, il coupa court à toute sen-
timentalité. Pour citer ses propres paroles — il se
maria beaucoup et très souvent — et s'en trouva pour
le mieux dans le meilleur des mondes. Il décida de
vivre ainsi très longtemps encore. Que lui importait
la sollicitude féminine? N'avait-il pas Étienne? N'avait-
il pas Collenot?

Des rares amitiés véritables et totales, que dans sa
vie cultiva Mermoz, la plus émouvante, la plus grave,
la plus haute est bien celle-là.

Alexandre Collenot était un mécanicien de l'Aéropostale envoyé à Buenos-Ayres. Au cours des inspections rapides et incisives qu'il faisait si souvent à

Pacheco, Mermoz avait remarqué dans les ateliers la
conscience et l'habileté de ce garçon silencieux. Il
demanda à Collenot s'il voulait devenir son mécanicien volant. Collenot regarda le chef pilote bien en
face de son regard droit et têtu et singulièrement clair
de montagnard, réfléchit quelques secondes et dit :

— Je veux bien, monsieur Mermoz.

Il disait encore « Monsieur Mermoz » six ans après,
lorsqu'ils avaient couru ensemble des périls mortels
de la jungle, de la Cordillère et de l'Océan. Et Mermoz
ne le tutoyait pas.

Je les vis à ce moment tous les deux à la terrasse
d'un café des grands boulevards après leur retour
triomphal sur l'*Arc-en-ciel*. Mermoz m'avait tellement
parlé de Collenot et avec un sentiment si puissant, si
tendre, que je dévisageai ce dernier avec avidité. Il
me faut l'avouer, je fus déçu. Je découvris un garçon
de taille moyenne, mince, bien pris dans ses vêtements modestes. Il avait des cheveux châtains, une
figure régulière, agréable. Il ne répondait que par
monosyllabes. Sa seule particularité était la clarté
presque pâle de son regard. De temps en temps Mermoz lui demandait :

— Vous êtes content, Collenot ?

Et Collenot répondait avec un sourire un peu
confus :

— Mais oui, monsieur Mermoz.

Je crois que, devant témoins, Mermoz et Collenot
n'ont jamais échangé de paroles beaucoup plus signi-
ficatives que celles que je viens de rapporter. Ils
avaient de leurs sentiments réciproques la même pu-
deur. Ceux-ci tenaient à tant de souvenirs, à tant de
traversées, qu'ils étaient seuls à savoir, à comprendre.
Comment eussent-ils pu expliquer la valeur d'un regard

échangé, quand au-dessus de la forêt compacte comme un bloc, ou dans la nuit ivre d'orage, faiblit un moteur? La sécurité de Mermoz quand Collenot avait examiné un appareil et le bonheur sérieux chaque fois renouvelé que tirait Collenot de cette confiance? Les journées passées ensemble dans les Andes? Et tant d'autres souvenirs que nous ne connaîtrons jamais...

Ce trésor commun, quand Mermoz et Collenot se connurent, il restait à conquérir. Il n'explique pas le caractère immédiat et sûr de leur amitié. Il faut en chercher l'origine chez Mermoz dans le goût qu'il avait pour les êtres simples, entiers, très purs et cloîtrés dans leur métier comme dans une vocation. Peut-être, secrètement, l'admiration, la tendresse qu'il leur portait cachait-elle une part de regret pathétique. Souvent, je crois, Mermoz désira ressembler à ces hommes sans exigence, amoureux de leurs outils, devins des machines volantes, vivant à l'ombre de ceux qu'ils servaient, avec le don le plus complet et une incomparable, une incorruptible dignité.

Les mécaniciens de Montaudran, de Casablanca-Dakar, de la ligne de l'Amérique du Sud étaient pour la plupart de cette race. Mermoz nourrissait pour eux un sentiment qui ne ressemblait à aucun autre, fait de camaraderie, de protection, de respect intérieur et d'une gratitude voisine de l'humilité. Or, de même que chez Mermoz, les dons et les vertus du pilote étaient portés à leur plus haut degré d'efficacité, de noblesse et de conscience, de même Collenot offrait en lui l'expression la plus achevée, la plus sobre et la moins familière des vertus des mécaniciens d'aviation. Et, pareil en cela à Mermoz, il ne faisait pas son métier de toute son âme uniquement parce que ce métier répondait à sa nature et sans réfléchir, mais il avait le sentiment de sa grandeur, de sa nécessité supérieure et quand il l'accomplissait, il avait le sentiment exalté et lucide de participer à un ordre de choses qui, à l'ordinaire, le dépassait. Cette identité de vibration intérieure faisait que, chacun sur son plan et à sa place, ces deux hommes étaient des égaux. Et si Collenot, dans sa modestie magnifique, ne pouvait se permettre une pareille comparaison et pensait que sa chance était démesurée de travailler avec un patron qui savait dans sa gloire, à travers ses exploits, se montrer toujours l'ami le plus attentif et le plus doux, Mermoz, lui, estimait à son prix la valeur humaine de Collenot et le traitait en pair, ce qui gênait affreusement le mécanicien quand ils n'étaient pas en tête à tête.

Ce fut avec Collenot que Mermoz, sur un avion spécialement équipé, s'envola à la fin d'août de Rio de Janeiro pour une reconnaissance à travers des régions complètement inexplorées. Ils avaient Pranville pour passager.

Pranville était devenu un ami pour Mermoz. Le temps que Mermoz demeurait à Rio, entre l'aller et le retour du courrier, il le passait avec Pranville, soit au bureau de l'Aéropostale, soit chez le directeur de l'exploitation, où son couvert l'attendait toujours. Pranville ne prenait aucune décision importante sans consulter Mermoz. Tout ce que demandait ce dernier il l'accordait sans discuter, sans contrôler. Une telle confiance et acquise uniquement, Mermoz le sentait, par son travail, entraînait chez lui à l'égard de Pranville, autant de reconnaissance que d'affection.

Il l'admirait aussi pour la manière dont Pranville savait tout tirer des hommes qui lui étaient confiés sans rien exiger d'eux, et par la seule influence d'un enthousiasme contagieux, d'une faculté de persuasion dont il avait été le premier à éprouver le pouvoir; et l'orgueil que Pranville avait de ses pilotes, de ses mécaniciens, touchait Mermoz au plus profond de lui-même. Chacun sur la ligne aimait Pranville, mais personne autant que Mermoz.

Et voilà que Pranville avait décidé de l'accompagner dans un bond de 2 000 kilomètres vers la Bolivie pour revenir ensuite à Buenos-Ayres par le Paraguay. Ils allaient survoler ensemble la forêt mystérieuse, atterrir là où aucun avion n'avait encore posé ses roues. Et il avait Collenot pour mécanicien! Et, pendant l'absence de Mermoz, c'était Étienne qui assurerait le courrier! Que la vie était bien faite.

Ils allèrent d'une traite jusqu'à Corumba à la frontière du Brésil et de la Bolivie. Un autre vol les mena au cœur de ce pays, à Porto-Suarez. Pendant des heures et des heures, ils virent se dérouler la forêt vierge comme une mer vert sombre tachée de pourpre, de vermillon, de soufre et d'or. Mermoz passait au ras des arbres géants pour reconnaître les cimes-fleurs. Des essaims d'oiseaux qui semblaient des vols de pierreries se levaient dans leur sillage. Mermoz considérait d'un regard ébloui cette sylve impénétrable et si touffue, si lisse, que parfois, selon les jeux de la lumière, l'ombre de son avion se dessinait à sa surface comme sur l'eau des vagues.

Lorsque Pranville et Mermoz eurent achevé leur mission en Bolivie, ils mirent le cap sur Asuncion, capitale du Paraguay.

Au départ, Collenot avait dit :

— Je n'ai pu avoir que de la très mauvaise huile, monsieur Mermoz. Attention à la température.

De nouveau s'étendit sous leur fuselage l'océan feuillu aux mille frondaisons, aux mille espèces, aux mille essences. Ils volaient depuis trois heures lorsque Collenot parut nerveux. D'instinct, Mermoz n'observa plus le paysage en voyageur désintéressé. Il vit sur sa gauche, dans le pelage uni de la forêt, une tache moins dense. Il se dirigea vers elle, et reconnut des allées naturelles de palmiers impériaux. Ses yeux aigus, habitués à deviner en une seconde le terrain propice au salut, distinguèrent une clairière. Il était temps. D'un seul coup le moteur s'arrêta. Il y eut un instant de surprenant silence, puis l'air siffla doucement autour de l'avion qui descendait en vol plané vers l'espace libre repéré par Mermoz.

« Une panne sur une plage, ça n'est rien, pensa Mermoz qui avait pris son visage tendu, serré, de combat. On trouve toujours un petit coin pour se caser en s'asseyant de haut. Mais avec ces arbres, ces herbes, on peut faire un rude gâchis. Et j'ai Pranville... »

Sa vue, son toucher, son intuition des mouvements nécessaires avaient pris une sensibilité, une efficacité multipliées par cet autre sens qu'on ne peut nommer et qui appartient seulement aux très grands pilotes. Le Laté 26 effleura une cime, évita une autre, dansa entre les troncs avec une précision de ballet, atteignit le sol sans dommage. Les trois hommes sortirent de l'avion. Autour de la clairière muette, les palmiers impériaux alignaient leurs colonnes lisses, hautes et vertes comme les piliers d'un immense temple végétal.

— Vous vous en êtes merveilleusement tiré, dit Pranville à Mermoz.

— C'est magnifique ici, dit Mermoz à Pranville.

— C'est bien ça, dit Collenot à lui-même en inspectant le moteur, rupture de bielle, l'huile ne valait rien.

Collenot resta de garde près de l'appareil. Mermoz et Pranville partirent en exploration. Au bout de plusieurs heures de marche dans la forêt où le soleil ne pénétrait pas, avec de l'eau jusqu'aux genoux et de l'herbe par-dessus la tête, trébuchant entre les racines pourrissantes et les lianes invisibles, ils débouchèrent dans une petite éclaircie où fumait une estancia indienne. Les habitants se montrèrent sur le seuil avec des fusils. Mermoz, qui parlait l'espagnol librement, parlementa.

— Heureusement pour vous que vous n'êtes pas allé plus loin, dirent les propriétaires de l'estancia. Là-bas (ils montraient le nord) dans la prairie, à cinq portées de carabine, les tribus sont sur la piste de guerre.

Mermoz obtint un char monté sur des roues de bois plein et un attelage de bœufs. Pranville et lui, accompagnés d'un Indien, retournèrent à l'appareil, chargèrent leurs bagages et, avec Collenot, se dirigèrent vers Puerto Casado, minuscule agglomération perdue entre les sombres étendues de la forêt vierge sur le Rio Paraguay. Leur singulier équipage y arriva en pleine nuit. Le guide les conduisit vers le bâtiment qui constituait la raison d'être de la bourgade : une usine de tanin tenue par des Allemands. Un fortin paraguayen la protégeait.

L'Indien expliqua aux sentinelles qu'il amenait des hommes venus du ciel au commandant. Mermoz, Pranville et Collenot furent conduits devant lui par des soldats déguenillés, pieds nus, armés de fusils et de machettes.

— Jetez ces salauds en prison ! cria le commandant.

Mermoz repoussa rudement les deux soldats qui portaient la main sur lui.

— Qu'est-ce que cela signifie? demanda-t-il.

— Nous ne sommes pas des imbéciles, dit le commandant. Depuis que vous avez passé la frontière, vous êtes signalés de poste en poste. Vous venez de la Bolivie, nous le savons. Je vous arrête comme espions.

La guerre du Chaco se préparait alors. Les deux pays vivaient en état d'hostilité latente. Mermoz comprit qu'on les prenait pour des observateurs ennemis.

— Nous sommes des aviateurs français, dit-il, qui faisons à l'ordinaire la ligne d'Argentine au Brésil.

Mais l'officier du bled paraguayen n'avait jamais entendu parler de cette histoire. Les papiers que lui présentèrent Pranville et Mermoz, il les supposa faux.

Par bonheur, l'administration de l'usine de tanin comptait parmi ses membres un directeur argentin. On le réveilla. Il reconnut Mermoz, répondit de lui. Le commandant renvoya ses soldats.

Le lendemain, Mermoz et Pranville partirent pour Asuncion. Ils mirent 5 jours pour faire 300 kilomètres. De la capitale paraguayenne ils demandèrent à Buenos-Ayres qu'on leur envoyât un moteur et un mécanicien. Ils les attendirent trois jours dans la nonchalante et charmante Asuncion, où les vieilles maisons coloniales dorment dans la chaleur le long du grand fleuve.

Le moteur de rechange fut chargé sur une sorte de chaland mixte. Mermoz, laissant repartir Pranville vers les grandes cités, remonta avec le mécanicien le Rio Paraguay. Le voyage jusqu'à Puerto Casado dura une semaine. Le chaland s'arrêtait sans cesse. Tantôt un cavalier surgissait de la brousse et faisait signe qu'il voulait embarquer, tantôt une pirogue se détachait du rivage et les pagayeurs indiens venaient remettre au capitaine un pli ou un paquet. Tous les 50 kilomètres on faisait halte une nuit entière pour charger le bois nécessaire aux machines.

A Puerto Casado le moteur fut hissé sur un char à bœufs et conduit jusqu'à la clairière des palmiers impériaux où reposait le Laté 26. Collenot et son camarade se mirent au travail. Peinant sans relâche dans une étuve torride, il leur fallut cinq jours.

Mermoz les passa dans le ravissement le plus ingénu. Il vécut en trappeur, à cheval, revolver à la ceinture et carabine à l'épaule. Avec les peones indiens de l'estancia qui l'avaient tout d'abord accueilli, il explora la forêt, la prairie. Des perroquets criards vert ardent, bleu vif, rouge cramoisi, volaient autour de lui. Les singes jacassants bondissaient d'arbre en arbre. Les herbes immenses couvraient parfois entièrement les montures des chasseurs. Mermoz tua deux panthères, des sangliers. Il se nourrissait du poisson qu'il pêchait, du gibier abattu, buvait l'eau des fossés. Avant de s'endormir à la belle étoile, la tête posée sur un amas d'herbes et de feuilles, tandis que bourdonnaient les moustiques, il songeait à l'enfant sage qui, dans une petite commune des Ardennes, près de la cheminée au grand feu, s'enivrait des histoires de Fenimore Cooper.

Mermoz quitta avec regret ces lieux d'innocence. Tandis que le nouveau moteur tournait, il regarda longuement les avenues majestueuses des palmiers qui conduisaient vers la forêt sans bornes. Infini des sables, de la mer ou des arbres, Mermoz, quand il n'était pas dans les airs, ne trouvait sa paix que là.

Il soupira et d'une main robuste et agile arracha

l'avion aux herbes et aux troncs. Il emportait deux
perroquets et un petit pécari à la hure attendrissante.

Le lendemain il était à Buenos-Ayres. Le surlendemain il reprenait le courrier pour Rio, faisait un
détour par Asuncion, brûlait les étapes, arrivait à
Santos, repartait sous la tempête. Le matin suivant
il reprenait la direction de Buenos-Ayres. En quarante
jours, il avait dormi une nuit dans son lit.

Mermoz reprit sa vie normale. C'est-à-dire qu'entre
ses vols réguliers il mit à jour les rapports, les notes,
les comptes et les projets qui s'étaient entassés pendant un mois et demi, courut les ministères, engagea
du personnel, pataugea à Pacheco.

Les routes et le terrain étaient un lac de boue. Le
printemps venait dans l'hémisphère Sud précédé de
pluies diluviennes et d'orages déchaînés. Mermoz qui
avait traversé le Khamsin du désert syrien, les tornades d'Espagne, le simoun du Sahara et les trombes
hivernales du Brésil, avoua que son expérience de
la furie des éléments se trouva dépassée par ce qu'il
connut alors. Il partait toujours à minuit, et cela
n'étonnait plus personne, gagnait l'aube à travers les
invisibles cataractes qui, dans les ténèbres, crépitaient
contre son avion, noyaient le poste de pilotage et,
trempé jusqu'aux os, fonçant à travers les trous d'air,
les ouragans, les cyclones qui faisaient rage sur le
golfe de Sainte-Catherine, survolait la région meur-
trière pour qui s'y serait posé de Santos à Rio, et
atterrissait au crépuscule sur l'aérodrome de la capitale brésilienne où pesait une chaleur infernale.

Dix-sept, dix-huit heures, parfois vingt heures de
vol consécutif, de combat sans répit, de tension presque surhumaine.

Deux jours après, il reprenait le voyage terrible en sens inverse, partait du brasier de Rio pour arriver sous la pluie glacée de Buenos-Ayres, dans sa carlingue découverte, avec le courrier intact.

Malgré cet effort de titan, malgré la charge administrative qui s'abattait sur lui aussitôt qu'il avait atterri, malgré l'obsession constante de faire toujours mieux et plus vite ; malgré les invitations officielles qui se multipliaient avec sa renommée croissante, et auxquelles il était obligé de répondre dans l'intérêt de la ligne, Mermoz ne ressentait aucune fatigue. Depuis qu'il était arrivé en Argentine, son poids accusait 6 kilos de plus. Ils étaient tous passés en muscles. Pas un atome de graisse ne souillait ce corps d'airain que, sur la plage de Copacabana, à Rio, on se montrait avec l'admiration qu'eût suscité, descendue de son socle et vivant soudain, une statue antique.

A cette plénitude, à cette magnificence charnelles, répondit, à cette époque, une très grande paix de l'esprit. Ses amis suffisaient à Mermoz, et le sentiment qu'il avait de bien remplir sa tâche.

Il retrouvait chaque soir son appartement des Galeries Guemes et la tendresse d'Étienne. Piniach, le chien-loup noir que lui avait donné une Brésilienne inconnue pour son premier vol record de Rio à Buenos-Ayres, lui faisait fête. Le petit pécari rapporté de la forêt paraguayenne grognait gentiment. Les lumières de Buenos-Ayres scintillaient par les fenêtres... Les poètes qu'il avait toujours aimés, Baudelaire Verlaine, l'attendaient sur les rayons d'une bibliothèque.

Décembre vint. Et le 9 de ce mois, Mermoz eut vingt-sept ans. Une fois de plus, il ne prit conscience de cette date que par les vœux qu'il reçut de sa mère.

Vingt-sept ans! Il vieillissait si vite. Les journées, les semaines, les mois, semblaient emportés par un torrent. S'il regretta de voir une année de plus tomber déjà sur ses épaules, ce fut seulement parce qu'il pensait que la pratique de l'aviation exigeait l'intégrité de la jeunesse. Pour lui, cette hâte dévorante du temps il la trouvait bienfaisante.

« Il est bon, disait-il, qu'une existence passe avec rapidité et sans que l'on s'en aperçoive. »

Les anniversaires sont comme des jalons fichés aux termes des étapes humaines. Mermoz pensa au 9 décembre de l'année précédente. Ce jour-là, il avait fait son premier courrier en Amérique du Sud. Quel chemin depuis avait été parcouru et par la ligne et par lui. Il avait fait dans les airs des milliers et des milliers de kilomètres, des centaines d'heures de vol. Quels kilomètres! Quelles heures!

Un an auparavant, rien n'existait sur le tronçon Rio-Buenos-Ayres. On désespérait de pouvoir ouvrir un jour le trafic postal d'Amérique en France. Maintenant, les avions s'envolaient de l'aérodrome de Pacheco, construit par lui, selon l'horaire élaboré par lui, aux mains du personnel choisi par lui, gagnant un temps considérable selon une méthode inaugurée par lui.

Les avisos mieux revus, mieux adaptés, avaient réduit à cinq jours et demi leur traversée. Déjà les courriers de l'Aéropostale battaient largement les paquebots les plus rapides. On allait encore raccourcir le trajet par eau. Des hydravions légers porteraient bientôt la poste de Natal à l'îlot de Noronha. Ainsi on gagnerait encore deux jours. Il faudrait moins d'une semaine aux lettres pour aller de Buenos-Ayres à Paris. Les termes des contrats avec les gouverne-

ments seraient respectés. La ligne était assurée de
vivre. Le poids du courrier augmentait chaque jour.
Il ne pouvait que doubler, tripler, décupler. Mermoz
se souvenait que de Toulouse à Casablanca on avait
commencé par porter cinquante kilos de lettres seulement, et que lui-même, dans un Bréguet 14, es-
soufflé par la charge, en avait enlevé plus de 500.
Par le perfectionnement quotidien d'une organisation
dont Mermoz connaissait et contrôlait chaque rouage,
la sécurité venait pas à pas.

Voilà ce qu'avaient obtenu des tours de force, exécutés vol après vol, de courriers, où chaque fois les
pilotes avaient risqué leur vie. Les hommes avaient
suppléé aux fautes du matériel. L'avenir appartenait
à la ligne.

Soudain Mermoz se sentit envahi par une tristesse
mortelle. Il reconnut ce goût de cendre, ce sentiment
du néant.

Depuis son adolescence, ils ne l'avaient jamais
quitté. Il les avait portés à travers le monde. Il cherchait à les fuir d'un continent à l'autre. Mais, plus
rapides que son avion le plus rapide, ils le suivaient.

On ne peut pas retracer une existence jour par
jour, ni établir le graphique continu d'une sensibilité.
Si cela était faisable, on verrait combien dans cette
courbe, et aux instants les plus inattendus, il y eut de
dépressions. Mermoz vient de triompher et il dit :
« Je suis triste. » Mermoz, dans un effort qui semble
le prendre tout entier et l'exalter pendant des mois,
écrit soudain : « J'ai un cafard terrible. » Pour quelques aveux, que de moments désespérés passés sous
silence! En Argentine même, où sa ligne d'action et
de vie extérieure est si droite et si pleine, sa ligne de
vie intime est brisée de ruptures, de secousses. Tantôt

il est tout soulevé d'allégresse et convaincu de son bonheur complet. Tantôt il se sent couler dans une eau morte. Personne ne pouvait soupçonner la charge de détresse que portait cet athlète qui marchait, la tête si haute, de victoire en victoire. Il aurait fallu pour cela savoir lire au fond de ses yeux soudain perdus dans le lointain. Il aurait fallu comprendre pourquoi, sur un corps tout-puissant où la chair triomphait d'une façon magnifique, se dressait un si délicat et vulnérable visage.

Et à vingt-sept ans, Mermoz pensa que le temps héroïque était déjà révolu. La plus belle course achevée. Désormais commençait l'exploitation régulière, tranquille. Il n'allait plus voler en conquérant mais en laboureur.

Comparé aux autres métiers, celui-là, certes, demeurait, et de loin, le plus beau. Mais après celui que pendant un an il venait de faire, quelle chute! Or, la vie n'était vraiment la vie que si l'on montait toujours. L'Atlantique! L'Atlantique! Voilà ce qu'il fallait tenter. Pour lui et pour la ligne — ils ne faisaient qu'un — c'était l'acte indispensable, organique.

Combien de fois, au cours de cette année, n'avait-il pas essayé, par les moyens de l'Aéropostale, et ses moyens personnels, d'obtenir l'avion de la traversée? Que de promesses lui avaient été faites, de combien d'espoirs l'avait-on bercé. Paroles trahies, illusions déçues. Les commanditaires argentins, les camarades uruguayens, les constructeurs français, Bouilloux-Laffont lui-même, s'étaient excusés tour à tour. Les ministres, les fonctionnaires usaient tout le monde. Que cet univers était misérable, qui entravait tous les élans! Mermoz se sentit pauvre et seul sur une terre ennemie.

L'exagération de ce commentaire mental est trop évidente pour qu'on ne lui cherche pas d'autres raisons que celles dont Mermoz repassait sa noire mélancolie. Chaleur orageuse, humide et débilitante de l'été de Buenos-Ayres? Défaite passagère des nerfs après douze mois d'une tension terrible? Sans doute, mais pour une faible part. La vérité était que Mermoz ne pouvait échapper à ces crises. Quoi qu'il fît, la satisfaction prolongée lui était interdite. Son besoin de beauté, de noblesse, était trop soutenu et trop dévorant. Il payait la rançon de sa grande exigence. Dans ces instants c'était à la solitude qu'il aspirait, au désert, à son aridité si pure.

Il reçut à cette époque une lettre de Marcel Reine, son vieux et cher camarade. Reine aux joues, aux yeux, au rire d'enfant intrépide, Reine qui aimait tant la vie et que la vie aimait tant, venait de passer, avec Édouard Serre, chef du service de T. S. F. sur toutes les lignes de l'Aéropostale, plus de trois mois de captivité chez les Maures dans le Rio de Oro. Traînés de campement en campement, réduits à cueillir comme les esclaves l'herbe à feu, et à faire le thé pour leurs maîtres, ils avaient été rendus enfin à Juby, les pieds sanglants, les mains déchirées, méconnaissables. Reine racontait cette aventure à Mermoz. Et Mermoz l'envia. Une sourde nostalgie remua dans son cœur. Ces humbles travaux, ces foyers nomades, ces hommes graves et taciturnes, féroces mais dignes... et le sable... le sable... quelle paix.

Mermoz pensa au jeune missionnaire rencontré à bord du *Groix*, qui était parti soigner les lépreux.

Dans les deux premiers mois de l'année 1929, Mermoz n'eut à voler que pour les courriers réguliers lorsque venait son tour, et ces courriers se passèrent sans incident. Mermoz partait le mercredi à minuit de Buenos-Ayres, arrivait le jeudi vers seize heures à Rio. Il quittait Rio le samedi à minuit et atterrissait à Pacheco le dimanche dans l'après-midi. La semaine suivante Étienne emportait la poste. Avant de relayer son ami, Mermoz avait donc dix jours pleins à passer à Buenos-Ayres. C'est seulement dans cette période de calme exceptionnel que l'on peut surprendre l'image à peu près complète de la vie qui s'était organisée pour Mermoz dans la capitale argentine.

Il n'avait rien perdu de son sommeil de pierre. S'en méfiant, il avait demandé à des camarades, lorsque Étienne n'était pas là, c'est-à-dire la moitié du temps, de venir le réveiller à 9 h 30. Une sonnerie de téléphone eût aussi bien fait l'affaire. Mais Mermoz aimait ouvrir les yeux sur un visage familier. Pourtant le camarade était mal reçu à l'ordinaire. Ses efforts pour le tirer du lit, Mermoz les récompensait à coups de coussins, de souliers et de savates. L'autre répondait. Le combat rendait Mermoz à la joie physique de vivre. Il faisait sa toilette en chantant et déjeunait d'une omelette de six à huit œufs avant d'aller au bureau de l'Aéropostale qui se trouvait à 200 mètres des Galeries Guemes. Il y expédiait sa besogne administrative jusqu'à midi et demi. Ses déjeuners, il les prenait au restaurant Conte, tenu par Paul Pellecq, un Béarnais fin et discret, aussi courageux au travail qu'il l'avait été à la guerre, et chez qui la cuisine était parfaite. A la table de Mermoz se trouvaient presque chaque jour, avec ou sans Étienne, deux hommes qui avaient pris rang parmi ses grands amis : Paul Chaussette et Henri Moulié. Le premier était un ingénieur belge, qui contrôlait de très gros intérêts miniers en Argentine et en Bolivie. Mais il ne parlait jamais de ses affaires. Son beau visage énergique, creusé, tourmenté, ses yeux profonds emplis d'une bonté un peu mélancolique, montraient en lui la primauté absolue des préoccupations du cœur et de l'esprit. Moulié, qui parlait le français le plus pur, n'avait jamais quitté l'Amérique du Sud. Uruguayen, il était attaché à l'ambassade de Belgique. Sur sa longue figure indienne se lisaient une loyauté à toute épreuve et une sûreté singulière de sentiment. Celui que ces deux déracinés avaient voué à Mermoz, rencontré par eux chez le père Bach, tenait du culte. Ils ne l'en traitaient pas moins de la façon la plus familière du monde.

Moulié était un mangeur redoutable. Mermoz reprenait contre lui les tournois d'ogre qu'il avait autrefois pratiqués en France contre Henri Fournier. Chaussette, dont l'appétit était plus modeste, arbitrait cette débauche d'entrecôtes géantes et presque crues.

Mermoz quittait le restaurant Conte pour se rendre au terrain de Pacheco. Il passait rapidement à travers les hangars, les ateliers, échangeait quelques mots avec Collenot. Le reste de l'après-midi était occupé par les visites qu'il avait à faire aux chefs de l'aviation argentine, aux légations, aux consulats des pays de l'Amérique du Sud où l'Aéropostale comptait ouvrir les lignes. Le soir venu, Mermoz gagnait son bureau de la rue Reconquista pour y consigner les résultats obtenus dans la journée et y préparer le travail du lendemain. Après quoi il rentrait chez lui, se changeait, se rasait, retrouvait ses amis au café Richmond, interminable et bruyant couloir où, jus-

qu'à ce jour, aiment à se réunir les pilotes de la ligne,
et s'en allait dîner avec eux là où ils avaient déjeuné :
au restaurant Conte.

Quand il était d'humeur sociable et vive, il s'attar-
dait à table ou s'acheminait vers *Tabaris*, établissement
de nuit riche en belles filles, qui, lui aussi, a conservé
la faveur des hommes du courrier. Là, Mermoz était
attendu avec une tendre et sensuelle impatience par
une danseuse française brune, gaie, aux doux bras
charnus et résistante aux fatigues de l'amour. Elle
écoutait placidement les entretiens de Mermoz et de
ses camarades, qui traitaient toujours de l'aviation,
jusqu'au moment où Mermoz l'emmenait au 9e étage
des Galeries Guemes.

Mais ces soirées de liberté d'esprit et de plaisir physique étaient assez rares. Et plus fréquentes celles où
les amis de Mermoz le voyaient s'asseoir parmi eux
les lèvres serrées, le regard voilé, comme orienté vers
l'intérieur. Il ne parlait presque pas et, le repas achevé,
s'en allait. Chaussette, alors, l'accompagnait, qui était
le seul dont, en ces instants, il aimât la société. Ils
gagnaient l'appartement de l'un ou de l'autre d'entre
eux ; ou bien tournaient sans fin en voiture à travers
les allées silencieuses de Palermo, vaste parc déployé
au milieu de la ville. Mermoz racontait les raisons de
sa tristesse. Il était inquiet de l'avenir de la ligne.
Pourquoi construisait-on si lentement en France des
avions indispensables tout de suite ? Pourquoi à Paris
faisait-on des injustices ? Pourquoi s'était-il heurté ce
jour-là à des fonctionnaires corrompus, à de faux
sourires ?

D'autres soirs, Mermoz n'avait aucun motif précis
de mélancolie et de dégoût. Seulement, il se sentait
anxieux devant les questions éternelles et insolubles :

l'amour, la mort, la justice parfaite, le sens à donner
à la vie.

— Mon choix est fait, disait-il alors. Je piloterai
huit années encore — la bonne limite des réflexes est
à trente-cinq ans — puis j'irai soigner les lépreux. Ce
jeune missionnaire, vous savez, Paul, je vous ai parlé
de lui, il avait l'air si paisible. (Sa voix prenait soudain l'inflexion de la caresse.) Maman, elle aussi, n'a
de vraie paix qu'en soignant les malades.

Parfois, ces accès de tristesse assaillaient Mermoz en
plein jour. Alors il avait pour les combattre un remède
infaillible.

— Paul, vous avez beaucoup à faire cet après-
midi? demandait Mermoz au cours du déjeuner à
Chaussette.

Ce dernier comprenait aussitôt le sens de la question

— Non, pas grand-chose, disait-il.

Sans avoir achevé leur repas, ils sortaient de table.
Mermoz montait dans la voiture de son ami, prenait le
volant et se lançait comme un fou sur la route de
Pacheco. Jusqu'à l'aérodrome il ne desserrait pas les
dents. Sous le hangar qui abritait son avion, il trouvait Collenot décrassant une bougie, vérifiant une magnéto, lustrant l'appareil. Mermoz adressait au mécanicien son premier sourire de la journée et disait :

— Tout est prêt?

— Mais oui, monsieur Mermoz, répondait Collenot.

On sortait l'appareil, Mermoz embarquait Chaussette, roulait, tirait sur le manche. Il volait une demi-
heure au-dessus de la campagne et de la ville. En
revenant de Pacheco, Mermoz bavardait et chantait
sans répit.

Il avait un autre moyen d'échapper à lui-même,
moins sacré, mais très efficace : les exercices au grand

air. Ceux qu'il pratiqua presque exclusivement à Buenos-Ayres furent la nage et l'aviron. Moulié, qui était fanatique de ces deux sports, l'accompagna toujours. Les dimanches de la saison chaude, ils se hâtaient dès l'aube vers « le Tigre », delta immense, labyrinthe fluvial où se conjuguent les eaux puissantes du Parana et de l'Uruguay. Ils ramaient, se baignaient, ramaient encore, nus, ruisselants de sueur, infatigables et heureux.

J'ai passé une journée en bateau sur le Tigre. Ce fut l'une des plus douces et des plus émouvantes que j'ai vécues dans le sillage de Mermoz. Trois de ses amis me guidaient : Marcel Reine, Paul Chaussette, Henri Moulié. A chacun d'eux une part de Mermoz demeurait attachée. Reine, c'étaient les débuts faits ensemble à Toulouse, le lessivage des cylindres, le *Grand Balcon*, les liesses de Casablanca et l'épopée du Sahara ; le service commun de la ligne sur Rio de Janeiro, sur Natal, sur Santiago-du-Chili. Chaussette, c'étaient les entretiens de cœur à cœur, les confidences, l'évasion sentimentale. Moulié, c'était le massacre joyeux des nourritures et les jeux de triton.

Notre bateau avançait dans un merveilleux labyrinthe d'allées aquatiques, d'avenues bordées d'arbres, d'impasses fleuries. Des colporteurs ambulants sur barques plates, sur radeaux, croisaient notre sillage. Une église flottante attendait ses paroissiens. Des citronniers, des orangers poussaient par milliers sur les berges.

Aux troncs des peupliers innombrables et des saules qui faisaient à toutes les ramifications liquides une escorte frémissante, le chèvrefeuille grimpait.

— En été, disait Moulié, ses fleurs bouchent la vue. Le soir leur parfum obsède.

Le bateau continuait à remonter le cours des
fleuves. Il n'y avait plus de maisons sur pilotis, ni
de marchés flottants, ni de vergers. Seuls, les peupliers
se penchaient sur l'infini lacustre, et, jouant avec l'eau
et l'horizon, composaient de délicats mirages. On eût
cru assister à la naissance du monde.

Et les amis de Mermoz disaient :

— Jean aimait cet endroit.

— Jean plongeait ici.

— Avec Jean, nous battions tout le monde à la
course.

— Nous irons dîner dans l'auberge à flotteurs que
préférait Jean.

Jean... Son ombre partout. Il respirait les senteurs
lourdes du chèvrefeuille. Il riait de son rire d'enfant
à la nature intacte. Il courbait et rejetait dans l'effort
de la course son torse de jeune hercule.

Le soir vint, et le silence...

Nous nous dirigeâmes vers le club français de l'Avi-
·on. On m'y fit connaître le gérant, un vieil homme
·u teint fleuri. C'était le père Bach. On m'y fit voir
·n canot de course. Sur son flanc mince et racé, je
·us : *Jean Mermoz*.

Les épanchements amicaux, les vols aux environs
de Buenos-Ayres, les détentes sur le Tigre et même
les courriers paisibles sur Rio, ne pouvaient être que
des palliatifs à la terrible exigence de conquête sans
fin qui habitait Mermoz. Il se vengeait de ce qu'il
appelait son croupissement par la fureur qu'il apportait à réduire sans cesse la durée des vols postaux
dont il avait la charge. C'était le seul moyen qu'il

eût de se dépasser au cours de ces calmes semaines.

Chaque minute donnée aux escales le brûlait. Sur les terrains, chefs d'aéroplace, mécaniciens, manœuvres, attendaient son approche en se ramassant sur eux-mêmes, comme on attend la tempête. Aucun mouvement n'était assez rapide pour Mermoz. Tout traînait, rampait, lanternait. Il ne descendait pas de sa carlingue, attrapait au vol les sacs du courrier, mettait les gaz. S'il avait un passager, qui ne pouvait être qu'un membre ou un ami de la ligne[1], il le traitait en objet inanimé jusqu'au terme de sa course. Que le malheureux eût faim, soif, qu'il fût courbaturé, rompu, il ne méritait pas qu'on s'arrêtât une seconde.

A Santos, un jour qu'ils voyageaient ensemble, son grand ami de Rio, Joméli, qui était pour Mermoz au Brésil ce que Chaussette était pour lui en Argentine, fit mine de descendre. Le regard de Mermoz le cloua sur place.

— Un besoin urgent, je ne peux plus, je te jure, Jean, je ne peux plus, supplia Joméli.

Mermoz le rabattit dans le fuselage d'une poigne qui fit craquer les os de son frêle compagnon.

— A l'escale prochaine pendant qu'on fera le plein, hurla Mermoz dans le tonnerre du moteur et de l'hélice qu'il avait déchaîné.

Au courrier suivant, cette fougue faillit lui faire commettre ce qu'il haïssait le plus : une injustice. Il venait d'atterrir à Florianopolis, de rouler jusqu'à la piste. Le mécanicien du terrain qui devait l'attendre n'était pas là. Il arriva trois minutes après. Le visage de Mermoz était blanchi par une de ses pires colères. Il secoua comme une loque le mécano en grondant :

1. La ligne était uniquement postale.

— A la porte, salaud! Que je ne te voie plus ici, ou je te casse les reins! Eh bien, qu'est-ce que tu attends pour faire le plein? Tu veux que je te démolisse tout de suite?

Incapable de supporter la vue de celui qui avait fait perdre trois minutes au courrier, redoutant les effets de sa propre fureur, Mermoz s'enfuit vers la cantine du terrain et, coup sur coup, but trois bouteilles de bière. Le chef d'aéroplace vint le trouver là. C'était un vieux camarade.

— Tu sais, dit-il, ce n'est pas tout à fait de sa faute.

— Non, non, cria Mermoz, je ne veux rien savoir.

— Écoute, Jean... Sa femme va accoucher, elle s'est évanouie, on l'a appelé. On ne t'attendait pas si vite. Tu as dû couper par l'intérieur.

— C'est vrai... c'est vrai... j'ai coupé par la forêt, murmura Mermoz.

Quand il revint à son avion, le mécanicien s'écarta craintivement.

— Tu as très bien fait le plein, dit Mermoz sans le regarder, ça passera pour cette fois.

Il chiffonnait dans sa paume un billet de cent milreis.

Au moment de décoller il le poussa dans la cotte maculée du mécano.

En revenant de l'un de ces voyages frénétiques, Mermoz apprit que sur la ligne du Paraguay, encore à l'étude, un pilote argentin s'était tué. Il demanda au capitaine Almonacid, délégué argentin de l'Aéropostale.

— Voulez-vous m'accorder une faveur?

Almonacid savait que Mermoz ne pensait jamais à lui.

— Assurément, dit-il.

— Alors, je pars chercher le corps de notre camarade.

— Comment? Par quels moyens? s'écria Almonacid.

— Mais... en avion..., dit Mermoz.

— Vous ne pouvez pas! Vous le savez bien. Nos appareils ne sont pas assez spacieux...

— J'ai votre promesse, observa doucement Mermoz.

— En effet, reconnut Almonacid. Faites comme il vous plaira.

Le lendemain, un singulier équipage atterrissait à Pacheco. Contre le flanc de Mermoz, et dépassant largement la carlingue se dressait, debout, un cercueil. Il avait fait ce jour-là un temps épouvantable. L'appareil, déséquilibré dangereusement par le coffre funèbre, avait plongé, roulé, craqué dans les cyclones. Mermoz avait dû sans cesse maintenir le cercueil de son épaule.

Dans ses jours de vol, Mermoz se libérait de l'aiguillon de son implacable génie. L'exorcisme épuisé, il se sentait de nouveau talonné par lui. Alors, comme il avait tout loisir de penser, l'éternelle obsession, celle de l'Atlantique, prenait sur son esprit un empire presque maladif.

Sans se laisser décourager par les déboires de l'année précédente, Mermoz venait d'échafauder par lettres et câbles une nouvelle combinaison qui devait lui procurer un appareil. Mais le ministère de l'Air français interdit toute tentative de traversée de l'Océan sur un avion terrestre.

Quand il connut la teneur de ce décret qui, pour des mois et des mois, lui interdisait ses plus chères espérances, Mermoz fut ébranlé, dans chacune de ses

fibres, par une crise de rage, de désespoir, d'indigna-
tion et de honte. Où étaient les motifs véritables de
cette sollicitude stupide, et dont aucun pilote digne
de ce nom ne pouvait vouloir? Ceux qu'on donnait
n'étaient qu'hypocrisie, sensiblerie pour réunion publique, tiède sirop destiné à endormir l'opinion. Il
savait tout de même mieux que les fonctionnaires
transis, il savait mieux, lui, Mermoz, que les hommes
politiques sans compétence, il savait mieux ce qui
était aéronautiquement possible ou impossible.

« Il nous faudrait, cria-t-il, des audacieux réfléchis,
et nous n'avons que des réfléchis avachis. Ils clament
à la plus grande gloire de l'aviation française du plus
profond d'un rond de cuir. Ils s'occupent du changement de ministre susceptible de porter atteinte à leur
propre intérêt plutôt que d'encourager les initia-
tives. »

L'amour que Mermoz nourrissait pour l'aviation et
son pays fit que sa colère changea de plan. Car, pour
la défense de son amour il commença de haïr les
formes et les institutions qui le menaçaient. Il écrivit à ce moment :

« Pourquoi les politiciens ne pensent-ils pas à
enrayer l'avance de l'aviation étrangère, dont le mot de
ralliement est : Sus à l'aviation française! Quand nous
rendra-t-on conscience de ce que nous avons été, de
ce que nous sommes, et de ce que nous pouvons être?
Je deviens nationaliste depuis que je suis à l'étranger.
Je frémis de voir que notre prestige s'émiette peu à
peu par l'unique faute de notre marasme parlemen-
taire. C'est effroyable de penser que le meilleur de
notre volonté, de notre énergie, de nos efforts, sert à
alimenter les discours et les discussions, alors que nous
voudrions qu'ils servent au succès et à la prospérité

de tout ce qui est nôtre. Le danger en ce moment
nous vient d'Amérique; les lignes postales progressent
de notre côté avec rapidité. Lindbergh est en avant,
et le prestige qui s'attache à ce véritable drapeau vivant
lui ouvre toutes les portes. Adieu nos sacrifices et le
fruit de plus d'un an de travail intense et inimaginable,
au moment où nous approchons du succès. Un homme,
et quel homme, parle. On l'admire, on l'écoute et
c'est pour nous l'effondrement. »

Comment ne pas être sensible à cette noble plainte
virile? En l'écoutant, comment ne pas comprendre
que, des années plus tard, quand le mal eut empiré
dans des proportions insensées, Mermoz crut voir le
salut ailleurs que dans le pur domaine du vol?

Pour l'instant il rêvait à une solution plus ingénue.

« Nous avons besoin nous aussi à l'étranger d'un
homme-drapeau et tout deviendrait facile, poursui-
vait-il. Parmi les pilotes de ligne j'en connais quelques-
uns qui seraient capables d'être cet homme-là. Pour
ma part, j'en ai cherché les moyens depuis un an. Je
les avais trouvés. J'aurais réussi, je le sentais. Je le
ferai probablement, mais j'ai peur qu'il ne soit trop
tard à ce moment-là. Réussir la traversée de Paris à
New York actuellement, et nous en avons les moyens,
serait un exploit qui rehausserait d'un seul coup tout
notre prestige au moment où nous en avons le plus
besoin.

« Je ne demandais rien à personne. J'avais réussi
à réunir des capitaux, et tout à coup, raid interdit
avec avion terrestre jusqu'à nouvel ordre[1].

---

1. Quelques semaines plus tard, un équipage espagnol allait
sans escale de Séville au Brésil sur du matériel français.
  Au même moment, Mermoz recevait à son nom personnel deux
dépêches du ministre de l'Air le prévenant que, pour empêcher

« Alors, j'attends, achevait Mermoz. Tout ce que je puis faire à l'heure présente, c'est d'essayer d'arriver au Chili avant les Américains. »

Mermoz ne pouvait pas prévoir que, au cours de cette tâche qu'il estimait secondaire, le destin allait faire brusquement de lui, dans toute l'Amérique du Sud, ce qu'il désespérait de devenir : le Lindbergh français, en jetant sur sa route l'accident qui, du Pacifique à l'Atlantique, fut appelé depuis « le miracle des Andes ».

de sa part toute tentative, il était donné ordre sur tous les aérodromes de France de ne pas lui laisser prendre plus de 1 500 litres d'essence.

IV

LE PLATEAU DES TROIS CONDORS

En même temps qu'avec le gouvernement d'Argentine, Marcel Bouilloux-Laffont avait signé une convention postale avec celui du Chili. Il était impossible d'envisager l'exécution de cette dernière avant que la ligne aérienne côtière de l'Atlantique, voie cardinale vers l'Europe, ne fût solidement établie. En une année, Mermoz et ses compagnons l'avaient fait. L'heure était venue d'intégrer au réseau de l'Aéropostale l'État que baignait l'océan Pacifique. Mermoz fut naturellement chargé d'étudier, d'ouvrir et de fonder cette ligne.

Il devait, pour réussir, établir un parcours régulier au-dessus de la Cordillère des Andes. Cette chaîne de montagnes gigantesques qui court depuis l'Alaska jusqu'à la Terre de Feu, comme une muraille forgée par les dieux, dresse entre l'Argentine et le Chili ses massifs les plus hauts et élève son pic suprême, l'Aconcagua, à plus de 7 000 mètres de hauteur. Son altitude, ses vallées où l'air déchire les poumons des hommes, ses neiges éternelles, ses souffles glacés, ses volcans, le mystère vertigineux qui l'entoure ont, depuis des temps immémoriaux, enveloppé ses sommets de légendes tragiques. Elles ne sont pas mortes dans le cœur des Indiens qui hantent ses pentes, ni des gauchos qui regardent, du fond de leurs pampas, jaillir cette barrière grandiose, étincelante et sombre.

Les hommes des villes ne connaissaient pas ces terreurs. Ils attentèrent à la montagne. Pouce à pouce, une voie ferrée escalada les contreforts occidentaux, s'insinua dans une vallée qui trouait, à 4 400 mètres, les massifs sauvages, se glissa sur le côté chilien. Le transandin était construit. Il mettait deux jours pour aller d'un versant à l'autre. Il ne fonctionnait pas en hiver à cause des avalanches. Et c'était sur les caravanes de mulets un gain énorme, et, contre la Cordillère, une victoire de prix.

Mais l'insatiable impatience humaine, quand elle eut à son service des machines volantes, calcula que, par leur moyen, le voyage demanderait quelques heures et se ferait en toute saison.

Pouvait-on, en 1929, réaliser ce dessein? Mermoz en était sûr. Il y avait des précédents. En 1920, une aviatrice française, Adrienne Bolland, sur un appareil qui datait de 1916, le Caudron G-4, avait la première au monde traversé les Andes. Bien qu'elle l'eût fait dans la partie méridionale, où les vagues rocheuses s'affaissent sensiblement, elle avait accompli un prodige. Plus tard, un officier pilote chilien renouvela la tentative en sens inverse. Il décrivit un grand cercle, par le nord cette fois où l'altitude moyenne de la chaîne était également plus basse. Il réussit. Entre l'Argentine et le Chili a toujours existé une rivalité romantique. L'exploit de l'officier chilien fut ressenti à Buenos-Ayres comme un défi. Le capitaine Almonacid, l'ami chevaleresque de Mermoz, le releva. Il partit de nuit par clair de lune, prit le détour du

Nord, et arriva jusqu'au Chili. Cela en fit un héros national.

Ce tournoi et le prix que l'opinion des deux côtés des Andes y avait attaché, firent connaître aux foules la difficulté de la traversée. Quand on apprit que l'Aéropostale se proposait de l'effectuer régulièrement avec du courrier, il y eut autant de stupeur que d'incrédulité. Ce qu'on avait dit pour les vols de nuit, on le répéta :

« Folie, prétention ridicule, suicide. Mermoz lui-même ne peut rien contre l'impossible. »

Là-dessus Mermoz et Collenot, le 28 février 1929, décollèrent de Pacheco pour un premier voyage d'études. Mermoz pilotait un Laté 25 à profil spécial qui portait à 4 000 mètres le plafond de cet appareil, dont la limite ascensionnelle n'était, dans les modèles de cette série, que de 3 000. Par Bahia-Blanca il gagna d'abord San Antonio d'Œste, premier petit port de la Patagonie sur la côte atlantique. Là il prit un passager de marque : le comte de La Vaulx.

Le président de la Fédération aéronautique internationale était, à plus de soixante ans, d'une vivacité, d'une bravoure et d'une ardeur magnifiques. Il avait la passion de l'aviation. Il en mourut quelques mois plus tard. Mermoz admirait profondément le vieux gentilhomme si vert, enthousiaste et intrépide. Il lui expliqua en détail et avec chaleur son itinéraire.

— Voyez-vous, dit-il, comme d'ici (ils étaient tous deux penchés sur une carte) par le sud, la traversée est plus facile. D'abord, jusqu'au pied des Andes, la distance est moitié moindre que de Buenos-Ayres à Mendoza et surtout regardez les cotes des chaînes de montagne : 2 500, 3 500 au lieu de 4 500, 6 000, 7 000 que nous trouvons dans la ligne droite de Buenos-

Ayres-Mendoza-Santiago. Nous irons donc par Plaza
Huincka sur Conception, ici, juste à la base de la
Cordillère. De là, nous traverserons à 3 000 mètres
de hauteur environ avec une marge de plafond plus
que suffisante.

Le programme de vol fut suivi fidèlement. Paysages
vides, fluides de Patagonie... désert d'herbes pâles...
biches sauvages... flaques d'eau pure. Le 2 mars à
11 heures, Mermoz et ses compagnons atterrirent à
Conception. Ils en repartirent dans le début de l'après-
midi.

Mermoz avait bien repéré sa route. L'avion survola
aisément les défenses moins hautes que celles du bas-
tion central, énormes masses que l'on voyait au nord
se confondre avec les nuages. Bientôt on apercevrait,
serré entre les Andes et le Pacifique, l'étroit croissant
de la plaine chilienne. Mermoz ne quittait pas les
vallées et les pics du regard le plus intense. Son œil
était celui d'un avare qui compte des pièces d'or. Ici
il y avait une selle. On pouvait à la rigueur s'y poser.
Là, au-dessus de ces rocs en forme de hache géante,
des trous d'air. A éviter. Plus loin un col d'une faible
altitude. En cas de baisse de régime c'est par lui qu'on
devra passer. Il fallait se rappeler tout, tout photo-
graphier dans la mémoire ; ces jets de pierres, ces
dépressions sinueuses, ces formes rompues, ces cra-
tères. Tout pouvait servir.

Or, tandis que Mermoz préparait la parade pour
les dangers futurs, le carburateur de son moteur
s'obstruait peu à peu. Et ce fut, nette et brutale, la
panne.

Mermoz rendit la main à son appareil, le mit en
vol plané. Il connaissait pouce par pouce la configura-
tion du terrain qui l'entourait immédiatement. On ne

pouvait se poser nulle part, sauf peut-être sur l'étroite
plate-forme longue de 300 mètres, large de 6 à peine,
que son instinct avait retenue sur la gauche, au sommet d'une montagne. Mermoz plaça exactement les
roues de son avion où il avait voulu, au milieu de
cette bande plate. Il le fit si délicatement que, malgré
les bosses et les pierres, il ne faussa pas le train d'atterrissage.

La pente était plus forte qu'il ne l'avait cru. L'avion
qui aurait dû être à bout de course, continua de rouler
doucement. Et Mermoz comprit que l'appareil ne
pouvait pas s'arrêter, que son poids l'entraînait.
Matière morte, il allait rouler de plus en plus vite...
Et au bout de la pente s'ouvrait l'abîme.

Alors Mermoz lâcha les commandes, prit appui sur
le rebord de la carlingue, la quitta en voltige, toucha
à peine le sol, dépassa d'un autre bond d'acrobate et
d'athlète le nez de l'appareil et, arc-bouté dans une
convulsion de tous les muscles, cala de son dos une
roue de l'avion.

Dans sa chair, dans son torse et ses jambes de lutteur de stade, Mermoz épuisa la force d'inertie de la
machine, équilibra ses soubresauts et la tint immobile.

Le comte de La Vaulx et Collenot, sortant de la
cabine des passagers, eurent cette incroyable vision :
sur un sommet de 3 000 mètres, dans la solitude et le
silence infinis des Andes, contre un fond de ciel de
rocs, de nuages et de volcans, l'avion et Mermoz formaient un seul être, un groupe fabuleux, qui tenait,
comme au temps de l'Olympe, du monstre et de la
divinité.

Les trois hommes restèrent une heure et demie sur
le plateau. Ce fut le temps que la réparation du carburateur prit à Collenot. Puis Mermoz fit enlever les

pierres qui avaient calé le Laté 25, le laissa librement descendre sur la pente et glisser dans le vide. Il donna du moteur, l'avion s'accrocha à l'air. Le soir, il atterrissait à Santiago-du-Chili.

Le surlendemain, Mermoz envoya à Paul Chaussette une carte postale ainsi conçue :

« 4 mars 1929. De Santiago un vieux bonjour. Bien arrivé, voyage sportif, panne en montagne près Conception. Réparable heureusement. Compte partir Copiapo vendredi et rentrerai samedi Buenos-Ayres par la Rioja. Ici banquets, siestes mouvementées, promenades sentimentales... Malgré tout Cordillère chilienne pas désagréable vue d'en bas... »

Ayant passé quatre jours à Santiago-du-Chili où les vins et les femmes ont un charme si vif, Mermoz prit congé du comte de La Vaulx pour regagner Buenos-Ayres. Il s'était tracé un tout autre trajet qu'à l'aller. Le parcours méridional, relativement facile, ne pouvait pas être utilisé efficacement pour une ligne aérienne. Il forçait à un trop grand détour. Il fallait sacrifier trop de temps à la sécurité. Mermoz décida donc de tenter le passage direct.

Il se rendit d'abord à Copiapo, petite ville située au pied des Andes. C'était de là qu'était parti l'officier chilien, de qui la traversée avait si fortement ému l'Argentine. C'était là qu'était venu atterrir Almonacid. Mais l'itinéraire des deux pilotes, s'infléchissant trop avant vers le nord, n'était pas mieux praticable pour une exploitation postale que celui qu'avait emprunté Mermoz en venant. Si l'on voulait faire œuvre utile, c'était à travers le bloc central, le plus

haut, le plus massif, le plus redoutable qu'il fallait
chercher une voie.

Le 9 mars, à dix heures du matin, Mermoz, ayant
Collenot derrière lui, quitta le terrain de Copiapo. Il
monta par lentes spirales à l'altitude limite que lui
permettait son appareil : 4 200 mètres. Un spectacle
d'une grandeur, d'une beauté indicibles s'offrait à lui
tandis qu'il gravissait les paliers aériens. A l'ouest,
s'étalait la verte plaine chilienne semée de lacs, de
rivières et toute éclatante d'arbres en fleurs. Sur son
rivage frémissait au soleil la houle violette du Pacifique. Et de l'autre côté, d'une seule coulée, se dressait
la paroi cyclopéenne de la Cordillère des Andes.

Qui n'a pas survolé cette immensité minérale ne
peut connaître entièrement la barbarie solennelle et
tragique du monde, ni soupçonner le secret quasi
astral qui, pour l'éternité, baigne ses dieux les plus
glacés sur leur autel géant.

Rien ne peut donner une image valable de cet océan
vertical pétrifié. Rien ne peut faire sentir le caractère
d'interdiction absolue que présente cette barrière
colossale qui réunit la terre au ciel et qui fermée,
murée sans faille ni fissure, semble arrêter à son flanc
l'univers.

Cette barrière, Mermoz voulut la prendre en défaut.

Longtemps, très longtemps, il croisa, il rôda devant
elle. Toute sa vigilance, toute son intuition il les employa pour surprendre dans cette enceinte formidable
le défaut, la fente, par où son avion du bout de
l'aile gauche au bout de l'aile droite pourrait se couler.
Il ne trouva pas. Du moins à l'altitude que son appareil ne pouvait dépasser.

Jusqu'à une hauteur de 4 500 mètres la montagne
lisse, d'un joint, d'un bloc, était inattaquable.

A 4 500 mètres, entre les pics neigeux régulièrement plantés, des jours s'ouvraient.

— C'était, m'a dit Mermoz en me racontant son aventure, comme une muraille surmontée de tessons de verre étincelants.

Machinalement, il crayonna pour moi un dessin naïf. Je contemple en ce moment cette brève ligne brisée qui figure en même temps l'un des plus formidables soulèvements du sol et l'une des plus belles audaces humaines...

« On peut passer les Andes utilement pour la ligne à 4 500 mètres, se dit Mermoz excédé par sa croisière inutile. En dessous, rien à faire. Pas une entaille. Et moi je ne dispose que d'un plafond de 4 200... »

Tout autre que Mermoz fût revenu à Copiapo, eût contourné l'obstacle infranchissable par le nord ou par le sud, et attendu, pour recommencer, d'avoir un appareil capable de se mesurer avec quelque chance d'égalité à la montagne impitoyable. Mais Mermoz était Mermoz. Il ne croyait pas à l'impossible, ou plutôt, avant de l'admettre, il épuisait tous les risques et allait jusqu'à une zone où personne que lui ne se fût aventuré. Pour son propre effort et celui de l'appareil qu'il montait, il avait toujours la perception intuitive de la marge suprême. Cela formait, avec une ténacité inhumaine, ce qu'on a appelé son génie.

Contemplant le front dentelé de la Cordillère des Andes, Mermoz se dit encore :

« Pour passer, il manque à mon appareil 300 mètres d'altitude. Mais il y a les courants ascendants. »

Tous les aviateurs connaissent ces mouvements de l'air, dont l'axe est vertical et qui tantôt exhaussent, tantôt affaissent la sensible machine qu'ils ont entre leurs mains. Dans les régions de montagne ils pren-

nent une force, une vie singulières. Le vol à voile a
été conçu d'après leurs lois. Donc Mermoz espéra rencontrer une vague d'air qui, suppléant à l'insuffisance
de son moteur, le soulèverait des 300 mètres nécessaires. Il saurait utiliser la secousse pour passer. Une
fois qu'il aurait franchi la muraille sans brèche, il se
faufilerait entre les rocs et les pics, glisserait de vallée
en vallée, jouerait avec la montagne comme il avait
joué avec la nuit, et arriverait au but.

Mermoz se remit à croiser devant la paroi gigantesque en guettant les mouvements de l'éther.

La première ondulation qu'il sentit sous ses ailes fut
insuffisante et il évita de justesse, par un renversement, le choc mortel contre le roc, mais il était presque
arrivé à hauteur d'une faille. Il manqua une seconde
vague, une troisième. A la quatrième, plus puissante
et plus pleine, il se sentit comme appuyé, comme
vissé à une colonne qui s'élevait. Il arriva à la ligne
jusque-là interdite. Un corridor s'ouvrit devant lui
entre deux murs de neige. La barrière était vaincue.
Il sautait par-dessus elle. Il était passé.

La joie d'avoir forcé la nature, l'expansion illimitée
de l'être, joie secrète et indispensable, à la poursuite
de laquelle il avait voué sa vie, illumina Mermoz en
cet instant où la plaine chilienne disparut à ses yeux,
où il se trouva de l'autre côté de la muraille des
Andes, et où, vers l'est, des crêtes fléchissantes n'arrêtaient plus son regard. Il allait les survoler, il allait..

Mais quelle était cette chute brutale de l'appareil,
contre quoi, tous muscles raidis, moteur lancé à plein
régime, il ne pouvait rien? Quel était ce vide qui
l'aspirait? Cet appel vers le bas, monstrueux, invincible qui décrochait le cœur?

« Courant descendant », pensa Mermoz, dans une

fraction de durée qui n'avait rien de commun avec la mesure ordinaire du temps.

Mermoz connaissait la sorte d'entonnoir au creux duquel il descendait. Et il savait qu'aucune manœuvre n'était possible à cette altitude.

« Je suis au ras des pierres, songea encore Mermoz, je vais être inévitablement plaqué contre la montagne. Sauvons ce que l'on peut sauver. »

Pensa-t-il vraiment tout cela entre l'instant où il fut happé par l'appel d'air et l'instant, qui parut le suivre immédiatement, où il toucha le sol? L'instinct le pensa-t-il pour lui? De toute manière, Mermoz cabra son appareil, coupa les gaz. Un heurt terrible ébranla l'avion. Il bondit, retomba, bondit de nouveau, roula en cahotant et s'affaissa.

Mermoz et Collenot se regardèrent avec un profond soupir. Dans cette première minute, la joie et la stupeur de vivre encore, de vivre tout de même, les emplit entièrement.

Elle fut fugitive. Mermoz n'avait-il pas simplement reculé leur mort de quelques heures, et quelles heures!

Ils étaient sur un plateau en pente douce cerné par des ravins profonds. Tout autour, dans un désordre fantastique et grandiose, scintillaient les croupes, les cimes, les arêtes et les pics. Un désert de pierres et de neige s'étendait à perte de vue. Et un silence, un silence sans nom.

Tout se découpait avec une précision géométrique dans la pureté de l'air glacial. A cette altitude de 4 200 mètres — le plafond exact du Laté 25 — il faisait un froid de moins 15°. Ni Mermoz, ni Collenot n'avaient de vêtements chauds. Ni l'un ni l'autre, ils n'avaient songé à emporter de provisions. Et l'appareil était inutilisable. Un examen sommaire avait suffi pour le montrer au mécanicien. Fuselage cassé, train d'atterrissage faussé, béquille arrachée...

— Rien à faire, Collenot? avait demandé Mermoz.

— J'en ai bien peur, monsieur Mermoz, avait dit Collenot.

— Alors, en route!

Ils se mirent en marche vers l'ouest, vers le Chili si proche par les airs, qui, quelques minutes plus tôt, étalait sous leurs yeux ses champs verts et fleuris.

« On y arrivera », se répétait Mermoz.

Il se souvenait des monts de Palmyre, des dunes du Rio de Oro, des palmiers impériaux du Paraguay, et, tout en sachant que la Cordillère n'avait jamais rendu encore les pilotes qui s'étaient égarés dans ses plis, il se sentait une telle volonté de vivre, qu'il ne pouvait admettre de partager leur sort.

Mermoz et Collenot descendirent, gravirent des pentes, trébuchant dans des pièges invisibles, glissant sur la glace, tombant dans la neige. Trois condors les suivaient d'un vol concentrique.

Au bout d'une heure les deux hommes se retournèrent pour mesurer la distance parcourue en ligne droite. Il n'y avait pas 500 mètres de l'endroit où ils se trouvaient à la carcasse de l'avion.

— Une seconde, dit Mermoz.

Les sourcils joints, les mains dans les poches de son manteau de cuir, le menton enfoui dans le col, il pesa les chances de vie et de mort. A quoi bon continuer cette marche? Elle ne pouvait les mener qu'à l'épuisement, puis le gel ferait d'eux sa proie.

— Collenot, dit Mermoz.

— Oui, monsieur Mermoz, dit Collenot.

— Il faut réparer le taxi.

— Je vais essayer, monsieur Mermoz. »

Leurs voix résonnaient singulièrement dans le silence surnaturel.

Ils retournèrent sur leurs pas. Les trois condors les suivirent qui savaient, du fond des âges, que les hommes n'échappent pas à la haute Cordillère des Andes.

Il était deux heures de l'après-midi quand Mermoz et Collenot arrivèrent près de l'appareil. Du doigt, de l'œil, de l'oreille et de ce sens spécial qu'il avait des rouages de la machine volante, Collenot l'étudia.

— On y arrivera... peut-être, monsieur Mermoz, déclara-t-il enfin. J'ai tous mes outils dans le coffre.

Ils se mirent au travail. Collenot dirigeait Mermoz.

Il faudrait avoir l'expérience et le don d'un mécanicien génial, pour dénombrer et comprendre les gestes que fit Collenot, ses trouvailles, ses inspirations, et comment il arriva à redresser le train d'atterrissage, remplacer la béquille, assurer la solidité du fuselage, rendre inoffensives les avaries du moteur. Il tordait le fil de fer, triturait la tôle, enlevait à l'avion des pièces secondaires pour en faire des pièces essentielles, transformait le métal, lui donnait une vie nouvelle. La ficelle lui servait aussi, et les bouts d'étoffe et de cuir. Étrange atelier en plein vent, en pleine neige, à 4 000 mètres de haut, avec trois condors fichés sur les pics voisins comme de lugubres sentinelles.

La nuit pleine de lune n'arrêta pas ce labeur de songe épais. Le froid engourdissait les mains des deux hommes et brûlait leurs corps. La faim les affaiblissait. Pour apaiser leur soif, ils mangeaient de la neige. Parfois, ils se serraient l'un contre l'autre dans la cabine de l'avion pour se réchauffer.

A l'aube, Collenot, moins résistant que Mermoz, commença de subir les effets du mal de montagne. Il saigna du nez et des oreilles. Des étourdissements le

firent vaciller. Pourtant il n'arrêta pas son labeur
durant toute la journée qui suivit. Le soir, il n'avait
pas terminé. Le froid, cette nuit-là, fut plus vif encore.
A demi gelés, exténués de faim, la tête bourdonnante,
Mermoz et Collenot se couchèrent dans la cabine
des passagers. Ils mêlèrent leur chaleur, leur respiration.

Avec le soleil, Collenot se remit à l'ouvrage. Mermoz, évitant de regarder les condors, se promena
longuement le long du plateau, examina le terrain pied
par pied.

La matinée était à peine commencée lorsque Collenot dit :

— Monsieur Mermoz, je crois qu'on peut essayer
le moteur.

Quel chant d'orgue dans la Cordillère!

Les deux amis l'écoutèrent religieusement. Pas une
défaillance, pas une fausse note. Soudain, leurs traits
se contractèrent. De l'eau fuyait le long des parois
métalliques. Le gel avait fait éclater les canalisations
du radiateur.

Chiffons, vernis, bouts de bois, vieux papiers, morceaux de pantalon, Collenot de tout cela fit une sorte
de pâte et boucha les fissures. Mais il n'essaya plus le
moteur.

Les condors, effrayés un instant, revinrent.

Durant l'exploration minutieuse qu'il avait faite des
environs, Mermoz avait conçu, pour le décollage, un
plan d'une hardiesse insensée, mais qui lui apparut
comme le seul moyen possible de salut.

Le plateau sur lequel se trouvait l'appareil descendait en pente douce. Cette pente fixait inexorablement
l'axe du départ. En effet le socle était trop étroit pour
que l'avion pût s'envoler dans un autre sens. De plus,

se trouvant à son altitude limite, il ne pouvait s'agripper à l'air et manœuvrer qu'en descendant d'abord. Donc il fallait le lancer sur la déclivité naturelle qui lui donnerait force et vie. Mais cette déclivité aboutissait à un ravin dont le bord opposé et situé un peu plus bas que la plate-forme formait obstacle. Puis venait un autre ravin et un troisième dont les bords allaient toujours s'abaissant. Mermoz savait que, parvenu au bout de la pente, son avion n'aurait acquis ni la vitesse, ni la puissance nécessaires pour survoler ces trois degrés. Il avait donc repéré à la surface une étroite bande à peu près plate, qu'il toucherait de ses roues pour rebondir de l'un à l'autre comme sur autant de tremplins et plonger enfin dans la mince vallée qui bleuissait au fond.

Mermoz ne se demanda pas un instant si l'appareil soutiendrait ces chocs après les réparations de fortune. Il fallait sauter. Il sauterait.

Mais pour que ce projet, qui comportait une chance sur mille de réussite, reçût un commencement d'exécution, il devait donner à la course initiale de l'avion le plus de champ possible, c'est-à-dire le pousser jusqu'au sommet du plateau.

Mermoz et Collenot délestèrent le Laté 25 de tout ce qui n'était pas strictement indispensable ; ils abandonnèrent sur la neige un réservoir d'essence de 480 litres avec ses ferrures, les tire-bouchons d'amarrage, l'outillage de l'avion, le cric, des bidons d'huile. Ils arrachèrent les banquettes de la cabine des passagers. Le Laté 25 semblait sortir d'un pillage. Malgré cela, il pesait encore plus de 2 000 kilos. Et deux hommes, qui depuis cinquante heures n'avaient rien mangé, presque pas dormi, que le gel avait torturés, devaient le faire rouler, en remontant la pente, sur une piste

rocheuse pendant un demi-kilomètre. Et Collenot
tenait à peine sur ses jambes. Mermoz mit huit heures
à parachever cet exploit.

Puis ils tournèrent l'avion le nez vers l'abîme. A
ce moment Collenot dit d'une voix sans timbre :

— Déchirez votre paletot de cuir, monsieur Mermoz.

Il lacéra le sien. Les tubes d'eau avaient de nouveau
cédé.

Collenot, grelottant, boucha les fuites, Mermoz, bien
qu'il fût en bras de chemise, n'avait pas froid. Il tenait
les commandes.

— Les cales, dit-il brièvement.

Collenot écarta les grosses pierres posées sous les
roues, sauta dans la cabine. L'avion roulait. Avec ce
qui restait de sa veste, Collenot se couvrit la tête. Il
ne voulait pas voir.

Mermoz, le visage pareil à un masque, sentait chaque tressaillement de l'appareil dans sa chair. Plein
moteur... Le bord de la pente, la chute, le premier
tremplin. Le train d'atterrissage a tenu... Le second
obstacle... Un mètre d'erreur, et c'est la fin. La roue
du gouvernail lui entrait dans les paumes... L'endroit
juste où il faut toucher... Le Laté rebondit... Le train
a tenu... Attention... Le troisième ravin... Ne pas se
tromper d'un mètre... Je touche... Je saute. Oui... Le
train a tenu.

A deux mains, Mermoz appuya sur le levier de profondeur, tomba dans la vallée, sentit s'éveiller à la
vie les molécules de l'appareil, vira sur l'aile pour
éviter le flanc de la montagne qui venait à lui avec
une vitesse incroyable, redressa, remonta. Il était maître de l'avion, du ciel, du monde.

Par le couloir qu'il avait emprunté pour venir, et

s'appuyant de nouveau sur un courant ascendant, il
déboucha de la muraille tragique. La plaine frémissante d'arbres en fleurs reposait sous le soleil à son
zénith.

A midi, Mermoz était à Copiapo.

Ceux qui l'ont vu atterrir, m'ont dit que son visage et
celui de Collenot étaient méconnaissables. Sous la barbe
qui les rongeait, le froid n'en avait fait qu'une plaie.

A Rio Callegos, dernière bourgade de Patagonie, à
quelques kilomètres du détroit de Magellan, sous
l'unique hangar du terrain d'aviation le plus austral
au monde, il y a un Laté 25. Il porte le n° 603.

J'ai longuement rêvé contre son fuselage; c'est
l'avion avec lequel Mermoz et Collenot accomplirent
le miracle des Andes.

C'était à tel point un miracle, que, déjà, on pleurait
Mermoz des deux côtés de la Cordillère, en Argentine
comme au Chili. Dès qu'on l'avait su perdu dans la
montagne barbare, on avait renoncé à l'espérance de
le revoir.

Seuls ses amis refusaient d'accepter qu'il fût mort.
Mais la raison n'était pour rien dans leur volonté de
croire au retour de Mermoz. Étienne, Chaussette,
Moulié, ne se quittaient plus. Leurs occupations ordinaires, ils n'y pouvaient songer. Ils ne pouvaient que
parler de Jean, calculer ses chances. Toute autre présence leur eût été insupportable. Le troisième jour de
silence, Étienne avait un regard de fou.

— Je partirai demain chercher Jean, cria-t-il. Je ne peux plus attendre.

— Mais vous ne pouvez pas descendre dans chaque repli des Andes, mon pauvre Étienne, dit Chaussette.

— Je le ferai, je le ferai. J'irai dans les vallées. Je regarderai dans les ravins. Je patrouillerai une semaine s'il faut, je le trouverai.

— Et le courrier? demanda Chaussette, pour calmer cette crise qui lui faisait peur.

— Le courrier?

Étienne répéta le maître-mot comme s'il était vide de sens, haussa les épaules et dit :

— Un autre le fera à ma place. Demain je m'en vais chercher Jean. Je le ramène, ou j'y reste, tout m'est égal.

Le lendemain, le télégraphe apporta à Buenos-Ayres la nouvelle que Mermoz était à Copiapo.

C'était à ce point un miracle que, lorsqu'il raconta son aventure, les Chiliens d'abord ne crurent pas Mermoz. Pourtant ils comptaient parmi leurs pilotes, et plus que tout autre peuple peut-être, des gens d'une bravoure démente et prêts à tous les risques. Mais ils savaient que la Cordillère ne rendait jamais ceux qu'elle avait pris. Ils envoyèrent une caravane à dos de mulet, à l'endroit qu'indiqua Mermoz comme ayant été celui de son décollage. Elle revint avec le réservoir d'essence, le cric, les banquettes arrachées. Alors seulement le prodige fut accepté pour vrai. Et la renommée de Mermoz, comme d'un être surnaturel, courut d'un bord à l'autre de l'Amérique du Sud. Et comme sa stature et son visage se prêtaient, alors même qu'il était dans la fleur de la vie, à la légende, les Indiens des Andes et les Gauchos des Pampas et les peones du Paraguay, et les pêcheurs du Brésil parlèrent d'un demi-dieu venu de France, qui volait comme un oiseau, et qui avait la force des montagnes.

Dix ans après cette évasion de la Cordillère, comme je passais avec Marcel Reine dans une rue tranquille de Santiago-du-Chili, une enseigne m'arrêta. Au-dessus d'un café j'avais lu : *Bar Mermoz.*

J'entrai. La pièce était humble. De petites gens buvaient au comptoir le vin doux du pays et son alcool blanc, le pisco, qui a un goût fruité et vif. Il faisait obscur. On parlait à mi-voix :

— Vous avez connu Jean Mermoz ? demandai-je au patron.

— Oh ! non, dit-il avec humilité. Mais avant que je prenne la maison, il est passé un jour ici, très vite, pour manger quelque chose debout. Alors... Vous comprenez, c'était un tel honneur... »

Après ce témoignage, pourquoi énumérer ceux, officiels et sans nombre, qui accablèrent Mermoz, lorsque sur son Laté 25, remis à neuf, il revint à Buenos-Ayres ? Les chocolats, les cigarettes, les parfums, les fétiches, à quoi l'on donna son nom ?

Il en souffrit. Des dîners donnés pour lui, il oublia la moitié. Il avait autre chose à faire.

A quoi servait que tous les journaux d'Amérique du Sud l'appelassent le Lindbergh français, lui qui avait tant ambitionné ce titre, puisque la France ne lui donnait pas d'avion pour égaler Lindbergh ?

La joie véritable et baignée d'une lumière qui n'était pas celle de tous les hommes, il l'éprouvait quand, soudain, revenaient à sa mémoire, sans qu'il le cherchât, le paysage lunaire du plateau neigeux, les condors aux aguets, le sommeil fraternel avec Collenot, et cet instant où l'avion s'était mis à rouler vers les trois marches du destin.

Si Mermoz n'était pas sensible à la gloire tumultueuse qui suivait ses pas, si, en réponse à tant d'hommages, il disait en riant : « Pourvu que je ne meure pas
ici, on me ferait des obsèques nationales », ses amis,
eux, exultaient! Étienne et aussi Guillaumet et Marcel
Reine et Antoine qui avaient quitté la ligne Casablanca-
Dakar pour venir en Amérique. La grande équipe
était reconstituée. Il manquait encore Saint-Ex, mais
il viendrait bientôt.

Il manquait aussi Lécrivain, mort par temps de
brume entre Safi et Mogador.

— Pauvre Mimile! dirent les camarades de Lécrivain.

Ils parlèrent de son violon, de sa pureté mystique,
de son visage d'Indien et de son amour pour le bled.
Ils parlèrent bien de lui dans leur argot et leur simplicité. Ils pensaient tous que c'était une belle mort. Puis
ils burent et ils chantèrent et ils choisirent de jolies
filles, car ils savaient qu'ils devaient vivre vite et que
Lécrivain était pour toujours avec eux.

Ensuite ils se séparèrent pour prendre leurs postes,
qui à Natal, qui à Bahia, qui à Rio et qui à Mendoza.
Et ils ne se rencontrèrent plus qu'aux hasards des
escales. Mais ils étaient toujours prêts à donner leur
vie l'un pour l'autre, parce qu'ils étaient comme les
chevaliers de la Table ronde, qui voyageaient beaucoup.

Dans les mois d'avril et de mai, Mermoz maîtrisa
la Cordillère. Il avait enfin reçu de France un appareil

qui pouvait s'élever jusqu'à 6 000 mètres : le Potez 25.
Il ne s'agissait plus de louvoyer, de ruser avec la montagne. Il pouvait l'attaquer de front, aller droit, aller vite.

Chaque semaine, de Mendoza à Santiago, et de Santiago à Mendoza, il accomplit par la vallée du Transandin la fabuleuse croisière. Je l'ai faite une fois. J'ai vu à l'aller et au retour le spectacle indicible qui tant de fois s'est présenté à Mermoz, et le Christ des Andes et le cône vertigineux de l'Aconcagua et les guanacos sautant de rocs en rocs, et la muraille qui coupe le souffle à travers laquelle Mermoz se glissa porté par une colonne d'air; et cette chevauchée de neiges et de glaces et cette fureur, pétrifiée dans un éternel assaut.

Mais je me trouvais dans un avion à 3 moteurs, à train rentrant, chauffé, équipé de T. S. F., de radiogoniométrie, muni de tubes d'oxygène, d'un fourneau électrique et d'un steward prévenant. Et il faisait très beau. Et tandis que Reine pilotait, que le radio Pourchas ne quittait pas son casque d'écoute, que le mécanicien Rubert s'occupait du tableau de bord et que le steward me proposait des boissons chaudes ou des alcools à mon choix, je jouissais de la vue.

Mermoz, lui, n'avait rien. Sa carlingue était découverte, et il était seul avec Collenot.

Il passa par tous les temps. Or, l'hiver commençait. A 6 000 mètres le thermomètre marquait moins 40°. Des orages d'une violence effroyable parcouraient les vallées. La neige masquait les pics. Jeté contre un flanc de montagne, aspiré par un tourbillon, naviguant à l'aveugle à travers les arêtes, cabrant son appareil à la limite de l'écrasement, tantôt sur une aile et tantôt sur l'autre, jouant avec les nuages, les cimes, les rafales, les éclairs, Mermoz, dans un paysage de fin du monde, passait et repassait les Andes. Il « étudiait la ligne ».

Quelquefois, pour se délasser, il allait d'une traite jusqu'à Rio voir Joméli et Reine et revenait à temps pour dominer, à l'heure prescrite, la Cordillère.

Un jour, il eut pour passager Daurat, qui d'un bout à l'autre, inspectait la ligne. Avant d'arriver à Mendoza, le moteur leur infligea trois pannes dans la pampa. Mermoz s'amusa comme un enfant de la grimace que fit Daurat lorsque les gauchos qui les avaient recueillis dans leur demeure enfumée le forcèrent à boire du maté. Il s'amusa également du nez gelé de Daurat quand ils montèrent à 6 000 mètres. Lui-même, il eut les talons insensibilisés par le froid pour 24 heures. Mais ni l'un ni l'autre ne regrettèrent cette traversée. Sous un ciel d'une luminosité idéale, les Andes avaient été comme un blanc paradis et leurs aiguilles et leurs arêtes comme les ramures neigeuses d'un arbre de légende qui eût pris les montagnes pour racine et le firmament pour frondaison.

— Je n'ai jamais vu chose plus digne d'être survolée, dit Mermoz en descendant.

— Et moi, murmura Daurat d'un air pensif et tâchant d'allumer une cigarette caporal avec des doigts gourds, et moi je crois bien que, pour quelques minutes, j'ai perdu le sens de la réalité.

Mermoz faisait visiter ses domaines enchantés.

Il montra le Brésil et le Paraguay et la Bolivie à Édouard Serre qui venait étudier l'équipement en T. S. F. des avions et des terrains et qu'il aima tout de suite pour son enthousiasme, sa science, son cran et sa pureté de cœur.

Plus tard il « promena » Marcel Bouilloux-Laffont qui se prit pour Mermoz d'une tendresse paternelle.

Mais chaque semaine, Mermoz revenait à la Cor-

dillère. On eût dit qu'il avait laissé une part précieuse
de lui-même sur le haut plateau des trois condors et
qu'il cherchait à la reconquérir.

Parfois des ouragans de neige lui bouchaient complètement l'entrée de la vallée. Mermoz décollait de
Mendoza, deux, trois et jusqu'à six fois, faisait douze
heures de vol le long de la paroi voilée, surprenait
une vague ouverture et traversait. D'autres fois, il
entrait dans le défilé par ciel clair. A mi-chemin, au-
dessus du Christ des Andes, il trouvait une brume
épaisse. S'il tournait la tête, il voyait qu'un rideau
de nuées s'était formé derrière lui. Il était pris comme
dans une immense nasse. Alors il devinait les obstacles
et arrivait.

Quand il fut bien sûr que rien ne pouvait plus
l'arrêter dans ce corps à corps, il dit qu'on pouvait
commencer le courrier. Le 14 juillet, il ouvrit officiellement la ligne. Dans ce voyage Guillaumet l'accompagna, qui devait prendre sa succession. Plus tard, quand
Guillaumet, ayant traversé plus de trois cents fois les
Andes, vint, sur la trace de Mermoz, comme ils disaient
« faire l'Atlantique », ce fut Reine qui, sur la Cordillère, prit sa place, toujours sur un Potez 25, découvert, et par n'importe quel ciel.

Peu de gestes en ce temps paraissent aussi dignes
d'être retenus par les hommes, que cette étonnante
course au flambeau.

Puis Mermoz ouvrit la ligne de Buenos-Ayres à
Asuncion. Il connaissait par cœur le trajet et passa
aussitôt les commandes à Marcel Reine.

Puis vint le tour de la ligne de Patagonie. Là, Mermoz découvrit le vent. Il avait éprouvé celui de Syrie,
d'Espagne, des deux rivages de l'Atlantique Sud et
celui des Andes. Mais les torrents prodigieux de l'éther

qui roulaient à travers l'espace aussi vite que volait
son avion, et qui, soufflant dans le sens contraire à
celui de sa marche, le laissaient parfois comme sus-
pendu et immobile, tandis que le moteur tournait à sa
plus haute puissance, Mermoz ne soupçonnait pas
qu'ils pussent exister. Il ne savait pas non plus qu'il
pût y avoir des villes assez neuves pour que leurs cime-
tières fussent vierges de tombes, ni que, sur des plages
glacées et battues par une grise mer australe, les pho-
ques par milliers couvraient le sable de leur luisant
pelage. Il en ramena un avec les sacs de courrier, qu'il
mit dans sa baignoire avant de le donner au jardin
zoologique. Il ramena aussi la vision de ces terres
vides, où les moutons, à la laine plus épaisse que les
plus épaisses fourrures, retournent à l'état sauvage, où
les baies sont des entailles glauques, belles et tristes
comme des fjords.

Il venait raconter ses découvertes à Saint-Exupéry,
qui devait prendre la direction de la ligne nouvelle.
Il le trouvait en smoking et cachant, comme une faute,
derrière sa très large main, des feuillets manuscrits.
Ils parlaient de Juby et de Buenos-Ayres.

Soudain, Saint-Exupéry demandait :

— Dites-moi, Mermoz, sur la Cordillère, est-ce
bien cela qu'on éprouve?

Il se mettait à lire ce qu'il avait dissimulé. Et Mermoz s'étonnait d'entendre ce que, à haute voix, il ne
savait pas exprimer.

Saint-Exupéry avait commencé d'écrire *Vol de nuit.*

V

LE GRAND PIÈGE

Or, dans ce mois où Mermoz semblait avoir le don d'être partout à la fois, où ses conquêtes abolissaient l'espace et le temps, où il reliait en quelques heures le Pacifique à l'Atlantique et la Terre de Feu à l'Équateur, se jouait en lui le conflit le plus déchirant.

Je sais que je vais toucher à une matière infiniment délicate et que peut-être on m'en contestera le droit. Je crois pourtant devoir le faire. Sans pénétrer dans cette intimité il n'est pas possible de surprendre en sa crise la plus saignante la vérité de Mermoz. Et je la tiens pour plus importante que tout.

En avril ou mai 1929, Mermoz, qui allait peu dans la société, connut, par le truchement d'un ami, une jeune fille, née en Argentine, de parents français. Ils s'aimèrent.

On ne peut pas analyser les correspondances profondes et durables ou superficielles et passagères qui déclenchent chez deux êtres un sentiment violent. Ce qui est certain, toutefois, c'est que Mermoz était prédisposé, prédestiné à voir la passion pour une femme s'abattre sur lui avec une virulence totale, élémentaire. Sa nature était trop généreuse, elle offrait trop de prise à la vie sous toutes ses formes pour qu'il pût

mourir sans connaître aussi cet ouragan. Il avait cru
y échapper parce qu'il avait rencontré presque exclusivement de belles, mais pauvres filles, éternelles pas-
santes de coulisses, d'hôtels et d'établissements de nuit.
L'éducation, la finesse, la native aristocratie de Mermoz, lui interdisaient d'accorder à ces victimes faciles
rien d'autre qu'une charnelle camaraderie. Mais, sans
qu'il le sût et à cause de cela même, il attendait l'amour,
et sous les traits d'une jeune fille.

Elle vint à l'heure où il y pensait le moins.

Aussitôt il emplit cette image de sa propre substance. C'était fatal. Mermoz n'avait fait que cela
toute sa vie, même pour des indifférents. Pour celle
qu'il aima il n'y eut pas une de ses aspirations, pas un
de ses rêves, de ses élans, dont il ne l'habillât, pas un
de ses trésors dont il ne l'enrichît. Les vers des poètes
et les songeries du bled, les rires de sa jeunesse et les
fantômes de sa mélancolie, sa quête anxieuse, déses-
pérée de la tendresse, de la pureté, tout prit la forme
d'une jeune fille. Mermoz, croyant voir en elle le reflet
de l'inaccessible, crut l'aimer plus que tout au monde.

Quand il eut compris cela, il trembla comme peut
trembler un croyant qui renie son Dieu. Elle, plus
que tout au monde? Et l'aviation?

Là, commença la tragédie.

Mermoz sentit tout de suite qu'il ne pouvait concilier ces deux exigences, et que, même en les mettant
sur des balances égales, il trahissait celle qu'il n'avait
pas le droit de trahir. Une divinité, dès l'instant où
elle accepte un être mortel pour rival, n'est plus une
divinité. Mermoz le savait mieux que personne. Et il
aimait si fort cette jeune fille, qu'il crut ne pas pouvoir lui imposer l'angoisse constante d'être la femme
d'un coureur ailé, dont la piste chemine sans cesse

entre la vie et la mort. Déjà, dans ses brèves aventures, il souffrait atrocement de faire souffrir. Allait-il recommencer, d'une autre manière, mais plus torturante, pour celle qu'il aimait de toute sa puissance d'amour?

Mais quitter l'aviation...

« Abandonner le résultat de tant d'efforts, supprimer ce dont je suis intoxiqué, je crois, pour le restant de mes jours? Ne plus voler, ne plus lutter, ne plus tenter, ne plus risquer? »

Voilà ce qu'écrivit, le 22 juin, Mermoz à sa mère, en lui faisant l'aveu de son sentiment.

Deux mois passent. Les intentions de Mermoz se précisent et il dit :

« Je sais l'inquiétude constante dans laquelle tu vis, ma petite maman. *Elle* commence à vivre dans la même anxiété. Maman, il me faut du courage comme j'en ai eu quand je t'ai quittée, pour entrer dans l'incertitude d'une existence qui fait souffrir tous ceux que j'aime. Je ne connais pas les limites de ma volonté. Les connaîtrai-je un jour? je ne le souhaite pas. Ce serait un tel effondrement. En attendant je suis fort pour deux. Attendre, c'est la solution. »

Et le 31 octobre, Mermoz, faisant le courrier, porte jusqu'à Rio cette lettre magnifique et affreuse :

« Je me rends bien compte maintenant que les deux existences que j'ai rêvées sont inconciliables... Je ne pars plus avec enthousiasme. Mais une fois parti, il revient. Il revient, si tu savais, avec tant de force, et je ne connais plus rien que l'effort, l'âpre et rude satisfaction qu'il donne à ses initiés, et puis la volupté morale de la lutte dans la beauté des choses, que ceux d'en bas ne soupçonnent pas, le choc d'émotions

intenses et qui font qu'on ne se sent plus humain, et
si loin, si loin de l'étroitesse de la masse terrestre. Et
cela m'épouvante, parce que j'aime de toute mon âme
et que l'être que j'aime, je ne pourrai le voir souffrir
en sacrifiant une partie de son existence à ma secrète
passion, et que, d'un autre côté, ma petite maman
chérie, le sacrifice sera si grand pour moi. Mais je
l'aime tant qu'il vaut mieux que ce soit moi qui
souffre.

« Alors, ma foi, je volerai moins... Ma volonté
m'aidera à supporter cette diminution. Maman, ce
mot m'effraie... Moi qui aurais donné mon existence
pour atteindre les sommets que personne n'avait
jamais atteints, m'élever si haut... si haut... Enfin, je
limiterai mon idéal... Je rentrerai dans le rang, j'aurai
une situation, et j'aimerai... Je volerai de temps en
temps... Et puis son amour à elle rendra mon sacrifice
moins pénible... Je sais si bien lui cacher mon angoisse,
qu'elle est tout heureuse et se laisse aller à l'idée que
je n'abandonne rien... rien. Et je veux qu'elle le croie
toute son existence.

« Maman, ma petite maman, je te raconte tout cela
à toi, parce que toi, tu es ma maman... J'aurais tant
aimé que tu la sois uniquement quand j'étais petit, et
je t'ai si peu eue alors que je t'aimais avec ma passion
pure d'enfant. Tu étais pour moi ma maman-fée, dont
je rêvais pendant les longs jours où tu étais absente...
et toujours si loin... et puis, comme je ne pouvais
confier tout ce qu'il y avait en moi de sensibilité,
de passion contenue, presque maladive à qui que ce
soit, alors je me repliais, je souffrais... et puis j'en ai
pris l'habitude peu à peu, et je ne t'ai jamais dit
peut-être aussi bien que maintenant tout ce que je
possède de sentiments inexprimés, d'impulsions puis-

santes et douloureuses qui jaillissent de mon être avec
force, comme une source très pure... dont une partie
me fut révélée par l'aviation, et l'autre par ce premier
amour qui m'a redonné ma sensibilité de jadis... qui
m'a rendu à moi-même, qui fait que je me retrouve
ton petit enfant, maman... et que cela me fait du bien
de te le dire... de te dire tout ce que je sens, parce
que, vois-tu, je crois que si je n'avais pas eu ces deux
révélations-là... je crois qu'on peut mourir de trop de
passion inexprimée... stérile... »

Que peut-on ajouter à ce débat meurtrier? Quoi de
plus terrifiant que cette renonciation de l'homme le
moins fait pour renoncer? Que de voir Mermoz accepter de ne plus voler? Se résigner à la diminution?
Abdiquer pour une jeune fille? Samson avait moins
sacrifié quand il donna sa chevelure.

Jamais Mermoz n'a commis un tel crime envers lui-
même. Ni dans les bas quartiers de Nancy ou de
Thionville, ni quand il s'abandonnait à la cocaïne,
ou aux soucis d'argent. A ce moment il cherchait encore sa vérité et la mettait sans le savoir au-dessus de
tout. Mais après Casablanca-Dakar, après les vols de
nuit et le plateau aux condors, il l'avait connue,
approchée, saisie, et voilà qu'il consentait à s'en détour-
ner. On reste étourdi et craintif devant le mystère de
la défaite virile.

Même si elle n'est que passagère.

Car, de tout ce qu'annonçait Mermoz à sa mère,
rien n'arriva. Dans le domaine du vol, il ne renonça
à rien, il ne se diminua en rien, ne sacrifia rien.

Est-ce parce que son mariage ne lui donna pas la
félicité qu'il espérait? Je ne le crois pas. Et si en cela
je me trompe, je dirai, sûr de ne pas errer :

« Par bonheur (et malgré tout ce qu'a pu souffrir Mermoz), ce mariage n'a pas réussi. »

Le rayonnement de Mermoz ne pouvait pas se borner aux chenets d'un foyer. Mermoz n'avait pas le droit de payer sa paix de ce prix-là. Il méritait et devait davantage. Il le comprit très vite.

Deux ans plus tard, je me trouvais en compagnie de Mermoz et de sa femme. Je ne sais plus pourquoi Mermoz s'écria :

— Rien, ni personne, ne me fera renoncer à un raid dangereux, si je le crois faisable.

— Et si je me mettais devant ton avion? demanda sa jeune femme.

Elle plaisantait peut-être. Mais c'est avec une gravité violente que Mermoz répondit :

— Aurais-je une charge de 15 tonnes, je passerais sur toi...

Au risque de paraître inhumain, j'avoue que je n'ai jamais entendu de la bouche de Mermoz des paroles qui m'aient comblé davantage.

Mermoz eut sa dernière panne en Amérique du Sud le 24 décembre 1929. Il portait pour le réveillon beaucoup de champagne à Buenos-Ayres. Lui et Collenot en burent une demi-douzaine de bouteilles sur la plage déserte où ils avaient atterri. Ils s'endormirent, insouciants et fraternels, sous les plans de l'appareil, dans la nuit brésilienne.

Le 20 janvier 1930, Mermoz partit pour la France. En deux années, il n'avait pas pris un jour de congé.

Il avait fondé quatre lignes aériennes et en avait pros-
pecté beaucoup d'autres. Il leur avait donné un tel
élan que Daurat lui-même s'avouait dépassé. Il avait
ouvert le ciel de la Cordillère des Andes et il l'avait
labouré. Il avait posé les roues de ses appareils au
Brésil, en Patagonie, au Chili, au Paraguay, en Bolivie,
au Pérou. Il n'avait jamais failli dans une mission,
il n'avait jamais fait un vol inutile.

En partant, il distribua ses royaumes à ses amis.

A Étienne, il donna le Brésil.

A Reine, le Paraguay.

A Guillaumet, la Cordillère.

A Saint-Exupéry, la Patagonie.

Aucun d'eux ne put le remplacer complètement.
Cependant, comme s'il avait laissé une partie de lui-
même à certains, Guillaumet fit un autre miracle des
Andes, et le plus beau chant sur les pilotes de ligne
s'appelle : *Vol de nuit*.

Les conquistadors ne firent pas mieux. Et pour parler le langage de leur temps, quand Mermoz s'embarqua, il était le conquérant des Amériques.

Quand il débarqua en France, c'était un inconnu.

LIVRE IV

L'appel de l'Atlantique

LE « COMTE DE LA VAULX »

Mermoz arriva à Bordeaux vers le 10 février. Le 15, il se mettait au travail. Il n'était pas venu en France pour se reposer. Il avait pris le bateau avec l'assurance formelle qu'il retournerait bientôt en Amérique, et, cette fois, en avion. Sa grande obsession allait enfin être assouvie.

Tous ses projets de traversée à son compte avaient échoué. Presque chaque mois, tout en assurant les routes aériennes du Brésil à la Terre de Feu, Mermoz avait élaboré des plans, écrit, harcelé, supplié, crié. Il avait obtenu beaucoup d'encouragements, de promesses, et connu autant de déceptions. Au moment où il pensait réussir, le ministère de l'Air avait interdit le survol de l'Atlantique par appareil terrestre. Cn a lu la réaction de Mermoz. Mais comme il ne savait pas désespérer, il se dit bientôt :

« Puisque l'avion est défendu, pourquoi ne pas utiliser l'hydravion? Quelle différence entre les deux? On décolle sur l'eau et on se pose sur l'eau, au lieu de le faire sur sol ferme? Eh bien, il n'y a qu'à remplacer les roues par des flotteurs... Je ne connais pas la manœuvre? Je l'apprendrai. Le tout est d'avoir un appareil d'un rayon d'action suffisant. »

A ce moment sortait des usines Latécoère un nouveau modèle, le Laté 28. Pour l'époque, cet appareil
était remarquable par son coefficient de sécurité et ses
performances. En 1937, c'est-à-dire huit ans plus
tard, la ligne de Patagonie était encore uniquement
équipée en Laté 28, et je suis allé, porté fidèlement
par l'unique moteur de ces avions, jusque par-delà
le détroit de Magellan, conduit par de rudes hommes,
les pilotes argentins qu'avaient formés Mermoz et
Saint-Exupéry.

Le Laté 28 arriva en Amérique du Sud à la fin de
l'année 1929. Mermoz essaya l'appareil et promena à
son bord Marcel Bouilloux-Laffont, à travers le pam-
pero déchaîné et les pluies en cataractes, de Buenos-
Ayres à Rio, d'Asuncion à Comodoro-Rivadavia.

— Avec des flotteurs, cet appareil peut assurer le
courrier sur l'Atlantique, monsieur le président, dit
Mermoz.

— Entendu, promit Bouilloux-Laffont.

Il était écrit que tout ce que ferait Mermoz, il le
ferait pour sa ligne.

Bouilloux-Laffont câbla des instructions à Toulouse.
On commença de transformer l'oiseau de terre en
oiseau de mer. Et Mermoz à bord du paquebot
Lutetia, regardant approcher les rivages de Gascogne,
se préparait à changer son métier d'aigle contre celui
d'albatros.

Il fila sur Paris, acheta une voiture, enleva sa mère
à Lille, l'amena chez ses grands-parents à Mainbressy.
Là, pendant deux jours, il s'abandonna aux souvenirs
de son enfance, parmi ceux qui avaient veillé sur
elle. Puis il reprit le volant, fonça sur Toulouse.
Madame Mermoz devait l'accompagner jusque-là,
vivre avec lui tandis qu'il préparait son vol, re-

prendre goût à l'existence auprès de ce fils, qui, depuis son départ pour le régiment, ne lui était revenu que deux fois et gravement malade.

Lorsqu'ils arrivèrent à Paris, une double phlébite se déclara chez Madame Mermoz. Elle dut prendre le lit. Elle laissa Jean continuer sa route vers une tentative dont l'idée seule la faisait trembler depuis trois ans.

Mermoz devait commencer les essais du Laté 28 à flotteurs sur le lac Saint-Laurent, aux environs de Perpignan. Mais il passa toute une semaine dans cette ville sans pouvoir rien entreprendre.

La neige ne cessa de tomber et le vent de souffler en tempête. Pour un courrier et sur un avion ordinaire, Mermoz eût affronté avec plaisir ces vieux adversaires, ces vieux camarades. Mais il en allait tout différemment pour la préparation d'un raid et avec un appareil nouveau. Il n'avait pas le droit d'accepter la moindre chance contraire. L'échec ou le succès aurait une répercussion immense, peut-être définitive, sur le sort de la ligne postale aérienne à travers l'Océan. Trop de gens considéraient ce dessein comme une chimère. Pour qu'elle devînt un fait acquis, Mermoz avait lutté avec une obstination enragée. Il ne pouvait se permettre une seule imprudence. Risquer sa vie était sa propre affaire. Risquer le résultat d'une grande idée dépassait sa vie. Il fallait réussir.

Ce fut à l'occasion de ce premier raid que Mermoz fit l'apprentissage de cet ordre de patience qui n'avait rien à voir avec sa ténacité, son acharnement ordinaires et qui ne comportait de lutte avec rien qu'avec la durée. Avoir un seul désir et qui emplit le cœur,

un seul cri dans l'âme : partir! n'être qu'un mouvement, qu'un élan, qu'une proue. Et, pour un réglage
d'arrivée d'essence, attendre. Attendre parce que les
flotteurs n'ont pas le dessin exact qu'il faut. Parce que
la consommation d'huile est excessive pour la longueur
du trajet, parce que les prévisions de temps ne sont
pas favorables. Essayer sans cesse la machine volante,
la roder pendant des heures et des heures, voir que
tout est au point, fixer la date du départ et la veille,
au dernier contrôle qui semblait vain et de pure
forme, surprendre une défaillance qui retarde de tout
un mois la merveilleuse aventure, même si la révision
ne demande que trois jours...

Car l'une des conditions du succès était de partir à
la pleine lune. En ce vol qui devait durer un jour et
une nuit, il fallait que la nuit fût aussi claire que le
jour. Pour la navigation, pour le maintien de l'appareil en équilibre (le pilotage sans visibilité était alors
dans ses limbes) et, enfin, en cas de panne (il n'y avait
qu'un moteur), pour avoir une chance de l'asseoir sur
l'eau sans le rompre.

Mermoz, quand il avait le premier affronté régulièrement le ciel nocturne, s'était peu soucié de ces pré-
cautions. Il avait inventé pour son usage le vol sans
visibilité et l'atterrissage à l'aveugle. Mais il l'avait
fait pour le courrier qui n'admettait pas de délai. Ici,
la hâte n'entrait pas dans le jeu. Mermoz avait sup-
porté une espérance de trois années. Pour quelques
semaines de plus, il ne pouvait pas la compro-
mettre.

Tout d'abord quand, de Perpignan, son Laté 28 fut
envoyé près de Marseille, à Marignane, sur l'étang de
Berre afin d'y commencer les essais, Mermoz compta
partir à la lune de mars qui tombait le 17. Le mistral

soufflait en ouragan. Mermoz comprit qu'il devrait attendre la lune d'avril, qui tombait le 15.

Toutefois, le temps hostile, s'il entravait des préparatifs délicats, ne pouvait pas arrêter le courrier. Il partait chaque jour de Toulouse pour le Maroc, chaque semaine pour l'Amérique du Sud. A celui-là surtout l'exactitude et la rapidité étaient essentielles. Il ne fallut pas que fût manqué le branle donné à l'immense réseau et qui maintenant retentissait par-dessus la Cordillère des Andes. Or, par suite du mauvais temps et de l'inexpérience des jeunes pilotes qui faisaient la ligne d'Espagne (les vieux routiers étaient sur Casablanca-Dakar et en Amérique du Sud), des accidents graves s'étaient produits. Daurat demanda à Mermoz d'assurer le courrier hebdomadaire de Toulouse jusqu'à Casablanca. A Daurat et pour la ligne comment Mermoz eût-il pu refuser? Pendant tout le mois de mars il refit ses étapes de débutant.

Quand le ciel s'éclaircit, il restait trois semaines jusqu'au 15 avril et Mermoz n'avait pas encore manié un hydravion. Il remit son départ à la lune de mai qui tombait le 12.

A la fin de mars, Mermoz put commencer son entraînement par l'étang de Berre. Il décolla, amerrit sans répit. Tous les types d'hydravions gros porteurs qui se trouvaient au centre, il les essaya. Les professionnels de l'aviation maritime militaire ou civile reconnurent avec stupeur la maîtrise immédiate de ce novice. Quels que fussent le poids et l'élément d'un appareil, du moment qu'un engin était conçu pour tenir l'air, Mermoz, entre ses flancs, se sentait chez lui. En dix jours il prit sa licence d'hydravion de transport, alla chercher son Laté 28 à Perpignan, le ramena à Berre, effectua de nombreux vols expéri-

mentaux à pleine charge et pour la consommation
d'essence. En guise d'essai définitif le 11 et le 12 avril,
sur le circuit fermé Marignane-Cap d'Agde-Toulon, il
battit le record du monde de durée et distance en
hydravion. En trente heures vingt-cinq minutes il
couvrit 4 308 kilomètres.

La preuve était faite : le Laté 28 avait un rayon
d'action supérieur de 1 000 kilomètres à la distance
qui séparait Natal au Brésil de Saint-Louis du Sénégal.

— A la lune de mai ! s'écria Mermoz, lorsque, exul-
tant après une ronde de trente heures et ne sentant
aucune fatigue, il déchira d'un bouillonnement écumeux l'étang de Berre.

Il alla à Mainbressy, à Lille. Ses grands-parents et
sa mère lui cachèrent autant que cela fut en leur
pouvoir leur inquiétude mortelle. La présence de
Mermoz rendait l'effort moins difficile. Il était si
beau, si fort. Une confiance d'inspiré éclatait sur son
large front. Pourtant, s'ils avaient pu pressentir le
signe qui attendait leur enfant à Paris, ils n'eussent
pas réussi sans doute, en le laissant partir, à si bien
composer leurs visages.

En revenant d'Amérique, Mermoz était fiancé.
Toutefois et dès son arrivée en France, il prit une
maîtresse. Un homme ne se démonte pas en pièces
détachées. Tout se tient en lui, chair, cœur, esprit.
L'exigence sensuelle était chez Mermoz à la mesure de
ses muscles, de son esprit, de sa résistance physique et
de sa faculté d'exaltation. Souffrait-il de cette dépendance? Ses propos, sa manière de vivre, pendant les

six années que je l'ai connu, ne me l'ont pas donné à penser. Ce qui était naturel ne soulevait pas en Mermoz de protestation intérieure. Cet être qui raffinait sans cesse sur le devoir, le scrupule, le sacrifice, tenait, par sa sève, du primitif. Son grand rire de joie, d'amitié et de combat, avait parfois une résonance barbare.

Quoi qu'il en soit, Mermoz eut une maîtresse. Elle était charmante, légère et un peu déséquilibrée. Mermoz pensait dénouer cette liaison plus facilement que toutes celles qui avaient jalonné sa vie. Le départ du Laté 28 y apporterait de lui-même un terme. Revenant de Lille à Marseille pour prendre son vol vers l'Amérique du Sud, et s'étant arrêté à Paris où l'attendait la jeune femme, Mermoz lui expliqua du ton le plus doux et le plus ferme qu'il la quittait pour toujours. Il dit aussi qu'il aimait une jeune fille et que sa fiancée allait venir en France.

— Je te prie seulement, dit sa maîtresse, de passer cette dernière nuit avec moi.

Mermoz consentit. Il devait prendre le lendemain le premier train pour Marseille et le surlendemain décoller de Marignane. Ils dînèrent avec Max Delty, le plus vieil ami de Mermoz, celui de son adolescence.

— Le repas fut très gai, m'a dit Max Delty, Jean mangea comme à son ordinaire, terriblement. Nous bûmes pas mal. J'étais un peu anxieux, c'est certain, mais je ne le montrais pas, et puis Jean inspirait une telle sécurité. Il était plus en forme, plus éblouissant que jamais. La jeune femme montra beaucoup d'appétit et de bonne humeur. Puis je les accompagnai jusqu'à un hôtel en face de la gare de Lyon où je pris également une chambre. Je devais mettre Jean au train de bonne heure. Je préférais passer la nuit sous le même toit que lui.

Mermoz s'endormit auprès de sa maîtresse d'un seul coup, ainsi qu'il le faisait toujours. Un sentiment de froid singulier le réveilla quelques heures plus tard. Instinctivement, pour se réchauffer, il se serra contre la jeune femme. Un mouvement de recul qu'il ne contrôla point le jeta hors du lit. C'était d'elle que venait ce froid à nul autre pareil. La chair de Mermoz avait compris avant sa raison : sa maîtresse était morte.

Il courut chez Max Delty, l'amena au chevet de la jeune femme. Ils contemplèrent le visage à jamais paisible.

— Elle s'est suicidée, dit Mermoz, d'une voix sans timbre. Elle a dû le faire dès que j'ai fermé les yeux.

Pensa-t-il à la dernière caresse qu'elle avait peut-être promenée sur ses cheveux bouclés? Il se raidit brusquement :

— Va au commissariat, Max, ordonna-t-il. Il faut régler les formalités au plus vite. Je ne peux manquer la lune de mai.

Mermoz avait tenu à ce que son appareil portât le nom du comte de La Vaulx. Ce dernier, à l'automne précédent, quelques mois après avoir été sauvé par les épaules de Mermoz dans la Cordillère, s'était tué en avion en Amérique du Nord.

A 5 heures du matin, — un jour exactement s'était écoulé depuis l'instant où Mermoz avait découvert contre lui sa compagne morte — le *Comte de La Vaulx* décolla de l'étang de Berre. Il emportait quatre hommes à son bord : Mermoz, Gimié, Dabry et Didier Daurat.

Ce dernier allait seulement jusqu'à Saint-Louis du Sénégal. Il voulait se rendre compte comment, sur un plan d'eau récemment aménagé, et dans un climat tout différent, se comporterait le Laté 28. Pour lui, comme pour Mermoz, il ne s'agissait pas d'un raid, d'un record, d'un exploit sportif de précurseur. Ce qu'ils cherchaient dans cette tentative de traversée aller et retour de l'Atlantique, c'était le progrès immense, décisif, qu'elle pouvait obtenir pour le courrier et la ligne.

Les deux autres passagers du *Comte de La Vaulx* devaient, eux, partager jusqu'au bout de l'aventure le destin de Mermoz. Ils faisaient partie de l'équipage. Gimié était le radio de bord, Dabry le navigateur. Daurat les avait choisis pour leur valeur professionnelle, leur expérience (ils avaient fait pour l'Aéropostale plus de 50 traversées Marseille-Alger), leur courage et l'amour qu'ils avaient de la ligne. Gimié était un Marseillais aux traits réguliers, agile, mince, volubile et tout de vif-argent. Dabry, né en Avignon, portait dans un corps plus trapu et un visage plus rond, la même chaleur méridionale mais contenue et concentrée. Mermoz s'était entendu sur-le-champ et à merveille avec ses deux compagnons. Ils avaient cette franchise et cette simplicité qu'il aimait tant, et la seule bravoure qui comptait pour lui, celle dont on ne parle jamais. Ils ne pensaient pas à eux, mais au travail en commun. Ces deux hommes étaient heureux et fiers d'aborder l'Atlantique. Ils riaient sans arrière-pensée.

Aux essais de l'appareil, cet accord avait commencé à changer de rang. Il s'était élevé au sentiment de l'équipage. Quand Mermoz voyageait avec Collenot, il ne faisait avec son mécanicien sentimentalement qu'un seul être. Mais leurs fonctions ne coïncidaient pas. Mermoz pilotait, dirigeait, naviguait. Collenot ne l'aidait en rien à conduire la machine volante. Pour agir, il attendait l'atterrissage normal ou la panne. Dabry et Gimié, en vol, n'étaient pas seulement des camarades pour Mermoz. Ils servaient de sens supplémentaires, d'antennes à l'appareil dont il formait le centre vital. Mermoz, qui avait le besoin impérieux de la chaleur humaine, du contact fraternel, conçut tout de suite la singulière et profonde beauté, le caractère émouvant et joyeux de cette liaison du travail dans le danger, de cette charge portée en commun du succès et du risque, de cette alliance du labeur et de la foi, bref, de ce compagnonnage ailé qui portait le nom d'équipage. Et il fit une nouvelle action de grâces à l'aviation qui lui donnait encore cela.

Après une escale à Kenitra au Maroc, une autre à Port-Étienne en Mauritanie, le *Comte de La Vaulx* amerrit à Saint-Louis du Sénégal.

En longeant les côtes d'Espagne, du Maroc, du Rio de Oro et de Mauritanie, Mermoz avait revu tous les lieux au-dessus desquels il avait appris son métier de pilote de ligne et sa vraie vie. Ce n'est pas des baies ou des promontoires, ou des rivages dentelés, ou des plages sans échancrure qu'il suivit, mais étape par étape, sa propre ascension. Il ne s'étonna pas de la pente gravie. Il savait qu'il était encore loin de son faîte. Mais contemplant la régularité, la droiture de la ligne qui mesurait son existence, et ne pouvant pas, par sa modestie innée, l'attribuer à son mérite, Mermoz se sentit mené par une entité qui dépassait les hommes.

Mermoz n'avait pas été élevé religieusement. Sa mère professait un athéisme absolu, son grand-père aussi. Mais toute leur vie n'avait été qu'un long service de l'exigence spirituelle. Mermoz en cela leur ressemblait. Il avait en plus une sensibilité, une exaltation poétique, une soif de l'infini et un sens profond du sacré qui étaient d'essence mystique. Jusque-là il n'avait pas cherché à réunir ses élans épars dans une même notion, il n'avait pas reconnu leur unité. Il s'était laissé porter par eux sans leur donner de nom. Maintenant sa conscience commençait de lier leur faisceau et de nommer leur signe.

Le *Comte de La Vaulx* passait au-dessus des sables et des flots sans fin dans un ciel d'une pureté parfaite. Aux commandes, Mermoz sentait l'appareil voler tout seul. Au seuil de la grande aventure, il n'y avait pas d'heure ni de lieu plus propices à la méditation. Mermoz se rappela Mainbressy et sa règle monastique, l'avenue du Maine, l'infinie charité de sa mère et les rêves studieux, les livres des poètes, les cartons à dessin. Il se rappela les révélations d'Istres, de Palmyre, de Rio, des Andes cruelles et sublimes. Et la félicité de tant de vols. Et le salut dans tant de périls. Combien de fois n'avait-il pas eu la confuse intuition de se trouver face à face avec quelque chose de supérieur à lui.

En approchant de l'heure où un assemblage de bois et de métal allait emporter trois vies humaines par-dessus l'Océan, sans qu'elles pussent grand-chose pour leur défense, trois vies humaines que rien ne forçait à ce risque mortel sinon une exigence impossible à définir et contraire à l'instinct même de la conservation, Mermoz sentit qu'il s'éveillait à la conscience du divin. Une grande certitude lui vint de là dans le succès de son entreprise. Elle était nécessaire à l'harmonie de son destin. Et aussi une grande humilité.

Au moment de partir il dit à Daurat avec une
conviction entière :

— Si je réussis, ce sera un bien immense pour la
ligne. Si j'échoue, il y aura simplement un pilote de
moins.

Le 12 mai, à onze heures, les 130 kilos du courrier
France-Amérique furent transportés par une vedette
à bord du *Comte de La Vaulx*. Ce courrier avait quitté
Toulouse vingt-cinq heures plus tôt. Les pilotes Beauregard, Emler, Guerrero, se relayant tour à tour sans
perdre un instant, avaient voyagé à plein moteur.
Maintenant était venu le tour de Mermoz. En regardant charger les sacs pleins de lettres il pensa :

« Enfin, je pars sur l'Atlantique et en courrier. »

Des quatre pilotes qui portèrent cette première
poste aérienne transocéanique, seul Beauregard n'est
pas mort sur la ligne.

Tandis que, sous l'effort du moteur, l'appareil de
Mermoz grondait et frémissait, encore immobile sur
le fleuve Sénégal, Daurat fumait sa cigarette avec
une anxiété secrète. Mermoz parviendrait-il à enlever
les 5 500 kilos du *Comte de La Vaulx*? Le problème
du décollage était plus délicat, avec les moteurs de
l'époque, pour l'hydravion que pour l'avion terrestre.
Les flotteurs étaient plus lourds que les roues. Avant
de prendre la vitesse propre du départ il fallait les
déjauger, les amener à la surface malgré la résistance
et la masse de l'eau qui formait un frein puissant. A
Berre, les essais avaient été faciles. Mais l'étang était
un plan liquide parfait et qui permettait, par son
étendue, l'envol dans toutes les directions, l'utilisation

du vent, quel que fût son sens. Il n'en allait pas de même sur le Sénégal où l'axe du décollage était conditionné par le lit du fleuve. De plus, l'air tropical était beaucoup moins porteur. Chaud et mou, l'hélice s'y accrochait mal et demandait au moteur un effort supplémentaire. Daurat se demandait, rallumant sans cesse sa cigarette, si cet effort ne dépassait pas la puissance des 650 chevaux dont disposait Mermoz.

Le *Comte de La Vaulx* commença sa course sur le fleuve.

« Le flotteur gauche s'enfonce, observa Daurat. Mermoz compense... compense. »

Il le voyait sérieux, tendu, avec l'intense visage de pierre qu'il prenait dans les moments difficiles. Le flotteur gauche gênait toujours la manœuvre. Par bonheur, c'était de son côté que soufflait le vent. Mermoz en profita, orienta l'appareil de manière à s'appuyer le plus possible sur lui. Le flotteur se dégagea.

« Ça y est », pensa Daurat.

Ses muscles se détendirent, il secoua la cendre de sa cigarette.

Mermoz, les épaules dilatées dans cette attitude de force et de combat qu'il avait toujours quand venait la minute décisive, arracha 5 tonnes ½ au fleuve.

Il eut le sentiment d'une grande délivrance. Il était rendu à son élément.

Le *Comte de La Vaulx* s'éleva avec lenteur, décrivit quelques cercles au-dessus de Saint-Louis et, parvenu à 200 mètres d'altitude, vira vers l'ouest, cap sur l'Océan. Il était 11 h 30.

J'ai demandé à Mermoz ce qu'il avait éprouvé à la minute où, pour la première fois, il s'engagea au-dessus de l'Atlantique. Il me fit cette réponse :

— Rien de ce que tu pourrais croire et de ce que

j'avais attendu moi-même. Aucune excitation particulière. Crainte? Non, vraiment pas. L'habitude de partir par tous les temps m'avait blindé et je n'avais même plus peur d'avoir peur. Joie, exaltation sans bornes? Pas davantage. L'impression que j'eus alors ressembla plutôt au plaisir qu'on a de partir en vacances après un travail fastidieux. En vérité, ce sont les préparatifs d'un raid qui épuisent les nerfs. Du moment qu'on est parti, tout devient facile. On a mis toutes les chances de son côté. On les a amassées une à une contre son impatience. On a fait ce qu'on devait faire, le reste ne vous regarde plus. On vole, on travaille. Ça suffit. On n'a pas assez de temps pour s'occuper de soi.

Dabry et Gimié partageaient ces sentiments. Leur service en Méditerranée les avait accoutumés à n'apercevoir du haut d'un appareil que l'étendue liquide. Les côtes de l'Afrique occidentale se trouvaient encore dans leur rayon visuel que les trois hommes étaient complètement à leur tâche.

A la proue de l'appareil, Mermoz conjuguait toute sa science et tout son instinct pour mener l'hydravion de manière à lui donner sa plus grande vitesse utile, à lui épargner le moindre heurt, à le placer dans le lit du vent, à ménager le moteur. Derrière Mermoz, dans une cabine relativement assez vaste, Dabry se penchait sur la table des cartes, le sextant à la main. Gimié, le casque d'écoute aux oreilles, avait le doigt placé sur le manipulateur d'émission. A la puissance, à l'efficacité, à la sécurité plus grandes de la machine répondait un organisme humain plus complexe. Les cellules de l'équipage avaient commencé leur jeu concordant. Mermoz et ses deux compagnons travaillèrent ainsi pendant six heures. Le temps était beau, le ciel très pur. Ils volèrent à une altitude qui variait de 50 à 200 mètres, Mermoz cherchant sans cesse la couche d'air la plus moelleuse pour les flancs de son appareil et la plus propice à son avance. Leur vitesse se maintenait, régulière, à 160 kilomètres à l'heure. Au-dessous du *Comte de La Vaulx* ondulait une mer lisse, presque sans écume et d'un vert pur, profond et soutenu. On eût dit une étoffe merveilleuse.

Tout était calme à bord. Chacun poursuivait son ouvrage. De temps en temps, Dabry et Gimié quittaient leur cabine pour porter à Mermoz un relèvement de route ou un message.

La direction de l'Aéropostale avait placé sur le trajet de l'hydravion deux avisos de la ligne, pour lui porter secours en cas d'amerrissage forcé et pour contribuer à sa navigation par leurs postes de T. S. F. Le *Phocée* tenait sa veille à un millier de kilomètres de la côte d'Afrique. Le *Brentivy* était à l'ancre à la même distance du rivage brésilien, près du rocher de Saint-Paul. Ce fut au jour déclinant que Mermoz aperçut la silhouette de jouet que, sur le flot couleur d'émeraude, profilait le *Phocée*. Il rendit un peu la main à l'hydravion et passa en rafale à quelques mètres au-dessus de la passerelle où officiers et matelots levaient les bras vers lui. Puis il continua sa course vers l'horizon empourpré par la chute du soleil.

Dabry fit le point.

« Nous arriverons bientôt devant le Pot-au-Noir », alla-t-il crier à l'oreille de Mermoz.

Le Pot-au-Noir.

Le grand obstacle, l'éternelle et obscure barrière et dont tant de navigateurs à Dakar et à Rio avaient parlé à Mermoz. Les paquebots le contournaient à l'ordinaire. Mais, obligé de ménager sa provision d'essence et de couper au plus court, Mermoz devait passer à travers la zone redoutable. Comment franchirait-il ce domaine d'effroi et de sombres légendes? Les paumes de Mermoz épousèrent plus étroitement le volant du gouvernail. Il assura ses pieds contre le palonnier.

A ce moment, une pression sur son épaule fit qu'il tourna légèrement son visage, au profil durci et stylisé par le serre-tête. Gimié lui tendait une feuille qu'il avait couverte de grands caractères hâtifs. Croyant recevoir une indication de temps ou de route, Mermoz cria avec impatience :

« De quoi s'agit-il? »

Mais Gimié posa le papier devant lui sur le volant. Mermoz lut :

« *Mon Jean suis avec toi — stop — Maman.* »

Le télégramme de Madame Mermoz était arrivé avec sept heures de retard à Saint-Louis du Sénégal. Le poste de cette ville l'avait, à tout hasard, transmis au *Comte de La Vaulx.* Gimié l'avait capté. Incrédule, Mermoz lut et relut les paroles de sa mère. En plein Océan... en plein vol... au seuil du Pot-au-Noir ce message d'amour, ce miracle.

Quand il fut bien pénétré de sa réalité, Mermoz, quelques instants, laissa son appareil voler seul. Il avait des larmes plein les yeux. Elles se dissipèrent lentement.

Alors, dans les dernières lueurs du jour, jaillissant de la mer verte et rose, Mermoz aperçut une gigantesque et noire muraille. Il ramassa ses épaules dans un mouvement de charge et fonça. Il n'avait plus d'inquiétude. Il était protégé.

La paroi ténébreuse du Pot-au-Noir semblait soudée à l'eau. Mais, en approchant d'elle, Mermoz crut distinguer entre la surface obscure de l'Océan et la base de la montagne de nuées, un très mince couloir. Il y engagea son appareil. Aussitôt il connut que, de tous les lourds enchantements fendus par les ailes de ses avions comme par autant de glaives, celui-là était le plus pesant. Quand les enfants imaginent les cavernes maudites des magiciens, ils ne voient pas un monde plus funeste que celui qui se présenta aux yeux de Mermoz et de ses compagnons, lorsqu'ils eurent pénétré dans le Pot-au-Noir. Un chaos de ténèbres bouillonnantes les environna. Au sein de cet univers sans lueur, se distinguaient des colonnes de pluie, des amas plus sombres et qui avaient la forme de bêtes géantes, de châteaux monstrueux, de bornes infernales. Tous ces édifices impalpables et noirs tourbillonnaient sans fin sur eux-mêmes, pris dans un mouvement éternel et stérile. C'était comme une tornade sans vent. Des entonnoirs se creusaient à l'infini, comblés par des blocs de nuées qui, d'un seul coup, s'évidaient pour laisser fondre dans leurs flancs une nouvelle et muette et sombre avalanche.

Mermoz naviguait parmi cette tempête immobile. Il glissait entre ses piliers les plus épais, évitait ses cataractes verticales, ses vapeurs croulantes. Pas un souffle d'air ne remuait cette masse d'eau en ébullition, cette immense et terrible chaudière. Le vent de l'hélice envoyait dans la cabine un souffle mouillé et brûlant. Mermoz, Dabry et Gimié enlevèrent leurs vêtements. Le torse nu, éclairé par les lumières du bord, Mermoz cherchait en vain à emplir sa poitrine d'air pur. Il pencha son visage en dehors de la cabine, le plongea dans la nuit tournoyante. Il se rejeta aussitôt en arrière. Un jet d'acide enflammé n'eût pas été plus corrosif. Il sembla à Mermoz qu'il était devenu aveugle. La vapeur ardente avait brûlé ses yeux, mais ses mains continuèrent d'agripper le volant. La moindre faute pouvait rompre l'équilibre de l'appareil qu'il menait en aveugle. Comment le rattraper s'il glissait, alors que les ailes et la queue étaient noyées dans la plus épaisse des ombres? Avec une douleur atroce, Mermoz souleva ses paupières. Les lampes du tableau de bord clignotaient. Il respira.

Dabry, nu jusqu'à mi-corps, surgit comme un spectre du fond des ténèbres, vint lui apporter le cap à suivre. Pour Gimié, le monde était mort. La cloison des nuées et des trombes d'eau arrêtait les ondes hertziennes. Les sortilèges humains se dénouaient au seuil du Pot-au-Noir.

L'hydravion frayait son chemin depuis des heures dans ces ténèbres ruisselant d'un feu liquide, lorsque, avec une brutalité sauvage, un torrent brûlant se déversa dans l'appareil. Pressé de toutes parts, Mermoz n'avait pu éviter une colonne de pluie qui semblait de la lave fondue. De l'avant à l'arrière la cabine fut inondée. Une vapeur suffocante saisit les trois hommes à la gorge. La soif les dévora. Mermoz, le premier assailli et fournissant un effort physique énorme, souffrait plus que ses compagnons. Mais il ne pouvait pas songer à un mouvement qui ne fût destiné au salut de tous. L'appareil vibrait, tremblait, tombait, glissait dans des pièges invisibles. Au prix de trois vies, il ne fallait pas le laisser une seconde à lui-même. Une autre trombe s'abattit, pénétra dans le moteur, l'engorgea, le noya.

« S'il baisse encore de régime, c'est la fin », pensa Mermoz, le regard rivé un instant au compte-tours lumineux.

Puis il le releva vers la nuit aux néfastes spirales.

Au nord-ouest frémissait une très pâle lueur. Un passage, une éclaircie... Mermoz comprit que le détour était nécessaire. Il dirigea son avion vers le couloir de clarté. Le moteur rétablit sa cadence.

Quand la proue de l'appareil eut déchiré le dernier voile du Pot-au-Noir, les trois hommes virent un prodige. La pleine lune emplissait de sa lumière et le ciel et l'onde. Il n'y avait pas un repli du flot ni du firmament qui n'en fût pénétré. Un suave argent coulait le long des vagues. L'espace n'était qu'une vibration immense et lumineuse. L'hydravion voguait à travers un rayonnement nacré et parcouru de brises. L'univers avait la couleur, la substance, la bonté du lait le plus pur et du jeune miel.

Et, recevant, après celle de l'infini des sables, des forêts et des monts, la révélation de l'infini de l'Océan plein de lune, Mermoz eut le sentiment que toutes les promesses étaient tenues.

La promesse de son premier vol quand il avait entendu chanter l'espace. La promesse de Palmyre quand il l'aperçut au soleil couchant, semée de tombeaux, de piliers et de temples croulants. Celle des nuits de Juby. Celle de la neige des Andes.

Il avait traversé, intact, les défilés horribles du Pot-au-Noir comme il avait laissé derrière lui sans en garder ni souillure, ni stigmate, les lupanars des garnisons, les astres faux des drogues, le souci anémiant du lendemain.

Et comme il sortait libre du piège de l'amour.

Car, dans cette heure entre toutes douce et solennelle, Mermoz sut que nulle passion terrestre ne pouvait l'emporter sur l'effusion qui montait de son cœur. Il sut que rien au monde ne le pourrait distraire de la céleste chasse pour laquelle il était marqué. Il n'en aimait pas moins la jeune fille qui, sur un paquebot, longeait en cet instant les côtes du Brésil en route pour

la France. Mais il sentit que cet amour-là n'avait
pas en lui le premier rang, et que, au sein de cette
nuit miraculeuse et comme jonchée de fleurs de lune,
il n'avait pas droit d'asile.

Sa vérité seule y pouvait habiter.

Les yeux brûlés, la peau humide et ardente encore
de l'enfer traversé, Mermoz l'atteignit enfin. Et il
devint croyant et il aperçut le sourire de la divinité.
Non pas de celle, étroite et bornée à leur propre
image, que craignent et révèrent la plupart des hommes, mais de celle-là qui, sans nom et sans figure,
inconnue et miséricordieuse, penchée sur tous les
pauvres êtres, lui permettait une telle évasion, une
telle félicité...

Ces lieux, sans doute, sont propices aux certitudes
inspirées.

Huit mois après la disparition de Mermoz, ayant
entrepris de raconter son existence, mais encore hési-
tant, je voyageais vers l'Amérique du Sud pour
suivre la trace de mon ami. Sur le paquebot *Asturias*,
la vie de bord allait son train habituel de volière flottante. L'éternelle foire aux vanités glissait sous les
tropiques. Son étalage durait fort tard dans le bar et
les salons. La lune d'août, cependant, inondait le ciel
et la mer chaque soir davantage. Mais le pont supérieur
restait désert et négligé le présent sans pareil.

Je ne suis pas meilleur ou moins frivole que les
autres, mais l'image qui, pour moi, emplissait cette
traversée, me forçait à d'autres préoccupations. Je
montais chaque nuit sur la plate-forme d'où rien ne
gênait le regard. Dans la journée, les passagers s'y

livraient à des jeux, ou, couverts d'huile, s'y grillaient
au soleil. Mais la nuit, abandonnée à elle-même, avec
ses fauteuils gisant comme des épaves d'un naufrage
incompréhensible, elle vivait d'une vie secrète et singulière. De cet endroit, je regardais le ciel. De petits
nuages naviguaient dans sa coupe opaline. Parfois
ils passaient devant la lune. Ils devenaient alors des
barques, des radeaux qui semblaient porter à destination des nuits sans astres une cargaison de lumière.

« Sous cette latitude, me disais-je, parmi ces étoiles,
Mermoz passa et repassa. »

Et plusieurs fois, entre les bateaux célestes chargés
de fret de lune, j'ai cru voir, sur son grand avion, voler
le grand Mermoz.

Les violentes illuminations intérieures ont une intensité de foudre radieuse qui supprime la notion du
temps. L'extase de Mermoz, qui lui parut sans fin, ne
dura sans doute, dans notre conventionnelle mesure,
que quelques secondes. Puis Mermoz redevint un
homme. Un homme libéré des chaînes, des nuées, de
la vapeur suffocante, du feu liquide, des ténébreuses
cataractes. Un homme qui respira à pleins poumons,
qui retrouva l'usage de ses sens, qui ressuscita. Une
si violente allégresse lui vint qu'il fut comme un
enfant lâché. Il cria, il chanta. Il eût voulu dan-
ser. Pour ne point livrer à une voltige insensée son
pesant appareil, il dut se souvenir qu'il transportait
un courrier sacré entre tous, et qu'il était en plein
Océan.

Dabry et Gimié exultaient eux aussi de tout leur
sang généreux. Gimié avait remplacé par une antenne

neuve celle qu'une vague avait arrachée (tellement,
sans le savoir, ils avaient rasé la surface de l'Atlantique), et avait repris contact avec le monde sonore.
Voici qu'il entendait l'aviso *Brentivy*. Le cap était
juste. Ils traversaient l'équateur.

En même temps que cette nouvelle, Gimié apporta
à Mermoz un sandwich, des bananes, du champagne.
L'équipage du *Comte de La Vaulx* fêta le passage de
la ligne.

Le rocher Saint-Paul parut à l'horizon, fut à la ver-
ticale, s'effaça. Le *Comte de La Vaulx* était à 1 000 kilomètres du Brésil. Mermoz pilotait depuis quinze
heures. Pourtant, il n'éprouvait aucune fatigue. Il se
sentait même plus lucide, plus attentif qu'au départ.
La nuit commençait à se résorber doucement.

A l'aube, Mermoz reconnut l'îlot San Fernando de
Noronha. Une heure après, Gimié fut en liaison avec
le poste de Natal.

Des grains résonnaient contre les ailes et les flancs
de l'hydravion. Mermoz ne s'en soucia point. Le
poste de Natal... le but si proche... Les muscles, les
nerfs, la raison, tout chez lui entra en jeu pour sou-
lager le moteur, épargner l'appareil, ménager sa propre
réserve de puissance physique. Un tel travail ne laissait
pas de place à la joie.

Soudain, Mermoz eut comme un éblouissement. La
tête lui tourna. Un coup sourd retentit dans son
cœur. Juste devant lui, au-dessus de la ligne d'horizon, un rocher montait lentement. La pointe Saint-
Roques. La terre, la terre !

Il sembla à Mermoz que son corps devenait vide et
que son esprit détaché de lui voguait vers le promon-
toire qui grandissait. Il poussa un tel cri que Gimié
et Dabry l'entendirent dans leur cabine, par-dessus

le tonnerre du moteur. Ils accoururent. Mermoz leur montra la pointe rocheuse.

— Le cap Saint-Roques, dit Dabry.

Alors Mermoz comprit qu'il était arrivé et l'ivresse des grands triomphes bouillonna dans sa poitrine.

Elle s'était déjà calmée quand les collines et la plage de Natal passèrent sous le fuselage du *Comte de La Vaulx*. L'hydravion volait alors à une centaine de mètres d'altitude. En reprenant un peu de hauteur pour la manœuvre d'amerrissage, et tandis que Gimié enroulait son antenne et que Dabry pliait ses cartes, Mermoz songea au voyage de retour. Il lui semblait tout naturel d'être parvenu au but.

Ayant passé près des chalands amarrés le long du rio Potingui, à l'estuaire duquel est bâtie la ville de Natal, le *Comte de La Vaulx* se posa facilement sur le fleuve.

En vingt et une heures Mermoz était allé du Sénégal au Brésil. Le *Comte de La Vaulx* emportait le record du monde d'hydravion pour la distance en ligne droite. Ce vol d'expérimentation postale battait, par la rapidité, les traversées précédentes de l'Atlantique.

Quarante-cinq minutes après l'arrivée de l'hydravion, le courrier était transporté de la base de rio Potingui à l'aérodrome, et le pilote Barbier emmenait les lettres qui n'avaient pas mis deux jours pour venir de Toulouse. De relais en relais, Reine, Étienne, Guillaumet, allaient ensuite le porter jusqu'à Rio, jusqu'à Buenos-Ayres, jusqu'à Santiago-du-Chili.

Cependant Mermoz, Dabry et Gimié déjeunaient dans une cabane au bord de l'Océan. Elle appartenait à un Français. C'était un bagnard évadé de Cayenne et qui, par un honnête et courageux labeur de quinze ans, avait su conquérir à Natal, de la part de tous,

une estime peu commune. Un drapeau tricolore déteint
flottait sur le toit de sa baraque. Lorsque l'équipage
du *Comte de La Vaulx* franchit le seuil, un vieux dis-
que rongé dévida *La Marseillaise*. L'ancien bagnard se
mit au garde-à-vous contre le battant de la porte.

Les capitales du Brésil, de l'Uruguay, de l'Argentine
appelaient impatiemment le triomphateur. N'importe
quel pilote, s'il avait fait ce qu'avait fait Mermoz, y
eût été assuré d'un accueil merveilleux. Pour Mermoz
l'enthousiasme toucha à un affectueux délire. Pendant
deux années il avait survolé ces pays en défricheur.
Les foules connaissaient son nom, sa carrure. Elles l'aimaient pour ses exploits, son visage, son caractère.
Mermoz, en Amérique du Sud, était chez lui.

Mais, le lendemain de son amerrissage dans le Rio
Potingui, il ne se préoccupa point des réceptions et des
honneurs qui l'attendaient. Il monta dans un avion
léger et se rendit à Pernambuco. C'était un port d'importance moyenne situé à 200 kilomètres au Sud de
Natal et qu'on appelait souvent, parce qu'il était
creusé de bras de fleuve et de canaux, la Venise brésilienne. Là, amarré à un dock, fumait le paquebot
français *Mendoza*, qui, rentrant en Europe, faisait sa
dernière escale d'Amérique. A bord, se trouvait la
fiancée de Mermoz. Par un câble de Saint-Louis du
Sénégal, il avait fixé à la jeune fille Pernambuco
comme lieu de leur rencontre.

Quand Mermoz, pour accéder à la passerelle du
Mendoza, fendit la presse des Nègres qui chargeaient
des balles de coton, des fruits rares et des bois précieux, et des Négresses enturbannées qui vendaient des

hamacs aux couleurs éclatantes, il pensa avec une fierté juvénile que, malgré le Pot-au-Noir, il était exact au rendez-vous.

Un autre rendez-vous n'avait pas eu le même sort.

Au moment où Mermoz fut sur le point de quitter la côte d'Afrique, Marcel Bouilloux-Laffont se trouvait à Buenos-Ayres. A cause de l'éclat que le vol du *Comte de La Vaulx* allait donner à la ligne et en raison de la personnalité de son pilote, Bouilloux-Laffont estima nécessaire que Julien Pranville, le directeur de l'exploitation, et Élisée Négrin, chef pilote, successeur de Mermoz, se rendissent en avion le chercher à Natal.

Négrin, le compagnon de Mermoz dans son premier raid sur le Laté 26 de Toulouse à Saint-Louis du Sénégal.

Pranville, son chef et son ami d'Amérique.

Les deux hommes acceptèrent leur mission avec joie.

Pour être sûrs d'arriver à Natal avant Mermoz, ils devaient quitter Buenos-Ayres le 10 mai. Ce jour-là il fit un temps épouvantable. Sur la capitale argentine, brume et tempête. A Montevideo aussi. Et tout le long de la côte. Pranville attendit quelques heures. Mais au lieu de s'améliorer, les conditions atmosphériques devinrent encore plus mauvaises. D'un bout à l'autre de la ligne, Pranville était réputé pour son cran et pour son enthousiasme. Cependant, il alla trouver Bouilloux-Laffont et lui dit :

— Je ne crois pas qu'il soit prudent de partir.

— C'est bien, répliqua Bouilloux-Laffont, j'irai à votre place.

C'est l'ancien président de l'Aéropostale qui m'a raconté cela, en 1937, dans le petit bureau qu'il occupait à Rio de Janeiro dans un building de l'Avenue de Rio Branco, et où, avec une énergie admirable, il essayait de sauver les miettes de son royaume perdu.

— Je pensais qu'il le fallait pour le prestige français, m'expliqua-t-il de sa voix claire un peu aiguë et courbant légèrement sa tête aux courts cheveux blancs.

Pranville et Négrin s'envolèrent du terrain de Pacheco le soir même. La nuit était venue quand ils se trouvèrent au large de Montevideo. Dans l'obscurité absolue, Négrin essaya de retrouver la côte; il descendit très lentement. Mais les ténèbres étaient si opaques qu'à un mètre de l'Océan, il ne vit pas le reflet de l'eau. L'appareil toucha la vague avec douceur. Il y avait à bord, outre Négrin et Pranville, trois Brésiliens. Des cinq hommes, un seul passager put se sauver à la nage. Les autres moururent non pas du choc, mais de noyade. Pranville et Négrin avaient abandonné à ceux qui n'étaient pas de la ligne leurs bouées de sauvetage.

Le suicide de sa maîtresse au départ de Paris... La mort de ses amis qui venaient le chercher à Natal... Le rendez-vous du *Mendoza*... Autour de Mermoz se sont toujours multipliés les signes symboliques. Sa façon de vivre, de sentir, d'aimer, de souffrir les faisaient naître. Mais, pour ce premier vol contre l'Océan, se dessina, plus visiblement que jamais, sur son front, le lacet du destin.

Pendant deux semaines et vêtu de l'unique complet marron qu'il avait emporté sous son cuir de vol, Mermoz supporta stoïquement la corvée de la victoire. Banquets, discours, musiques, bals et galas, il se soumit à tout dans trois capitales. N'était-il pas la publicité vivante de la ligne? Sa seule préoccupation fut de mettre constamment ses deux compagnons du *Comte de La Vaulx* sur le même rang que lui.

Parfois, cependant, il n'en pouvait plus, quittait brusquement les lieux officiels, courait chez un ami. Joméli à Rio, Larre-Borgès à Montevideo, Étienne, Chaussette à Buenos-Ayres, le virent arriver ainsi. Et aussi Collenot. A ce dernier, Mermoz disait :

— Bientôt, mon vieux, vous verrez, le courrier traversera l'Atlantique chaque semaine. Nous serons de nouveau ensemble. Laissez-moi réussir le retour et ce sera gagné.

Le 31 mai, portant la poste aérienne de Rio, Mermoz arriva à Natal pour préparer le voyage de cette ville à Saint-Louis du Sénégal. Personne encore n'avait tenté la traversée dans ce sens.

Le *Comte de La Vaulx* avait été revu pièce par pièce, son moteur dégroupé, visité, palpé, remonté. Mermoz fit quelques essais très satisfaisants et attendit la lune de juin.

Le 8 de ce mois, Ville, son vieux camarade, son coéquipier sur Bréguet 14 de Casablanca-Dakar, amena le courrier de l'Amérique du Sud. Il pesait 150 kilos.

Mermoz, Dabry et Gimié prirent place à leurs postes respectifs dans le fuselage du *Comte de La Vaulx*.

Il faisait un clair de lune intense. Le Rio Potingui, la campagne environnante, le sable de la plage, les marais, tout était verni d'une lumière lisse sur laquelle

chaque arête de maison, chaque plume de cocotier
étaient minutieusement peintes.

La température était relativement élevée et le vent
ne soufflait pas dans le sens de la rivière, ce qui, pour
déjauger les flotteurs, constituait deux éléments défa-
vorables.

Aussi Mermoz se fit-il remorquer par une vedette
jusqu'au pont du chemin de fer qui, jaillissant de la
jungle courte plantée sur la rive gauche du rio, en-
jambait un de ses affluents. De là Mermoz pouvait
se lancer et, virant selon la courbe de la berge, enfiler
le Rio Potingui jusqu'à la mer.

Sur le même bassin, lors de ses essais récents,
Mermoz avait décollé sans difficulté. Mais le *Comte
de La Vaulx* n'avait pas alors sa pleine charge. Le
8 juin, lourd de ses 5 tonnes 1/2 l'hydravion refusa
d'obéir.

Dès la première tentative de Mermoz le flotteur
gauche s'enfonça. Seule, une parade immédiate évita
l'écrasement dans l'eau. Mermoz serra les dents. Aux
réflexes de l'appareil, il avait compris que le départ
serait très difficile. Pourtant il fallait s'envoler à toute
force, à tout prix, à tous risques. Le prestige de la
ligne, celui de la France, étaient en jeu.

Il était 11 heures du soir. Jusqu'à 2 heures du
matin Mermoz recommença huit fois la manœuvre.
Huit fois la vedette hâla l'hydravion jusqu'au pont
du chemin de fer. Huit fois Mermoz mit les gaz,
lança l'appareil, s'arc-bouta aux commandes, essaya
de tirer la masse prisonnière hors de l'eau et dut
renoncer.

Le sillage écumeux que soulevaient les flotteurs
rétifs faisait frémir les palétuviers et mourait doucement
entre leurs rameaux irisés par la lune.

Tout autre que Mermoz eût consenti à l'échec. Mermoz ordonna que fût complétée la provision d'essence et revu l'appareil. Puis il alla dormir trois heures. Au soleil levant il recommença. Mais le vent soufflait toujours dans la même direction. Le plan d'eau était toujours trop bref pour que l'hydravion prît sa plus forte vitesse, celle qui était nécessaire pour sortir les flotteurs. Mermoz essaya tout, prit le Rio Potingui dans trois sens différents, allégea son appareil de 200 litres d'essence. Le soir venu, il avait essayé en vain quinze fois. Et quinze fois, du pied, de la main, au moteur, rattrapé au dernier instant l'hydravion poussé à la limite extrême de son équilibre. Dabry et Gimié, chaque fois que la vedette remorquait de nouveau le *Comte de La Vaulx* vers son point de départ, souriaient à Mermoz. Ils lui avaient confié une fois pour toutes leur vie. Ils ne marchandaient pas.

Tout le long du jour, Mermoz n'arrêta ses essais que pour faire remplir les réservoirs d'essence.

J'ai vu à Natal quelques témoins de cette lutte enragée. Ils m'ont conduit au pont du chemin de fer du Rio Potingui. Ils m'ont fait suivre le trajet du *Comte de La Vaulx* sur une vedette qui s'appelait *Mécanicien-Collenot*. Ils m'ont décrit le visage, le torse inondé de sueur, la poitrine haletante de Mermoz, ses traits crispés, figés, coincés dans une tension et un acharnement sans nom. Le patron du *Mécanicien-Collenot* avait conduit la vedette qui, en 1930, avait remorqué 23 fois l'hydravion de Mermoz. Ce petit métis aux cheveux gris, à la peau couleur marron aussi inexpressive qu'une écorce d'arbre, me dit :

— A la nuit, j'étais à bout de forces. Et je pensai : Quelle chance, il ne recommencera plus.

Le 12 juin, malgré les grains assez violents, Mermoz
recommença 12 fois. Sans succès. Il avait fait 35 tentatives.

Ce n'est pas leur nombre qui le fit céder. Il pensa
au courrier qui depuis deux jours reposait dans l'hydravion. Il n'avait pas le droit de le retarder davantage. Mais il ne voulut pas voir comment on le
transborda sur un aviso.

La suite raisonnable, normale, d'une pareille expérience eût été de démonter l'hydravion, de le ramener
par le bateau en France, et de faire étudier un autre
modèle ou modifier celui-là. Un mobile sentimental
aurait dû en outre décider Mermoz à cette solution.
Sa fiancée l'attendait à Paris et il brûlait de la retrouver. Mais, se souvenant des difficultés administratives qu'avait soulevées son raid, prévoyant les entra-
ves dont le ministère de l'Air le lierait dès qu'il aurait
débarqué en France, et pensant au retentissement fâcheux qu'aurait son retour par bateau, à peine eut-il
remis aux mains des mécaniciens le *Comte de La Vaulx*,
que Mermoz se dit :

« Le Rio Potingui est impraticable pour le décollage. Il s'agit de trouver un autre plan d'eau. »

Le lendemain matin Mermoz s'envola, battit la
côte au sud de Natal sur un rayon de 200 kilomètres
et, à une soixantaine de kilomètres, repéra la lagune de
Bonfim qui lui parut propice à son dessein. Elle avait
30 kilomètres de longueur, 16 de large et le vent du
sud-est la ridait d'un clapotis léger, indispensable au
décollage.

L'après-midi Mermoz embarqua Dabry et Gimié
sur le *Comte de La Vaulx* délesté, les amena à la lagune
de Bonfim. Les trois hommes décidèrent de partir la
semaine suivante avec le courrier régulier. Il y aurait

encore assez de lune. Déjà ils envisageaient l'installation de leur nouvelle base.

Un câble du ministère de l'Air arriva à Natal prescrivant le renforcement de certaines pièces des flotteurs. Une des crises de fureur impuissante que connut si souvent Mermoz le secoua cette fois encore. Il venait, par 35 tentatives de décollage à pleine charge, d'éprouver dans sa chair, dans ses os, la solidité de sa machine. A 10 000 kilomètres du lieu de son expérience, un bureaucrate prétendait en savoir davantage.

Les travaux exigés demandèrent plus d'une semaine. Il n'y eut plus de lune. L'équipage fut condamné à attendre celle de juillet.

Journées de Natal si longues, si vides et d'une oisiveté funeste pour les nerfs... La petite ville triste et pauvre avec ses rues en terre battue et défoncée, ses maisons irrégulières et mornes, l'impitoyable éclat de sa végétation, sa population noire misérable, avait un charme sourd, secret, nostalgique. Mais pour trois hommes impatients d'action, enragés de départ, l'atmosphère était intolérable.

Un seul hôtel existait alors à Natal. Les chambres n'y avaient pas de plafond, les lits grouillaient de punaises, les termites rongeaient les murs. Mermoz et ses compagnons déménagèrent dans une maison vide située assez loin de la ville. Ils y suspendirent des hamacs, firent apporter des caisses d'essence en guise de sièges et de table. Ce fut tout leur ameublement. Quant aux bagages, ils n'avaient que les vêtements qu'ils portaient. Mermoz avait fait nettoyer six fois son costume marron. Il ne songea plus à sa propreté. Tout lui était égal. La fièvre s'en mêlant, il avait même perdu l'appétit. Il ne touchait presque pas à la cuisine singulière que leur préparait un boy brésilien.

Les trois hommes traînaient toute la journée, à demi
nus, dans leur maison sonore, parlaient peu, contem-
plaient d'un regard qui ne les voyait plus les bou-
gainvilliers, les bananiers, qui frémissaient dans le
jardin sous l'éternel vent du sud-est. Le vent même
qui animait la lagune de Bonfim et qui allait leur
être favorable un jour. Mais que ce jour était loin...

A la tombée du soir, les trois camarades montaient
dans une vieille voiture américaine toute rompue et
roulaient vers la ville. Ils examinaient leur appareil,
s'attablaient dans un café plein de mouches. Le phare
des Rois Mages, bâti dans l'enceinte ruineuse de l'ancien château fort portugais, s'allumait. Mermoz, Dabry
et Gimié remontaient vers leur dîner sordide et leurs
hamacs.

La seule distraction de Mermoz était son courrier.
La traversée de l'Atlantique lui valait des lettres par
centaines. Elles venaient d'Aubenton, sa commune
natale, et d'Égypte, d'Allemagne et d'Irlande, de Toulouse et de San Francisco. On lui demandait des timbres, des souvenirs. Des jeunes filles le suppliaient de
les emmener sur son hydravion. De Miami de riches
Américaines lui câblaient, proposant leur cœur et leur
fortune. Bientôt ces messages, par leur sottise et leur
vanité, par le mépris qu'ils lui donnaient de l'espèce
humaine, au lieu d'amuser Mermoz, l'irritèrent. Il
les déchira sans les lire.

Et les plumes des cocotiers frissonnaient au vent du
sud-est et tous les soirs clignotait le phare des Rois
Mages...

Enfin, le 8 juillet, sur la lagune de Bonfim, Dabry
et Gimié s'installèrent dans leur cabine et Mermoz
empoigna le volant du *Comte de La Vaulx*. Déjà, il
leur semblait respirer l'air du large.

Soudain le vent, qui 28 jours par mois soufflait du sud-est, passa à l'ouest. L'eau de la lagune devint lisse et plate comme un miroir. Elle n'offrit plus aucune résistance, aucune prise. L'hydravion ne pouvait s'accrocher à elle pour prendre son élan et dégager ses flotteurs qui reprenaient une densité de plomb. L'enchantement infernal du Rio Potingui continuait sur la lagune de Bonfim.

Mermoz, ravagé par une colère démente, les mâchoires et les paumes douloureuses à force de crispation, recommenca, recommença, recommença. Il essaya tout. Il eut toutes les audaces. Il risqua à chaque départ de chavirer l'appareil indocile. Il fut vaincu 11 fois. Et le lendemain 6 fois. Cela faisait 52 essais vains.

Il était 4 heures de l'après-midi.

A ce moment, Mermoz reçut un message décisif de Daurat. Ce dernier, à Toulouse, suivait par T. S. F. et minute par minute le combat de Mermoz. Par-dessus l'Océan les deux hommes conversaient aussi régulièrement et facilement qu'ils l'eussent fait au téléphone.

Quand Mermoz, sur la lagune de Bonfim, eut manqué son 52e décollage, Daurat, à Montaudran, pensa :

« Assez. »

Il fit transmettre à Mermoz l'ordre d'embarquer le courrier d'Amérique cette fois encore sur un aviso.

Mermoz à son poste de pilotage lisait et relisait le télégramme. Comme il hésitait, le vent, d'un seul coup, sauta au sud-est. Un frémissement parcourut la lagune. Mermoz mit la dépêche dans sa poche et cria d'une voix sauvage :

« En route. »

Dans l'espace d'une minute, avec une facilité incroyable, le *Comte de La Vaulx* s'éleva dans les airs.

Les 53 décollages de Mermoz... Cette phrase, pour les pilotes, se passe aujourd'hui d'explication. C'est un exemple classique. Les manuels le reproduiront bientôt.

Mais quand il vit la houle de l'Atlantique, Mermoz ne songea guère à la postérité. Que lui importaient les autres hommes présents ou à venir! Que lui importait la fatigue musculaire et nerveuse qu'il avait subie au seuil d'un effort à lui seul épuisant! Que lui importait le ciel chargé de nuées menaçantes et, malgré la pleine lune, cette nuit d'encre où il entra, où il dut lutter à pleins bras dans un corridor de 50 mètres au-dessus d'une mer furieuse, tandis que se confondaient les nuages, l'horizon et les flots! Que lui importaient les petites gouttes d'huile qui, de temps en temps, s'étalaient sur le pare-brise!

Il volait, il volait enfin. Cet appareil qui avait semblé rivé à l'eau, le voici qui fendait les airs, intact, souple, mobile, malgré ses épreuves et le moteur tournait si bien.

Dabry donnait la route. Gimié « se décrochait » de Natal, accrochait Noronha, abandonnait Noronha, attrapait le *Brentivy*. Malgré la peine de galérien que donnait ce pilotage nocturne à travers l'orage, Mermoz exultait.

Bientôt, la lune apparut et son miracle. L'Océan devint une plaine argentée. Un paquebot passa près du rocher Saint-Paul illuminé comme une ville un jour de fête. Mais le cœur de Mermoz était plus joyeux que ceux des passagers les mieux comblés par la vie. Il voyageait, lui, dans le ciel silencieux, dans la tendre gloire du clair de lune.

Sa lueur s'éteignit quand, à 6 heures du matin, l'hydravion entra dans le Pot-au-Noir.

« La dernière épreuve », pensa Mermoz en rentrant sa tête dans son habitacle, pour éviter autant que possible l'âcre vapeur en fusion. « La dernière. Quand nous sortirons, le jour se lèvera, le reste n'est que promenade. »

Mais ce soleil qu'il attendait avec tant d'impatience, quand il parut au-dessus de la ligne d'horizon, Mermoz souhaita de n'avoir jamais vu sa lumière. Elle éclairait un désastre. Le pare-brise, les vitres latérales, le poste de pilotage étaient visqueux d'huile. La tuyauterie, quelque part, s'était rompue. La température du moteur montait, montait. Il restait 900 kilomètres jusqu'à la côte africaine. Il était impossible de les franchir.

Mermoz regarda la mer creusée de vagues profondes et appela ses deux compagnons.

— Versez la réserve d'huile (elle était de 35 litres) dans le moteur, dit-il à Dabry.

Et à Gimié :

— Prévenez le *Phocée* que nous allons amerrir si possible près de lui.

Le second aviso de secours fit savoir qu'il était à 70 kilomètres et donna sa situation. Mermoz mit le cap sur lui. Puis, minute par minute, le radio du *Phocée* passa son relèvement au *Comte de La Vaulx*, dirigeant ainsi la marche de l'hydravion selon un fil invisible. Soudain les émissions de l'aviso cessèrent. Il était trop près pour se faire entendre. Cependant, les nuages se reflétaient sur l'eau en grandes taches obscures. Mermoz, dans leur ombre, ne pouvait distinguer le bateau minuscule. Or, il était grand temps de poser l'hydravion. La pression d'huile était à zéro et le thermomètre du moteur marquait 90°. Enfin, sur la mer d'ardoise et toute crêtée d'écume, se dessina une fumée.

Mermoz qui volait à 200 mètres d'altitude descendit insensiblement. Il avait besoin d'étudier le paysage de l'Océan pour décider de sa manœuvre. C'était son premier amerrissage de fortune.

A mesure qu'il se rapprochait de la surface de l'Atlantique, les crêtes et les creux reprenaient leur volume véritable et menaçant. Le *Phocée* tanguait, roulait bord sur bord. Les baleinières mises à l'eau dansaient comme des bouchons. La mer était démontée. Il fallait dans ces conditions asseoir l'appareil sur la pointe d'une vague ou l'engager dans un creux, appuyé à la masse liquide. Il n'y avait pas d'autre choix.

— Placez le courrier à l'arrière de la cabine et mettez-vous près de lui, cria Mermoz à ses compagnons, je me pose.

A 30 mètres de son visage se forma une ravine mouvante. Il piqua brutalement entre les murs flagellés d'écume et, d'un seul coup, tira à lui le volant. L'hydravion, cabré, se plaqua contre le ventre de la vague.

Les mouvements qui suivirent furent exécutés comme par des automates. Gimié ouvrit la porte de la cabine. Une baleinière sautant et retombant sans cesse s'approcha. Gimié lança un filin. Les matelots de la baleinière s'en saisirent, rangèrent leur canot le long de l'hydravion. Mermoz, debout sur un flotteur, trempé d'embruns, mordu par le vent, secoué par la houle, recevait des mains de Gimié les sacs postaux et les jetait dans la baleinière. Vingt fois il risqua de trébucher dans l'eau sombre et neigeuse à travers laquelle passaient et repassaient par bandes les requins que la longue station de l'aviso avait attirés en ces lieux.

Au moment de sauter dans la baleinière, Mermoz se

souvint qu'il avait oublié d'arrêter le moteur. Il retourna d'un bond au poste de pilotage, coupa le
contact.

Sur le canot qui halait l'hydravion, les trois hommes
gagnèrent le *Phocée*. Un câble d'acier accrocha l'appareil
à l'aviso. Mermoz espérait remorquer son hydravion
jusqu'à Dakar. Mais un flotteur creva. Le *Comte de
La Vaulx* s'enfonça doucement dans l'Atlantique.

II

L' « ARC-EN-CIEL »

Après le contact charnel du désert, de la forêt vierge
et des Andes, Mermoz avait éprouvé l'étreinte physique de l'Océan. Il le fallait ainsi, et que chaleur, gel,
silex, sable ou neige, jungle ou mer, il eût tout senti
contre sa propre peau.

Je le rencontrai à ce moment. Un camarade commun
avait promis de nous faire dîner ensemble. Nous at-
tendions Mermoz dans un tout petit restaurant de la
rue Falguière. Aux confins de Montparnasse, le long
d'une voie déserte et silencieuse, avec ses murs tapis-
sés de papier médiocre, ses quelques tables sans prétention, sa bonne odeur de confit d'oie, la sollicitude
de la patronne et la chaleur de juillet, l'établissement
respirait le calme honnête d'une pension de famille
en province. Quand Mermoz y pénétra, mon compagnon n'eut pas besoin de le désigner. Pourtant la
presse n'avait pas encore répandu à pleines pages l'effigie du pilote. Ses traits, sa stature m'étaient inconnus.
Mais l'homme aux épaules magnifiques qui parut sur
le pas de la porte entrebâillée, tenant haut sa tête
blonde et bouclée et qui promena un instant à travers
la petite pièce ses yeux comme étonnés de se voir si
vite arrêtés par les murs, comment était-il possible de ne pas reconnaître sur-le-champ sa nature

et sa fonction? Ce n'était pas un homme ni un pilote
comme les autres. Il portait sur lui le reflet des éléments, de l'espace. Il semblait oint par l'huile et poudré
par le pollen du monde.

Ce vainqueur, ce conquérant, cette apparition mythologique vint à nous avec un sourire qui donna soudain à sa figure une étonnante expression d'enfant
désarmé. Je n'ai jamais senti comme ce soir-là, parce
que je n'en avais pas encore l'habitude, combien ce
sourire était l'aveu d'une essence héroïque entre toutes vulnérable. Il était timide et plein de gentillesse.
Il était doux, sensible, un peu absent. Il trahissait un
don inépuisable, incurable de générosité et de bonté,
de rêve et de mélancolie. La voix complétait la confidence involontaire. Sérieuse, voilée, hésitante. Aux
accords sourds. Riche d'une exaltation réfléchie ainsi
que d'un chant intérieur. Nourrie de songe et comme
blessée. Tout ce que devaient m'apprendre, par la
suite, six années de rapports fraternels se découvrit
par une sorte de déchirure et d'illumination dans le
sourire et la voix de Mermoz.

Cela ne dura qu'un instant. Je parlai de Reine, de
Guillaumet, de Lécrivain que j'avais connus sur la
ligne Casablanca-Dakar, et de Toto, mécanicien à
Juby, et de Nubade, mécanicien à Cisneros. Mermoz se sentit en confiance. Le vocabulaire des champs
d'aviation, des hangars, vint à ses lèvres. Il dévora
d'une façon admirable. Il ne fut plus que splendeur
et rayonnement physiques. Son rire retentit.

Pour cette simplicité, sa puissance et son charme,
pour cet équilibre unique entre l'éclat charnel et la
vertu de l'esprit j'appartins entièrement à Mermoz dès
cette première rencontre. Lui, pourquoi me prit-il
si vite en amitié?

Les raisons de sa confiance, je crois les bien connaître. J'y ai souvent réfléchi, comme chacun le fait, cherchant à comprendre la nature d'une faveur inestimable
de la vie. Si je me résous à publier ces raisons c'est
qu'elles sont en même temps le fondement de ce livre.
Mermoz, s'il ne m'avait donné son affection, m'eût-il
donné droit et devoir de raconter son existence?

Il y avait entre nous quelques points d'entente
immédiate, sûre, incorruptible. J'aimais l'aviation.
J'étais venu à la vie d'homme avec elle. J'avais écrit
deux ouvrages sur les hommes de l'air, ceux de la
guerre et ceux de la paix. A travers mon métier de
romancier et de journaliste, à travers mille distractions,
je continuais de chérir le bruit des moteurs et des
hélices autant que treize ans auparavant lorsque j'étais
arrivé en escadrille. J'avais aussi le goût et le sens de
l'amitié, de la puissance physique, le besoin vital de
croire à la beauté de la terre, à la bonté des hommes,
des élans vers l'absolu, et un certain penchant à l'anxiété. Tous ces éléments étaient beaucoup moins affir-
més, moins brillants et moins purs que chez Mermoz.
Il avait une faculté de passion bien supérieure à la
mienne. Je me bornais à soupirer après un idéal. Lui
l'avait trouvé et combattait à sa poursuite. Pour ce
combat, il s'était forgé une discipline qui tenait ses
instincts dans une hiérarchie rigoureuse. Je laissais
les miens m'emporter pêle-mêle, au hasard, charriant
ensemble le meilleur et le pire. Mais dans mes déborde-
ments, Mermoz reconnaissait d'anciens démons familiers. Comme il était indulgent à ses amis il m'excusait
de ne pas en être le maître et parfois me plaignait. Et
comme il lui était nécessaire d'admirer ses amis, il
me tenait naïvement en estime parce que j'avais eu
plus de loisir que lui pour m'instruire et parce que je

pouvais exprimer sur le papier des sentiments qu'il révélait mieux que personne par une inflexion de voix ou un regard.

Voilà, me semble-t-il, au nom de quoi Mermoz, dans la conversation gaie et sans suite que nous eûmes le premier soir rue Falguière, me rapporta soudain son évasion des Andes.

Je me souviens de la stupeur avec laquelle je contemplai son profil, tandis que, pour mieux me faire comprendre, il dessinait les trois plates-formes, les trois gradins, d'où il avait lancé son avion, sauvé par le génie de Collenot.

« Quoi! me disais-je avec une honte infinie, je ne savais rien de cette épopée! Et je passe une partie de mon existence dans les rédactions. Et je prétends que l'aviation m'est chère. Mais combien d'autres alors ont toutes les excuses pour ignorer. Ils croient simplement que Mermoz a battu le record de distance en circuit fermé, ce qui n'émeut guère l'imagination; qu'il a réussi une traversée de l'Atlantique après une demi-douzaine d'autres pilotes, et que, ayant manqué son retour, il a eu la chance d'être recueilli par un bateau. Et on l'oubliera très vite, si ce n'est déjà fait. »

La conclusion de ce propos intérieur fut que je m'écriai :

— Demain, je ferai un article sur cette aventure.

— Ah! non, dit vivement Mermoz, ce n'est pas pour les journaux.

Il pensa m'avoir peut-être blessé. Il eut son extraordinaire sourire, presque féminin à force de gentillesse, et ajouta :

— C'est pour nous.

Notre rencontre suivante, à quelques jours de là, fut moins calme. J'avais entraîné Mermoz dans un de ces établissements de nuit russes, dont Montmartre à l'époque était encore riche. Il y avait avec nous un ami de Mermoz pour lequel il nourrissait déjà cette affection attendrie et forte de frère aîné, bien qu'il fût son cadet de dix ans, qui devait aller en s'approfondissant jusqu'à son dernier jour. Martinoff était un ancien officier de la garde dans l'armée du tzar. Envoyé en mission en France pendant la guerre, il s'était battu dans les rangs de la Légion Étrangère. Il avait une figure ronde, colorée, des yeux candides et fidèles. Il entendait l'amitié comme son métier de soldat, sans discussion. Mermoz et lui s'étaient connus à bord du *Groix* en allant vers l'Argentine. Et Martinoff avait été l'un des commanditaires pour la traversée de l'Atlantique Sud sur appareil terrestre, que la décision du Ministère avait rendue impossible.

Pour Martinoff, les chants et les danses tziganes et le tourbillon des guerriers caucasiens n'avaient rien de nouveau. Pour Mermoz, ce fut une révélation, une éblouissante descente aux enfers radieux dont il s'était interdit les délices. L'appel inaccessible, la brutale poésie sensuelle, la détresse et la joie alternées, débridées, effrénées, le poison nostalgique de ces voix merveilleuses et meurtries, de ces corps lascifs et fuyants ; tout résonnait en Mermoz. Chaque note, chaque accord, chaque mouvement le soulevait, le ravissait, le ravageait. Il ne fit plus attention au vin que lui versaient sans répit des hommes au visage bistre vêtus de jaune soufre ou de rouge écarlate, les femmes aux longues tresses, aux longues mains brunes, toutes sonores de verroteries et de sequins. Le génie barbare des steppes et des routes passa en lui. Il eut besoin d'air, d'espace. Comme les enchanteurs le retenaient dans leur caveau, il arracha sa cravate, rejeta son ves-

ton. La colonne de son cou jaillit de sa chemise entrou-
verte. Les muscles d'airain jouèrent sur sa poitrine.
Ses cheveux se tordirent comme les serpents des
antiques sculptures. Ébloui, je crus voir Dionysos.

Beaucoup plus tard seulement j'admirai quelle force
de volonté, quel entêtement furieux Mermoz avait dû
mettre en œuvre pour dompter ce besoin de frénésie et
cette part bachique de lui-même. Et comment il avait
su canaliser sa puissance vers des objets plus purs.
Cette nuit-là, je ne fis qu'attiser le démon des tziganes.
Nous fûmes terriblement heureux et nous bûmes sans
fin en rompant le cristal des verres à notre tutoiement.

Puis Mermoz partit pour Toulouse procéder aux
essais d'un nouvel appareil Latécoère, sur lequel il
comptait aller de Paris à New York, avant Costes.

Mermoz poursuivit pendant quelques semaines ses
vols expérimentaux. Ils donnèrent pleine satisfaction.
Un matin, pareil à tous les autres, Mermoz, sur le
terrain de Montaudran, monta dans son appareil.
Comme à l'ordinaire, son mécanicien lui demanda
s'il prenait un parachute et comme à l'ordinaire Mermoz refusa. Mais Daurat le fit accrocher de force à son
dos.

Avec 6 000 kilos de charge, Mermoz monta aisément
à 5 000 mètres, étudia le comportement de l'avion à
cette hauteur. Puis il descendit en spirales jusqu'à
1 000 mètres. Il devait, à ce palier, faire une base de
vitesse de trois minutes. Le paysage familier se dérou-
lait sous ses yeux : les collines, la campagne, la ville
rose, le fil des rivières. Quand il fut arrivé à l'altitude
voulue, Mermoz lança son moteur à pleine puissance.

Pendant quelques secondes l'avion vola ainsi que
Mermoz s'y attendait. Soudain les commandes s'arrachèrent de ses mains. Il les ressaisit, mais, déjà, comme
broyé par un marteau gigantesque, le fuselage se tordait, se désarticulait. Toute tentative de pilotage devenait impossible. L'avion se brisait en l'air. C'était la
fin.

« Non », pensa Mermoz.

Il venait de se rappeler le parachute que, par un
mouvement inexplicable, il avait accepté, pour la première fois de sa vie, d'emporter. Mais il ne put user de
ce moyen de salut. La porte de l'appareil se trouvait
coincée par la déformation du métal. La poigne de
Mermoz lui-même ne parvint pas à l'ouvrir. L'avion
tournoya dans une vrille à mort. Mermoz essaya de se
jeter par la trappe aménagée au-dessus de lui et qui
alors se trouvait orientée vers la terre. La largeur de
ses épaules l'empêcha de passer. Il tomba, enchaîné au
fuselage, la tête en bas et offerte à l'air libre qui sif-
flait en rafales. Mermoz vit se détacher l'aile gauche
de l'appareil. Derrière lui le réservoir d'essence se
déchira en deux, l'inondant de son contenu. Le sol
montait avec une vitesse de cauchemar. Enfin, dans un
bruit de cataclysme, le toit du poste de pilotage dans
lequel Mermoz était encastré céda, s'émietta, et Mermoz fut un des débris de l'avion rompu, déchiqueté,
pulvérisé. Sur une distance de 200 mètres, Mermoz
s'abattit verticalement ainsi qu'un morceau de fonte.

Brusquement il se sentit ébranlé par une secousse
terrible et eut l'impression qu'il s'accrochait dans le
vide. Le parachute s'était ouvert. Instinctivement, Mermoz leva les yeux vers son appareil. Il continuait à se
désagréger. Des morceaux de métal, des boulons, des
ferrures pleuvaient sur Mermoz comme de la mitraille,

déchiraient la toile de salut, précipitaient la chute. La queue de l'avion se détacha d'un bloc, passa à quelques mètres.

Mermoz vit la terre toute proche. Le parachute ouvert trop tard et éventré, ne remplit qu'à demi son office. Il aborda le sol à une vitesse de 14 mètres-secondes. Mermoz se reçut sur les jambes. Seules l'élasticité et la puissance de ses muscles lui épargnèrent un accident très grave. Il s'en tira avec une côte froissée, des contusions internes et des déchirements dans le bas-ventre.

« Ce n'était pas l'heure », écrivit-il à sa mère.

J'appris la nouvelle par quelques lignes en mauvaise place dans les journaux.

Bien qu'il souffrît longtemps des suites du choc — gêne constante dans les muscles de la face interne des cuisses, courbatures nerveuses, qui le privaient de sa ressource essentielle de récupération, le sommeil — Mermoz ne se reposa même pas un mois. En octobre, il fit un courrier sur Casablanca. Puis il alla mettre au point les hydravions de l'Aéropostale, et, pour ne pas perdre la main, assura la poste aérienne jusqu'à Alger. Entre-temps, il s'entendait avec le constructeur Bernard qui poussait l'achèvement d'un appareil de grand raid. Mermoz devait tenter à son bord Paris-New York, ou Paris-Buenos-Ayres sans escale. On lui avait fait quitter l'Amérique du Sud pour réaliser des liaisons régulières transocéaniques. Puisque l'accident du nouveau Laté le privait d'un appareil de la Compagnie, il était décidé à en prendre un autre.

Comme s'il ne volait pas assez, il acheta de moitié

avec Martinoff un petit avion de tourisme et s'amusa
beaucoup de ce jouet.

Une joie plus grave l'attendait à Marseille qui était
devenu son principal lieu d'habitation. Étienne et
Guillaumet vinrent y passer leur brevet d'hydravion.
C'était Mermoz qui les avait réclamés. En vue des traversées commerciales de l'Atlantique, il préparait déjà
son équipe. Celle de Casablanca-Dakar, de Buenos-
Ayres et des Andes. Ils passèrent de belles soirées en
parlant de l'Océan.

Au début de l'année 1931, des chocs singuliers
arrivèrent jusqu'aux trois pilotes. L'Aéropostale était
menacée de faillite, murmurait-on. Pris dans les
remous d'une perturbation économique générale, Marcel Bouilloux-Laffont avait fait de mauvaises affaires...
Toutes ses entreprises se tenaient. Il avait beaucoup
d'ennemis dans la finance et dans les milieux politiques.
S'il trébuchait, on ne l'épargnerait pas. Le krach serait
total. Ses lignes aériennes n'échapperaient pas au
désastre.

— Qu'en penses-tu, Jean? demandaient Étienne et
Guillaumet à leur chef de file, qui était aussi pour eux
une manière de directeur de conscience.

Mermoz haussait les épaules en riant. Par ses fonctions administratives en Argentine, il avait connu
mieux que ses camarades la puissance de Bouilloux-
Laffont. Il se souvenait de ses docks, de ses ports, de
ses chemins de fer, de ses banques. Il se rappelait qu'en
son nom il avait traité d'égal à égal avec des gouvernements. Le visage de Bouilloux-Laffont lui revenait à
la mémoire et les vols qu'ils avaient faits ensemble.
L'énergie farouche de cette tête à cheveux blancs, l'impatience juvénile de ses mouvements, de sa voix,
l'amour forcené, désintéressé qu'il avait pour le déve-

loppement de son empire aérien, les projets grandioses d'encerclement de l'Amérique du Sud, les tronçons qui devaient être jetés vers les Antilles, le contrat des Açores, prémices de la ligne sur l'Atlantique Nord... Qu'un homme de cette envergure, de cet élan, se laissât abattre, déraciner, était-ce possible?

— Laissons dire, s'écriait Mermoz, et préparons l'avenir de la ligne.

Cependant la rumeur devint publique. Les entrefilets de gazettes spéciales commencèrent à se changer en manchettes dans les journaux sérieux. L'affaire de l'Aéropostale éclata.

Les adversaires de Bouilloux-Laffont disaient : la crise mondiale ayant touché l'ensemble de ses entreprises, Bouilloux-Laffont a voulu combler les pertes avec les fonds de l'Aéropostale, certain que le gouvernement ne pourrait abandonner une œuvre française de cette importance et, d'une manière ou d'une autre, viendrait à son secours. Les partisans assuraient, au contraire, que Bouilloux-Laffont, dans sa passion pour la ligne, avait perdu son sens aigu d'homme d'affaires. Il avait placé au-dessus de tout intérêt et de toute prudence l'Aéropostale. Pour la servir et servir en même temps le prestige de son pays (les deux choses étaient indissolublement jointes), il avait investi dans l'Aéropostale des capitaux énormes, usé tout son crédit, accepté le déficit nécessaire en attendant le plein rapport qui était inévitable (et cela en tout cas était vrai). L'État lui avait promis de renouveler son contrat. Que l'État tînt parole, et Bouilloux-Laffont était sauvé.

Quelle était la version juste? Je ne puis, faute de documents et de talents de juge d'instruction, me prononcer. Mais, d'après la conversation que j'eus en 1937 à Rio de Janeiro avec Marcel Bouilloux-Laffont,

voyant l'exaltation que ce vieil homme nourrissait
pour une ligne impériale qui ne lui appartenait plus,
la tendresse émouvante qu'il avait gardée pour ses
pilotes de l'époque héroïque, la sérénité de philosophe
qu'il montrait pour son propre destin et envers les
hommes qui l'avaient accablé, je suis de l'avis de ceux
qui affirment que si Marcel Bouilloux-Laffont commit
une faute, ce fut celle d'avoir vu trop grand pour
l'Aéropostale, d'avoir voulu trop pour l'aviation française et d'avoir essayé, par son audace, son impulsion
et sa foi, de faire ce qu'aurait dû faire la France.

Mermoz, lui, n'en douta pas. Il ne douta pas davantage de la victoire de Bouilloux-Laffont. Même lorsque
les pilotes ne touchèrent plus leur solde et qu'ils continuèrent de jouer leur existence à crédit, la conviction
de Mermoz ne fut pas entamée.

Sur ces entrefaites, le Bernard fut prêt. Mermoz
s'embarqua pour Oran où il devait s'attaquer au record
de distance en circuit fermé, épreuve indispensable
avant un grand raid. Il l'emporta par une ronde
de 57 heures.

Mermoz revint à Paris pour assister au déroulement
du drame financier, politique et social, qui engagea
toute sa vie professionnelle et spirituelle. Contraire-
ment à son espérance, les difficultés de l'Aéropostale
ne trouvèrent pas de solution. Bouilloux-Laffont luttait avec une fureur de vieux sanglier acculé. Mais
ni ses détours, ni ses coups de boutoir ne parvenaient
à décrocher la meute qui s'était attachée à lui. Concurrents malheureux, clients évincés, politiciens ennemis
de son frère, qui était vice-président de la Chambre,

hommes de main et de curée, honnêtes gens convaincus par ses adversaires, financiers aux aguets, maîtres
chanteurs, s'abattirent sur lui. Il ne cédait pas, tenait
tête, mais ne pouvait faire davantage.

Le désordre s'installa dans l'Aéropostale. Plus de
maître, plus de crédit. Les constructions en cours
s'arrêtèrent. Plus de grand patron. Tout le monde se
mit à commander. Mermoz fut entraîné dans l'affreuse
bagarre. Il avait maintenant un nom. La traversée de
l'Atlantique, le record sur le Bernard, l'avaient fait
connaître. Et surtout sa personnalité morale commençait d'agir. On le voyait à Paris, et tous ceux qui le
rencontraient subissaient son rayonnement. Celui-là
était beau, était propre, pur et grand. Il ne cherchait
aucun avantage. Il ne briguait ni argent ni honneurs.
Il pensait ce qu'il disait. Il disait ce qu'il pensait. Sa
foi lui donnait une éloquence simple et inspirée. Paul
Painlevé déclara que tout homme serait fier d'avoir un
fils comme Mermoz. Les plus endurcis étaient touchés
par sa présence. Sa gloire naissante et son influence
magnétique, Mermoz les jeta dans la balance en
faveur de l'Aéropostale et de Bouilloux-Laffont. Il
aimait ce chef aux cheveux blancs, autoritaire, impé-
tueux, qu'il avait amené dans les brumes et les cyclones
et qui aimait l'aviation autant qu'un jeune homme.
Il lui était reconnaissant de sa confiance, de son soutien constant. Surtout il avait vu défricher hectare
par hectare, grâce à sa largesse et à sa volonté, les
terrains d'où s'envolaient les appareils grondants,
construire pierre à pierre, pièce de métal par pièce de
métal, les hangars, les ateliers, les pylônes [1]. Il s'était

1. Pendant des années, il n'y en eut pas de plus beaux en
Amérique du Sud, les Allemands, les Américains enviaient
cette infrastructure modèle.

penché avec Bouilloux-Laffont sur les cartes pour tracer les itinéraires des lignes nouvelles, et avait frémi de la même émotion en songeant aux réseaux futurs.

Et tout cela se trouvait menacé !

Alors que des prébendiers, que l'incurie, la protection, l'ignorance dilapidaient des milliards, les 80 millions promis à l'Aéropostale, on hésitait à les donner parce que les partis se déchireraient sur l'agonie de cette société, et que les soi-disant maîtres de l'heure avaient peur d'eux. Puisqu'il fallait, pour sauver la ligne, jouer leur jeu, Mermoz, malgré sa répugnance sans nom, malgré la honte que bien souvent il eut de lui-même, Mermoz, du désert, de la Cordillère, de l'Océan, dut se mettre de la partie. Il hanta les ministères, il déjeuna et dîna avec des hommes politiques. Il accepta, pour se concilier les directeurs des grands journaux, de figurer dans les réceptions, les fêtes et les bals de charité. Il essaya — très mal — de sourire à des visages qu'il méprisait. Il serra beaucoup de mains, et, souvent, essuya, après ce contact, la sienne.

Pendant ce temps, dans le monde entier, le ciel se remplissait du grondement des moteurs. Anglais, Allemands, Américains, Italiens, Hollandais, se lançaient à la conquête des routes de l'air. Leurs appareils battaient partout les avions de la France. Ils étaient plus nombreux, plus rapides, plus sûrs. Une politique réaliste appuyée par les États sous toutes les formes possibles étendait leurs réseaux, améliorait leurs performances. Grâce à Latécoère, grâce à Bouilloux-Laffont, à Daurat et à une poignée de pilotes incomparables, la France avait pris en aviation postale, et malgré la routine, l'indifférence, la bêtise des bureaux, trois années d'avance sur les autres nations. Elle les avait perdues. Les pilotes, par des prodiges quotidiens, qui faisaient illusion sur le matériel dont ils disposaient, permettaient encore qu'on espérât de ne pas rester trop loin en arrière. Mais il n'était que temps.

Mermoz sentait chaque journée perdue comme une perte de son propre sang. Il pressait, suppliait, menaçait. Les politiciens continuaient leurs discours et des tractations obscures se nouaient et se dénouaient dans les couloirs. Quant à ceux qui gouvernaient, ils n'osaient prendre une décision. Parfois Mermoz n'en pouvait plus.

Alors il partait pour Toulouse, passait une nuit au *Grand Balcon*, prenait les sacs postaux pour Casablanca et faisait le courrier. Il retrouvait aux escales les camarades, les mécaniciens et les aimait davantage pour leur simplicité. Il survolait les sierras, les plaines andalouses, les côtes marocaines et les aimait davantage pour leur silence. Quand il ne trouvait pas de tour libre sur cette ligne, il s'en allait à Marseille, passait la Méditerranée, luttait contre le mistral, tombait en panne dans une mer démontée, attendait tranquillement qu'on vînt le repêcher. Ou bien, si le temps lui manquait, il courait simplement à Villacoublay, essayait son Bernard.

Le constructeur ayant eu des embarras financiers, Mermoz, pour assurer l'équipement en T. S. F. et payer l'assurance, s'était engagé financièrement d'une manière absolue. Il avait emprunté les 200 000 francs nécessaires. Il avait vendu son Potez de tourisme, sa voiture. Il vivait dans le plus modeste des appartements et se privait de tout plaisir. Mais il ne pouvait abandonner sa dernière chance d'évasion, son rêve atlantique.

Je l'ai accompagné souvent dans les visites d'amoureux qu'il rendait à son avion. L'appareil était beau

comme une bête de race. Mais le regard dont l'enveloppait Mermoz l'était tellement plus!

Le record que Mermoz avait enlevé à Oran se trouva
battu très vite. Il retourna dans cette ville pour le
reprendre. Le terrain détrempé par les pluies s'effondra sous l'avion de 10 tonnes comme il roulait à
100 kilomètres à l'heure pour le décollage. Une roue
se déjanta. Le train fut faussé, les ailes touchèrent.
Mermoz, grâce à un effort convulsif, à pleins bras,
parvint à redresser, à éviter la bouillie. Les 7 000 litres
d'essence ne prirent pas feu.

A Paris cependant, on parlait d'arrêter la ligne.
Cela coûtait trop cher, disait-on, de la laisser vivre. Et
Balbo passa l'Atlantique Sud avec une escadre aérienne.
A Rio de Janeiro, à Buenos-Ayres, on fêta les nouveaux
triomphateurs, on oublia les anciens.

Mermoz, qui ne soupçonnait pas ce que pouvait
être l'envie, s'exaltait à cet exploit magnifique. Il
aimait son caractère collectif, et cet effort commun
des machines et des hommes. Mais quand il reportait
son regard sur ce qui se passait autour de lui, il avait
envie de pleurer de honte.

— Comment ne comprennent-ils pas? me criait
Mermoz. Est-il possible que les gens soient si bêtes,
si petits et si lâches?

Il continua ses efforts. Il se contraignit à fréquenter
les imbéciles, les pygmées et les pleutres. Il essaya de
les convaincre, de les réchauffer, de les grandir. Mais
à l'anxiété qui le tenaillait pour sa ligne, venait
s'ajouter la souffrance qu'il éprouvait devant la pauvreté des hommes qui, par l'aspect, semblaient de la
même espèce vivante que lui. Combien de fois ai-je
surpris en ce temps-là chez Mermoz, quand il ne se
surveillait pas, une expression incrédule et traquée.

Cette vilenie, cette indifférence lui voilaient la beauté
de vivre.

Une terrible nouvelle vint, à ce moment, frapper
Mermoz et sa femme.

Le frère de celle-ci, fasciné par l'exemple de Mermoz, s'était engagé dans l'aviation. Il montra à l'école
d'Istres des qualités brillantes. Il avait de la finesse, de
la prudence, de la volonté et du courage. Mermoz
était fier de lui. Il surveillait son apprentissage comme
celui d'un frère cadet. Il fut heureux de le voir obtenir
ses galons de caporal-chef. Déjà Mermoz avait
demandé qu'on affectât le jeune homme à Alger où
il pourrait souvent le voir en faisant la ligne de la
Méditerranée. Il ne restait plus au caporal-chef que
quelques vols d'école à effectuer. A l'un des derniers,
et comme il atterrissait, un camarade, ne l'ayant pas
vu, coupa en deux son fuselage. Les deux élèves s'écra-
sèrent sur le sol. Le beau-frère de Mermoz allait avoir
20 ans.

La peine de Mermoz fut profonde et grave. Il eut
mal de ce que « son petit frère spirituel en aviation »,
ainsi qu'il l'appelait, l'eût précédé dans la mort. Ce
renversement des lois naturelles lui était pénible. Mais
il n'en aima pas moins l'aviation. Il avait pris l'habitude
du sang qu'elle exigeait. Il trouvait déjà qu'il n'y avait
pas de fin plus belle qu'à son service. Il pensait aussi
que son beau-frère avait franchi le grand seuil heureux
et sans désillusion. Et que, n'ayant fait aucune faute
de pilotage, il disparaissait en état de grâce. La fatalité
seule avait joué, ou plutôt cette divinité dont Mermoz
avait senti le souffle sur le plateau des condors dans

les hautes Andes, et dont il avait aperçu le visage après
le Pot-au-Noir sur l'Atlantique étincelant de lune. Il
se soumit à sa volonté et se jura de la servir toujours
mieux, toujours plus hardiment, et, puisqu'elle demandait tant de vies, que la sienne fût toujours offerte à son
exigence. Le temps était loin où il hésitait entre une
femme et le vol. Le sacrifice de sa vie familiale était
consommé.

En effet, si cette mort entra pour Mermoz dans un
ordre du monde qu'il avait depuis longtemps accepté
et dont il percevait la cruelle et noble harmonie, sa
femme se révolta. Elle adorait son jeune frère. Par un
transfert naturel, elle accusa l'aviation de sa douleur
et, à travers l'aviation, Mermoz. C'était lui qui, par
sa vie, son exaltation, sa déification du vol, avait
ébloui l'adolescent. C'était lui qui avait applaudi à
ce qu'il s'engageât. C'était lui, enfin, qui trouvait
acceptable cet horrible écrasement.

Peut-être ces paroles ne furent-elles pas exactement
prononcées, mais elles furent dans les larmes, dans les
attitudes, dans l'atmosphère entière qui entoura ces
deux êtres. Pour la jeune femme, tout ce qui rappelait
l'aviation devint odieux. Déjà celle-ci était auprès
de son mari une toute-puissante rivale. Voilà qu'elle
enlevait son frère. Mermoz souffrit comme il n'avait
jamais souffert. Il comprenait que le chagrin eût
dressé nerveusement sa femme contre l'aviation. Mais
il le comprenait par la raison, non par le cœur. Le
sien demeurait plein de la déesse ailée. Tous ses mouvements, toutes ses pensées se rapportaient à elle. Et
il ne pouvait rien pour partager la douleur d'un être
qu'il aimait d'une tendresse infinie, parce que cette
douleur prenait la forme de la haine envers l'aviation
qu'il aimait davantage encore. Et il comprit définiti-

vement qu'il était né pour n'adorer qu'un autel. Il se
reprocha d'être dur. Et en même temps, il ne voulut
pas renoncer à cette dureté.

Sur Toulouse-Casablanca ou sur Marseille-Alger
Mermoz rétablissait son équilibre.

« J'ai connu, écrivait-il alors, l'angoisse de la soif
après l'incendie en vol dans le désert d'Arabie. J'ai
connu la captivité chez les Maures, j'ai connu l'étreinte
de la Cordillère des Andes pendant trois jours, la
panne en forêt vierge au cœur du Brésil, la descente
en parachute après rupture en vol d'appareil à Toulouse, la panne dans l'Atlantique Sud, l'amerrissage
par tempête en Méditerranée. Que pourrais-je donc
connaître d'autre maintenant? Je ne perds pas mon
temps à me le demander, je pense que simplement la
vie est belle et bonne à vivre... Que bien malheureux
sont ceux qui n'ont pas comme moi l'amour de leur
métier et qui ne savent ni en tirer, ni en apprécier
toutes les sensations saines et fortes, toutes les impressions puissantes et magnifiques qu'il prodigue à ceux
qui l'aiment. »

Il est vraiment admirable que, dans une tourmente
si sombre, il suffisait à Mermoz de prendre les commandes d'une machine qui volait, pour retrouver de
tels accents.

Mais l'Atlantique demeurait sa passion obstinée. Il
s'était promis d'en doter sa ligne. Malgré tout et contre
tous, il le ferait.

Une réunion solennelle vint attiser son désir. Italo
Balbo, Maréchal de l'Air de l'Italie fasciste, convia à
Rome tous ceux de toutes les nations qui, au sud ou au

nord, avaient traversé l'Atlantique. Mermoz, parmi
les invités, n'était ni le plus glorieux, ni le plus che-
vronné. Son visage et sa flamme dominèrent pourtant
l'assemblée. Balbo le distingua, le traita en ami, en
égal. Ils se quittèrent liés par l'affection la plus belle.
Mermoz vit l'école aérienne d'Ortebello, sorte de cou-
vent mystique de l'aviation. Il vit les soins, l'amour
dont l'Italie entourait ses pilotes, les usines modèles,
une politique hardie et pratique de construction.
Quand il revint en France la mêlée autour de l'Aéropostale tournait au scandale le plus boueux.

Marcel Bouilloux-Laffont eût sans doute fini par
l'emporter. Mais son fils aîné eut une inspiration fatale. Il accusa les ennemis de son père de s'être
vendus à l'Allemagne et dit en avoir les preuves. Un
procès s'engagea. Il fut reconnu que les documents
étaient fabriqués. Une tourbe d'escrocs, de faussaires,
d'agents louches, d'espions et de contre-espions, de
maîtres chanteurs, de gentilshommes déchus, d'amis
traîtres, vint déposer. Le promoteur de l'affaire paya
son erreur de deux ans de prison. L'Aéropostale, cette
fois, fut touchée à mort. Pendant ces débats, dont le
déroulement occupa des semaines, Mermoz, qui
croyait avoir exploré jusqu'au tréfonds le bourbier
humain, connut le pire.

Jusque-là, quand il étouffait trop, quand il ne pouvait plus sourire sans sincérité à des dames à bijoux,
accorder des interviews à des journalistes qui dénatu-
raient ses propos et lui rendaient odieux ses plus
beaux souvenirs, il allait respirer l'air de la ligne et
ressuscitait. Or, il advint que les hommes de la ligne
eux-mêmes furent corrompus par les miasmes qui se
dégageaient du marécage où s'enlisait l'Aéropostale.
Ceux que la main inexorable de Daurat avait lancés

et maintenus dans une voie dure, mortelle, mais étincelante et droite, se sentirent soudain sans conducteur ni gouvernail. Deux, puis quatre, puis six personnes donnèrent des ordres. Des clans se formèrent.
L'envie, l'ambition, l'intérêt, la haine, naquirent
avec eux. On fut pour Daurat, pour Dautry, pour
Serre, pour Cangardel. Les chefs de file luttaient pour
des principes opposés avec conviction. Mais les sous-
ordres, les ratés, les mouchards-nés, les pêcheurs en eau
trouble, s'en donnèrent à cœur joie. On se salit, on
s'espionna, on se dénonça. La politique intervint. Les
pilotes abreuvés de mensonges, soûlés d'insinuations
infâmes, perdirent tout respect, toute foi en ceux qui
les menaient.

Était-ce pour aboutir à cela, pensait Mermoz, que
des Pallières était mort, que Gourp avait agonisé
dans la gangrène, qu'Érable avait été assassiné, Érable
dont il n'avait retrouvé qu'une mèche de cheveux dans
le sable du Rio de Oro? Était-ce pour cela que Delau-
nay avait eu les mains brûlées, que Lécrivain avait
sombré en mer, que Pranville et Négrin s'étaient noyés;
que Hamm et Barbier, ses bons camarades, six mois
plus tôt, s'étaient tués sur la côte du Brésil et que
l'aviso l'*Aéropostale J* venait de couler par tempête
avec 40 hommes d'équipage? C'était à devenir fou.

Mermoz regardait, impuissant, s'effriter, s'émietter
l'esprit de la ligne comme il avait vu se rompre au-
dessus de la campagne de Toulouse l'avion qui le
tenait scellé à son métal. Mais, certes, il n'avait pas
éprouvé alors, et de loin, l'épouvante qui le saisit
lorsqu'il vit dans son suprême refuge, dans sa véritable famille, tout craquer, tout pourrir.

« Je n'ai aucun courage en ce moment, écrivit-il à
ses grands-parents. J'aurais besoin de deux mois dans

un fond de campagne bien seul. Heureusement les
satisfactions que me donnent mon métier se renouvellent. Mais si je n'avais pas cela, il faudrait que je
parte très loin pour éviter l'effondrement. »

Pour tout achever, Mermoz s'aperçut à un essai
du Bernard que son appareil vibrait et se déformait
en vol. Le constructeur n'avait plus d'argent. Le ministère refusait le moindre soutien. Et Mermoz était
ruiné, endetté, sans le sou.

Trente mois s'étaient écoulés depuis que, recueilli
par le *Phocée*, il avait vu sombrer le *Comte de La
Vaulx*. Vingt lui en avaient suffi pour conquérir les
Amériques.

Cette courbe sans défaut, cette ascension magnifique qu'il avait suivie depuis l'Espagne jusqu'au
clair de lune de l'Équateur, était-elle achevée? Mermoz
ne pouvait le croire. Tout son être s'y refusait. Mais
le doute peut-être eût fini par le vaincre si, à la fin de
l'année 1932, il n'avait pas rencontré Couzinet.

L'histoire de René Couzinet pourrait, dans les manuels scolaires, fournir une illustration classique des
avatars d'un inventeur de génie. Issu d'une famille
très modeste, Couzinet acheva ses études à l'École
des Arts et Métiers. Puis il fit son service dans l'aviation comme sous-lieutenant observateur. Au Bourget
où il fut affecté, le jeune ingénieur esquissa le plan
d'un avion nouveau. Sa conception fondamentale n'a
pas varié depuis ce temps lointain. Il pensa que la
sécurité aérienne était essentiellement menacée par la
panne mécanique et qu'il fallait toujours avoir un moteur de rechange en vol. Partant de ce principe, il

condamna dans son esprit les appareils qui ne possé-
daient qu'un seul organe de propulsion. L'avion mul-
timoteur était la solution du problème. Et ses moteurs
devaient être munis d'une telle force que l'un d'eux
arrêté, l'appareil pût continuer de tenir l'air. C'était
la théorie de l'excédent de puissance. De plus l'aménagement intérieur de la machine nouvelle devait
permettre au mécanicien embarqué de se rendre auprès de l'organe avarié et de le réparer dans les airs.

Ayant réfléchi et ayant calculé, ce fut au trimoteur
que s'arrêta le sous-lieutenant Couzinet. Depuis,
toutes les aviations du monde ont évolué dans ce sens
et ont plus ou moins copié cette méthode.

Quand il quitta le régiment du Bourget pour revenir à la vie civile, Couzinet avait vingt-quatre ans.
Par sa minceur, sa peau très blanche, l'expression simple et directe de son visage, il semblait plus jeune encore. Il ne possédait pas un franc. Il n'avait aucune
relation. Et il voulait construire un trimoteur.

Un autre à sa place eût porté ses plans à quelque
usine solidement établie, disposant de moyens puissants, ayant des marchés avec l'État, Couzinet n'y songea point. Il avait eu une idée. Il lui appartenait de
la faire vivre sans argent ni appui influent. C'était
de la folie. Mais qui fixera jamais la frontière qui
sépare la folie de la foi? Et ce sont des fous de ce
genre qui font avancer le monde.

Couzinet croyait si fort à sa conception, tout son
être respirait une telle ardeur, une telle honnêteté,
que sa confiance fut contagieuse. Son hôtelier, Mallet,
pilote de guerre, et les camarades de son ancienne escadrille furent les premiers à le soutenir de leurs
modestes ressources. Ils se firent démarcheurs volontaires, harcelèrent leurs amis. De proche en proche

parmi de petites gens, la flamme gagna. Couzinet put constituer une société et se mettre au travail. En 1927 son avion sortit de sa petite usine de l'Ile de la Jatte à Neuilly. Il s'appelait l'*Arc-en-Ciel*. Le pilote Drouhin, après la période normale d'essais, devait tenter à son bord le parcours Paris-New York. Aux premiers vols, l'avion fit merveille. Il était de beaucoup plus rapide que tous ses contemporains. Mais, un matin, sur le terrain d'Orly, on vit un grand trimoteur vaciller et s'abattre. C'était l'*Arc-en-Ciel*. Drouhin fut retiré expirant des décombres.

Trois semaines après, Bokanowski, le ministre du Commerce qui, à l'époque, avait la charge de l'aviation civile et qui avait promis de soutenir Couzinet, se tua en avion à Paris.

Couzinet trouva auprès de ses anciens amis et auprès de nouveaux commanditaires quelques ressources. Il se remit à la tâche. Ses ouvriers, ses collaborateurs immédiats, brûlaient du même feu que lui. Cet homme avait une puissance de conviction qui embrasait tous ceux qui l'approchaient. Un soir, cependant, il crut devoir renoncer. Sa caisse était vide. Des échéances implacables l'attendaient le lendemain. Sa journée achevée, il vint prendre un apéritif place des Ternes, à la *Lorraine*, où il avait ses habitudes. Le patron, comme à l'ordinaire, s'assit à sa table pour bavarder avec lui. Couzinet, malgré tous ses efforts, répondit de travers.

— Ça ne va pas? demanda le propriétaire de la grande brasserie.

— Je vais fermer la boîte, dit Couzinet.

— Pourquoi?

— Plus un sou.

— Ah! oui, fit le patron.

Et il assura les échéances.

Le second *Arc-en-Ciel* allait être achevé. Pierre Carretier, le nouveau pilote de Couzinet, pensait déjà au vol prochain. L'usine brûla avec l'appareil.

Couzinet trouva alors un soutien financier à la Banque des Coopératives. Le troisième *Arc-en-Ciel* fut achevé. Carretier procéda aux essais. Les services techniques, toujours craintifs devant une nouveauté[1], firent mille difficultés. Couzinet les surmonta. Une tentative réussie, un record battu, et le ministère de l'Air serait forcé de lui passer des marchés importants. Il pourrait souffler, travailler à son aise, mettre au point les idées dont l'essaim emplissait son cerveau. Un seul succès, un seul raid étaient nécessaires. Couzinet proposa à Raoul Dautry, un grand fonctionnaire nommé par l'État liquidateur de l'Aéropostale, et à Verdurand, l'un des administrateurs, de faire une liaison d'Europe en Amérique avec l'*Arc-en-Ciel* en suivant le trajet de la ligne. Ils acceptèrent l'offre et indiquèrent comme pilote Mermoz.

Pour rien au monde, dit Couzinet. Je ne connais pas Mermoz et n'ai rien contre lui. Mais je ne veux pas de ténor pour ce voyage. Ce n'est pas un exploit à grand spectacle, et la présence de Mermoz aux commandes lui donnerait ce caractère. Il faut un pilote de ligne anonyme. Il faut habituer l'opinion à l'idée que traverser l'Atlantique n'a rien d'extraordinaire aujourd'hui avec les moyens dont nous disposons. Pour bien le montrer Carretier sera second pilote et j'irai en guise de passager.

---

1. Celle-ci pourtant datait de 7 ans, mais sa conception originale était si juste, que l'*Arc-en-Ciel* se trouvait être encore l'appareil commercial le plus rapide de l'aviation française.

Dautry mit au courant de cette conversation son adjoint Helbronner, secrétaire-général de l'Aéropostale. C'était un homme jeune, enthousiaste et qui avait un culte pour Mermoz. Helbronner, sans rien dire de ses desseins ni à l'un ni à l'autre, fit passer à Couzinet et à Mermoz un week-end au Touquet. A la fin de ce séjour, Couzinet déclara :

— Je ne veux pas d'autre pilote que Mermoz.

Une amitié magnifique était née, faite de compréhension et d'estime mutuelles. Comment pouvait-il en être autrement? Ces deux hommes avaient le même idéal, le même désintéressement, la même pureté, la même passion sacrée. Ils se complétaient pour une grande tâche. Contre la paresse des bureaux, les combinaisons d'antichambre, contre la cupidité, l'envie et la peur, ils formèrent attelage. Ce n'était pas trop de leurs deux génies conjugués. Sans Couzinet, Mermoz eût erré longtemps dans les défilés du désespoir. Sans Mermoz, Couzinet n'eût pas vu l'*Arc-en-Ciel* triompher enfin.

Depuis des mois et des mois, Mermoz n'avait pas montré un visage aussi lumineux.

— Cette fois je ne me trompe pas, me dit-il. Cette fois c'est sûr. J'ai un avion — et quel avion! — pour l'Atlantique. Il fait plus de 200 kilomètres à l'heure de croisière. Il a un rayon d'action énorme. Il est d'une sécurité exceptionnelle. Après une première démonstration aller et retour, Couzinet aura la commande d'une série. Le courrier aérien se fera d'un bout à l'autre chaque semaine. La ligne sera sauvée.

A toutes nos rencontres, Mermoz ne faisait que parler de l'*Arc-en-Ciel*, que vanter ses performances, que s'exalter à la pensée de la traversée prochaine. Il avait attendu trois ans.

En l'écoutant, je fis le rêve de partir avec lui. Nous avions souvent projeté d'explorer ensemble par les airs quelque région inconnue, l'Arabie ou l'Amazone, ou les déserts de Mongolie. Nous nous faisions l'un à l'autre confidence de nos plus beaux désirs et nous cherchions le moyen de les réaliser. Bientôt il nous semblait les vivre et nous prolongions le jeu. Mais, au fond de nous-mêmes, nous savions bien que c'étaient des chimères. Or, voici que l'*Arc-en-Ciel* m'offrait la possibilité de voler avec Mermoz par-dessus l'Océan, les déserts et les forêts vierges.

Toutes mes occupations me parurent vaines auprès d'un tel espoir. Je m'en ouvris à Mermoz.

— Ce serait merveilleux, dit-il. Je te ferai connaître Couzinet et son pilote.

Nous prîmes rendez-vous pour la semaine suivante.

A l'heure dite, je ne trouvai ni Mermoz, ni Couzinet. Mais quelqu'un me prit dans ses bras en criant :

— J'ai bien fait de venir avant les deux autres!

Incrédule, j'écoutais cette sonore voix rocailleuse et toulousaine, je regardais ce bon et loyal visage, cette cicatrice à la joue. Était-ce possible?... La 39... L'escadrille des lapins... La Champagne... Les tranchées allemandes... Les obus qui éclataient autour de notre avion... Mon premier pilote dans le ciel ennemi... C'était lui... Carretier. Carretier réformé deux fois, rengagé deux fois et qui avait abattu 4 avions allemands.

— Qu'est-ce que tu fais ici? m'écriai-je enfin.

— Je dîne avec toi, Mermoz et Couzinet, répondit mon camarade de guerre.

— Mais alors, le Carretier de l'*Arc-en-Ciel*?

— Et celui de la 39, c'est le même, s'écria-t-il avec son très large rire que je reconnus aussi.

Il me raconta le tour qu'avait pris son existence depuis que nous nous étions séparés. Il était demeuré dans l'aviation militaire, avait fait la campagne de Syrie, du Maroc, puis, ayant obtenu le grade de capitaine, s'était fait mettre en congé pour travailler avec Couzinet dont il était fanatique. Il commençait à le devenir également de Mermoz.

— Si tu pouvais venir avec nous, me dit Carretier, ça ferait un chic équipage. Tu te rappelles...

Nous étions en train de remuer de vieilles histoires quand Mermoz arriva. Puis Couzinet. Ce dernier avait l'air d'un grand collégien, poussé trop vite. Un teint très pâle. Les joues creusées. Des yeux brillants à l'extrême. Ses manières étaient rudes, simples, un peu agressives. Il outrait visiblement leur brusquerie. J'ai compris seulement plus tard que c'était par timidité et pour cacher le manque d'aisance que lui imposait son dévorant, son exclusif souci de monomane génial. Mais ce soir-là, je dois l'avouer, Couzinet m'irrita. Il ne parla que de technique aéronautique, de performances, de profil, de matériaux de construction, de résistance, de puissance de moteur. Il me sembla n'avoir rien d'humain. Nous finîmes la soirée chez lui autour d'une statue qu'il appelait Artémise et sur laquelle il reposait ses yeux fatigués par les calculs et les épures. Elle me déplut. Nous nous séparâmes assez froidement. Néanmoins, il demanda au ministère l'autorisation de m'emmener. Elle fut refusée.

Le 16 janvier 1933, à l'aube, Mermoz, Carretier et Couzinet ayant pour navigateur le capitaine Mailloux, pour radio de bord Manuel, et Jousse comme mécanicien volant, décollèrent de Saint-Louis-du-Sénégal où la piste était meilleure qu'à Dakar, pour un avion de l'envergure et du tonnage de l'*Arc-en-Ciel*. Le soir du même jour, ils atterrissaient à Natal. Ils avaient traversé l'Atlantique en 14 heures, à la moyenne de 230 kilomètres à l'heure.

Mermoz avait revu le Pot-au-Noir, le rocher Saint-Paul, l'îlot de Noronha, le cap Saint-Roques et le phare des Rois Mages. Il toucha la terre d'Amérique avec un sentiment de résurrection. Les grains de l'Océan, l'air du large, les manœuvres et la magie du vol avaient dissipé la souillure dont pendant trente mois il avait vu le monde taché. Avec ses compagnons il avait mené, d'un bout à l'autre de la trajectoire prévue, l'appareil commercial le plus rapide qu'il eût tenu entre ses mains et le plus sûr. Ce trimoteur dont la conception datait de sept ans, ce prototype construit à travers mille obstacles, grâce à un prodige de foi, était le gage de la victoire décisive, régulière, banale, sur l'Atlantique. Déjà Couzinet calculait les modifications qu'il apporterait à la série nouvelle . la rapidité accrue, une meilleure défense contre les périls.

Quelques jours plus tard, l'*Arc-en-Ciel* alla à Buenos-Ayres. Il se posa sur le terrain de Pacheco, aménagé jadis par les soins de Mermoz. De nouveau, dans toute l'Amérique du Sud, on parla de l'aviation française. Il en était grand besoin. Les Panamerican Airways poussaient partout leurs lignes sur le tracé même de Bouilloux-Laffont. Le zeppelin allemand reliait régulièrement l'Allemagne au Brésil. Le sillage des escadrilles de Balbo frémissait encore. La catapulte du *Westphalen* ancré au milieu de l'Atlantique, lan-

çait des hydravions de la Lufthansa vers les deux
rivages de l'Océan.

Quand Bouilloux-Laffont et Daurat, en 1927, envoyèrent Mermoz en Argentine et quand Pranville l'y
reçut, ils comptaient sur lui non seulement comme
sur un pilote exceptionnel, mais comme sur un ambassadeur de sa ligne et de son pays. En 1933, Bouilloux-Laffont avait tout perdu. Daurat ne dirigeait
plus l'Aéropostale. Pranville était mort en service
commandé. Mermoz continuait la mission qui lui
avait été confiée.

Mais la conscience de tant d'efforts ruinés le priva
de toute joie. A travers les cérémonies de bienvenue,
il promena une mélancolie profonde.

Dans un petit studio aux environs de Buenos-Ayres
autour duquel broutaient des chèvres, j'ai vu la pro-
jection de quelques bobines cinématographiques.
C'étaient les prises de vues de l'arrivée de l'*Arc-en-
Ciel*. Mermoz parlait. Sa voix sourde, heurtée, captive de la pellicule, me le fit croire vivant. Et la
gravité, la tristesse qui paraissaient sur son visage me
firent mal, comme si elles étaient celles de mon ami
revenu soudain près de moi.

Ce jour-là, Mermoz revit Étienne, Chaussette, Moulié et Collenot. Cela ne suffit pas à chasser les fantômes. Il se rappela la fraîcheur, les illusions, l'élan
et les espérances qui l'accompagnaient lorsqu'il vint
conquérir l'Amérique, et le rude et sain travail et les
rudes et saines bordées, et la naissance de son amour.

Il comprit qu'il avait laissé sa jeunesse sur ces
rivages et qu'il ne serait plus jamais heureux.

Mermoz et ses amis se trouvaient alors au *Tabaris*.
C'était un des établissements de nuit qui servait et
sert encore de marché aux belles filles. Il doit son

caractère à un étage de loges dont on peut tirer les rideaux. Ces alvéoles aveugles et sourdement éclairés de l'intérieur donnent à l'endroit banal un climat d'une sensualité secrète assez émouvant. Autour de Mermoz la conversation roulait, couverte par le bruit de l'orchestre. Il ne parlait pas. Un pli vertical creusait son haut front. Ses longs cheveux enroulaient leurs boucles entre ses doigts qui pressaient les tempes. Il connaissait bien le *Tabaris*. C'était là que l'attendait impatiemment son amie, la danseuse française, aux beaux bras pleins de chair, quand il revenait du Paraguay pour s'élancer sur les Andes. Que la vie alors était simple, et limpide, et facile. Que... Soudain, Mermoz tressaillit. Il venait d'apercevoir son ancienne maîtresse. Visage flétri, corps vidé de suc, lèvres indignes de porter le sourire qu'il reconnaissait...

Mermoz se retourna vers Couzinet assis près de lui.

— On la prend? demanda-t-il d'une voix méconnaissable.

Couzinet d'abord ne comprit pas.

— On la prend? répéta impatiemment Mermoz.

Ses vieux camarades qui se souvenaient de ses crises de détresse commandèrent une douzaine de bouteilles. L'ivresse à leur table monta. Couzinet qui jouait du violon en autodidacte alla prendre celui de l'orchestre. Mermoz, le soir de son nouveau triomphe, pleura comme un enfant inconsolable.

L'Arc-en-Ciel reprit le chemin de Natal.

Là une difficulté provisoirement insurmontable interdit le départ vers l'Afrique. Si l'état du terrain avait permis au trimoteur de se poser à vide et de s'envoler avec une charge réduite, il empêchait le décollage des quinze tonnes que pesait l'*Arc-en-Ciel* paré pour sa croisière transatlantique. Il fallait attendre que l'on refît l'aérodrome et la piste. Cela prit environ quatre mois.

Tandis qu'on commençait les travaux, Mermoz s'embarqua pour la France. A Paris, il apprit que l'Aéropostale allait disparaître et que toutes les compagnies aériennes — Air-Union, Franco-Roumaine, Air-Orient, Farman — allaient, avec elle, être englobées dans une société unique, contrôlée par l'État. On réservait à Mermoz, dans ce nouvel organisme, un poste important.

— Je continuerai à piloter comme par le passé, dit-il, et sur la ligne.

Pour lui, il n'y en avait qu'une.

Et l'Atlantique demeurait le problème crucial. Toutes les pensées de Mermoz tournaient autour de sa solution.

Pour diminuer le risque, raccourcir le trajet au-dessus de l'eau, et permettre la traversée à des avions plus légers, plus rapides, l'idée lui était venue d'un relais naturel sur l'Océan : les îles du Cap-Vert. Le détour n'était pas grand, et l'utilisation de cet archipel réduisait de beaucoup le vol sans escale au-dessus de l'eau.

Couzinet avait construit un petit trimoteur, le *Biarritz*, que pilotait Charles de Verneilh et sur lequel celui-ci avait été jusqu'à Nouméa. Le 20 mars, Mermoz et Verneilh décollèrent du Bourget et se rendirent à Saint-Louis du Sénégal. Le 25 mars ils allèrent jusqu'au Cap-Vert, furent les premiers hommes volants que virent les Nègres de l'îlot perdu de Porto-Maïo, repérèrent un terrain et, dans la même journée,

revinrent à Saint-Louis. Puis Mermoz gagna Dakar
et de là Natal où l'attendait l'*Arc-en-Ciel*.

La piste de départ ne pouvant être prête pour la
lune d'avril, la traversée fut retardée jusqu'à celle de
mai. Mermoz prit l'avion-courrier, alla à Rio, passa
quelques agréables soirées avec son ami Joméli,
accompagna Marcel Reine dans la *fazenda* de ce
dernier. C'était, dans les montagnes de l'intérieur,
une propriété immense avec des vallées, des collines,
de la jungle, et que Reine avait acquise pour quelques
milliers de francs. Il s'y reposait parfois, de ses vols
et surtout d'une vie nocturne tellement mouvementée
et bruyante que ses voisins brésiliens tiraient des coups
de revolver sur ses fenêtres pour arrêter la bacchanale.
Mermoz et Reine se promenèrent à cheval à travers la
fazenda, que Reine d'ailleurs n'a jamais pu explorer
complètement.

J'ai passé une journée dans cette sorte d'éden primitif. Reine faisait depuis trois ans la Cordillère. Les
chevaux qu'il avait montés avec Mermoz étaient
retournés à l'état sauvage.

Quand Mermoz revint à Natal, il était, certes,
impatient de reprendre les commandes de l'*Arc-en-Ciel*.
Mais cette impatience n'avait ni la même intensité, ni
surtout le même caractère que celle dont il avait brûlé
dans cette même ville entre les deux traversées du
Comte de La Vaulx et dans l'attente du moment où,
après cinquante-trois tentatives de décollage, il arracha l'hydravion à la lagune de Borfim. Ce qui précipitait les pensées de Mermoz vers la France n'était
plus l'élan d'un cœur tout naïf et ardent de toutes les
espérances. Il voulait retourner dans son pays par
raison, par devoir. Il savait qu'on y avait besoin de
lui. Sa ligne était menacée. La charge d'une œuvre

immense, le testament informulé de tant de morts
reposaient sur ses épaules. Mais il ne quittait pas sans
regret une terre qui toujours avait été pour lui féconde
et généreuse. Le triste port de Natal, les pauvres
maisons ocre, jaunes et roses, la nostalgique et fiévreuse
fatigue de ses habitants, le rayon vespéral des Rois
Mages, Mermoz les aimait sourdement. Il aimait aussi
les visites quotidiennes au terrain situé à 30 kilomètres
de la ville, et la piste cabossée, heurtée, trouée, sur
laquelle il lançait la voiture de l'Aéropostale d'une
telle façon que ses rudes compagnons s'accrochaient
à la carrosserie et demandaient grâce.

Couzinet était là et Carretier et Mailloux et Manuel.
Un passager imprévu, tombé d'un yacht en perdition
qui revenait des Amazones, s'était joint à eux : Paul
Bringuier, grand reporter et familier de Mermoz [1].
Loin de Paris, on avait pu lui promettre une place dans
l'avion. Le mécanicien Jousse, malade, ayant regagné
la France, Mermoz l'avait fait remplacer par Collenot.

— Nous allons maintenant faire souvent l'Atlantique ensemble, vous et moi, mon vieux, lui avait-il
dit.

— J'espère bien, monsieur Mermoz, avait répondu
Collenot qui venait de se marier.

L'*Arc-en-Ciel*, avant de se remettre en route, avait
besoin de soins particuliers. Les hangars de l'Aéropostale étaient trop petits pour sa taille. Il avait passé
beaucoup de journées et de nuits dehors. La chaleur,
les trombes diluviennes, l'éternelle humidité des tropiques, avaient fait leur œuvre. Comme c'était un
prototype, il n'avait pas de pièces de rechange. Il fallut

---

1. Il a fait du voyage du retour un récit admirable qui a été
publié dans *Mes Vols*, recueil posthume des écrits et des confé-
rences de Jean Mermoz.

les fabriquer sur place. Barrière, le directeur de l'exploitation en Amérique du Sud, qui avait succédé à Pranville, ingénieur d'élite, camarade magnifique, petit, râblé, à la crinière léonine, chantant toujours au travail, vint lui-même diriger avec Collenot l'équipe des mécaniciens. Le 15 mai tout fut prêt. L'*Arc-en-Ciel* décolla de nuit, enlevé par Mermoz à quelques mètres avant les feux de balisage.

Le rayon des Rois Mages suivit quelques instants la courbe du trimoteur argenté. Puis, contournant le Pot-au-Noir, se relayant aux commandes, Mermoz et Carretier menèrent l'*Arc-en-Ciel* sans incident jusqu'à 800 kilomètres de la côte africaine. A ce moment, le radiateur du moteur gauche creva. Collenot par le boyau qui conduisait aux trois hispanos de l'*Arc-en-Ciel* et qui était une des caractéristiques de la formule de Couzinet, se glissa jusqu'au moteur avarié et essaya de boucher la fuite. Elle était irréparable. Collenot ne revint dans la cabine que lorsqu'il eut tout le côté gauche ébouillanté. Il fallut arrêter le moteur. Avec les deux autres, Mermoz fit un nouveau prodige. Volant en porte-à-faux sur le côté droit pour équilibrer l'appareil, réduisant les moteurs auxquels il fallait demander un effort complémentaire, les relançant quand il sentait faiblir la pesante machine, devinant et prévoyant tout, lutteur herculéen qui semblait faire partie de l'appareil blessé, il tint en l'air, avec ses muscles et son intuition, l'*Arc-en-Ciel* jusqu'à Dakar. Il y arriva à la nuit. Le système des trois moteurs, idée fixe de Couzinet, avait sauvé l'appareil et sept vies.

Une semaine auparavant, un équipage de l'Aéropostale composé d'Emler, Raguelle et Guyomar, s'était tué en Espagne.

L'*Arc-en-Ciel* atterrit au Bourget, salué par des
acclamations et des discours. On fêta Mermoz et Couzinet. Les journaux publièrent leurs visages et leurs
impressions. Il y eut beaucoup de cérémonies pour
honorer la victoire d'un appareil dont les techniciens
du ministère ricanaient quelques mois auparavant et
qu'ils eussent accablé de leur mépris si, au cours d'un
voyage de 20 000 kilomètres, par suite d'un accident
imprévisible et stupide, rupture d'essieu ou pneu éclaté,
il se fût rompu dans un décollage, sur un terrain défavorable. Bref, on fit si bien que Mermoz et Couzinet
furent certains d'avoir chacun dans leur domaine —
et les deux se confondaient par le résultat — gagné la
partie. Il était impossible, pensaient-ils, qu'après de
pareilles preuves, on ne commandât pas une série de
trimoteurs améliorés et que, avec ces trimoteurs, on
ne commençât pas le service régulier au-dessus de
l'Atlantique.

Mais après les vins d'honneur et les grandes phrases,
rien ne vint.

A cela il y eut plusieurs raisons.

Une compagnie aérienne unique, sous le beau nom
d'Air France, avait absorbé toutes les autres. Nouvelle
direction, nouveau personnel et nouvelles méthodes.
Il fallut donner des places aux constructeurs, aux
administrateurs des anciennes lignes indépendantes.
Il fallut prendre les directives de l'État. Il fallut louvoyer à gauche, à droite, selon les inflexions de la
politique, tenir compte des intérêts des puissantes
sociétés qui étaient représentées capitalement dans
l'entreprise. Par un jeu fatal la bureaucratie multiplia
ses rouages. Des fonctionnaires remplacèrent les
meneurs d'hommes. Peut-être ne pouvait-on pas

échapper à cette transformation. Peut-être répondait-elle à la loi de notre temps. Mais avec elle mourait une chanson de geste, dont Mermoz, contre tout et tous, allait être le dernier poète et le dernier paladin.

Parmi tant de changements, dans un tel remue-ménage de conceptions, de gens et d'intérêts, on ajourna la solution que le voyage de l'*Arc-en-Ciel* semblait devoir imposer automatiquement. Les techniciens timorés relevèrent la tête. Les avares parlèrent d'économie. Les concurrents essayèrent de placer leur matériel et certains siégeaient au Conseil d'administration d'Air France. Des mois s'écoulèrent ainsi. Mermoz et Couzinet hantaient les bureaux, les rédactions, les ministères, les couloirs de la Chambre. Tour à tour désespérés et furieux, ils montraient l'urgence, la nécessité impérieuse de faire mieux. Les Allemands allaient battre la ligne française qui les avait précédés de quatre ans. N'ayant pas d'appareils d'un rayon d'action suffisant pour traverser l'Atlantique, ils avaient imaginé d'ancrer au milieu de l'Océan un bateau catapulteur. Les hydros de la Lufthansa venaient amerrir près de lui, se ravitaillaient en essence, repartaient de son pont.

« Vous acceptez que la France encore une fois se laisse distancer? » criaient Mermoz et Couzinet aux responsables.

Distancer! Il s'agissait bien de cela. C'était à capituler qu'on se préparait en haut lieu.

Le ministre de l'Air était à l'époque Pierre Cot. Pour son cran, sa jeunesse, sa simplicité et surtout, j'en suis sûr, parce que, étant ministre, il avait appris à piloter, Mermoz, malgré l'aversion qu'il éprouvait pour le penchant de Pierre Cot à la démagogie et pour le fait qu'il faisait passer des préoccupations d'ordre politique avant le souci de l'aviation, lui montra toujours indulgence et sympathie. Mais certains desseins il ne les pouvait admettre de personne. Or, Pierre Cot avait conçu le plan de marier Air France à la Lufthansa. Cela répondait à une certaine théorie du moment, qui consistait, comme on disait alors, à internationaliser les problèmes. Puisque la compagnie allemande se proposait d'assurer le service aérien de l'Atlantique, on le lui laisserait. Par contre, elle emprunterait la voie française par l'Espagne et Casablanca-Dakar. Les frais pour chacun seraient réduits de moitié et l'on partagerait les bénéfices. Cela s'appela le Pool.

Les administrateurs d'Air France s'y rallièrent sans difficulté. Le projet épargnait l'effort et augmentait les dividendes.

Mais ce qu'avaient accepté, décidé, ratifié, les compagnies qui avaient le monopole de l'exploitation aérienne en France et en Allemagne, et les ministères et les chancelleries de deux grandes nations, un homme ne voulut pas le laisser s'accomplir : Mermoz[1].

Quoi, les Bréguet 14, volant à deux sur le désert, les Maures vaincus, la soif vaincue, la nuit vaincue, les Andes vaincues, l'Océan dominé, des morts par dizaines, la plus belle histoire de ce temps forgée à coups d'exploits, tout cela pour céder la place, baisser pavillon, déserter à l'endroit le plus périlleux, le plus enviable, sur l'Atlantique !

Mermoz crut entendre les buccins du Jugement

---

1. Il fut appuyé dans sa révolte par tous ses vieux camarades, par ceux-là mêmes, comme Édouard Serre, dont les convictions politiques étaient à l'opposé des siennes. L'esprit héroïque de la ligne ressuscita en cet instant chez les hommes qui l'avaient fait vivre dans des conditions qui avaient été une longue épopée.

dernier. Et on venait de le nommer chef pilote de la ligne d'Amérique! On lui demandait de ratifier cette trahison!

Les hommes pratiques lui disaient :

— Vous êtes la victime d'une imagination excessive, d'un souci sentimental qui n'est plus de saison. Soyez réaliste. Le pool accorde tous les intérêts. L'aviation est entrée dans une phase commerciale où le cœur ne doit plus jouer.

— Ce n'est pas vrai, criait Mermoz, ce n'est pas vrai. L'aviation est aujourd'hui un symbole, le signe de la vitalité d'une nation, de sa capacité d'héroïsme. C'est la flamme à la corne du mât. On soutient bien et pour notre seul prestige des compagnies de navigation à coups de milliards. Nous n'en demandons pas tant, mes camarades et moi, pour passer l'Atlantique.

L'instinct de Mermoz avait vu plus loin et plus juste que la raison des sages. Tout le montre aujourd'hui.

Cependant le décret concernant le pool attendait sur la table de Pierre Cot qu'il le signât.

La révolte de Mermoz, que le ministre admirait et aimait sincèrement, le faisait hésiter. Là-dessus se leva le matin du 6 février 1934.

On sait comment le gouvernement fut emporté par l'émeute. Le ministère Doumergue le remplaça et le général Denain prit le portefeuille de l'Air. Le nouveau ministre était l'ancien chef de Mermoz au Levant. Aussi bien en Syrie que plus tard, il lui avait montré une profonde bienveillance. Mermoz fut certain qu'un modéré, un patriote, un général, ne signerait pas le décret élaboré par les services de Pierre Cot. Mais les généraux, quand ils se mêlent de politique, sont plus pusillanimes à l'ordinaire que les plus mous des poli-

ticiens. Denain avait trouvé sur sa table le projet Cot.
Ce n'était pas lui le responsable. Il n'avait qu'à enté-
riner. Une signature... et tant de gens importants
seraient satisfaits...

Alors Mermoz désespéra des hommes en place. De
gauche ou de droite, civils ou militaires, ils se valaient
donc tous! Son chef, lui aussi... A qui donc s'adresser?
Comment remuer l'opinion, faire entendre le cri de
la ligne, des vivants et des morts? La presse... Elle
seule peut-être!...

Mermoz essaya. A peu près partout il sentit la cons-
piration du silence. Des intérêts puissants jouaient
et des influences politiques. Pourtant, dans ce milieu, Mermoz avait deux amis. Je suis fier d'avoir été
l'un d'eux, bien que ma part dans ce combat ait été
toute secondaire. Ce fut Jean Gérard Fleury qui porta
les véritables coups. Ni lui, ni moi, nous n'espérions
réussir. Que représentions-nous dans un si vaste
conflit? Nous libérions notre conscience, et nous
suivions Mermoz. C'était tout. Or, la lâcheté des gens
était telle, que là où Mermoz avait échoué, quelques
articles d'un jeune journaliste, alors peu connu,
l'emportèrent. Le général Denain prit peur et ne signa
pas le pool. Quand Fleury et moi nous apprîmes cette
victoire, nous eûmes autant de gêne que de joie.

Mermoz, lui, ne perdit pas de temps à l'analyse
de ses sentiments. L'Océan était rendu à la ligne.
Chaque minute devenait précieuse. Il fallait traverser,
traverser, et traverser encore. Que les prudents et les
avides n'eussent pas le temps de se ressaisir. Qu'on ne
pût dire de nouveau :

« Puisque nous ne pouvons rien, laissons faire les
autres. »

Les mettre devant le fait accompli. A force de cou-

rage et de ténacité, gagner à la ligne le peuple de
France.

Cette année-là, Mermoz fit sa campagne de l'Atlantique.

Du mois de mai au mois d'octobre 1934, il alla
trois fois d'Afrique en Amérique et trois fois d'Amérique en Afrique sur le vieil *Arc-en-Ciel*. Au retour
de sa dernière traversée, il reçut, à trente-deux ans,
en temps de paix, au cours d'une prise d'armes au
Bourget, l'insigne de commandeur de la Légion
d'honneur.

Quand, après avoir atteint le Brésil, il voulut décoller la première fois de Natal, le sol, dont la croûte
avait été d'une manière invisible détrempé par les
pluies et rongé par les termites, s'effondra sous ses
roues. Collenot se mit à labourer le terrain avec une
charrue. Quand la piste fut refaite, Mermoz trouva
une telle muraille de nuages, une telle avalanche de
trombes et de cyclones qu'il dut faire demi-tour.

Le matin même où il posait sans une éraflure l'*Arc-
en-Ciel* et ses 13 000 kilos sur l'aérodrome de Natal,
un pilote, quelques centaines de kilomètres plus au
sud, essayait un avion léger sur le terrain de Bahia.
Il eut une seconde d'inattention, heurta le sommet
d'un palmier et se tua. C'était Étienne, le fidèle. Pour
assurer la tranquillité de sa jeune femme, il avait
renoncé au péril du courrier. Il était devenu chef
d'aérodrome.

Dans le second voyage que fit Mermoz, il emmena
Guillaumet à qui, après les Andes, il enseigna l'Atlantique.

Au troisième, il lui passa les commandes. Et toujours Collenot fut avec lui.

Chemin faisant, il reconnut le terrain de l'îlot de

Noronha où les bagnards brésiliens faisaient sonner leurs chaînes. Deux cents de ces forçats, menés par leur chiourme, vinrent désembourber l'*Arc-en-Ciel*. Il décolla parmi un grouillement de crapauds monstrueux qui avaient une taille de lapin.

Et Mermoz se posa aussi à Porto-Prahia, dans l'archipel du Cap-Vert, reçu comme un dieu par le roi noir de l'île. Et il traça l'itinéraire par Villa-Cisneros et Port-Étienne.

Et à quoi bon raconter les tornades à travers lesquelles il se glissa, la mort frôlée, bravée, dépassée? Même l'épopée devient monotone. Mermoz a réussi d'aller jusque-là.

D'ailleurs, il est temps de regarder avidement celui qui, de l'enfant de Mainbressy, de l'adolescent du Montparnasse, du caporal de Palmyre, de l'anarchiste de Thionville, du clochard parisien, du pilote de ligne d'Espagne, d'Afrique, d'Amérique et de l'Océan, est devenu pour tous le grand Mermoz. Il est temps. La *Croix du Sud* va l'emporter.

III

LA « CROIX DU SUD »

Si la gloire se mesure à l'étendue de la renommée,
Jean Mermoz était alors l'homme le plus illustre de
France. Et il l'était également si la gloire se pèse aux
balances de l'amour. La sienne rayonnait dans les
campagnes perdues et sur les boulevards de Paris,
dans la montagne et dans la plaine, au fond des petits
ports et sur les bancs de collège, dans les lieux frivoles
et les lieux sacrés. Il n'y avait pas un homme, ni une
femme, ni un enfant pour ignorer qui était Jean Mermoz. Et les hommes l'admiraient. Les femmes rêvaient à
son image. Les enfants voulaient lui ressembler.

Jean Mermoz! Il y avait d'autres pilotes familiers
à la foule, sympathiques, célèbres. Mais leurs noms
étaient un simple assemblage de syllabes, un cadre aux
limites duquel la vibration s'arrêtait. Le nom de
Jean Mermoz avait, lui, un écho sans fin. Il ne perdait
pas sa résonance aussitôt prononcé. Les ondes sensibles ne refermaient pas sur lui leur cercle. Il retentissait dans les cœurs comme une cloche de fête et un
tocsin de vie.

Et pas dans son pays seulement. Au Brésil, en
Argentine, au Chili, Mermoz était plus que l'ambassadeur accrédité de France. Il traitait avec les chefs de

gouvernement. Il obtenait ce que personne que lui
ne pouvait obtenir. A Rome, on le saluait comme un
héros antique. Les cheiks nomades du désert parlaient
du grand chef ailé aux cheveux couleur de sable fauve.

Quand il disparut, Mermoz fut le seul pilote au
monde, vivant ou mort, dont le nom fut donné à la
ligne qu'il avait servie. Ce ne fut pas un gouvernement
qui le fit, mais le peuple. Quand, par erreur, on le crut
retrouvé, on arrêta les spectacles dans les établissements publics, pour annoncer la merveilleuse nouvelle. Des gens qui ne se connaissaient pas s'embras-
sèrent. Dans les rues, dans les métros, on chanta.

Comment Mermoz avait-il gagné cette réputation
universelle et cette haute tendresse à nulle autre
pareille? Je me le suis demandé plus d'une fois avec
étonnement. Je le sais pourtant. Et c'est parce que je
le sais et que je sais aussi de quels éléments est faite
à l'ordinaire l'idolâtrie des masses, que je demeure
encore aujourd'hui comme incrédule. Mermoz n'a
jamais cherché à plaire. Il n'a pas songé à la foule. Le
goût de l'effet lui était inconnu. Il n'a pas réussi un
de ces coups de chance ou d'éclat qui aveuglent les
hommes. La part spectaculaire de l'aviation, ce qui
l'apparente, dans le sens le plus noble, mais aussi le
plus brutal, aux combats des gladiateurs, cette course
contre la mort que suivent étape par étape les peuples
émerveillés et haletants, le destin en a détourné
Mermoz.

Les raids fulgurants, les triomphes à pile ou face,
qui forcent d'un coup l'attention du monde, il n'en
a pas accompli. Les quelques records qu'il a pris en
passant étaient de nature à n'intéresser que les spé-
cialistes.

La presse, dira-t-on, et l'écran, qui ont répandu ses

traits à foison et souvent reproduit ses paroles, ont imposé sa renommée. Hélas! pour peu que l'on connaisse comment fonctionnent ces deux véhicules de la gloire, on sait qu'ils ne mènent pas l'opinion mais la suivent. Et combien de pilotes, même parmi les plus célèbres, ont flatté les journalistes, mendié un écho, hanté les rédactions, obsédé les photographes! Mermoz avait horreur de tout cela. Il n'a usé de la presse que lorsqu'il a jugé utile de se faire entendre. Le reste du temps il fallait le persécuter pour obtenir une interview. Quand il cédait, c'était par lassitude ou par amitié. A vrai dire, il détestait les journalistes. Il leur reprochait de déformer, d'amplifier les récits qu'il leur faisait si simplement. Les gros titres surtout le mettaient hors de lui et l'outrance de leur libellé.

— Chaque métier a ses lois, lui disais-je. Celui-là comme les autres.

— C'est parfait! s'écriait impatiemment Mermoz. Mais qu'on ne le mêle pas au mien. C'est juste le contraire.

Non, la presse n'a pas consacré Mermoz, ni les instruments habituels du succès. Cela s'est fait tout seul. Cela s'est fait par infiltration, contagion, osmose, ébranlements successifs. Coup après coup, goutte par goutte, rayon par rayon, étincelle par étincelle.

« J'ai toujours acheté très cher ma chance », a écrit Mermoz.

Sa vie entière est l'illustration de ce mot magnifique. Mais le prix dont il a payé « sa chance », son obstination de termite ailé, son incroyable acharnement à vaincre, à se dépasser sans cesse, l'accumulation et l'amoncellement de ses exploits, ont fait la solidité indestructible de sa gloire. Il ne s'est élevé que

peu à peu sur l'horizon. Mais chacun des degrés etait
forgé d'airain. Quand les hommes ont levé la tête,
Mermoz était si haut qu'ils en furent éblouis. Et tandis
que d'autres pilotes qui avaient connu les plus déli-
rantes acclamations, qui avaient fasciné quelques
jours les masses, retournaient doucement à la pénombre, Mermoz est resté au zénith, comme le soleil de
midi qu'il aimait tant.

Cet éclat, — la beauté de Mermoz, la splendeur de
son corps, s'accordaient avec lui et comptèrent à coup
sûr parmi ses éléments essentiels. Mais, je l'ai dit,
il inspirait aussi une tendresse immense. Et la plus
peuple en même temps et la plus naïve, celle de la rue
et de l'atelier.

Pourquoi tant de gens qui ne l'avaient jamais vu
le chérissaient-ils?

Pourquoi une femme de ménage, quand elle apprit
sa mort, me dit-elle en pleurant :

— Il était si bon.

Pourquoi, alors qu'il vivait encore, un chauffeur
de taxi voyant que je tenais un journal où se montrait
l'image de Mermoz, m'a-t-il demandé :

— C'est vrai qu'il est si simple?

Pourquoi, dans un petit débit de vins, aux Halles,
ai-je entendu au cours d'une discussion entre des
débardeurs, l'un d'eux crier :

— Pour les autres, je ne sais pas. Mais pour Mermoz, l'argent et les Légions d'honneur, il s'en fout,
lui, ça je le jure.

— Bien sûr! Si tu vas chercher Mermoz, dirent les
autres.

Peut-on retrouver les germes d'une pareille moisson? Les propos d'un mécano... L'accueil fait à un
camarade de régiment rencontré par hasard... Le sou-

rire adressé à un livreur... La façon de boire un verre
de bière contre un comptoir de zinc... La timidité
aux réceptions... Le regard attentif arrêté sur un
pauvre... Cela passait de bouche en bouche. Et Mermoz vivait pour tous dans ses vertus profondes.

Quant aux actes qui en étaient les fruits, si le peuple
ne pouvait pas les connaître, il en devinait la nature
et s'en trouvait ému. Les gens ne pouvaient pas savoir
que Mermoz refusait les émoluments énormes que lui
proposaient les constructeurs d'appareils, les trusts
d'essence, les fabricants de moteurs pour qu'il siégeât
à leurs conseils. Ils ne pouvaient pas savoir davantage
la réponse que fit Mermoz à l'un des plus gros usiniers
d'aviation, lorsque celui-ci, lui ayant offert 30 000 francs
par appareil qu'il accepterait pour Air France, et se
méprenant au silence de Mermoz, lui en promit 40 000.

— A dix de plus, gronda Mermoz, je vous ouvre la
figure.

On ne pouvait pas savoir non plus qu'il refusa de
serrer la main à un ancien pilote de Palmyre, parce
que ce dernier, intimidé par la gloire de Mermoz, au
lieu de le tutoyer crut devoir lui dire « Monsieur ». Ni
qu'ayant reçu à trente-deux ans l'insigne de commandeur de la Légion d'honneur au Bourget, et ayant appris
que Coursault était retenu par son service d'adjudant
de semaine sous un hangar, Mermoz abandonna tous
les honneurs qu'on lui rendait pour courir embrasser
son ami. Ni l'étonnement qu'il suscitait en Argentine
et au Chili en préférant le commerce des mécaniciens
à celui de la société mondaine. Ni la tendresse publique
qu'il montra à Buenos-Ayres au peintre Laverdet,
illuminé de talent, mais fagoté comme un clochard.
Ni sa fidélité aux vieilles demoiselles encore plus
vieilles du *Grand Balcon*, quand il passait par Toulouse.

Ni la gentillesse avec laquelle il essaya toujours dans les cérémonies de s'effacer derrière son équipage. Ni qu'il aimait à réunir les enfants de la zone et à les mener au Salon de l'Aéronautique et à leur expliquer, avec une patience et une science merveilleuses, les secrets des machines volantes et les beautés du vol. Tout cela sans doute on ne pouvait le savoir. Mais on le sentait chez Mermoz et partout on l'aimait.

Quand il vint à Rome avec le général Denain, il n'emporta point de vêtement d'apparat. Mussolini ayant demandé à le voir, le général dit à Mermoz :

— Vous ne pouvez pas, vous n'avez pas de jaquette.

Mermoz s'inclina.

Mussolini apprit du ministre de l'Air français la cause de cette absence. Il dit assez sèchement :

— Mermoz peut aller partout en veston.

Il fit chercher le pilote et le traita en ami.

Quelques années plus tard, place Pigalle, de jeunes communistes exaltés lapidaient une automobile qui, par son vernis, leur semblait insulter à leur pauvreté. Un homme aux larges épaules fendit leur groupe :

— Que faites-vous à ma voiture? demanda-t-il, sans violence. Elle a donné du travail à des ouvriers.

On commença de gronder autour de ce bourgeois. Soudain, l'un des jeunes gens, étant parvenu à percer du regard la pénombre qui enveloppait l'inconnu, identifia son visage.

— Mais, c'est Mermoz, dit-il.

Mermoz...

Mermoz...

Le nom courut comme un maître-mot.

— Tu es vraiment Mermoz? demanda enfin celui qui paraissait le meneur de la troupe.

— Je fais ce que je peux pour cela, dit Mermoz en riant.

— Ça va, cria le garçon à ses camarades. Mermoz a tout de même le droit d'avoir une belle bagnole, non ?

Ils allèrent tous boire ensemble.

Pour ce rayonnement qui ne laissait personne insensible, qui atteignait tous les milieux, pour la puissance généreuse qui émanait de lui, pour son courage et pour sa pureté, pour sa lumineuse figure et son torse bombé comme une cuirasse, on se mit à chercher des surnoms à Mermoz. On l'appela le Guynemer de la Paix, le Paladin de l'Air et l'Archange.

Et cela était vrai, et cela était faux.

Vrai en tant qu'expression métaphorique et superficielle.

Faux, parce que cette imagerie de bazar sacré, ce vocabulaire emphatique et bien pensant commençaient d'emprisonner le reflet de Mermoz dans la convention, l'artificiel, le musée de cire. Lui qui n'était pas en marge, mais au-delà et au-dessus de toute norme sociale, on le transformait en effigie de stuc pour patronages et pour cours de morale.

Or, juste au moment où, sans malice, les zélateurs maladroits le défiguraient ainsi, Mermoz, plus que jamais, était un homme. On eût pu à la rigueur enfermer son personnage dans une seule attitude quand il portait le courrier de Casablanca à Dakar, ou quand il ouvrait les lignes aériennes de l'Amérique du Sud. Alors, il n'était que pilote. Sa personnalité se trouvait circonscrite aux limites de cette fonction et son expérience ne dépassait guère les bornes d'un métier qui l'isolait du cours ordinaire des journées humaines. A cette époque, les comparaisons qui faisaient de lui un soldat et un moine du ciel, un demi-dieu serein, triomphant et heureux, eussent pu approcher un peu de la vérité. Mais quand on s'avisa de les lui appliquer, Mermoz venait de vivre quatre années de plus. Et quatre années de développement dans tous les sens, d'enrichissement vaste et tragique.

Certes, la moitié de son temps, il l'avait passé en route. Tantôt au Maroc, tantôt en Algérie et à huit reprises sur l'Atlantique. Mais son port d'attache avait été Paris. Il y avait eu un appartement. Il avait mené la vie conjugale. Il avait fréquenté des journalistes, des hommes politiques, des industriels, des artistes, des marchands, des théoriciens, des gens du monde. Du milieu le plus simple et le plus pur, celui des terrains d'aviation qui jalonnent les lignes lointaines, sa vie s'était trouvée transplantée sur le plan le plus complexe, le plus friable aux intrigues et aux intérêts sans grandeur et le plus corrompu. Mermoz y avait eu, aux dépens de sa joie et de sa paix intérieures, le spectacle du snobisme, de la lâcheté et de l'affreux combat qui se livre sans cesse pour de vains honneurs et la cupidité. La puissance de l'argent, la fausseté des salons, la félonie des hommes en place, l'avaient terrifié et surtout, chez la plupart des êtres, l'indifférence, l'atonie, le manque de passion, le contentement d'une existence de ruminants.

Mais dans ce marécage il avait aussi surpris quelques belles lueurs, quelques tristes et nobles voix. Même là on pouvait trouver du désintéressement, du sacrifice, de l'amitié, de la douleur. Même chez les plus secs et les plus avides et les plus peureux, perçait tout à coup un feu vraiment humain. Le monde n'était pas à aimer ou à rejeter d'un bloc. La vie n'était ni transparente, ni facile comme sur les champs où s'envolaient les appareils. Il fallait l'étudier honnêtement, la comprendre, se révolter contre elle pour l'embellir, mais en gardant pour tous ceux qui en portaient le joug une indulgence, une pitié infinies.

Le plus fort, le plus pur en avait besoin. Mermoz l'avait appris sur lui-même. Dans son existence intime, une lente mais sûre et fatale désagrégation le séparait de sa femme. Personne n'en était coupable. Simplement il s'était trompé. Il avait pris ses désirs pour une image vraie. Il avait poursuivi une réfraction de lui-même. A cette apparence, il avait failli sacrifier le vol. Et cette erreur dont il était comptable il n'en souffrait pas seul. Quel remords et quelle saveur de cendres, et quel dégoût de soi lorsque, par instants, il découvrait qu'il était insensible à cette souffrance et même qu'elle l'irritait! Pas plus que l'existence, l'homme n'était limpide.

Pour tout apaiser, tout résoudre et tout illuminer, il y avait le vol. Et Mermoz volait. Et ce n'était pas un archange qu'emportait son avion. Mais un homme qui avait traversé le prisme entier de l'arc-en-ciel humain.

Une telle expérience, avec une pareille sensibilité, ne s'acquièrent pas impunément.

« Tout est fini, écrivait Mermoz à cette époque, tout est terminé. Et cette impression d'agonie de tout ce qu'on avait de jeunesse, de fraîcheur en soi, à jamais disparu. »

La gloire se répandait autour de Mermoz en ondes toujours plus larges. Les biens matériels s'offraient à lui comme dans une corne d'abondance. Jamais il n'en

fut plus détaché. Il distribuait tout ce qu'il gagnait
aux dignes et aux indignes. A mesure que passaient
les mois et que se creusait sa connaissance des autres
et de lui-même, il se repliait, s'éloignait de tout ce que
la renommée jetait à ses pieds. Sa mélancolie native
ne se résolvait plus comme auparavant en accès, en
crises. Elle devint une sorte de lumineuse tristesse.

Par elle il se sentit soudain plus près de ses grands-
parents qu'il ne l'avait jamais été. Il admira leur règle
stricte, la rigidité monacale de leurs conceptions. Son
enfance en avait été toute meurtrie. Mais l'enfance,
et même la première jeunesse étaient mortes. Et
Mermoz reconnaissait, dans cette sorte d'ascétisme,
le refuge et le salut. Il chérissait sa mère plus que tout
être sur terre. Seulement, ils se ressemblaient trop
pour qu'elle pût le protéger contre lui-même. Son
indulgence, sa charité, sa merveilleuse compréhension
étaient faites pour bercer le chagrin et panser les plaies.
Elles ne pouvaient pas donner une ossature au monde
et une indiscutable loi intérieure.

Or il en fallait une à Mermoz, et qui le dépassât.
Il ne la trouvait ni autour de lui, ni en lui. Alors le
sens du divin qui s'était éveillé sur le plateau des
Andes, qui l'avait visité sous le clair de lune quand pour
la première fois il avait survolé l'Océan, s'imposa à
son cœur. Ne pouvant comprendre les chemins de la
vie, il s'en remit pour le conduire à un être supérieur.
Il chercha ses traces sur la terre. Il aima le silence et
le chant des églises. Son émotivité poétique et sa soif
de l'infini y furent souvent comblées. Mais il ne pouvait accepter la façon dont en usaient les hommes. La
confession lui semblait superflue. Il revint de Rome
révolté par le luxe théâtral du Vatican.

« Dieu, disait-il, de quelque religion qu'on l'honore,

n'a pas besoin de ces livrées; Dieu, c'est la simplicité, la liberté, la bonté, la beauté et le courage. C'est l'oubli de soi-même, c'est le bonheur de l'évasion, du sacrifice, c'est l'amour sans mesure. C'est ce que je sens lorsque je vole. »

Mais bientôt Mermoz pensa :

« En aviation, il ne reste plus grand-chose à conquérir. L'Atlantique Sud est une question de mois. L'Atlantique Nord, de deux ou trois années. La sécurité complète viendra vite. Les pilotes seront des conducteurs d'autobus. Et si un jour, même pour ce métier, je suis trop vieux?... »

Il souriait doucement et continuait :

« Eh bien, j'irai vivre du côté de Mainbressy avec Martinoff et je finirai ma vie en méditant... Ou je m'embarquerai avec Chaussette, comme nous l'avons souvent rêvé, pour une île déserte... Ou encore j'irai soigner les lépreux. »

Alors Mermoz se sentait sage et serein et délivré du monde.

Et cela était vrai et cela était faux.

Dans le même temps, Mermoz montrait une vitalité prodigieuse. Il mangeait des omelettes de douze œufs et des gigots entiers. Les visites médicales, de plus en plus sévères, le trouvaient avec des poumons, un cœur, des muscles aussi élastiques et aussi forts qu'à son examen d'Istres. Il aimait toujours autant les belles filles. Cet homme qui servait de directeur spirituel à beaucoup de ses camarades et dont certains, dans leur testament, demandèrent qu'il parlât sur leur tombe, faisait des farces de collégien. Il se déguisait en tyrolien, en trappeur, en peau-rouge, aspergeait ses amis d'eau, de goudron et riait pendant des heures comme un enfant.

Quand il jouait aux cartes avec sa mère il trichait.

Il n'y avait pas un homme ni une femme à qui, au premier abord, Mermoz ne fît crédit. Pour un trait plaisant, pour la manifestation d'une seule vertu, il éclatait d'enthousiasme. Il continuait de prêter aux autres ses richesses.

Parce que chaque jour il rendait grâce au sort de lui avoir permis d'être pilote, parce qu'il plaignait tous ceux qui n'avaient pas un métier aussi beau que le sien à chérir, il croyait que tout homme au contact de l'air devenait plus noble. En Amérique on disait de lui qu'il amenait à l'aviation les aveugles et les culs-de-jatte.

Je me rappelle avec quelle sévérité il jugeait Paul Bringuier, son compagnon imprévu du premier retour de l'*Arc-en-Ciel*, qui, arrivé à Paris, avait recommencé une vie nocturne de bars et de désœuvrement.

— Il n'a plus le droit, disait Mermoz, il a eu l'honneur de traverser l'Atlantique.

Quand Mermoz enseignait à voler (il n'eut le temps de le faire que deux fois), il était sûr qu'il enseignait en même temps à devenir meilleur. J'ai suivi les leçons qu'il donna à Jean Gérard Fleury : une mère n'eût pas été plus attentive. Il lui interdisait les excès de table et les plaisirs amoureux. Et quand notre ami eut passé son brevet, Mermoz s'en montra plus fier que lui.

Mais un jour que Fleury dédaignait de répondre comme il convenait à un fâcheux, Mermoz lui dit violemment :

— Comment peux-tu laisser parler un imbécile de cette manière *maintenant que tu es pilote*?

Mermoz avait gardé aussi bien le don des illusions (malgré toutes les meurtrissures, la réserve en était

chez lui inépuisable) que celui de souffrir en les voyant
déçues. Quand un chef militaire en qui il voyait — on
ne sait trop pourquoi — une sorte de saint au-dessus
des contingences terrestres, eut accepté, à sa retraite,
et fort humainement, un poste d'administrateur dans
une grande société, je vis Mermoz plus livide et plus
défait que si un malheur personnel l'avait atteint.
Sa sensibilité était celle d'un écorché, sa foi dans la
vie, celle d'un adolescent qu'éblouit le monde. A tel
point que si, dans nos rencontres, je me sentais toujours protégé par sa force morale, par son intérieure
majesté, je ne discutais jamais ses enthousiasmes,
car je redoutais, pour l'avoir vue une fois, l'expression naïve d'orphelin en détresse, qui passait au moindre doute dans ses yeux.

Quand, encore une fois, Mermoz s'éprit d'une jeune
fille en Amérique, il le fit avec une fougue telle qu'entre deux traversées de l'Océan, il accomplissait deux
jours de vol pour la voir une matinée.

Je me rappelle souvent Mermoz sur un rocher rouge
de la Côte d'Azur, nu, les cheveux au vent, élevant
vers le ciel éclatant de soleil un essieu énorme que je
n'avais pas réussi à soulever, l'abaissant et le dres-
sant une fois, deux fois, dix fois, dans un mouvement
de victoire sans fin. Et je l'entends crier :

« Longue et belle vie pour nous, mon vieux! »

Je me souviens aussi d'une promenade que Mermoz
me fit faire à bord d'un petit avion de tourisme. Nous
décollâmes d'Orly pour survoler l'Ile-de-France. Il
faisait un jour de printemps. Tout était léger, l'air, le
ciel, les nuages et nous-mêmes. Plus d'une fois Mermoz
me passa les commandes, s'amusa de mes fautes. La
clarté qui l'illuminait de l'intérieur faisait son visage
encore plus beau. Je ne lui avais jamais vu un sourire

si clair, si transparent. Cet homme qui avait huit mille
heures de vol, qui avait manié des avions géants, était
heureux de remuer ce jouet. Du moment qu'il était
dans les airs, tous les instruments d'évasion se valaient.
Je compris au spectacle de cette félicité qu'elle lui
remplaçait tout. En vol, il n'avait même plus faim.
Pour traverser l'Atlantique son insatiable appétit se
contentait d'une banane. Quand, en 57 heures d'affilée,
il battit le record de distance en circuit fermé, quelques bouchées lui suffirent.

Les rivières bleuissaient sous nos yeux, les champs
frémissaient.

— Je ne voudrais jamais descendre, me dit soudain
Mermoz.

Puis il piqua, atterrit dans un pré qui longeait un
boqueteau. Il voulait effrayer un troupeau de vaches.
Il décolla en chandelle contre les arbres.

Quand nous fûmes revenus à Orly, je dis à Mermoz
pour le plaisanter :

— Tu affirmes toujours qu'on ne doit pas prendre
en aviation de risques inutiles. Et ta chandelle tout
à l'heure? Si le moteur nous avait plaqués?

Mermoz eut un sourire de collégien pris en faute et
répondit :

— J'étais trop content d'être avec un ami.

Il réfléchit un peu et reprit avec une exaltation
grave :

— J'ai été comblé par l'existence grâce à mon
métier et à l'amitié. J'aime vivre.

Et cela aussi était vrai, et cela aussi était faux.

Mermoz très souvent pensait à la mort. Il en parlait
peu, mais quand il le faisait, sa voix devenait plus
sérieuse et plus douce qu'à l'ordinaire.

Un jour, il avait dû se poser dans un champ du

midi de la France. La panne était insignifiante. Il put
réparer sur place. Comme le moteur tournait, un
fermier, qui faisait partie d'un groupe de curieux
s'avança trop vers l'avion, glissa, fut happé par l'hélice. On releva une bouillie sanglante. Je vis Mermoz
le même soir. Il avait les mâchoires serrées et l'œil
brillant. Je pensais que l'accident avait ému sa pitié.

— Pas du tout, me dit-il. Le malheureux était mort.
Il n'y avait rien à faire. Mais ce qu'il y a dans la carcasse humaine n'est pas beau à voir. Autant s'en
débarrasser au plus vite.

Il y eut un silence. Puis Mermoz ajouta :

— Mais je ne voudrais mourir qu'en avion.

Nous gardâmes encore le silence. Et Mermoz
reprit :

— Même bêtement, s'il le fallait, comme ce pauvre
Étienne.

Je savais qu'il allait souvent au cimetière de Pantin,
où reposaient, transportés de Bahia, les restes de son
compagnon de Syrie, de Thionville, d'Afrique et
d'Amérique.

A quelque temps de là, je passai de nouveau une
soirée avec Mermoz. Il me parla de nouveau de la
mort.

— J'avais sur Casa-Dakar un bon camarade, dit-il,
un pilote d'un cran et d'une sûreté comme on en voit
peu. Il s'appelait Ville. Avec Rosès il a eu la première
panne chez les Maures et ils en ont descendu quel-
ques-uns. Puis nous avons été coéquipiers. Combien
de fois nous nous sommes sauvés mutuellement sous
les balles des pillards! Puis il est allé en Amérique. Il
y a travaillé comme un lion. Tout à coup il en a eu
assez. Il n'a pas voulu mourir trop vite, a-t-il dit. Chaque fois que je l'ai rencontré depuis, il m'a conseillé

de l'imiter, de renoncer au vol, parce que, à la fin, tout le monde y passe. Je l'avais un peu perdu de vue. Il y a trois jours, il m'a fait appeler. Il était dans une clinique, mourant d'un cancer du foie. Il a crié de toutes les forces qu'il avait encore : « Jean, je t'ai demandé de venir pour te dire : c'est toi qui as raison. Nous ne devons pas mourir dans un lit. »

Archange glorieux, neurasthénique profond, mystique, résigné, païen éblouissant, amoureux de la vie, incliné vers la mort, enfant et sage, tout cela était vrai chez Mermoz, mais tout cela était faux si l'on isolait chacun de ces éléments. Car ils étaient fondus dans une extraordinaire unité.

— Je ne sais comment vous expliquer cela, m'a déclaré un jour Coursault. Il y avait le grand Mermoz, Mermoz tout court, et il y avait Jean. Ils étaient différents et pourtant c'était la même chose et ça allait ensemble.

On ne peut mieux dire. Les forces contradictoires, opposées qui déchirent et brisent la plupart des hommes aussi riches et aussi complexes que l'était Mermoz, se trouvaient parfaitement liées chez lui par un beau ciment ou plutôt par une sorte de lumière pareille à celle qui harmonise au coucher du soleil tous les tons du ciel, de la terre et de la mer.

C'est pourquoi je n'ai jamais trouvé une photographie de Mermoz — et il en est de magnifiques — qui me satisfasse complètement.

Je ne peux pas en avoir une longtemps devant moi. Sur toutes il est incomplet. Son visage devrait toujours exprimer une passion nouvelle, et derrière lui il fau-

drait que les sables ondulent, que remue la forêt vierge
et que se dressent de hautes montagnes et se creuse
l'océan.

Car c'est là l'image de Mermoz qui demeure après
qu'il eut traversé pendant six ans les boues et les reflets, les lumières fascinantes et les troubles miroirs
de Paris. Il en est sorti inentamé, sans une ride. Il
était plus facile, à mon sens, de vaincre les Andes.

Ce visage resté pur me semble de Mermoz le plus
haut exploit.

En décembre 1935, Mermoz avait définitivement
gagné la partie pour sa ligne. On ne l'avait pas arrê-
tée. Il n'était plus question de la partager avec les
Allemands. Enfin, chaque semaine, un appareil partait
avec la poste de France de Dakar pour Natal et de
Natal avec le courrier d'Amérique pour Dakar. Grâce
à Mermoz et par Mermoz vivait l'anticipation que,
en 1918, avait rêvée Latécoère, pour laquelle s'était
ruiné Bouilloux-Laffont et qui avait déjà coûté plus
de cinquante vies.

Sans doute, cette réussite n'était que relative. La
flotte aérienne de l'Atlantique n'avait aucune cohé-
sion. Elle comptait des hydros et des terrestres, de
plusieurs types différents et mélangés au petit bonheur.
On n'avait pas voulu entendre Mermoz, qui demandait des avions rapides et puissants pour passer l'Atlantique de jour. Les intérêts des constructeurs, les influences qui jouaient dans les ministères et dans les
couloirs d'Air France s'y étaient opposés. On préféra
de grosses et lentes machines et terriblement coûteuses
qui se traînaient 20 heures sur l'Atlantique parce

qu'elles avaient des flotteurs. Il y eut deux désastres
en un an sur l'Océan. Ce fut avec des hydravions.

Entre-temps, et bien que l'*Arc-en-Ciel* eût sauvé la
ligne, on ne commanda pas un seul appareil à Couzinet, qui fut ruiné[1].

Entre-temps, Mermoz s'était mis à faire ce qu'on
appela de la politique.

J'aborde avec appréhension cet aspect de sa vie.
C'est le seul qui ait donné naissance à un malentendu
profond entre lui et ceux qui l'aimaient. Je ne veux
point parler de ses amis, mais de tous ceux, innombrables, qui ne connaissaient de lui que son nom.
Pour les images qui ont circulé de lui et que j'ai évo-
quées déjà, l'erreur était sans gravité. On accusait un
trait aux dépens des autres, on diminuait l'ampleur,
la richesse vivante de Mermoz, mais il y avait là une
part de vérité et un reflet réel. Avec la nouvelle activité de Mermoz, la substance même de son être se
trouva interprétée faussement et fut prise à contresens.
Par ses partisans comme par ses adversaires. Tel est le
pouvoir, sur les esprits, des formules néfastes.

Ma crainte vient de ne pouvoir dissiper ici ce malentendu douloureux précisément parce qu'il porte sur le
plan politique et parce que, sur ce plan, adversaires
et partisans sont, les uns comme les autres, sourds.

Or, Mermoz ne fit jamais de politique. Il ne pouvait
pas en faire. La politique exige sans miséricorde le
calcul, la ruse, la flatterie des masses et la haine ou
tout au moins le dédain des opinions d'autrui. C'est-à-
dire exactement les facultés contraires à celles dont

1. Plus tard le trimoteur qui avait redressé le prestige de la
France fut vendu aux enchères. On allait l'acheter pour transporter des sardines de la côte bretonne à Paris. Couzinet s'en-
detta pour le reprendre.

disposait Mermoz. Et cependant, il s'y trouva mêlé.

L'histoire dira un jour pourquoi, après avoir gagné la guerre de 1914 à 1918, et singulièrement depuis 1930, la France abdiqua sa dignité, sa force, son courage, ne fut que veulerie, désordre, bêtise et lâcheté. On peut discuter sur les causes. Les faits et les résultats, hélas, sont indéniables. Ce qu'il y avait de plus jeune, de plus sensible dans l'organisme national, ce qui demandait le plus d'élan, de vitalité, d'adaptation perpétuelle fut nécessairement touché d'abord et de la manière la plus pesante. C'était l'aviation. On se souvient de l'apostrophe pleine de fureur et de honte que Mermoz lança d'Amérique lorsqu'il décela les premiers symptômes du mal. Elle date de 1929. Cinq ans plus tard, les ravages étaient vraiment terribles et s'annonçaient mortels. Je suis allé en Amérique du Sud dix ans après que Mermoz y débarqua. Hors son nom, il ne restait plus rien de l'immense prestige de l'Aéropostale. Les gens polis parlaient de l'aviation française avec compassion. Les vrais amis de la France évitaient d'en parler. Pour moi, c'était affreusement douloureux. Pour Mermoz c'était proprement intolérable.

Loin de France, il avait cru qu'un raid exceptionnel, qu'une nouvelle formule d'avion, que l'éclat d'un pilote pouvaient renverser la situation. Ayant vécu à Paris et ayant touché aux rouages profonds de l'organisme de l'Air, les causes véritables de la déchéance lui apparurent. Il remonta le lit du fleuve et parvint à sa source corrompue : les cabinets des ministres, l'enchevêtrement des services techniques, des commissions aériennes et des commissions des finances, que sais-je encore. La surveillance et le contrôle et la jalousie réciproques de toutes ces institutions. La peur

des responsabilités, la gabegie, l'incompétence, l'achat
des consciences. Bref, Mermoz comprit que pour
sauver l'aviation française, il fallait changer tout cela.
Il le comprit en homme d'action et d'impulsion qu'il
était. Il devait se battre pour sa vérité. Certes, il eût
préféré mener ce combat sur les terrains qui lui étaient
familiers et chers, mais les temps interdisaient de faire
un choix.

« Si les choses continuent ainsi, s'écriait à cette
époque Mermoz, je me ferai naturaliser Argentin ou
Italien. Chez nous, bientôt il n'y aura plus d'aviation. »

Il fallait prendre le mal à la racine. Mais par quel
moyen? La politique? A ce seul mot, Mermoz tressail-
lait de dégoût. Comment eût-il touché à la politique,
puisque c'était elle qui empoisonnait tout?

Comme il désespérait, comme il se reprochait son
inertie, sa passivité, une solution idéale parut se présenter à lui. Une association d'anciens combattants,
mise en relief par les événements tragiques du 6 février
1934, les Croix de Feu, commençait à publier partout
qu'elle allait tirer le pays de l'ornière, donner du travail aux chômeurs, réconcilier tous les Français entre
eux et rétablir le rayonnement de la France. Par quelle
voie? Dans quelle forme? On ne le disait pas. On
affirmait seulement qu'on ne ferait pas de politique.
Pour le reste, tout était vague, nébuleux, confusion
absolue. Mais cela suffit à Mermoz. Il avait besoin de
croire. Il crut.

Il ne fut pas le seul. Des hommes avides d'espérance,
dégoûtés par les clans et les factions qui se déchiraient, peu exigeants en matière de logique, affluèrent
à cet appel. Mermoz s'inscrivit dans une section de
Paris. Il y connut des heures admirables. Ceux qui

se retrouvaient là venaient de toutes les classes. Il y
avait des ouvriers et des rentiers, des étudiants affamés
et des commerçants, le petit peuple et les gens titrés.
Ils étaient sincères. Ils s'entraidaient. Ils s'aimaient.
Il y avait un climat de religion naissante. Mermoz, qui
n'avait jamais oublié son adolescence de pauvre et ses
mois de faim, Mermoz, qui était la générosité même,
qui avait le sens profond du compagnonnage et qui
était mystique, trouva dans ces réunions tout ce qui
l'exhaussait. Et par ce chemin fraternel il allait sauver l'aviation et la France.

Tout naturellement il fut adoré par ses nouveaux
camarades. Le grand Mermoz, grand dans tous les
sens, prenait la garde avec eux, parlait leur langage,
leur souriait de toute sa tendresse, de toute sa simplicité.

Combien de fois l'ai-je vu revenir de ces assemblées
les joues en feu, le regard illuminé, tout frémissant
d'exaltation heureuse. Je souffrais de le voir ainsi. Je
ne craignais pas que la nouvelle forme donnée à son
exigence intérieure le détournât de lui-même et l'al-
térât. Mermoz resterait toujours Mermoz. Cela, je le
savais. Mais je redoutais que, une fois encore, il ne
suivît ses fantômes comme des objets réels et dans un
domaine où l'erreur était vraiment tragique. Et que,
engagé dans une voie sans issue, arrivé à l'impasse, il
ne souffrît plus qu'il n'avait jamais souffert.

Cette impasse me paraissait fatale. L'atmosphère
qui entoura les premiers pas de Mermoz dans le
domaine où il entrait, convenait à une confrérie cha-
ritable. Pour agir efficacement — ce que voulait
Mermoz plus que tout autre — elle ne suffisait pas.
Il fallait une organisation de combat, un parti. Et un
parti ne peut se passer de politiciens ni de financiers.

Or Mermoz haïssait les uns et les autres. Mais il ne voulait pas, il ne pouvait pas penser à cela. Il était homme d'action et de foi.

Je lui fis part un soir de mes doutes. Il me répondit avec une irritation dure et une violence que je ne lui avais jamais connues :

— Tais-toi, tu es un intellectuel. Avec vos raisonnements et votre scepticisme, vous stérilisez tout. Tais-toi.

Il y avait dans cette réplique blessante, et trop visiblement, une crainte, une prière voilées qui m'imposèrent le silence.

Tant que Mermoz resta dans le rang, à un poste obscur, ce ne fut pas très grave. Mais les chefs du mouvement ne pouvaient l'y laisser. Son nom, son magnétisme personnel, son dévouement, son audace, l'enthousiasme que sa seule apparition soulevait, il était impossible qu'on ne les employât point. Le contraire eût été absurde. D'échelon en échelon, Mermoz arriva rapidement aux leviers de commande. Avant de s'y résoudre, il hésita. Il sentit les réactions et l'équivoque inévitables. Il n'avait aucune ambition pour lui-même. Il n'avait rien à gagner à ces nouvelles fonctions. Le rôle de grand pilote, de héros ailé audessus des partis, était plus facile à tenir et plus beau. Il le savait. Mais pouvait-il refuser un sacrifice à l'aviation? Lui ayant tout donné, allait-il soudain se montrer avare de sa gloire? Il accepta. Mais sans joie et comme on se résigne.

« Je suis en plein dans les Croix de Feu, écrivait-il à un ami de Rio de Janeiro. Je consacre là tout mon temps disponible. Tu sais que mes ambitions ne sont pas de ce monde, mais j'ai un tel besoin de servir dans mon passage sur la terre, que je ne pouvais pas

faire autrement que de consacrer ce qui reste de moi
à une œuvre sociale. Ce sera ma seule excuse un jour,
si on me reproche de faire de la politique, ce qui ne
saurait tarder. Mais je suis à l'abri. Il y a des juge-
ments qui ne peuvent plus me faire de mal. Je regarde
trop loin devant moi, et je ne me retourne que pour
les amitiés disparues. »

Donc, Mermoz accepta, et le piège où il s'était pris
commença de jouer. Il recrutait des adhésions, il enflammait des cœurs. Le pilote des Andes se confondait
avec le vice-président d'un parti. Il avait donné son
adhésion première à un programme dirigé contre la
politique, les députés, les manieurs de grands capitaux. Et son parti fit de la politique, eut des députés
et dut demander de l'argent à ceux qui en ont. Il ne
pouvait faire autrement à moins de cesser d'être un
parti.

Mermoz le vit bien et en souffrit. Mais il était te-
nace, fidèle et il aimait tendrement son chef. Et il
disait en mettant son masque de combat :

— Il le faut pour atteindre le but. Après, tout chan-
gera.

Si je lui avais répondu que, de tout temps, tous les
partis ont usé de cette morale de la fin et des moyens
et qu'elle est l'essence même de la politique, il m'eût
sans doute crié de nouveau :

— Tais-toi !

Mais l'illumination du noviciat s'était éteinte. Sur
ce plan-là aussi, Mermoz avait cessé d'être heureux.

Du moins, ce qu'il avait conçu, il continua de le
pratiquer. Il ne connut de haine que pour les théories
qui l'enseignent et pour leurs profiteurs. Un partisan
sincère, quelque opinion qu'il servît, avait son estime,
parfois son amitié. Je l'ai déjà dit pour Pierre Cot.

J'ai entendu Mermoz, soi-disant homme de droite, défendre ce ministre contre un journaliste véritablement
de gauche. Il avait plus de sympathie pour les jeunes
communistes ardents et convaincus, car il espérait les
convertir, que pour les fils de famille sans noblesse
ni passion, que pour les piliers de sacristie inactifs
et les bourgeois satisfaits du train dont va le monde. Il
entretenait des rapports cordiaux avec Vaillant-Cou-
turier. Il se trompait sur ceux-là sans doute comme sur
ceux qu'il croyait les siens. Mais comment pouvait-il
ne pas se tromper puisque, faisant de la politique sans
le savoir, prêtant à tous sa bonne foi, tenant des réunions entre deux vols sur l'Atlantique, il poursuivait
le même rêve à la tribune et sur l'Océan!

Il n'échoua qu'à demi. Si des gens qu'il méprisait
le crurent leur défenseur, si d'autres, dont il eût aimé
l'affection, le prirent pour un ennemi, sa générosité,
son ardeur, sa pureté fraternelle, étaient si éclatantes,
que les ignobles polémiques de parti, pour lesquelles
rien n'est sacré, respectèrent Mermoz. Dans la caverne
même où siffle la haine, la bassesse et la calomnie, il
sut passer sans en inspirer. Il se devait peut-être cette
épreuve du venin.

Mais quelque change que pussent lui donner son
besoin et sa puissance d'illusion, Mermoz savait parfaitement que la vraie soif de son être, l'exigence
essentielle de son âme n'étaient pas assouvies par son
service social. Il se forçait pour le remplir. Sa joie,
son apaisement, sa possible félicité, elles se trouvaient
ailleurs, là où il les avait toujours rencontrées et
conquises. Au-dessus des côtes d'Espagne, le long des

sables du Sahara, le long des rivages brésiliens, quand
il survolait, à Bahia, les dômes d'or rouge des églises,
à Caravellas, l'estuaire profond et moiré du fleuve, ou
les beaux îlots de Victoria. Mais surtout quand, après
une longue et dure traversée, où parfois il avait effleuré
cette mort à laquelle si souvent il pensait, il voyait
au fond de la nuit océane s'allumer le phare des Rois
Mages.

Par une nuit d'octobre, j'ai vu arriver sur le terrain
de Natal l'avion qui portait le courrier hebdomadaire
de France. Quelques silhouettes se dessinaient vague-
ment près de la piste perdue au creux du vaste aérodrome. Les feux de balisage ceinturaient le sol d'étoiles rouges. Les hangars, dans l'obscurité, semblaient
des sépulcres géants et des porches de cathédrales.
L'Indienne qui tenait la cantine appelait je ne sais qui,
dans la langue molle, mouillée et chantante où retentissait doucement le charme du Brésil.

Du côté de l'Atlantique vint un murmure puissant.
Puis dans le ciel apparurent six lumières qui se dépla-
çaient ensemble. Et un grand avion atterrit. Quand
ses moteurs furent coupés, il fut comme une citadelle
du silence. Et de ce silence cinq hommes sortirent. Les
deux pilotes, le navigateur, le radio, le mécanicien,
l'équipage. Ils avaient des visages qu'ailleurs on n'eût
point remarqués. Mais là, pendant quelques secondes,
ils portèrent l'empreinte d'une profonde et simple
majesté. Leurs pieds éprouvaient la terre.

Ces hommes semblaient secouer de leurs traits les
nuages et la nuit.

Sur l'avion que je devais prendre pour retourner
à Rio, les hélices tournaient déjà. Sous un hangar, on
pesait les sacs postaux de France. Il y en avait une
quinzaine. Ils étaient sales, rugueux, chétifs, sous la

haute nef durement éclairée. Était-ce vraiment pour
eux que Mermoz avait amerri un jour de l'année 1930
sur le Rio Potingui? Qu'il s'était envolé après cinquante-trois tentatives de la lagune de Bonfim? Qu'il
était revenu et reparti quatre fois avec l'*Arc-en-Ciel*?
Qu'il avait fait construire cette piste? Qu'il avait désespéré, lutté, travesti son image?

Le 11 novembre 1935, Mermoz, de Natal, écrivit à
son ami Joméli à Rio :

« Encore un bien mauvais moment de passé. La
perte de Clavère m'a été tout particulièrement sensible. Comme tu peux le penser, j'avais une grande amitié pour lui. Je comptais assister à son mariage jeudi
prochain... Enfin, ils n'ont pas souffert. Le choc a
été terrible si l'on en juge par l'état du corps de Le Dui-
gou. Je ne crois pas que la mer rendra maintenant ce
qu'elle a pris. C'est le métier, certes, mais quand je
me tourne vers le passé jusqu'à douze ans en arrière
et que je récapitule tous les noms des disparus, je ne
puis m'empêcher de courber un peu les épaules. Je
me fais maintenant figure de survivant. Et puis je
redresse la tête très vite pour regarder droit devant
moi et suivre mon chemin vers la destinée, vers notre
commune destinée, celle que nous souhaitons tous
dans le fond de nous-mêmes. Je ne descends pas à
Rio cette fois. Je repars cette nuit avec le *Santos-Du-
mont*. Je compte être de nouveau à Natal les premiers
jours de décembre et faire alors une campagne de plusieurs mois sur Dakar-Natal. J'ai assez de Paris. Je
veux retrouver la vérité, ma vérité. »

Gourp, Érable, Lécrivain, Pranville, Négrin, Emler, Riguelle, Barbier, Hamm, Depecker, Clavère, Étienne...

Mermoz pensait souvent à eux. Quels pilotes, quels camarades, quels amis!

Mais le plus cher lui restait, son mécanicien Collenot.

Depuis la campagne de l'*Arc-en-Ciel*, ils avaient plus d'une fois traversé l'Atlantique ensemble. Ce n'était plus un exploit. Cependant Collenot avait dit un jour :

— Monsieur Mermoz, j'ai deux enfants, je ne voudrais pas faire la traversée sans vous.

Mermoz le lui promit.

Quelques mois après, il demanda à Collenot de le relever de sa parole. La ligne exigeait, en vol, des mécaniciens d'élite. Les nouveaux hydros pouvaient avoir besoin de la science de Collenot. Mermoz, absorbé par ses fonctions de chef pilote, ne pouvait assurer le courrier avec une régularité suffisante pour justifier que Collenot lui restât exclusivement attaché.

— Je pourrais naturellement l'obtenir si j'insistais, dit Mermoz. Mais ça ne serait pas juste. Ce serait du piston. Vous comprenez, Collenot?

— Je comprends, monsieur Mermoz, dit Collenot, chevalier de la Légion d'honneur et qui avait 3 000 heures de vol.

Le 9 février 1936, Mermoz et Jean Gérard Fleury remontaient à pied les Champs-Élysées. La soirée était tiède, mouillée. Fleury, selon son ordinaire, parlait beaucoup et gaiement. Mermoz, qui pourtant aimait la vivacité de son esprit, l'écoutait mal. Quand ils furent arrivés devant l'immeuble du journal où Fleury tenait la rubrique de l'aviation, Mermoz le prit par le bras.

— Je t'accompagne jusqu'à ton bureau, dit-il, je voudrais téléphoner au poste radio d'Air France. Collenot traverse aujourd'hui avec Ponce et Barrière. Ils doivent approcher de Dakar, mais j'aime mieux les savoir arrivés.

Fleury fit demander le numéro et passa l'appareil à son ami.

— Radio Air France? demanda ce dernier. Ici, Mermoz. Quel est le point du *Ville-de-Buenos-Ayres*?

Un silence anormal fit lever la tête à Fleury. Le visage durci de Mermoz était d'une blancheur de craie. Comme incrédule, il fit signe à Fleury de prendre le second écouteur. Et Fleury entendit que, depuis le rocher Saint-Paul, l'hydravion n'avait pas émis de message. Les postes côtiers, les paquebots lui avaient tout le long du jour lancé des appels. Il n'avait pas répondu.

Mermoz se laissa crouler dans le fauteuil de Fleury. Ses mains se crispèrent autour de son front. Il demeura longtemps ainsi, le regard inaccessible. Le rocher Saint-Paul... Le Pot-au-Noir... Les trombes sombres et cette lente et pesante machine qui devait naviguer au ras des flots...

Et il voyait Collenot... Collenot qui avait demandé de ne traverser qu'avec lui. Collenot... Un bruit indéfinissable racla la gorge de Mermoz. Puis il dit d'une voix dépouillée de toute expression :

— Au revoir, mon vieux, j'ai besoin d'être seul.

Il s'enfuit.

J'ai déjà dit que toute l'existence de Mermoz a été hantée de symboles. Leur jeu magique continue au-

delà d'elle. Dans la maison de Rocquigny parmi les
tapis de Palmyre, les soieries de Damas, les nattes
maures, les étoffes du Maroc et les cuirs d'Argentine,
je vis, l'été dernier, près de la mère de Jean Mermoz,
une jeune femme timide et simple avec deux enfants :

— Ce sont les petits Collenot et leur mère, me dit
Madame Mermoz.

Quand nous fûmes seuls, elle ajouta :

— Ils sont ici chez eux.

Mermoz et Serre se rendirent à Dakar. Ils examinèrent de près les deux hydravions à la série desquels
avait appartenu le *Ville-de-Buenos-Ayres*. Ils avaient
été transformés d'une façon dangereuse par le constructeur sans qu'il eût prévenu personne. Malgré les rapports accablants du chef pilote et du directeur du
matériel de la ligne, on se contenta d'arrêter quelque
temps le service de ces appareils.

Après cela, Mermoz reprit sa vie ordinaire. Il s'acquitta scrupuleusement de ses fonctions administratives à Air France, de son emploi de dirigeant de parti,
fit des traversées. Il paraissait le même qu'avant la
disparition de Collenot. Peut-être plus tendre pour sa
mère et plus attentif à ses amis.

Qui n'a pas senti à ce moment la main de Mermoz
posée sur son épaule ou autour de son cou, dans un
moment d'épanchement ou d'exaltation, ne peut pas
savoir à quel degré de beauté, d'intensité, de vertu,
peut atteindre la tendresse virile. Ce sont des bienfaits
que la mort n'épuise pas.

Cet été-là, Mermoz vint se reposer quelques jours
dans le Midi. Je travaillais à Saint-Tropez. Nous

dînâmes ensemble à la terrasse de l'*Escale* sur le port. Puis une promenade au hasard nous éloigna de la petite ville le long du rivage. La nuit était sombre et chaude. Les pins embaumaient lourdement. Le ressac chantait. Un rayon rouge traversa la baie. Mermoz cria d'une voix qui ne lui appartenait point :

— Le Phare de Natal, regarde! Le Phare de Natal!

Deux mois plus tard, pour la première fois de sa vie, Mermoz s'installa.

Il avait choisi, près de la Cité Universitaire, un appartement au dernier étage et dont toutes les fenêtres donnaient sur le parc Montsouris. Beaucoup d'air, de lumière. La toison des arbres semblait entrer dans les chambres. Mermoz était enchanté. Il chérissait sa bibliothèque naissante. Il montrait avec une fierté ingénue ses trouvailles des quais. Il arrachait à chaque jour qu'il passait à Paris quelques instants pour fouiller les boîtes des bouquinistes. Il caressait doucement les reliures. On eût dit que l'adolescent de l'avenue du Maine était revenu dans le haut appartement du parc Montsouris.

C'est là que je le vis jouer avec deux petites filles qu'une amie avait amenées. Il le faisait si bien et d'un tel cœur, que j'eus d'un seul coup cette certitude : Mermoz avait souvent rêvé d'avoir un enfant.

Quand j'eus répété ma pensée à haute voix, Mermoz dit pensivement :

— C'est le seul grand désir qui me reste. Mais je n'ai pas le droit. Je suis incapable d'avoir un foyer. Et une femme, des enfants, il leur faut un foyer. A chacun sa vérité, mon vieux.

Mermoz devait faire un courrier sur l'Atlantique à la fin de novembre. Il le remit à la semaine suivante, pour pouvoir retrouver à Rio de Janeiro, entre deux traversées, Couzinet et Fleury qui gagnaient la capitale brésilienne par le Zeppelin. Les trois amis se réjouissaient à l'avance de cette rencontre.

Le 6 décembre, au petit matin, Mermoz quitta l'aérodrome de Francazals qui, pour Toulouse, avait remplacé celui de Montaudran. Dans l'après-midi, il changea d'avion à Casablanca et continua sur Dakar. Il arriva au terrain d'Ouakam vers deux heures du matin. Guillaumet, affecté au service régulier de l'Atlantique et qui habitait Dakar, l'attendait sur la piste pour le conduire dans sa voiture au plan d'eau d'où décollait l'hydravion. Mermoz sauta du Dewoittine sur lequel il était venu en passager. Il étira ses muscles encore pleins de sommeil.

— J'ai dormi comme dans un lit, dit-il gaiement. Ça change du Bréguet 14.

Il se sentait merveilleusement dispos. En traversant Dakar endormie, ils s'arrêtèrent au bureau d'Air France. Là, Mermoz demanda :

— Qui vient comme second pilote?

— Lanata, lui répondit-on.

C'était un nouveau. Il n'avait pas encore fait de traversée.

— J'aime mieux un ancien, dit Mermoz. Je n'aurai pas le temps de faire les essais de l'hydro à Natal avant le retour. Je file sur Rio avec le courrier. J'ai rendez-vous avec Fleury et Couzinet.

Il eut tout à coup son grand rire d'enfant et ajouta pour Guillaumet :

— Je crois aussi recevoir des mains du président Vargas la cravate de Commandeur de Cruzero do Sur.

Mermoz se tourna impatiemment vers l'employé.

— A qui le tour après Lanata? demanda-t-il.

L'homme consulta une liste.

— Pichodou.

— Ça va, dit Mermoz.

Pichodou avait traversé trente-huit fois l'Atlantique.

— Mais Lanata sera furieux, observa l'employé.

— Il prendra le taxi suivant, dit Mermoz. Allons chercher Pichodou.

Ils réveillèrent Pichodou qui dormait près de sa femme. Le destin avait frappé à cette porte.

A 3 heures et demie, Guillaumet embarqua les deux pilotes sur la vedette qui les conduisit jusqu'au ponton où était amarrée la *Croix du Sud*. Avant de monter, Mermoz salua joyeusement de la main Guillaumet. Celui-ci écouta les moteurs tourner au point fixe et regarda décoller l'hydravion.

Puis il alla se coucher. Vers 6 heures, il fut réveillé par le bruit d'un appareil qui revenait à la base. C'était la *Croix du Sud*. Une des quatre hélices à pas variable passait mal au grand pas. Mermoz en amérissant demanda s'il n'y avait pas un avion prêt sur-le-champ.

— Il faudra quelques heures, lui répondit-on.

— Alors je repartirai sur la *Croix du Sud*, décida Mermoz. Le courrier a déjà trop attendu.

L'hélice fut vite réparée. Un peu avant 7 heures, Mermoz décolla de nouveau.

Jusqu'à 10 heures 47, le radio Cruvelhier passa T. V. B. [1]. Mermoz pilotait, Pichodou sommeillait, le capitaine au long cours Ezam faisait le point et le mécanicien Lavidalie inspectait de temps en temps

1. Tout va bien.

les quatre moteurs. Le rythme habituel du vol et de l'équipage.

A 10 heures 47 et comme la *Croix du Sud* se trouvait à 800 kilomètres environ de la côte, le poste de Dakar reçut de l'hydravion ce commencement de message :

« Coupons moteur arrière droit... »

L'émission s'arrêta net.

Quelques heures après, Guillaumet décolla à la recherche de la *Croix du Sud*. Les bateaux alertés se déroutèrent pour fouiller la mer dans les parages mêmes où le *Comte de La Vaulx*, six ans plus tôt, s'était englouti. On ne trouva rien. On n'a rien trouvé.

— Le temps était si beau, la mer si belle, m'a dit Guillaumet.

Les techniciens assurent qu'une hélice, ayant sauté par vibration, a cisaillé le fuselage et que la *Croix du Sud* est allée comme une pierre par le fond. Tout porte à croire que Mermoz volait à 200 mètres au-dessus de l'eau.

Quand, par un jeu atroce de câbles, on crut Mermoz retrouvé, ce fut pour quelques heures une joie nationale. Maintenant, Mermoz a une statue à Buenos-Ayres, un phare à Natal, une stèle à Dakar, une rue à Paris. La ligne France-Amérique porte son nom. Une légende l'entoure. Les enfants l'apprendront bientôt.

Mais si, en tombant aux commandes de la *Croix du Sud*, Mermoz a pu pressentir ces merveilleux hommages d'une époque qui ne sait plus en rendre de pareils, il n'a pas dû voir en eux le valable salaire de son existence. Je ne pense pas qu'il ait eu le temps, tellement sa chute fut brève, de mettre sur son visage le masque de combat dont m'ont parlé tous ceux qui ont volé avec lui dans les instants dangereux. Ce que je crois de toute mon âme c'est que, se voyant mourir comme il l'avait voulu, après avoir vécu comme il l'avait fait, libre de toute compromission, pur de toute souillure, n'ayant fait qu'aimer, combattre, rire et souffrir, et mesurant dans l'espace d'un éclair la courbe qui l'avait mené de Mainbressy à l'Atlantique, Jean Mermoz connut le sacre de sa vérité. On ne peut être certain d'elle que sur le pas de la mort.

Sans ton secours, Jean, je n'eusse pas été capable d'aller jusqu'au bout de ce livre. Tant que j'ai suivi ta route, j'ai senti ton rire, ta tristesse, ta force et ton élan. J'ai été presque heureux. Je te remercie pour ce que tu m'as forcé d'apprendre mot à mot ton histoire et celle de ta cohorte ailée. Je n'en connais pas de plus belle.

Mais, ce matin, tu meurs une seconde fois.

J'ai peur de nouveau.

Me suis-je trompé souvent? T'ai-je trahi? M'était-il permis de tout dire de ce que j'ai dit?

Pourquoi ne peux-tu pas mettre ta main sur mon épaule? cela suffirait pour me rassurer.

Nous devions raconter ton existence ensemble. Seul, j'ai employé à ce récit tout ce que j'ai pu apprendre d'un métier qui chaque année me désespère davantage. Rien ne parvient à reproduire la vibration touffue de la vie. J'ai apporté à écrire toute mon honnêteté. Et tout mon amour pour toi.

Hélas! il n'était pas en mon pouvoir de faire davantage.

Paris, dimanche 13 mars 1938.

LIVRE IV
L'APPEL DE L'ATLANTIQUE

DU MÊME AUTEUR

Aux Éditions Gallimard

LA STEPPE ROUGE, *nouvelles.*

L'ÉQUIPAGE, *roman.*

LE ONZE MAI, en collaboration avec Georges Suarez, *essai.*

AU CAMP DES VAINCUS, en collaboration avec Georges Suarez, illustré par H. P. Cassier, *essai.*

MARY DE CORK, *essai.*

LES CAPTIFS, *roman.*

LES CŒURS PURS, *nouvelles.*

DAMES DE CALIFORNIE, *récit.*

LA RÈGLE DE L'HOMME, illustré par Marise Rudis, *récit.*

BELLE DE JOUR, *roman.*

NUITS DE PRINCES, *récit.*

VENT DE SABLE, frontispice de Geneviève Galibert, *récit.*

WAGON-LIT, *roman.*

STAVISKY, L'HOMME QUE J'AI CONNU, *essai.*

LES ENFANTS DE LA CHANCE, *roman.*

LE REPOS DE L'ÉQUIPAGE, *roman.*

LA PASSANTE DU SANS-SOUCI, *roman.*

LA ROSE DE JAVA, *roman.*

HOLLYWOOD, VILLE MIRAGE, *reportage.*

LE TOUR DU MALHEUR, *roman.*
    I. LA FONTAINE MÉDICIS.
   II. L'AFFAIRE BERNAN.
  III. LES LAURIERS ROSES.
  IV. L'HOMME DE PLÂTRE.

AU GRAND SOCCO, *roman.*

LE COUP DE GRÂCE, en collaboration avec Maurice Druon, *théâtre.*

LA PISTE FAUVE, *récit*.

LA VALLÉE DES RUBIS, *nouvelles*.

HONG-KONG ET MACAO, *reportage*.

LE LION, *roman*.

LES MAINS DU MIRACLE, *document*.

AVEC LES ALCOOLIQUES ANONYMES, *document*.

LE BATAILLON DU CIEL, *roman*.

DISCOURS DE RÉCEPTION à l'Académie française et réponse de
    M. André Chamson.

LES CAVALIERS, *roman*.

DES HOMMES, *souvenirs*.

LE PETIT ÂNE BLANC, *roman*.

LES TEMPS SAUVAGES, *roman*.

Traduction

LE MESSIE SANS PEUPLE, par Salomon Poliakov, version fran-
    çaise de J. Kessel.

Dans la collection Folio Junior

LE PETIT ÂNE BLANC. *Illustrations de Bernard Héron*, n° 216.

LE LION. *Illustrations de Philippe Mignon et Bruno Pilorget*, n° 442.

UNE BALLE PERDUE. *Illustrations de James Prunier et Bruno
    Pilorget*, n° 501.

Dans la collection 1 000 Soleils

LE LION. *Illustrations de Jean Benoit*.

Chez d'autres éditeurs

L'ARMÉE DES OMBRES.

LE PROCÈS DES ENFANTS PERDUS.

NAGAÏKA.

NUITS DE PRINCES *(nouvelle édition)*.

LES AMANTS DU TAGE.

FORTUNE CARRÉE *(nouvelle édition)*.

TÉMOIN PARMI LES HOMMES.

TOUS N'ÉTAIENT PAS DES ANGES.

POUR L'HONNEUR.

LE COUP DE GRÂCE.

TERRE D'AMOUR ET DE FEU.

ŒUVRES COMPLÈTES.

COLLECTION FOLIO

Dernières parutions

Impression Bussière à Saint-Amand (Cher),
le 26 mars 1992.
Dépôt légal : mars 1992.
1ᵉʳ dépôt légal dans la collection : décembre 1972.
Numéro d'imprimeur : 1068.
ISBN 2-07-036232-9./Imprimé en France.